CLAUDIA GRAY

constellation

IN FERNE WELTEN

Aus dem Amerikanischen von
Christa Prummer-Lehmair und
Heide Horn

cbj

Dieses Buch ist auch als E-Book erhältlich.

MIX
Papier aus verantwortungsvollen Quellen
FSC® C014496

Verlagsgruppe Random House FSC® N001967

1. Auflage 2018

Die amerikanische Originalausgabe erschien unter dem Titel
»Defy the Worlds« bei Little, Brown und Company
in der Verlagsgruppe Hachette Book Group, Inc, New York.
Der Name von Little, Brown ist eine eingetragene Handelsmarke
von Hachette Book Group, Inc.
This edition was published by arrangement with
Little, Brown and Company, New York, New York, USA.

Aus dem Amerikanischen von
Christa Prummer-Lehmair und Heide Horn
Umschlaggestaltung: Carolin Liepins, München,
unter Verwendung von Motiven von
© Shutterstock (ArtOfPhotos, Yuriy Mazur, ririro)
kk · Herstellung: AJ
Satz: KompetenzCenter, Mönchengladbach
Druck: GGP Media GmbH, Pößneck
ISBN: 978-3-570-16534-8
Printed in Germany

www.cbj-verlag.de

1

Hocherhobenen Hauptes, den Helm unter den Arm geklemmt, geht Noemi Vidal zwischen den beiden langen Reihen Sternenjägern im Hangar hindurch. Sie winkt ihren Kameraden nicht zu, wie sie es früher getan hat – bis vor sechs Monaten.

Nun würde niemand ihren Gruß erwidern.

Kinn hoch, Schultern gerade, ermahnt sie sich und sucht Trost in dem vertrauten Geruch nach Schmieröl und Ozon, im Zischen der Schweißbrenner und im Poltern von Stiefeln auf Beton. *Wenn du willst, dass sie dich wieder als Kameradin akzeptieren, dann benimm dich wie eine. Du kneifst nicht vor den Geschützen der Mechs, also wirst du auch jetzt nicht kneifen.*

Doch die Kampf-Mechs der Erde zielen nur auf den Körper. Dafür hat Noemi die Schutzschilde ihres Sternenjägers. Die Ablehnung ihrer Staffelmitglieder zielt aufs Herz und dafür wurde noch kein Schutz erfunden.

»Vidal!« Captain Baz eilt mit ausgreifenden Schritten durch den Hangar, einen Datenleser in der Hand. Sie trägt ihre Uniform mit dem dunkel gemusterten Kopftuch und lächelt, das erste Lächeln, das Noemi an diesem Tag sieht. »Wir schicken Sie heute auf Nahbereichs-Patrouille.«

»Ja, Ma'am. Captain, könnte ich vielleicht …«

Baz kommt auf Noemi zu. »Ja, Lieutenant?«

»Ich wollte fragen …« Noemi holt tief Luft. »Sie haben mich schon seit Monaten nicht mehr für die Tor-Patrouille eingeteilt. Ich würde sehr gern bald mal wieder eine Schicht dort übernehmen.«

»Tor-Patrouillen zählen zu den gefährlichsten Einsätzen«, sagt Baz sachlich, während sie ihren Datenleser überfliegt. Jeder auf Genesis weiß, dass das Tor die Verbindung zur Erde und zu den anderen Kolonie-Welten im Planetenring darstellt. Es stabilisiert den Eingang zu einem Wurmloch und ermöglicht blitzschnelle Reisen durch die Galaxie. Aber es macht auch den Krieg möglich, der Genesis verwüstet. »Die meisten Piloten wären froh, wenn sie nicht so weit wegmüssten.«

»Ich bin bereit, mich der Gefahr auszusetzen.« Mehr als bereit – inzwischen sehnt sich Noemi fast schon verzweifelt danach. Genesis zu beschützen verleiht ihrem Leben Sinn. Seit Monaten, seit ihrer Rückkehr, wurde ihr nicht mehr gestattet, wirklich etwas für die Verteidigung ihrer Welt zu tun.

Baz braucht einige Sekunden, bevor sie antwortet. »Hören Sie, der Tag wird kommen, okay? Wir müssen es langsam angehen.«

Captain Baz ist auf ihrer Seite und das tut Noemi gut. Aber es bedeutet nicht, dass ihre Vorgesetzte recht hat. Mit gesenkter Stimme sagt Noemi: »Die anderen werden mir erst wieder vertrauen, wenn ich die volle Leistung bringe.«

Baz überlegt. »Vielleicht.« Nachdem sie noch kurz das Für

und Wider abgewogen hat, nickt sie. »Versuchen wir's.« Laut ruft sie: »Ganaraj, O'Farrell, Sie nehmen heute Vidal mit! Rauf mit euch, Leute – die Gamma-Schicht kommt gleich nach Hause.«

Die beiden anderen Piloten starren vom anderen Ende des Hangars zu Noemi herüber, doch sie geht geradewegs zu ihrem Sternenjäger.

Es gibt nur einen Weg für sie, sich Respekt zu verschaffen: Schritt für Schritt, Flug um Flug.

Hab Geduld, ermahnt sie sich. *Bald werden sie dich wieder so mögen wie früher.*

Das dürfte nicht allzu schwer sein. Schließlich mochten sie sie noch nie besonders.

Zehn Prozent der Zeit sind Tor-Patrouillen die schlimmsten, angsteinflößendsten Einsätze überhaupt. In unregelmäßigen, nicht vorhersehbaren Abständen schickt die Erde Damokles-Schiffe voller Kampf-Mechs – Queen- und Charlie-Modelle, die darauf programmiert sind, zu töten. In den letzten fünf Jahren haben sie Genesis' antiquierte Verteidigungsflotte stark dezimiert; mit jeder verlorenen Schlacht rückt der Tag näher, an dem Kampf-Mechs auf Genesis landen, einen Bodenkrieg entfachen und Noemis Planeten erobern werden, damit die Erde ihn ausbeuten kann. Bei einem Gefecht muss so schnell wie möglich Alarm ausgelöst werden. Die patrouillierenden Sternenjäger sollen Damokles-Schiffe sofort angreifen, ohne auf Verstärkung zu warten. Die meisten Piloten überleben das nicht.

Die anderen neunzig Prozent der Zeit jedoch sind Tor-Patrouillen todlangweilig.

Auf dem Pilotensitz ihres Sternenjägers zieht Noemi ihre Kreise um den äußeren Bereich des Tors; Arun Ganaraj und Deirdre O'Farrell gehen näher ran. Auch Noemi ist nahe genug, um dieses monströse Ding am Himmel zu beobachten; ein gewaltiger silberner Ring, dessen illuminierte Segmente im Dunkel des Weltalls leuchten. Trümmerteile aus dem Krieg kreisen in seinem Orbit, von winzigen Metallsplittern bis hin zu Brocken, größer als ihr Sternenjäger.

Zwischen all diesen Trümmern blieb ein ganzes Schiff dreißig Jahre lang verborgen, bis Noemi es entdeckte. In seinem Innern fand sie –

»*Seht ihr das?*« Ganarajs Stimme ertönt aus dem Lautsprecher, gerade als Noemis Sichtschirm das Tor detaillierter zeigt. Der schwache Schimmer im Zentrum des Rings wirkt unheilvoll trüb – wie ein Teich, der sich gerade mit einer Eisschicht überzieht.

»Ja, ich seh's«, erwidert Noemi.

»*Vielleicht ist es auch gar nichts.*« Ganaraj klingt, als versuchte er sich selbst zu überzeugen. »*Es muss nicht immer bedeuten, dass was durchkommt.*«

»Meistens ist gar nichts«, stimmt Noemi ihm zu, während sie das Bild näher heranzoomt und ihre Geschütze gefechtsklar macht. Teile alter Wracks und Schrapnelle aus vergangenen Schlachten erschaffen oft die Illusion eintretender Objekte. Doch selbst der kleinste Hinweis auf einen Eindringling reicht aus, um Noemi in Alarmbereitschaft zu versetzen.

»*Oder es könnte ein Haufen Mechs sein, die Hackfleisch aus uns machen wollen.*« O'Farrell klingt fröhlich, so fröhlich, dass ihr Sarkasmus unverkennbar ist. »*Aber du möchtest sicher ein Kaffeekränzchen mit ihnen abhalten und sie dann wieder heimschicken, Vidal, oder?*«

»Hör auf damit, O'Farrell«, zischt Noemi.

»*Na ja, so bist du doch, oder? Du hast Mechs ja sooo lieb, dass du Genesis lieber Krieg und Tod aussetzt, als so einen verdammten Metallhaufen in die Luft zu jagen –*«

Ganaraj schaltet sich ein. »*Könnten wir uns bitte alle wieder auf das Tor konzentrieren?*«

»Das tu ich die ganze Zeit«, entgegnet Noemi. Allerdings brennen ihre Wangen und das Blut pocht ihr zornig in den Schläfen. Sie kann damit umgehen, wenn sie auf ihr herumhacken, aber nicht, wenn sie abfällig über Abel reden.

Als sie vor sechs Monaten dieses Schiff entdeckte, entdeckte sie auch einen Mech darin: das Modell Eins A von Mansfield Cybernetics, das Herzensprojekt des einzigartigen Burton Mansfield und den höchstentwickelten Mech, der jemals geschaffen wurde.

Das Modell Eins A nennt sich selbst lieber Abel.

Zuerst sah Noemi nichts anderes in ihm als alle anderen Genesisbewohner: eine seelenlose Maschine in Menschengestalt. Als einen Feind, der ihr noch von Nutzen sein konnte, bevor sie ihn vernichtete. Er sollte das Werkzeug sein, mit dem sie das Genesis-Tor in die Luft jagen wollte – wodurch Genesis für immer von der Erde abgeschottet und der Krieg im Bruchteil einer Sekunde gewonnen gewesen wäre.

Das Tor in die Luft zu jagen, hätte jedoch bedeutet, mit ihm auch Abel zu vernichten, und am Ende ihrer Reise durch die Kolonie-Welten des Planetenrings wusste Noemi, dass Abel viel mehr war als eine Maschine. Sie hätte ihn genauso wenig für die Zerstörung des Tors töten können, wie sie ein Kind auf dem Altar hätte opfern können.

Gott hat das schon einmal gefordert, flüstern ihr die Lektionen aus dem Katechismusunterricht ins Ohr. Es fällt ihr inzwischen leichter, diese Stimme zu ignorieren. Womöglich zu leicht …

Auf der Konsole ihres Sternenjägers blinken rote Lämpchen. Noemis Hände verkrampfen sich, als sie das Signal erkennt. »Da kommt was durch.«

Inzwischen melden ihnen ihre Sensoren alle dasselbe. »*Bestätigt*«, sagt Ganaraj, seine Stimme verrät Angst. »*Aber es ist kein Damokles.*«

»*Ein Aufklärer*«, mutmaßt O'Farrell. »*Um Informationen zu sammeln, bevor die Queens und Charlies anrücken.*«

»Seit wann setzen Mechs Aufklärer ein?« Noemi zoomt das eindringende Schiff noch näher heran.

Nein. Kein Schiff. Etwas anderes.

Das Metallobjekt besitzt ein kleines kugelförmiges Zentrum, von dem in alle Richtungen meterlange feine Spitzen ausgehen. »Es sieht aus wie ein Stern«, flüstert Noemi bei sich. So hatte sie sich Sterne als Kind vorgestellt, hübsch und schimmernd, nicht riesig und voller zerstörerischer Kraft. Das hübsche Äußere macht das Ding noch verdächtiger.

»*Ist das eine Bombe?*«, fragt Ganaraj.

Noemi weiß, dass das nicht der Fall ist. Sie kann nicht sagen, warum, aber sie weiß es. So was nennt man wohl Intuition.

O'Farrell liefert konkretere Informationen: »*Scans auf Sprengstoff negativ.*«

Wieder schimmert das Tor und ein weiterer Stern bricht

durch. Dann noch einer. Während Noemi zusieht, werden es immer mehr und mehr, bis die Sensoren eine endgültige Anzahl von einhundertzwanzig melden. Sie rasen als leuchtende und zugleich furchterregende Sternenkonstellation Richtung Genesis.

»*Informieren wir die Kommandozentrale und bleiben wir an ihnen dran*«, befiehlt Ganaraj. Er wurde neun Wochen früher als Noemi zum Lieutenant befördert. »*Sobald wir grünes Licht haben, werden wir diese Dinger pulverisieren.*«

Noemi würde sie lieber sofort pulverisieren und darauf hoffen, dass es dann nachträglich genehmigt wird. Die Wahrscheinlichkeit, dass Captain Baz und die anderen hohen Tiere irgendetwas von der Erde so nah an ihren Heimatplaneten herankommen lassen – ob es nun Sprengstoff an Bord hat oder nicht –, ist kleiner als null. Aber Ganaraj hat das Kommando, und Noemi bewegt sich auf dünnem Eis, also beißt sie die Zähne zusammen und heftet sich so lange wie möglich dicht an die Sterne …

… was nicht lange dauert, da sie ausschwärmen, sich immer weiter voneinander entfernen. Als die Sterne durch das Tor drangen, hätte Noemis drei Mann starke Patrouille sie mit einer schnellen Salve Blasterfeuer eliminieren können. Doch mit jeder verstreichenden Sekunde wird das Zielen schwieriger und zeitraubender. Die Sterne flitzen durchs Sonnensystem, winzige Magnettriebwerke lassen sie in der Dunkelheit hell leuchten. Sie sind so schnell, dass sie Genesis in fünfzehn Minuten erreichen werden. Noemi durchleuchtet die »Sterne« ununterbrochen und weiß, dass die anderen dasselbe tun. Die Ergebnisse auf ihrem Schirm liefern keinen Hinweis darauf, was diese Dinger sind oder was sie bedeuten könnten.

Vielleicht bringen sie ein Friedensangebot, denkt sie. Das ist nicht ernst gemeint. Niemals würde die Erde ein solches Angebot machen, nicht jetzt. Die Lage in der gesamten Galaxie ist schlimmer denn je. Die Erde wird nicht mehr lange bewohnbar sein und die anderen Kolonien können nur noch ein paar Millionen Menschen mehr aufnehmen; damit bleiben Milliarden, die einen Ort zum Leben suchen, Milliarden, die Noemis Welt genauso zerstören würden, wie sie ihre eigene zerstört haben. Der Befreiungskrieg begann, weil die Menschen von Genesis vor dreißig Jahren erkannten, dass sie eine moralische, geradezu heilige Pflicht hatten, ihren Planeten zu schützen.

Obwohl ihre Technologie veraltet war, hielten sie jahrzehntelang durch, und es gab sogar eine Phase relativer Ruhe. Doch in den letzten Jahren hat die Erde ihre Angriffe wieder aufgenommen, und zwar mit überraschender Härte. Genesis ist das einzige gewinnversprechende Ziel weit und breit.

»Ganaraj«, sagt Noemi. »Sie entfernen sich zu weit voneinander. Wenn wir nicht –«

»*Die Vorschriften* –« Ganaraj unterbricht sich. »*Freigabe erteilt. Holt die Dinger runter.*«

Viereinhalb Minuten. Es hat viereinhalb Minuten gedauert, um diese Entscheidung zu treffen. Aber so läuft das auf Genesis, alle Entscheidungen müssen die ganze Kommandokette vom Ältestenrat bis hinunter zu den Offizieren der mittleren Ebene durchlaufen – immer schön vorsichtig sein, immer zögerlich, immer erst reagieren, statt selbst die Initiative zu ergreifen …

Noemi reißt sich zusammen. Ihr Leben lang hat sie den Rat verehrt, seinem Urteil vertraut und ist seiner Führung gefolgt, selbst als das bedeutete, sich freiwillig für die Masada-Offensive zu melden, ein Himmelfahrtskommando. Dann kam es zu ihrer Reise durch den Planetenring und zur Erde, einer Reise, die sie den Befreiungskrieg mit anderen Augen sehen ließ … und ihr den Fatalismus des Ältestenrats bewusst machte. Selbst nachdem sie mit ihrem Bericht klargestellt hatte, dass die Erde aufgrund einer sich verändernden politischen Weltlage verwundbar geworden war, hatte der Rat die Masada-Offensive nicht abgesagt. Nur »verschoben«, auf ein unbekanntes Datum in der Zukunft. Und auch nach all diesen Monaten haben die Ältesten immer noch keine konkreten Maßnahmen ergriffen, um aus den von Noemi gelieferten Informationen Nutzen zu ziehen.

Zumindest kann sie jetzt handeln. Noemi nimmt den ersten Stern ins Visier und drückt ab. Das Ding zerstiebt in einer bläulichen Staubwolke und einem Lichtblitz, der rasch vom kalten Weltraum geschluckt wird – selten hat eine Explosion sie mit solcher Befriedigung erfüllt.

Wenn sie sie nur schneller in die Luft jagen könnte! Die Sterne bilden nun ein breites Netz, machen sich eindeutig daran, den ganzen Planeten zu umzingeln, dessen grün-blaue Oberfläche inzwischen größer durch ihr Cockpitfenster zu sehen ist; friedlich harrt er dieses merkwürdigen Angriffs. Ihr fällt auf, dass die Sterne individuelle Ziele ansteuern, und zwar überall auf Noemis Welt. Ihr sträuben sich die Haare. »Ganaraj, wir brauchen so schnell wie möglich Verstärkung.«

Ein weiterer Stern flammt hell auf, als er von einem Blasterstrahl getroffen wird, und zerfällt – O'Farrell hat ihn erwischt und schreit: »*Wir können diese Dinger allein ausschalten!*«

Noemi schüttelt den Kopf, als würde O'Farrell sie sehen. »Kann sein, aber wir dürfen kein Risiko eingehen.«

»Ich habe eine Lagebeurteilung vom Boden erbeten«, sagt Ganaraj. *»Abwarten!«*

Abwarten? Diese Sterne stehen kurz vor dem Eintritt in die Atmosphäre und er will sich immer noch rückversichern? Noemi unterdrückt ihren Frust und konzentriert sich wieder aufs Feuern, nimmt jeden Stern, den sie entdeckt, ins Visier.

Doch sie kann sie nicht mehr alle im Blick behalten. Die drei Kampfjäger entfernen sich nun voneinander, um jeweils eine andere Gruppe von Sternen unschädlich zu machen, die auf die drei großen Kontinente von Genesis zusteuern. Einen Stern nach dem anderen sprengt Noemi in Stücke, aber sie haben sich zu stark verteilt, sind zu weit entfernt. Im selben Augenblick, in dem Noemi ihren zwanzigsten Treffer landet, sieht sie einen Stern beim Eintritt in die Atmosphäre aufleuchten. Dann erglüht ein zweiter weit entfernt am Horizont. Und noch einer, und noch einer …

Konzentriere dich nicht auf das, was du nicht tun kannst, ermahnt sie sich. *Sondern auf das, was du tun kannst.*

Am Ende melden die Instrumente, dass siebenundvierzig Sterne auf der Oberfläche von Genesis aufgeschlagen sind. Jeder einzelne davon trifft auf bewohntes Gebiet, meist in oder in der Nähe von größeren Städten oder Verkehrsknotenpunkten; nicht einer fällt ins Meer, obwohl Genesis zu sechzig Prozent mit Wasser bedeckt ist. Das legt nahe, dass ihnen Ziele einprogrammiert wurden. Doch die Sterne explodieren nicht beim Aufprall, sie treffen keine Regierungsgebäude oder entfalten irgendeine andere zerstörerische Wirkung. Einer landet auf den Schienen einer Schwebebahn und beschädigt sie leicht, ein anderer reißt ein tiefes Loch in einen öffentlichen Park. Aber schlimmer sind die Schäden nicht und auch die gemeldeten Verletzungen sind nicht lebensbedrohlich – Schnitte von herumfliegenden Trümmerteilen, ein kleinerer Verkehrsunfall, als ein aus dem Konzept gebrachter Fahrer nicht auf die Ampel achtete, und eine Person, die vor Angst in Ohnmacht fiel und sich dabei den Kopf anschlug.

Niemand ist ernstlich verletzt – nur Noemis Ruf hat Schaden genommen.

»Ganaraj hat berichtet, dass Sie dagegen waren, das Einverständnis der Kommandozentrale einzuholen«, sagt Captain Baz. Sie sitzt in ihrem Büro, Noemi steht in Habachtstellung vor dem Schreibtisch. »Mit anderen Worten, Sie wollten, dass er das Standardprotokoll missachtet.«

»Captain, auf unseren Patrouillen ist es uns gestattet, nach eigenem Ermessen zu handeln. Von der Erde entsandte Objekte abzuschießen, liegt sehr wohl innerhalb dieses Ermessensspielraums.«

»Unter Umständen«, sagt Baz trocken. »In diesem Fall gilt das wohl. Aber es ist nicht ausdrücklich erlaubt. Vidal, das Problem ist nicht, dass sie diese Dinger abschießen wollten. Sondern dass Sie Ihren befehlshabenden Offizier davon abhalten wollten, *seinen* befehlshabenden Offizier zu kontaktieren, was nahelegen könnte, dass Sie ihn zu regelwidrigem Verhalten anstiften wollten.«

»*Regelwidriges Verhalten?*« Noemi kann sich gerade noch beherrschen, nicht patzig zu werden. »Entschuldigung, Captain – ich wollte sagen, diese Sterne abzuschießen, stellt wohl kaum ›regelwidriges Verhalten‹ dar …«

Baz nickt müde. »Es sind Ganarajs Worte, nicht meine. Und wenn Sie das Gefühl haben, das sei eine unfaire Interpretation Ihrer Handlungen, dann stimme ich Ihnen zu.« Sie lehnt sich im Stuhl zurück und löst ihr Kopftuch, wie sie es manchmal tut, wenn sie sich nur in Gesellschaft von Frauen befindet. »Sie mussten in den letzten Monaten in dieser Hinsicht einiges einstecken. Die anderen machen es Ihnen nicht leicht. Es ist hart, und trotz des Drucks halten Sie sich wacker. Das erfordert Mut. Glauben Sie bloß nicht, dass ich das nicht gemerkt habe.«

Noemi schluckt den Kloß im Hals hinunter. »Das bedeutet mir viel, Ma'am.«

Wieder seufzt Baz. »Ganaraj wird nicht gerade erfreut sein, dass wir Sie nicht gemeldet haben. Vielleicht wäre es ganz gut … wenn Sie mal eine Auszeit vom Fliegen nehmen. Wir finden eine Aufgabe am Boden für Sie. Vorzugsweise etwas, was Sie allein erledigen können, sodass Sie niemandem auf den Schlips treten.«

»Ja, Captain.« Diese Lösung wird Noemis Meinung nach ihre Probleme nur verschärfen. »Aber ich muss einen Weg finden, um wieder Teil der Staffel zu werden. Mehr als zuvor, wenn möglich. Ich denke, das wäre besser.«

Immer war sie eine Außenseiterin. Manchmal hat sie das Gefühl, dass sie schon ihr halbes Leben einsam ist, seit ihre Eltern starben. Esther war die einzige Freundin, die sie jemals verstanden hat, und nun liegt Esther begraben im Herzen eines Sterns am anderen Ende der Galaxie.

Baz scheint das anders zu sehen. »Sie waren stets unabhängig, Lieutenant Vidal. Das ist nichts Schlechtes. Lernen Sie, es anzunehmen. Nicht jeder muss überall beliebt sein.«

Am liebsten hätte Noemi laut gelacht. Für so jemanden hätte sie bestimmt niemand gehalten.

Seit Esthers Tod hat es nur eine Person gegeben, der sie etwas bedeutet hat. Jemanden, der sogar besser verstand als Esther, was in ihrem Innern vorging.

Jemanden, den keiner auf Genesis überhaupt als *Person* bezeichnen würde.

Die Stimme ihrer Vorgesetzten wird sanfter, nachdenklicher. »Ich weiß, dass einige Mitglieder der Zweiten Katholischen Kirche meditieren. Tun Sie das auch?«

»Ich habe es versucht. Aber ich bin nicht besonders gut darin.«

»Das ist das Geheimnis der Meditation – niemand ist gut darin.« Ein Lächeln huscht über Baz' Gesicht. »Es ist wichtig, dass Sie Ihre Mitte finden, Vidal. Sie müssen wieder ins Gleichgewicht kommen. Wenn Ihnen das gelingt, werden es die Menschen in Ihrer Umgebung sicherlich spüren.«

»Mag sein«, erwidert Noemi höflich. Sie gibt dem Ganzen eine Erfolgsquote von ungefähr null Prozent.

Entweder bemerkt Baz Noemis Skepsis nicht oder es kümmert sie nicht. »Wenn Sie das nächste Mal meditieren, möchte ich, dass Sie sich zwei Fragen stellen. Wogegen kämpfen Sie, Noemi Vidal? Und wofür kämpfen Sie?«

Diese Fragen berühren Noemi stärker, als sie erwartet hätte. Verwirrt starrt sie auf den Boden und nickt.

»Sie können gehen«, sagt Captain Baz. Zumindest verfolgt sie das Thema Meditation nicht weiter. »Bemühen Sie sich, beim Rausgehen niemandem auf die Füße zu treten.«

»Ja, Captain. Aber – ich wollte Sie noch nach den Sternen fragen. Haben die Wissenschaftler schon herausgefunden, was das ist? Wofür sie gedacht waren?«

Baz zuckt die Schultern. »Bislang hat niemand eine Ahnung. Es hat sich nichts Naheliegendes ergeben. Und auch nichts weniger Naheliegendes. Vielleicht war es gar nichts Offizielles und auch nichts Ernstes. Vielleicht hat es ein Erdbewohner mit mehr Geld als Verstand zu seinem neuen Hobby gemacht, uns zu schikanieren.«

»Vielleicht«, sagt Noemi. Eigentlich kann sie sich das nicht vorstellen. Diese Flugkörper von der Erde sollten ihnen schaden, davon ist sie überzeugt.

Falls diese Attacke nichts bewirkt hat, bedeutet es nur, dass neue kommen werden. Und dann wird Noemi keine Chance haben, sie abzuschießen.

2

Eine halbe Galaxie entfernt, auf einer üppig grünen Ferieninsel vor der chinesischen Küste, betätigt sich Abel als Partycrasher.

»Danke«, sagt er zu dem George-Modell, das ihm seine Identitätsmarke zurückgibt, die Abel persönlich mit falschen Daten gefüttert hat. George-Mechs besitzen gerade genügend Intelligenz, um eher eintönige Verwaltungsaufgaben zu erledigen, und dieser George hat nur die Routinechecks durchgeführt, genau wie von Abel einkalkuliert. Man müsste ihn schon eingehender überprüfen, um irgendwelche Ungereimtheiten zu entdecken. Selbst einem Menschen würde wahrscheinlich nicht auffallen, dass dieser Partygast nicht wirklich Kevin Lambert heißt, nicht seit seiner Geburt in Großbritannien lebt und kein potenzieller Investor von Mansfield Cybernetics ist.

Die Party findet in einer riesigen, ovalen, durchsichtigen Blase statt, die knapp über dem Meer schwebt und an die sich einige schummrige Nebenräume und Korridore schmiegen wie eine Metallfassung um einen Edelstein. Bislang hat Abel zweihundertsiebzehn Partygäste ermittelt; er wird die endgültige Zahl festlegen, wenn er auch die Leute in den Toiletten und in den Gängen berücksichtigt hat. Auf drei Partygäste kommt mindestens ein Service-Mech, Dogs und Yokes reichen Tabletts mit Essen herum, ein paar spärlich bekleidete Fox- und Peter-Modelle sind zweifellos für Vergnügungen nach der Party gedacht, und in einer Ecke musizieren drei Oboe-Mechs, aber nur so laut, dass sich die Gäste noch unterhalten können.

Abels Informationen über die derzeit populäre Musik sind nach den dreißig Jahren seiner Gefangenschaft äußerst lückenhaft. Er muss immer noch Versäumtes aufholen. Nach fast einem Jahrhundert langsamerer, sanfterer, neoklassischer Musik erfreuen sich schnelle Rhythmen erneut großer Beliebtheit. Dieser Song mit einhundertvierzig Beats pro Minute soll gewiss den menschlichen Herzschlag in einem Zustand der Erregung widerspiegeln und dadurch die Zuhörer sowohl auf bewusster als auch unbewusster Ebene stimulieren …

Doch dann unterbricht er seine Analyse und fragt sich schlicht: *Gefällt dir das?*

Ja. Es gefällt ihm.

Lächelnd mischt sich Abel unter die versammelten Gäste. Er ist umgeben von den Reichen und Schönen, überall sieht man schlanke Körper in prächtig gemusterten Kimonos, in maßgeschneiderten Jacken und Hosen, die die körperlichen Vorzüge ihrer Träger unterstreichen, und in seidenen Kleidern, die jede Rundung – oder deren Fehlen – betonen.

Nur 3,16 Meter unter dem durchsichtigen Boden wogt das dunkle Wasser, bilden sich unter den Füßen der Gäste Wellen, die sich an der Küste in der Ferne brechen. Bänder aus sanftem Licht wandern rhythmisch an den Wänden herab, als würde die Beleuchtung direkt bis hinunter ins Meer fließen.

Der in Abels schwarzem Seidenjackett verborgene Datenleser vibriert einmal. Statt ihn herauszuziehen, tippt Abel auf seine Brusttasche und schränkt seine Hörweite ein. Sofort wird das Gemurmel der Menge leiser.

»*Wie geht's dort unten?*«, fragt Harriet Dixon, die als Pilotin auf Abels Schiff, der *Persephone*, arbeitet. Normalerweise versprüht sie quirligen Optimismus, doch sie wird nervös, wenn sie merkt, dass Abel ihr etwas verschweigt. »*Hast du das ›große Glitzerding‹ schon verscherbelt?*«

Er schnappt sich ein Glas Champagner vom Tablett einer in der Nähe stehenden Yoke, um seine Rolle als Partygast zu perfektionieren. »Noch nicht.«

Das stimmt nicht. Er hat den Diamanten, den sie auf einem Meteor in der Nähe des Saturn zutage gefördert haben, sofort nach der Landung auf der Erde verkauft. Was ihn wirklich hierherführt, betrifft Harriet und ihren Lebensgefährten Zayan Thakur nicht. Sie einzuweihen, würde sie nur in Gefahr bringen. Abel hat in letzter Zeit begonnen, sich mit den moralischen Aspekten von Lügen eingehender auseinanderzusetzen.

»*Solange du ihn nicht in einem Casino verspielst*«, meint Harriet. »*Dieser Stein wird uns so viel bringen, dass wir locker ein paar Monate über die Runden kommen! Zumindest wenn du es richtig anstellst.*«

»Keine Sorge«, beruhigt sie Abel. Tatsächlich würde der Preis, den er erzielt hat, die Betriebskosten eines gesamten Jahrs decken. Abel wird Harriet und Zayan mit jeweils einem

Drittel am Erlös beteiligen, aber er hat beschlossen, größere Einnahmen von nun an in kleinen, regelmäßigen Raten auszuzahlen. Als er seine neuen Crew-Mitglieder vor sechs Monaten kennenlernte, waren sie nahe am Verhungern. Die normale psychologische Reaktion auf solch einen Mangel ist der Impuls, jedes eingenommene Geld sofort wieder auszugeben, manchmal sogar für puren Luxus zu verschwenden. Das betrifft nicht nur Harriet und Zayan; die meisten Vagabunden sind so daran gewöhnt, nur das Nötigste zum Leben zu haben, dass sie mit plötzlichem Wohlstand oft gar nicht umgehen können. Abel dagegen können Luxusgegenstände nicht in Versuchung führen.

Seine einzige Versuchung lauert am anderen Ende des Erd-Systems und wird von Sicherheitssatelliten bewacht – das Genesis-Tor.

Der Weg, der zu Noemi zurückführen und vermutlich seinen Tod bedeuten würde.

Manchmal denkt er, diese Reise wäre den Preis wert.

»Ich verspreche, dass ich ihn nicht verspielen werde«, bekräftigt Abel. »In zwei Stunden müsste ich wieder auf der *Persephone* sein.«

»*Das will ich dir auch geraten haben.*« Zayan ruft es von seiner Ops-Station herüber. »*Oder wir stellen die gesamte Erde auf den Kopf, um dich zu finden.*«

»*Und die Stationen der Sicherheitskräfte.*« Harriet hat mitbekommen, dass Abel falsche Identitäten benutzt und Queen- und Charlie-Modellen tunlichst aus dem Weg geht. Obwohl sie hochintelligent ist, hat sie verständlicherweise den genauen Grund dafür noch nicht erraten. Zweifellos nimmt sie an, dass er in einem der Planetensysteme mit dem

Gesetz in Konflikt geraten ist. »*Du hast mehr Glück als alle Vagabunden, die ich kenne. Aber jeden verlässt irgendwann das Glück, Abel.*«

Abel hat kein »Glück«. Er kennt sich nur besser mit Wahrscheinlichkeiten aus als jede biologische Lebensform. Doch der Effekt ist fast derselbe. »Du brauchst nicht in den Sicherheitsstationen zu suchen. Versprochen.« Als ein George-Modell in das akustische Zentrum des Raums tritt, fügt Abel noch hinzu: »Ich melde mich, sobald ich hier fertig bin. Captain Ende.«

Kaum hat er den Datenleser ausgeschaltet, als die Musik mitten im Lied aufhört. Die menschlichen Partygäste verstummen genauso plötzlich wie die Mech-Band.

Ein Spot richtet sich auf den George, der verkündet: »Wir bitten um Ihre Aufmerksamkeit für das Programm des heutigen Abends. Mansfield Cybernetics möchte Ihnen Ihre Gastgeberin vorstellen, die renommierte Wissenschaftlerin und Philosophin Dr. Gillian Mansfield Shearer.«

Applaus brandet auf, als eine Frau Anfang vierzig ins Scheinwerferlicht tritt. Ein Stück entfernt hört Abel jemanden flüstern: »Unglaublich, dass sie heute Abend hier ist. Ich hätte gedacht, sie würde eine Vertretung schicken …«

»Das hier ist wichtig«, sagt der Begleiter der Person. Abel interessiert sich nicht für diese Leute. Er konzentriert sich einzig auf Gillian Shearer. Das gleißende Licht lässt ihr rotes Haar schimmern. Mit ihren 154,12 Zentimetern ist sie kleiner als die durchschnittliche menschliche Frau, aber an ihrer Haltung und ihrer intensiven Ausstrahlung lässt sich ablesen, dass sie Macht besitzt. Ihr schlichtes schwarzes Kleid wirkt in einem Raum voller prächtiger Abendroben und Anzüge aus

Seide fehl am Platz – als hätte sich der Teilnehmer an einer Beerdigung hierher verirrt. Das Kleid hängt ein wenig unförmig an ihr herunter; entweder hat sie in kurzer Zeit viel an Gewicht verloren, oder sie gehört einfach zu den Menschen, die Mode für Zeitverschwendung halten.

Dr. Shearer besitzt eine markante Nase und einen spitzen Haaransatz. Diese Merkmale hat sie mit Abel gemeinsam, denn sie haben sie von derselben DNA geerbt.

Abel ist Burton Mansfields Schöpfung, Gillian Shearer seine Tochter.

Abel schiebt sich hinter einen hochgewachsenen Partygast. Wahrscheinlich können Gillians menschliche Augen gegen das grelle Scheinwerferlicht die genauen Gesichtszüge der Umstehenden nicht erkennen, doch Abel möchte kein Risiko eingehen. Womöglich bemerkt sie seine starke Ähnlichkeit mit einem jüngeren Mansfield oder erinnert sich vielleicht sogar an ihn selbst.

Abel jedenfalls erinnert sich an sie.

»Ich wünschte, ich könnte noch einmal mit Mommy reden. Mommy wusste immer, was man machen muss, damit es nicht mehr wehtut.« Gillian sieht zu ihm auf, in ihren blauen Augen stehen Tränen, als er vorsichtig den Hautersatz auf ihre blutigen Knöchel klebt; sie meint, dass er das besser kann als die Tare, ihr Medizin-Mech. Zu diesem Zeitpunkt ist Gillian acht Jahre, einen Monat und vier Tage alt. »Daddy sagt, dass ich eines Tages wieder mit Mommy sprechen kann, aber warum geht das nicht jetzt?«

Robin Mansfield ist einige Monate, bevor Abel das Bewusstsein erlangt hat, gestorben. Er hat eigentlich gedacht, dass Burton Mansfield nicht an ein höheres Wesen glaubt, aber vielleicht kann die Vorstellung von einem Himmel ja ein Kind trösten. »Bis dahin dauert es noch sehr lange.«

»Es soll jetzt sein! Daddy hat es nicht richtig hingekriegt.« Gillians finsterer Blick wirkt zu grimmig für ihr kleines Gesichtchen. »Stattdessen hat er dich gemacht, damit du dich um mich kümmerst.«

»Und noch für andere Zwecke«, sagt Abel, während er den Hautersatz mit den Fingerspitzen glatt streicht, stolz, der Tare vorgezogen worden zu sein. »Aber natürlich werde ich mich auch um dich kümmern.«

Vielleicht sollte er liebevoll an sie zurückdenken. Doch alles, was ihn an Burton Mansfield erinnert, ist für Abel vergiftet, womöglich für immer – inklusive seiner Tochter.

»Verehrte Gäste«, beginnt Gillian. Dass ihre Stimme im Erwachsenenalter tiefer und volltönender geworden ist, war zu erwarten, dennoch ist es für Abel gewöhnungsbedürftig. »Seit zwei Generationen ist Mansfield Cybernetics einzigartig in seiner Fähigkeit, die künstlichen Intelligenzen, die das Fundament unserer Gesellschaft bilden, zu schaffen, zu verbessern und zu perfektionieren. Inzwischen kann man sich kaum mehr vorstellen, wie wir ohne sie zurechtkämen: ohne die Bakers und Items, die komplexe, aber eher eintönige Aufgaben übernehmen, ohne die Dogs und Yokes, die die körperliche Arbeit verrichten, ohne die Mikes und Tares, die uns versorgen, wenn wir krank sind, ohne die Nans und Uncles, die sich um unsere Kinder und unsere Senioren kümmern, und ohne die Queens und Charlies, die überall in der Galaxie für unseren Schutz sorgen.«

Kurz erfüllt höflicher Applaus den Raum. Einen Meter von Abel entfernt steht eine Yoke mit einem Tablett Champagnergläser in der Hand, ein nützlicher Gegenstand in Menschengestalt. Abel kann es Gillian nicht verübeln, dass sie in einer Yoke nicht mehr sieht als das; das Ich-Bewusstsein, das er kennt – seine Seele, wie Noemi es ausgedrückt hat – besitzt außer ihm kein anderer Mech. Aber wenn er in die Augen der Yoke blickt, wünscht er sich, er könnte darin ebenfalls eine Seele entdecken.

Gillian deutet auf einen Bildschirm, der aufleuchtet, als der Scheinwerfer erlischt. Verschiedene Mech-Modelle erscheinen in wechselnder Reihenfolge – Queens mit ihrer Löwenmähne, perfekt zum Kampf ausgelegt; schlichte Dogs für die körperliche Arbeit; silbern glänzende, nicht menschlich aussehende X-Rays, auf die Gesichter projiziert werden können. »Wir entwickeln jedes der fünfundzwanzig produzierten Mech-Modelle ständig weiter. In den Grundzügen sind diese Modelle jedoch seit Jahrzehnten unverändert geblieben – in erster Linie, weil sie ihre Dienste stets kompetent und zuverlässig verrichten. Doch mein Vater und ich haben an diesen Modellen noch aus einem anderen Grund festgehalten: Wir wollten keine drastische Neuerung auf den Markt bringen, bis wir eine wirklich bahnbrechende Innovation vorweisen konnten.« Auf dem Bildschirm werden die Tanks, in denen die Mechs in menschlicher Gestalt heranreifen, von roten Blasen abgelöst. Kraftfelder? Ein Polymer? Anhand der visuellen Daten allein kann Abel es nicht bestimmen. Im Innern der Blasen sind jedenfalls schattenhaft fötale Formen zu erkennen. Gillians Miene bleibt ernst, aber sie reckt das Kinn, sodass ihr Gesicht in den purpurroten Schein dieser Zukunftsvision getaucht ist. »Nun endlich sind wir zu der Überzeugung gelangt, dass uns ein Durchbruch gelungen ist.«

Wieder ertönt Applaus, diesmal noch begeisterter als zuvor, als die Blasen die Form von zwei Embryonen mit hell leuchtenden Mech-Komponenten in der Region des Kopfs annehmen. Die Embryonen werden rasch zu Föten, dann zu Kleinkindern und schließlich zu ausgewachsenen Mechs – aber diese sind kein Charlie und keine Queen, sondern tragen Gesichtszüge, die die Kinder der beiden haben würden, wenn sie sich fortpflanzen könnten.

Nun können sie es anscheinend.

»Organische Technologie«, verkündet Gillian. »Das extrem strapazierfähige innere Gerüst besteht nicht aus Metall, sondern aus organischen Verbindungen, die so manipuliert wurden, dass sie ein weitaus stabileres Material als Knochen bilden können. Die geistigen Fähigkeiten werden eine individuellere Programmierung erlauben, wobei die wichtige Unterscheidung zwischen Mensch und Maschine erhalten bleibt. Ein Selbstreparatur-Mechanismus geht über die Fähigkeit, kleine Verletzungen zu heilen, hinaus und macht die nächste Mech-Generation nahezu unsterblich. Wir nennen sie *Inheritors*: Mechs, die das Beste aus der Vergangenheit mit den Visionen für eine bessere Zukunft vereinen. Das hoffen wir unserer Galaxie anbieten zu können – und zwar nicht erst in Jahrzehnten, sondern bereits in den nächsten zwei, drei Jahren.«

Während es im Saal wieder hell wird, hebt aufgeregtes Gemurmel an. Abel versteht, warum. Diese Menschen erwarten nicht nur bessere, nützlichere Mechs, sondern auch Investitionsmöglichkeiten, die sie noch reicher machen, als sic sowieso schon sind. (Er hat beobachtet, dass die menschliche Gier fast immer weit über die menschlichen Bedürfnisse hinausgeht.)

Sein erster Gedanke ist ein völlig anderer: *Bald werde ich buchstäblich zum alten Eisen gehören.*

In vielerlei Hinsicht. Mit einer Ausnahme: Die neuen Mechs werden mental begrenzt sein; sie werden kein Bewusstsein entwickeln. Doch zu wissen, dass irgendein Mech irgendwo auf irgendeine Weise höher entwickelt sein wird als er – das ist ein ganz neues Gefühl und es gefällt Abel nicht.

Er hat Gerüchte darüber aufgeschnappt, hauptsächlich Wissenschaftsklatsch vom Planeten Cray, vor allem von Virginia Redbird. Die Neugier auf eine mögliche neue kybernetische Produktlinie hat ihn hierhergelockt. Aber er hatte gehofft, die neuen Mechs seien mehr wie er. Eher Menschen als Maschinen.

Dann wäre er nicht länger allein.

»Organische Mechs«, fährt Gillian fort, »werden sich fortpflanzen können, wodurch die Herstellungskosten sinken.« Mit erhobener Augenbraue fügt sie trocken hinzu: »Keine Angst, die Reproduktion wird nur auf Nachfrage stattfinden, es wird also keine unliebsamen Überraschungen geben. Und wir sind uns ziemlich sicher, dass wir die Schwangerschaftsdauer unter neun Monate drücken können – da werden menschliche Mütter vermutlich vor Neid erblassen.«

Während die Zuhörer dies lachend quittieren, wägt Abel die möglichen Folgen ab. Der Gedanke an einen schwangeren Mech, der etwas in sich trägt, was eher ein Werkzeug ist als ein Kind – etwas, was zur Sklaverei verdammt ist –, empört ihn zutiefst. Menschen würden eine solche Reaktion dem Urinstinkt zuschreiben. Abel weiß nur, dass er den Gedanken unerträglich findet.

Auch Gillian wirkt beunruhigt, sie hält den Blick gesenkt,

aber ihre Stimme klingt unverändert, als sie mit der Beschreibung ihrer Neuschöpfungen fortfährt. »Sie sind billiger in der Herstellung und daher preisgünstiger. Sie behalten alle Vorteile der Mech-Arbeitskraft bei, während gleichzeitig die Nachteile beseitigt werden. Heute Abend werde ich hoffentlich mit jedem von Ihnen persönlich über unsere Forschungen sprechen können und auch darüber, welches Potenzial dies für unser Unternehmen birgt, für Ihre Beteiligung an unserem nächsten großen Projekt und für die Verbesserung unserer gesamten Gesellschaft – alles durch die Schaffung des höchstentwickelten Mechs, den es je gegeben hat.«

Abel ist zwar der Meinung, dass dieser Titel immer noch allein ihm gebührt, aber dies zu erwähnen würde zweifellos ihre bisher so reibungslose Präsentation durcheinanderbringen.

»Die Vision meines Vaters hat schon einmal diese Galaxie verändert.« Das Blau von Gillians Augen ist so stechend wie das einer Gasflamme. »Sein Vermächtnis lässt noch Größeres möglich erscheinen. Mansfield Cybernetics möchte nicht nur in der Mech-Technologie eine Führungsrolle einnehmen, sondern auch durch eine revolutionäre Zukunftsvision, die verspricht, die menschlichen Fähigkeiten auszuweiten. Mit Ihrer Hilfe können wir den nächsten Wandel in der Galaxie einläuten … gemeinsam.«

Der lauteste Beifall dieses Abends bricht los, als sie vom Podium herabsteigt und den Oboe-Mechs zunickt, die ihr Lied an exakt der Stelle wiederaufnehmen, an der sic aufgehört haben. Keiner dieser Mechs zeigt auch nur die geringste Reaktion ob dieser Offenbarungen. Man hat ihnen dazu nicht die nötige Intelligenz einprogrammiert.

Abel jedoch wird Gillians Rede noch lange beschäftigen. Sie hat nicht seine Hoffnungen erfüllt, einen anderen Mech wie ihn zu finden, ist aber trotzdem bedeutsam …

Seine visuellen Sensoren haben eine Bedrohung ausgemacht: Gillian Shearer, die ihn direkt anstarrt.

Ihr Blick verweilt nur 0,338 Sekunden auf ihm, nicht lang genug, um ihn sofort zu enttarnen, doch mehr als lang genug, um einen nicht akzeptablen Risikograd darzustellen. Ohne einen Blick zurück macht sich Abel aus dem Staub.

Er schlängelt sich durch die Menschenmenge, bewegt sich gegen die Masse derer, die nach vorne drängen, näher zu Gillian, um mehr über die Zukunftsvision zu hören, die sie ihnen anbietet. Die Gehgeschwindigkeit muss genau austariert werden, er muss den Nutzen der Eile gegen die Kosten, Aufmerksamkeit auf sich zu lenken, abwägen.

Seine Berechnungen müssen allerdings falsch gewesen sein, denn durch das Stimmengewirr macht er Gillians Stimme aus. »Dieser Mann da – der Blonde –, er kommt mir bekannt vor, kannst du –«

Abel schlüpft in einen der düsteren Seitenkorridore, die zu Toiletten und Cateringräumen führen, findet eine freie Toilette und sperrt die Tür hinter sich ab. Dann kniet er sich hin und durchschlägt mit einem Fausthieb den durchsichtigen Boden.

Die Gischt und das Dröhnen der Wellen dringen in den Raum, als Abel ein Segment von ungefähr vierzig mal vierzig Zentimetern herausreißt und ins Meer springt.

Die Kälte des Wassers ist fast ein Schock. Mit kraftvollen Bewegungen schwimmt Abel zwischen blauschwarzen Algen und Schwärmen winziger, silbrig glänzender Aale hindurch, kämpft gegen die Strömung an und ist dankbar für seinen unfehlbaren Orientierungssinn und die Fähigkeit, den Atem länger anhalten zu können als jeder Mensch.

Sie werden den Schaden im Fußboden in frühestens drei und spätestens zehn Minuten entdecken. Falls mich Gillian erkannt hat, wird sie bereits die Sicherheits-Mechs an Land verständigt haben. Falls sie nur einen Verdacht hinsichtlich meiner Identität hegt oder sich aufgrund des unterlegenen menschlichen Gedächtnisses unsicher ist, wird sie erst nach der Entdeckung des Schadens Alarm auslösen. Im letzteren Fall hat er eine Chance, es zum Hangar der *Persephone* zu schaffen. Im ersteren Fall …

Mit diesem negativen Ausgang wird er sich erst befassen, wenn es so weit ist.

Kaum berührt Abels Fuß die Sandbank vor der Küste, hört er auf zu schwimmen und läuft los. Als er an den Strand stürmt, schreckt er die Gäste einer nächtlichen Party auf, die beim Anblick dieses wilden, plötzlich aus den Wellen auftauchenden Manns lachend zur Seite springen. Sand klebt an seinen Schuhen und den tropfnassen Kleidern, aber das hält ihn nicht auf.

Nachdem er den Strand hinter sich gelassen hat, braucht er sich nicht mehr an das menschliche Lauftempo zu halten. Innerhalb von 1,3 Sekunden hat er den Turbo eingelegt und hält direkt auf den Hangar zu. Währenddessen tippt er auf den Datenleser. »Harriet, Zayan, hört ihr mich?«

»*Abel!*« Zayan antwortet sofort. »*Noch ein paar Minuten, und wir hätten uns ernsthaft Sorgen gemacht.*«

»Sorgen kannst du dir jetzt machen«, sagt Abel. »Und starte sofort die Triebwerke. Mach das Schiff so schnell wie möglich startklar.«

Harriet ruft: »*Wir haben dir doch gesagt, du sollst nicht …*«

»Du kannst mit mir schimpfen, wenn das Schiff zum Abflug bereit ist.« Während er unter einer Hochbahn hindurch in einen kleinen, ungepflegten Park rennt, überschlägt er rasch die Zeit, die ihm bis zu einer möglichen Gefangennahme bleibt. Mit jeder Minute wird der Himmel dunkler. Die Nacht bricht herein. »Wenn ich nicht in zehn Minuten beim Schiff bin, fliegt ihr ohne mich. Dann gehört die *Persephone* euch.«

»*Oh Gott, Abel, was hast du bloß getan?*« Harriet klingt inzwischen eher entsetzt als wütend.

»Im Grunde nichts, aber die Sicherheitskräfte werden mir nicht glauben. *Macht schon!*«

Als er 6,1 Minuten später den Hangar erreicht, sind seine Haare und Kleider von der schieren Geschwindigkeit seines Laufs fast getrocknet. Abel wird nicht langsamer, während er auf den Eingang zu ihrer Landebucht zusteuert, nur einmal stoppt er kurz, als er ein Brecheisen sieht, das unbeaufsichtigt bei einem alten Vagabunden-Schrottkahn herumliegt. Es kostet ihn nur 1,3 Sekunden, es sich zu schnappen, immerhin könnte es ja sein, dass ihm jemand auflauert …

An der Tür zur Landebucht angekommen klammert er sich an den Rahmen, schwingt sich herum und zieht der auf ihn wartenden Queen das Brecheisen über den Schädel. Natürlich hatte sie sich an der Stelle auf der anderen Seite der Wand versteckt, die ihre Programmierung als die strategisch sinnvollste ausgemacht hat. Sie sackt zu Boden, nur noch ein regloses Stück Maschine, und Abel wirft das Brecheisen an seinen Platz zurück, bevor er die letzten Meter zur *Persephone* zurücklegt. Ihr silbernes, tropfenförmiges Äußeres schimmert in der düsteren Landebucht. Als sich die Tür vor ihm auffächert, ist er endlich wieder zu Hause.

»Ein sofortiger Abflug ist anzuraten«, ruft er, im Vertrauen darauf, dass das Kommunikationssystem eingeschaltet ist. Und tatsächlich zünden die Magnettriebwerke augenblicklich und das Schiff hebt ab. Welchen Funkspruch Gillian auch gesandt haben mag, er hat keinen planetenweiten Alarm ausgelöst, oder zumindest hatte sie nicht speziell die *Persephone* im Visier, denn er spürt, dass das Schiff die Schwerkraft des Planeten ohne Widerstand überwindet.

Als er auf die Brücke spaziert, ruft ihm Harriet über die Schulter zu: »Bist du völlig verrückt geworden?«

»Ich bin nicht verrückter als sonst«, entgegnet Abel.

Dafür erntet er einen finsteren Blick von ihr. »Das klingt weniger tröstlich, als du vielleicht meinst.«

Im Geist hört Abel Noemis Stimme. *Du hast wirklich überhaupt kein Talent, einen zu beruhigen.*

»Sieht nicht so aus, als würden wir Gesellschaft kriegen«, verkündet Zayan. »Unser Weg zum Erd-Tor Richtung Stronghold ist frei.« Gillian hat Abel wohl doch nicht richtig erkannt – sie sah in ihm nur einen Eindringling, jemanden, den man im nächsten Raumhafen überprüfen lassen, jedoch nicht unbedingt aufspüren und festsetzen sollte.

Aber es hätte leicht schiefgehen können. Um Haaresbreite hätte sie ihn erwischt. Abel hat zugelassen, dass seine Neugier sein Urteilsvermögen trübte; dadurch hat er nicht nur sich selbst, sondern auch seine Crew in Gefahr gebracht. Das ist inakzeptabel. In Zukunft muss er vorsichtiger sein.

»He, du bist ja ganz nass! Wollte dich jemand ertränken?«, will Harriet wissen.

»Dazu bin ich ein viel zu guter Schwimmer.« Abel erwartet nicht, dass diese Bemerkung ihre Laune hebt, und tatsächlich wird ihr Blick noch finsterer. »Immerhin bin ich wieder da, Harriet. Reicht das nicht?«

»Doch, natürlich.« Sie dreht sich zu ihm um, ihre langen Zöpfe fallen ihr dabei über die Schulter. Sie und Zayan tragen die übliche Vagabundenkluft, weite Hemden und leuchtend bunt gemusterte Hosen. Auf der in Schwarz und Silber gehaltenen Brücke der *Persephone* erinnert das junge Paar an exotische Schmetterlinge. »Wir machen uns nur Sorgen. Das ist alles.«

Zayan lacht. »Genau, wir würden niemals einen anderen Boss finden, der so gut zahlt wie du.«

Plötzlich fällt Abel auf, dass ihm ein mögliches Szenario entgangen ist – eine unerklärliche Schwachstelle in seinen Überlegungen. »Ihr hättet ohne mich fliegen können. Meine letzte Audioübertragung hätte euch gestattet, die *Persephone* ganz offiziell zu übernehmen.«

»Das würden wir dir niemals antun«, protestiert Zayan. »Komm schon, Abel. Weißt du das denn nicht?«

Harriet sieht ihn wieder an, aber dieses Mal ist ihr Blick nicht wütend, sondern eher bekümmert. »Hast du denn wirklich noch nie Freunde gehabt, dass du so etwas von uns denkst? Außer Noemi, meine ich.«

»Nein, habe ich nicht.« Eigentlich möchte Abel diese Unterhaltung nicht weiterführen. »Ich sollte mich umziehen.«

Abel spürt die Blicke seiner Crew-Mitglieder, als er von der Brücke eilt, doch sie versuchen nicht, ihn aufzuhalten.

Harriet und Zayan wissen nicht, warum ihr Captain keine Angst vor dem Ertrinken hat. Warum er regelmäßig falsche

Identitäten benutzt und sich so weit wie möglich von Sicherheits-Mechs fernhält. Ihre Loyalität verbietet ihnen, zu fragen. Sie sind, wie Harriet gerade gesagt hat, nicht nur Angestellte, sondern Freunde.

Würden sie anders handeln, wenn sie wüssten, dass Abel kein Mensch ist? Dass er nicht nur ein Mech, sondern das Herzensprojekt des hochverehrten Burton Mansfield ist?

Wenn sie wüssten, dass Mansfield Abel zurückhaben will, weil Abels kybernetischer Körper der einzige ist, der ein menschliches Bewusstsein aufnehmen kann – *Mansfields* Bewusstsein, was den alten Mann vor seinem nahen Tod bewahren würde –, würden sie Abel dann ausliefern, um Mansfields Leben zu retten?

Manchmal beunruhigen Abel diese Fragen, aber er möchte die Antworten darauf gar nicht wissen.

Soweit er weiß, hat nur eine Person jemals das Leben eines Mechs als genauso wertvoll eingeschätzt wie das Leben eines Menschen. Diese Person befindet sich auf der anderen Seite des Genesis-Tors – weit entfernt von ihm, und zwar für immer.

Was würde Noemi Vidal zu den organischen Mechs sagen? Abel ist sicher, dass sie ähnlich fasziniert wäre wie er.

Seine Stimmung sinkt, als er sich die Zukunft dieser Technologie vorstellt: Mechs werden immer menschenähnlicher werden. Sicherlich wird eines Tags in einem von ihnen ein Bewusstsein erwachen – aber Mansfield lernt aus seinen Fehlern. Der nächste Mech mit einer Seele wird durch Programmierung so stark gebunden sein, dass Abels oberste Direktive dagegen wie ein bloßer Vorschlag wirken wird.

Wir werden keine Individuen mehr sein, denkt Abel, und

zählt sich bereits zu diesen noch nicht geschaffenen Brüdern und Schwestern. *Wir werden nicht mehr frei sein.*

Wir werden Sklaven sein.

3

Als Noemi ohne handfeste Beweise für ihre Reise durch die Galaxie nach Genesis zurückkehrte, hätte sie im Gefängnis landen und sogar unehrenhaft aus der Armee entlassen werden können. Jeder diensttaugliche Jugendliche auf dem Planeten geht zum Militär; ihr Status als diskreditierte Ex-Soldatin hätte sie zu einer Außenseiterin gemacht – mehr noch als ohnehin schon. Einzig und allein eine Person hat sie vor diesem Schicksal bewahrt: Darius Akide, Mitglied des Ältestenrats und einst brillanter Student von Burton Mansfield.

Nun treffen sie sich alle paar Wochen. Noemi fällt auf, als sie die Treppe zur Halle der Ältesten hinaufsteigt, ein junges Mädchen in seiner smaragdgrünen Uniform zwischen lauter grauhaarigen, majestätischen Gestalten in herrschaftlich weißen Roben. Diese Treffen hat Akide angeregt, da er weiß, wie allein Noemi sonst ist. Indem er sie hierherbestellt, sendet er ein unmissverständliches Signal an die Öffentlichkeit aus, dass der Ältestenrat an ihre Version der Ereignisse glaubt. Er ist ihr wichtigster Verteidiger. Noemi ist dankbar oder weiß zumindest, dass sie es sein sollte.

Doch seit sie ein Mitglied des Ältestenrats kennt, sind ihr auch die Schwächen des Rats bewusst geworden – und wie diese Schwächen Genesis gefährden.

»Vermutlich ist es nicht überraschend, dass Sie eine solche Technologie wie diese mysteriösen sternenförmigen Raumsonden noch nie gesehen haben.« Akide sitzt an seinem Schreibtisch aus grob behauenem Stein, das grau melierte Haar am Hinterkopf zu einem Knoten geschlungen. Wie die meisten Räume in der Halle der Ältesten wird dieser tagsüber nur vom Sonnenlicht erhellt, das durch die ovalen, in die Wand gemeißelten Fenster flutet. »Haben Sie vielleicht in den Nachrichtenquellen irgendetwas mitbekommen oder in einer Unterhaltung etwas aufgeschnappt? Wir wissen immer noch nicht, welchem Zweck diese Sterne eigentlich dienen. Jeder noch so kleine Hinweis könnte für unsere Nachforschungen hilfreich sein.«

»Ich wünschte, ich könnte helfen.« Noemi versucht, ruhig zu bleiben. Akide ist noch am ehesten derjenige, den sie dieser Tage als Freund bezeichnen würde, doch manchmal scheint er zu erwarten, dass sie seit ihrer abenteuerlichen Reise alles über die anderen Welten des Planetenrings weiß. »Aber an so etwas kann ich mich beim besten Willen nicht erinnern.«

Akide seufzt. Mehr zu sich selbst murmelt er: »Waren es Sonden? Waffen, die versagt haben? Sollten sie uns nur Angst einjagen? Als wüssten wir nicht, welch große Bedrohung die Erde darstellt. Als wüssten wir nicht, wie gering unsere Chancen sind.«

»Reden Sie doch nicht so.« Plötzlich wird Noemi bewusst, wie sie gerade mit einem *Ältesten* gesprochen hat, und ihre

Wangen färben sich flammend rot. »Entschuldigen Sie. Ich meine – wir haben schließlich Grund zur Hoffnung. Zum Beispiel gibt es überall im Planetenring potenzielle Verbündete.«

Er tätschelt ihren Arm, eine Geste, die väterlich gemeint ist, aber Noemi empfindet sie als gönnerhaft. Vielleicht würde sie anders darauf reagieren, wenn sie sich besser an ihren verstorbenen Vater erinnern könnte, doch da ist nur ein verschwommenes Bild von einem Lächeln und Umarmungen, und noch weniger ist ihr präsent, was es heißt, umsorgt, wertgeschätzt, wirklich *wahrgenommen* zu werden.

»Lieutenant Vidal«, sagt Akide. »Sie sind auf einem Planeten im Kriegszustand aufgewachsen. Sie wussten schon von klein auf, dass ein Sieg unwahrscheinlich ist und dass Sie Ihr Leben voraussichtlich im Kampf verlieren werden. Sie haben sich nie vor Ihren Pflichten gedrückt, auch nicht vor dem größten Opfer, aber vermutlich wollten Sie sich nie eingestehen, dass wir letzten Endes wohl unterliegen werden. Ich weiß, wie schwer es ist, damit seinen Frieden zu machen – doch Sie müssen es versuchen, zu Ihrem eigenen Besten. Sonst wäre der Schmerz …« Er senkt den Kopf. »Er wäre dann nicht auszuhalten.«

Immer geht es um Opfermut. Immer geht es um Pflicht. Um Resignation. Für einen Planeten im Krieg, denkt Noemi manchmal, hat Genesis zu wenig Ahnung vom Kämpfen.

An diesem Abend beschließt sie, den Tempel aller Glaubensrichtungen zu besuchen. Er ist eines der größten Bauwerke auf Genesis, und sicherlich das größte Heiligtum – eine riesige Kuppel aus grauem Granit mit blauen Einsprengseln ruht auf wuchtigen Säulen, so dick wie jahrhundertealte Bäume. Kleinere Räume, die von dem zentralen Bau abgehen, sind für die Gottesdienste der jeweiligen Religionen vorgesehen, ob dort nun gesungen, getanzt, gebetet oder ein Schlangenkult betrieben wird. Doch Noemi ist wegen etwas hier, das von fast allen Glaubensrichtungen praktiziert wird: Meditation.

Sie macht es sich auf einem der großen Kissen bequem. Es ist alt, hie und da geflickt, und der Stoff ist so abgerieben, dass er sich weich anfühlt. Licht fällt durch die hohen Spitzbogenfenster herein und wirft seine Strahlen in den weitläufigen Tempel. Als Noemi tief einatmet, riecht sie Räucherstäbchen.

An diesem Ort kann vielleicht sogar ihr geschwätziger Geist Ruhe finden.

Noemi schließt die Augen und erinnert sich an die zwei Fragen, die Captain Baz ihr gestellt hat:

Wogegen kämpfen Sie, Noemi Vidal? Und wofür kämpfen Sie?

Ehrlich gesagt erwartet sie nicht, dass bei dem Ganzen viel herauskommt. Es ist ein Anfang, mehr nicht. Denn eigentlich kennt sie die Antworten. Sie kämpft gegen die Erde, gegen ihre Mechs. Und sie kämpft für Genesis.

Doch plötzlich wird ihr bewusst, dass das nicht die Antwort ist – oder zumindest nicht die ganze Antwort. Sie kämpft auch um das Vertrauen ihrer Kameraden. Sie kämpft darum, dass Akide ihr zuhört, dass ihr Planet sich entschlossener zur Wehr setzt.

Und es ist ein Kampf, ohne Esther weiterzuleben. Ohne Abel. Es ist ein Kampf, allein weiterzumachen.

Sie wusste schon als Kind, dass die meisten Leute sie nicht besonders mochten, und das hatte sie auch gar nicht erwartet. Ihre einzige richtige Freundin war Esther Gatson gewesen, ihre Pflegeschwester, die gar keine andere Wahl gehabt hatte, als Noemi in ihr Haus und in ihr Herz zu lassen – und Esthers Tod ist nun eine der Sünden, die ihr von den anderen angelastet werden.

Davor hatte Noemi zumindest gehofft, dass sie nicht für immer einsam sein würde. Dass sie irgendwie eines Tages herausfinden würde, wie man Nähe zu anderen Menschen herstellt oder sie zumindest nicht abschreckt – dass sie herausfinden würde, wo ihr Problem lag, damit sie es lösen konnte. Und als sie draußen in der Galaxie unterwegs war und Harriet und Zayan auf Kismet kennenlernte, Virginia auf Cray oder Ephraim auf Stronghold, schien sie es tatsächlich herausgefunden zu haben. Wenn man irgendwo neu anfängt, ist es einfacher, Freundschaften zu schließen.

Doch hier ist kein Neuanfang möglich. Die Lektionen, die sie in Sachen Freundschaft gelernt hat, lassen sich hier nicht anwenden. Sie ist noch isolierter als zuvor, und nun versucht sie zu akzeptieren, dass es wohl auf Dauer so bleiben wird.

Entspann dich, sagte Esther immer. *Gib den Leuten Zeit, dich kennenzulernen! Sei nicht so nervös und geh nicht immer gleich in die Defensive. Wenn du keine Angst vor Zurückweisung hast, wird man dich auch nicht mehr so leicht zurückweisen.*

Esther hatte recht gehabt. Noemi weiß, dass Menschen die Einsamen meiden. Aber wenn die Voraussetzung für das

Schließen von Freundschaften darin besteht, nicht einsam zu sein, ist das ein Widerspruch in sich. Das ist ja so, denkt sie verbittert, als würde man einem Verhungernden sagen, er könne so viel Essen haben, wie er wolle, wenn er nur aufhöre, hungrig zu sein.

Es gab in ihrem Leben nur wenige Phasen, in denen sie das Gefühl hatte, das Hungern könnte vorbei sein. Obwohl, eigentlich gab es nur eine Zeit, in der sie nicht völlig allein war – nur eine Zeit, in der jemand sie verstand und sich um sie sorgte – sie sogar liebte, wie er sagte …

Noemi reißt sich von der Erinnerung los. An Abel zu denken, tut weh, aus tausend verschiedenen Gründen, aber vor allem, weil sie weiß, dass sie ihn nie wiedersehen wird.

Abels Leben zu verschonen war der einzige Augenblick göttlicher Gnade, der Noemi jemals zuteilwurde, der eine Moment, in dem ihr Glaube zu einer lebendigen Kraft in ihr wurde. Eigentlich hatte sie gedacht, dass solch ein Moment tiefer Verbundenheit mit Gott all ihre Fragen beantworten würde. Dass ihr dann alles klar werden würde. Aber es hat sich herausgestellt, dass es so nicht funktioniert. Sie fühlt sich immer noch wie ein kleines Staubkorn in diesem riesigen Kosmos, ist sich unsicher, was richtig und gut ist.

Versuch es noch mal, fordert sie sich auf und schließt die Augen. *Benutze das Mantra, das Baz dir gegeben hat.*

Es hilft nichts. Meditation bringt ihr keinen Frieden, sondern erinnert sie nur daran, wie allein sie ist – und wie sehr sie fürchtet, dass diese Einsamkeit für immer anhalten wird.

»Möchtest du heute Morgen Toast?« Mrs Gatson fragt es im Ton einer Kellnerin, die im Restaurant einen Gast bedient. Und zwar einen neuen, keinen Stammgast. Dabei lebt Noemi seit neun Jahren bei den Gatsons.

Nach Esthers Tod haben die Gatsons bei einem Künstler in der Nachbarschaft ein Porträt von Esther in Auftrag gegeben. Das Bild hängt an der Wand, eine Kreidezeichnung, die Esthers goldblondes Haar und ihre blauen Augen treffend wiedergibt. Doch das Schweigen, das ihr Tod hinterlassen hat, dehnt sich jeden Morgen aufs Neue im Haus aus, bis Noemi glaubt, keine Luft mehr zu bekommen. Hier wird sie sich niemals wirklich zu Hause fühlen.

Das Haus ist in dem auf Genesis üblichen Stil gebaut – die Schlafräume liegen unter der Erde, die Wohnräume oberirdisch, mit großen »Fenstern« aus durchsichtigen Solarpaneelen. In Blumenkästen, die die Wand des großen gemeinschaftlichen Wohnraums säumen, wächst Gemüse, und Kräuter sprießen aus langen, schmalen Balken, die vom Boden bis zu Decke reichen und den Raum in Bereiche zum Kochen und Essen, zum gemeinsamen Wohnen und zum Arbeiten unterteilen. Unterhaltung findet man außerhalb des Heims, es sei denn, die Familie liebt Musik; Vids, Bücher und Ähnliches sind in Bibliotheken erhältlich und Schwimmbäder und Fitnessklubs befinden sich in den öffentlichen Sporthallen. Noemi konnte es sich nicht anders vorstellen, bis sie ihre Reise durch die Galaxie machte, zu den Welten im Planetenring, wo sie Virginia Redbirds Labor/Unterschlupf/Opiumhöhle auf Cray sah, Kismets luxuriöse Resorts mit ihrem lavendelfarbenen Meer und dem fliederfarbenen Himmel kennenlernte und den überwältigenden Wirbel an

Aktivitäten und Unterhaltungsmöglichkeiten erlebte, in den sich die sterbende Erde stürzt, um sich von ihrem nahen Ende abzulenken.

Einmal, als sie und Abel sich auf einem Asteroiden in der regenbogenfarbenen Wolke eines Sternennebels versteckten, sahen sie sich einen alten »Schwarz-Weiß-Film« aus dem zwanzigsten Jahrhundert an, in dem ein ehemaliges Liebespaar ganz unerwartet in Casablanca wieder aufeinandertrifft.

Wenn ich Abel nur noch ein einziges Mal wiedersehen könnte, denkt sie. *Ohne die Last zweier Welten auf unseren Schultern. Wenn wir nur einfach …* sein *könnten.*

»Noemi?« Mrs Gatsons Lächeln wirkt eingefroren, ihre Mundwinkel erinnern an eine exakt gefaltete Serviette. Die dunklen Ringe unter den Augen deuten auf eine schlaflose Nacht hin und ihre Stimme ist heiser. Ob sie krank wird? Vielleicht hat sie um Esther geweint; für die Gatsons ist Trauer etwas Privates. Sie teilen ihren Kummer nicht mit Noemi und haben auch keinerlei Anstalten gemacht, sie in ihrem Kummer zu trösten. »Möchtest du Toast?«

»Ja, Ma'am. Es tut mir leid. Ich bin heute Morgen mit den Gedanken woanders.«

Mrs Gatson wirkt entspannter, als sie etwas zu tun hat und Noemi nicht mehr direkt ansehen muss. »Hoffentlich keine Probleme auf der Basis?«

Ihre Pflegeeltern wissen sehr gut, dass Noemi seit ihrer Rückkehr mit nichts als Problemen zu kämpfen hat. Aber das ist kein angenehmes Thema für eine Unterhaltung. Die Gatsons möchten nur über *angenehme* Dinge sprechen. Als Esther noch lebte – ein wunderbarer, durch und durch guter

Mensch – drehten sich die Unterhaltungen um sie, und die Anspannung war geringer. Jetzt fühlt sich jedes Gespräch an wie eine Prüfung, die Noemi bestehen muss.

»Alles in Ordnung«, antwortet Noemi.

Als Mr Gatson hereinkommt, erschrickt sie. Er sieht furchtbar aus, blass und verschwitzt wankt er auf zitternden Beinen umher. »Mary, ich – ich kriege diese Erkältung einfach nicht los.«

Mrs Gatson geht nicht zu ihm hinüber, sondern deutet auf einen Stuhl. »Ich bringe dir einen Saft«, erwidert sie mit bebender Stimme.

»Nein, lassen Sie mich das machen.« Rasch gießt Noemi ein paar Gläser Saft ein, während sich Mrs Gatson neben ihren Mann setzt. »Sieht so aus, als würden Sie beide etwas ausbrüten.«

»Du könntest dich anstecken«, warnt Mr Gatson. »Bleib auf Abstand und wasch dir die Hände, hörst du?«

»Ja, Sir.« Mit einem Lächeln reicht ihm Noemi das Glas. Sie sorgen sich um sie, auf ihre eigene, etwas distanzierte Art. Sie würden nicht wollen, dass ihr etwas zustößt.

Doch für Noemi werden die beiden immer Mr und Mrs Gatson bleiben, sie würde sie nie mit *Onkel* und *Tante* oder irgendwelchen Kosenamen ansprechen, die zeigen, dass sie sich jetzt schon genauso lange um Noemi kümmern wie früher ihre verstorbenen Eltern. Ihre Gesichter werden nie strahlen, wenn sie nach Hause kommt. Sie werden sie nie beim Abschied umarmen.

Mr Gatson reibt sich die Stirn. »Haben wir irgendwo Ingwertee?«

»Ich glaube, der ist aus, aber ich könnte einkaufen gehen«,

bietet Noemi an. Bis ihr Captain Baz eine neue Aufgabe zuteilt, gibt es ja nichts Wichtiges zu tun.

»Das wäre schön«, sagt Mrs Gatson. Näher wird sie einem *Danke* nicht kommen. Unausgesprochen gehen die Gatsons davon aus, dass ihre Pflegetochter ihnen Höflichkeit und Hilfe schuldet – so verdient sie sich ihren Unterhalt.

Auf dem Weg zum Markt in ihrem Viertel fällt Noemi auf, dass heute weniger Fußgänger als sonst und kaum Radfahrer unterwegs sind. Es spielen auch weniger Kinder draußen. Nichts davon ist für sich genommen besonders auffällig, aber die Stille um sie herum gibt ihr das Gefühl, vom Rest der Welt abgeschnitten zu sein.

Auf dem Markt angekommen steuert sie den Teestand an, nur um dann festzustellen, dass sowohl Ingwer- als auch Kamillen- und Pfefferminztee ausverkauft sind – jene Teesorten, die ihre erste Wahl wären, wenn jemand krank ist. Als sie nach einem Päckchen Holunderblütentee greift, kommt ein Kunde neben ihr ins Taumeln und lässt sich dann schwer auf den Boden sacken – wie es Leute tun, wenn sie Angst haben, sonst in Ohnmacht zu fallen.

»Es tut mir leid«, sagt der Mann und hebt die Hand, als wollte er die Frau vom Verkaufsstand fortwinken, die an seine Seite eilt. »Ich habe heute Morgen Fieber bekommen. Hätte es nicht riskieren sollen, rauszugehen. Ich muss mich nur ein paar Minuten ausruhen …«

Den Rest hört Noemi nicht mehr, denn auf einmal rauscht ihr das Blut laut in den Ohren. Ihr stockt der Atem, als sie auf die ausgestreckte Hand des Manns starrt – und auf die verräterischen weißen Linien, die seine Haut überziehen.

»Unmöglich«, flüstert sie, aber dann denkt sie an die

Sterne, die auf Genesis einschlugen, die Sterne, von denen niemand wusste, welchen Schaden sie anrichten sollten. Nun weiß sie Bescheid.

Sie stürmt durch den Markt, schlängelt sich zwischen Ständen und Wagen hindurch, bis sie die öffentliche Kommunikationsstation findet. Mit zitternden Fingern tippt sie den Code für Darius Akides Amtsräume ein. »Hallo, hier ist Lieutenant Noemi Vidal für den Ältesten Akide.«

Ein Bild erscheint auf dem Schirm – es ist nicht Akides üblicher Assistent, sondern eine Vertretung. Stirnrunzelnd betrachtet er diese junge Frau, die irgendwie an den Code für das Allerheiligste gekommen ist. »Der Älteste Akide hat viele Verpflichtungen –«

»Sagen Sie ihm, dass ich es bin und dass es sich um einen absoluten Notfall handelt.« Noemi holt tief Luft. »Die Erde setzt biologische Waffen ein. Sie hat die Bevölkerung von Genesis mit der Spinnweben-Krankheit infiziert.«

Der Ältestenrat zweifelt ihre Nachricht nicht an, sondern tritt augenblicklich in Aktion. Noemi hätte sich über dieses Vertrauen gefreut, wenn es wenigstens irgendetwas Gutes bewirkt hätte.

Aus allen Regionen von Genesis kommen Berichte von Infektionen. Die Gebiete um die Aufprallorte der Sterne sind am stärksten betroffen, aber inzwischen sind auch Menschen in weiter entfernten Gegenden krank geworden. Verhaltensmaßregeln werden herausgegeben, man ermahnt die Menschen, Mundschutz und Handschuhe zu tragen, sich zu schonen und auf Symptome wie die weißen Linien auf der Haut zu achten. Niemand jedoch kann den Bürgern von Genesis sagen, was sie wirklich wissen müssten: wie man die Krankheit behandelt.

»Sie haben Spinnweben als eine Infektionskrankheit beschrieben,« sagt einer der Regierungsärzte, als er am nächsten Tag über die Komm-Einheit der Gatsons mit Noemi spricht. »Aber der hohe Ansteckungsgrad wurde in Ihrem Bericht nicht erwähnt.«

»Ich hätte nicht gedacht, dass es so schlimm werden könnte. Bei unserem Aufenthalt auf Stronghold galten Quarantäneschutzbestimmungen, aber es war auch nicht so, dass dort alle sofort krank wurden.« Sie fährt mit der Hand durch ihr kinnlanges schwarzes Haar. »Vielleicht – vielleicht liegt es an der Menge der Erreger, mit denen die Sterne bestückt waren?«

Ihr Unwissen lässt sie schier verzweifeln. Es ist eine absurde Situation: Sie, ein Teenager ohne medizinische Vorbildung, soll als Ratgeber für hochrangige Regierungsbeamte fungieren. Sie haben sie kontaktiert, weil Noemi die einzige Person auf Genesis ist, die aus erster Hand Erfahrungen mit Spinnweben vorzuweisen hat. Sie hat es gesehen. Sie hat es überlebt. Aber das bedeutet nicht, dass sie alles darüber weiß.

»Die Erde könnte das Virus manipuliert haben«, meint der Arzt. »Sie könnte eine bösartigere Variante entwickelt haben.«

»Es ist sowieso menschengemacht, also ist das durchaus möglich.« Niemand weiß, warum die Erde das Spinnweben-Virus entwickelt hat, man weiß nur, dass es so ist. Wenn Noemi den Grund dafür herausgefunden hätte – wenn Ephraim Dunaway es gewusst hätte –, könnte sie ihnen vielleicht einen Hinweis zu dem Virus geben, der wirklich hilfreich wäre. Aber sie ist machtlos.

Auf der anderen Seite des Zimmers sieht sie die zitternde Mrs Gatson in eine Decke gewickelt sitzen. Es ist das erste Mal, dass sie heute das Bett verlassen hat. Das Spinnwebenmuster auf ihrer Haut ist kaum zu erkennen, weil sie so blass ist. Mr Gatson hat gar nicht erst versucht aufzustehen. Noemi kann nicht außer Haus gehen, solange die beiden krank sind, auch wenn sie nicht weiß, wie sie ihnen helfen soll.

»Wann sollte man das Krankenhaus aufsuchen?«, fragt sie den Arzt mit gesenkter Stimme. »Wie hoch muss das Fieber –«

»Ich glaube nicht, dass man in den Krankenhäusern etwas tun kann«, entgegnet der Arzt. »Sie sind bereits überfüllt, und die Situation wird sich noch verschlimmern, wenn die Warnung rausgeht.«

»Welche Warnung?«

Die Antwort erscheint auf dem Bildschirm: ein grellorangefarbener Rahmen, den die Regierung üblicherweise benutzt, wenn sie wichtige Ankündigungen über die privaten Komm-Einheiten zu machen hat. Noemi könnte den Fließtext am unteren Bildrand lesen, aber ein Wort springt ihr ins Auge, das alles andere in den Hintergrund treten lässt:

PANDEMIE.

Dieses Wort verrät Noemi, dass die Erde ihr Ziel erreicht hat. Sie hat Noemis Planeten geschwächt und ihn verwundbar gemacht.

Dreißig Jahre hat Genesis sich behauptet und nun könnte ein einziges Virus diese Welt zu Fall bringen.

4

Abel hatte überlegt, direkt auf Stronghold einen Versorgungsstopp einzulegen, doch sein Plan löst sich in Luft auf, sobald sie das System erreichen.

»Verdammt noch mal«, stößt Zayan hervor. Auf der Operationskonsole blinken Warnsignale auf. »Das gesamte System wurde abgeriegelt. Hat Remedy wieder zugeschlagen?«

»Unbekannt.« Abels scharfe Augen suchen bereits nach Remedy-Kampfjägern beziehungsweise Sicherheits-Mechs, die sie verfolgen, aber er kann nichts entdecken. Genau genommen ist überhaupt kein Raumverkehr unterwegs. Vielleicht sind die Leute vom Schauplatz eines erneuten Terroranschlags geflohen.

Remedy hat seit seinem ersten öffentlichkeitswirksamen Anschlag beim Orchideenfestival auf Kismet acht Raumstationen und vier Transitschiffe zerstört. Die Zahl der Todesopfer hat an die Zehntausend erreicht – das heißt, sofern die Erde korrekte Angaben dazu macht, was Abel bezweifelt. Der radikale Flügel von Remedy rechtfertigt Gewalt als Mittel gegen die noch größere Gewalt, mit der die Erde gegen ihre

Kolonie-Welten vorgeht, aber Abel sieht vor allem unnötiges Blutvergießen.

Er kann Remedy nicht voll und ganz verdammen, denn nicht jeder von ihnen ist gleich ein Terrorist. Ephraim Dunaway, der Arzt, der Noemi und Abel vor sechs Monaten zur Flucht von Stronghold verhalf, ist ein anständiger Kerl, dem es um das Wohl der Menschen geht, wenn er die Missetaten der Erde aufdeckt. Aber sie haben auch ein anderes Mitglied von Remedy kennengelernt. Riko Watanabe behauptete, sie kämpfe für Gerechtigkeit, dabei sann sie nur auf Rache.

Wenn Noemi hier wäre, könnten sie darüber diskutieren, ob sich Gewalt im Namen der Freiheit jemals rechtfertigen lässt. Sie hätte vielleicht einen anderen Standpunkt als er.

»Abel?« Harriet sieht ihn komisch an. Abel merkt, dass er leise lächelt. Das passiert immer, wenn er an Noemi denkt.

Er korrigiert seine Miene und beschließt, seine Fähigkeit, Witze zu machen, zu testen. In letzter Zeit hat er daran gearbeitet. »Ich bin einfach erleichtert, dass wir wieder in Schwierigkeiten geraten. Es beunruhigt mich, wenn alles zu glatt läuft.«

Offenbar hat er es gut hingekriegt, weil Harriet lachen muss. »Ach, komm schon. Sogar wir haben manchmal Glück.«

»Heute nicht«, meint Zayan und verzieht das Gesicht. »Gerade trifft das Signal ein – eine planetenweite Quarantäne-Warnung. Spinnweben.«

Harriet flucht auf Französisch. Abel sagt nichts, denn er ist den Bruchteil einer Sekunde nicht im Hier und Jetzt, sondern zurückversetzt in die Zeit vor sechs Monaten, als auf Noemis Haut die verräterischen weißen Linien der Spinnweben-

Krankheit zu sehen waren und sie so hohes Fieber bekam, dass er Angst hatte, sie zu verlieren.

All sein Wissen, all seine vielen Fähigkeiten waren nutzlos gewesen. Die schnelle Behandlung auf Stronghold und die Hilfe von Ephraim Dunaway hatten Noemi das Leben gerettet. Er erinnert sich nicht gern an seine Machtlosigkeit.

Zayans blinkende Konsole informiert sie, dass sie Landeerlaubnis auf einer der äußeren Halbinseln erhalten haben, wo die Krankheit offenbar unter Kontrolle ist, und Harriets Hände liegen bereits auf den Instrumenten. »Bereit machen für die Landung?«, fragt Zayan.

Abel wägt die potenziellen Risiken ab und schüttelt den Kopf. »Ich möchte eure Gesundheit nicht aufs Spiel setzen.«

»Und deine eigene«, entgegnet Zayan. »Du bist nicht unsterblich, weißt du.«

»Das ist wahr.« Abels Lebensdauer beträgt etwa zweihundert Jahre. Er hat immer noch über hundertfünfzig Jahre vor sich.

»Nichts wie weg von hier.« Harriet leitet ein Wendemanöver ein. »Dann also wieder zurück durch das Erd-Tor? Auch wenn wir dort vorerst nicht landen dürften wegen irgendetwas, was du uns nicht sagen willst, könnten wir im Asteroidengürtel Schürfaufträge an Land ziehen.«

»Jetzt nicht«, sagt Abel. Nach Gillians Präsentation muss er unbedingt mit jemandem darüber reden, was er erfahren hat, und dafür kommt nur eine Person infrage. »Bring uns durch das Stronghold-Tor nach Cray, mit Höchstgeschwindigkeit.«

»Cray?« Zayan runzelt die Stirn. »Auf Cray bekommt man nur mit vorheriger Genehmigung durch die Wissenschaftler

Landeerlaubnis. Und dafür muss man entweder Forscher oder Händler oder …«

»Oder ein Familienmitglied sein.« Abel entscheidet sich für die beste Variante. »Auf geht's.«

»Abel, mein lieber Cousin!« Virginia Redbird kommt ihm mit weit ausgebreiteten Armen entgegen. Ihr langes braunes Haar mit den roten Strähnen reicht ihr fast bist zur Taille, und auf ihrem orangefarbenen Overall prangt ein Sammelsurium von Abzeichen und Anstecknadeln. Sie hatten zwar gelegentlich Kontakt über Holos und Datenübertragungen, aber dies ist ihr erstes Wiedersehen seit ihrer Flucht von der Erde vor fast sechs Monaten. »Ewig nichts von dir gehört, geliebter Cousin! Ich hab dich ja so vermisst!«

Abel lässt sich von ihr umarmen, was ihm die Gelegenheit bietet, ihr ins Ohr zu flüstern: »Ich glaube, die Menschen würden zu deinem Verhalten sagen, du trägst zu dick auf.«

Virginia lacht. »Vergiss nicht, mit wem du es hier zu tun hast. Ich trage immer zu dick auf.«

Das stimmt. Die anderen, die um die geometrisch perfekte Landebucht der Station 47 herumstehen, beachten Virginias übertriebene Begrüßung nicht im Geringsten. Nur Zayan und Harriet starren sie an. Mit der Zeit werden sie sich schon an sie gewöhnen.

»Bist du extra hergekommen, um mich zu besuchen?« Virginia legt den Arm um Abels Schultern und führt ihn in einen der unterirdischen Korridore Crays. Die Oberfläche des Planeten mag eine glühende rote Wüste sein, aber hier unten ist alles kühl und frisch und überwiegend in unterschiedlichen Weiß-, Orange- und Grautönen gehalten. Jeder Laden hat Spiele, Snacks oder Holos im Angebot, um die brillanten Wissenschaftler zu verwöhnen, die hier leben und mit dem riesigen, durch den Planetenkern angetriebenen Supercomputer arbeiten. »Wie du an deine Familie denkst, rührt mich zutiefst, Abel, wirklich zutiefst.«

Er versucht, darauf einzusteigen. »Für dich tue ich doch alles, meine liebe Cousine.«

Sie lacht entzückt auf. »Stellst du mir deine Freunde vor?«

»Harriet Dixon, Zayan Thakur, das ist Virginia Redbird, eine der besten Naturwissenschaftsstudentinnen von Cray.« Abel deutet auf seine … Freunde. Ja, das ist das korrekte Wort. »Virginia, meine Freunde Harriet und Zayan arbeiten als Crew auf meinem Schiff.«

»Wie heißt es denn gerade?« Virginia hatte einige der falschen Identitäten mitbekommen, die er auf Noemis turbulenter Reise durch den Planetenring verwenden musste.

»Die *Persephone*«, antwortet Zayan an seiner Stelle. Virginia sieht Abel an und ihr Blick wird sanfter. Sie weiß, dass er das Schiff Noemi zu Ehren umbenannt hat, ohne dass er es ihr erklären muss. Abel stellt fest, dass es ihn rührt, wortlos verstanden zu werden.

Der George-Mech, der die *Persephone* in die Landebucht eingewiesen hat, scheint indessen weder Abel noch das Schiff wiederzuerkennen, obwohl es gut sein kann, dass es sich um genau denselben George handelt, der vor sechs Monaten mit ihnen zu tun hatte, als wegen ihm und Noemi Sicherheitsalarm ausgelöst wurde. Abel macht sich keine Sorgen, dass sich ein Mensch von damals an ihn erinnern könnte; menschliche Gehirne löschen sehr viel mehr Informationen, als sie speichern. Wahrscheinlich bereinigen George-Mechs regelmäßig ihre Datenbanken. Diesen Faktor hat Abel miteinkalkuliert, als er entschied, nach Cray zurückzukehren.

Trotzdem kann er nicht ignorieren, dass Burton Mansfield noch immer nach seiner Schöpfung sucht. Noch immer darauf brennt, Abels Bewusstsein – seine Seele – zu zerstören und durch sein eigenes zu ersetzen. Er hat mit Sicherheit einige Mechs darauf programmiert, Abel wiederzuerkennen und dann seine Wiederergreifung zu veranlassen. Mit dieser Bedrohung muss Abel tagtäglich leben.

Entweder hatte er bisher großes Glück, nicht entdeckt zu werden, oder Mansfield kennt seinen Aufenthaltsort. Ist ihm auf der Spur. Wartet.

Abel reißt sich zusammen. *Paranoia kann eine Gedankenspirale in Gang setzen.* Er muss sich auf den Augenblick konzentrieren.

»Harriet, Z, ihr scheint schwer in Ordnung zu sein.« Virginia gibt Zayan einen Klaps auf die Schulter. »Abel und ich müssen ein paar Familienangelegenheiten besprechen. Wie wär's, wenn wir uns um 19 Uhr im Montgolfier treffen? Das ist dieses Restaurant, in dem die Teller und Tische und Stühle aus Energiefeldern bestehen, weshalb das Essen in der Luft zu schweben scheint! … Okay, das klingt ein bisschen eklig, aber es ist momentan der letzte Schrei. Das muss man einfach einmal ausprobiert haben.«

Harriet lacht. »Abgemacht. Wir finden hier bestimmt genug, um uns die Zeit zu vertreiben.« Zayan hat bereits den Spieleladen entdeckt. Vielleicht hätten sie sich auch ohne Virginias Vorschlag auf Erkundungstour gemacht, denkt Abel.

Jetzt kann er über die nächste Generation von Mechs sprechen, ohne zu verhehlen, dass er selbst einer ist.

Der neue Geheimunterschlupf der Razers sieht ziemlich genau wie der alte aus, dasselbe Durcheinander aus Computer-Equipment, aufblasbaren Möbeln, bunten Lichterketten und behelfsmäßigen Aschenbechern, die stark nach verbotenen Substanzen riechen. »Aber hier« – Virginia pflückt ein liegen gelassenes Kleidungsstück von einem Sessel und gibt Abel ein Zeichen, dass er sich hinsetzen soll – »werden sie uns nie finden, außer Mansfield hetzt dir noch mehr verrückte Mechs auf den Hals.«

Abel setzt sich so würdevoll in den aufblasbaren Sessel, wie er kann. »Ich glaube, darüber müssen wir uns im Augenblick keine Gedanken machen. Mein Schöpfer scheint jetzt andere Sorgen zu haben. Ich bin den Rechercheergebnissen, die du an die *Persephone* geschickt hast, weiter nachgegangen. Mansfield ist dabei, eine neue Art von Mech zu erschaffen – eine, die fast vollkommen aus organischem Material besteht.«

Virginias Augen leuchten auf. Andere Menschen reagieren so, wenn man ihnen Geschlechtsverkehr anbietet oder dieses inzwischen rare Gut, Schokolade. »Jupiter Optimus Maximus! Das ist gigantisch, Abel! Warum hat sich das noch nicht auf sämtlichen Nachrichtenkanälen der Galaxie verbreitet?«

»Die Information wird geheim gehalten, nur ein paar ausgewählte wohlhabende Personen, meiner Vermutung nach Investoren, wurden eingeweiht.«

»Das ist grandios. Wir brauchen mehr Info. Wir brauchen ihre Daten! Also müssen wir uns bei Mansfield Cybernetics einhacken.« Virginia zählt die Punkte an den Fingern ab, als wäre es das Normalste der Welt.

»Nein.« Dann denkt er noch einmal darüber nach. »Noch nicht. Im Moment ist das meiste davon noch reine Theorie.«

»Theorie bedeutet Daten. Daten sind unsere Freunde. Mensch, komm schon.«

»Das weiß ich doch«, sagt Abel. »Was ich sagen will: Die Einzelheiten von Mansfields Plan sind momentan nicht so wichtig. Mich machen die organischen Mechs genauso neugierig wie dich, aber da gibt es noch einen anderen Aspekt an der Sache, der schwerer nachzuvollziehen ist. Wir müssen herausfinden, wofür er eigentlich Investoren sucht.«

»Für das Projekt mit den neuen organischen Mechs … das ihm eine Fantastillion Dollar einbringen wird, und er hat ja schon zehn Fantastillionen Dollar, also, ja, wofür braucht er da noch Investoren?« Sie tippt mit dem Finger auf den Schreibtisch. »Du vermutest, da ist irgendein Schwindel im Gange.«

»Offen gesagt, ja.«

»Das ist ja *mega*.« Virginia wirbelt mit fliegender Mähne auf ihrem Drehstuhl herum und rollt damit quer durch den Raum. Am angesteuerten Schreibtisch angekommen, fängt sie sich ab und drückt auf eine Schalttafel, um die Daten hochzuladen, die sie vor einigen Monaten von Mansfield Cybernetics »abgegriffen« hat. Der holografische Bauplan eines Mech-Skeletts schwebt in der Luft, gewissermaßen die Mech-Version des vitruvianischen Menschen. »Wahrscheinlich haben sie schon mit dem Bau begonnen – oder mit der Züchtung, oder wie immer sie das bei den organischen Mechs nennen –, zumindest in limitierter Stückzahl. Wo glaubst du, findet das statt?«

»Ich bin mir nicht sicher«, gibt Abel zu, froh über die

Gelegenheit, von dem aufblasbaren Sessel aufzustehen, um zu ihr an den Schreibtisch zu gehen. »Nicht in den großen Labors oder Fabriken. Dann wäre längst etwas durchgesickert, trotz der Geheimhaltungsbemühungen von Mansfield Cybernetics.«

Virginias Grinsen wird breiter. Die Razers lieben Rätsel über alles, und er hat ihr ein besonders kniffliges aufgegeben. »Wir müssen also ein Geheimlabor finden. Und wir arbeiten in einem Geheimlabor. Ist das nicht cool?«

Er hält das für eine rhetorische Frage und sagt nur: »Sie haben den Investoren keinen bestimmten Ort genannt.«

»Wo war diese hippe Strandparty noch mal, von der du erzählt hast?«

»Auf der Erde, vor der chinesischen Küste.«

»Das ist ziemlich weit weg von der Firmenzentrale von Mansfield Cybernetics. Und übrigens auch von Mansfield selbst. Wie es scheint, ist er gar nicht mehr in der Lage, zu reisen.«

»Das stimmt.« Ein merkwürdiger Umstand – Virginia hat zu Recht darauf hingewiesen. Es ist nicht Mansfields Art, sich so weit vom Zentrum des Geschehens zu entfernen. »Aber seine Tochter Gillian hatte die Fäden in der Hand. Er hat vollkommenes Vertrauen in sie, wenn auch in niemand sonst.«

»Apropos Dr. Gillian Shearer …« Virginia lädt weitere Daten hoch. »Als du mir erzählt hast, dass sie die Tochter des Chefs ist, habe ich mich über sie informiert. Die Unternehmensangelegenheiten von Mansfield Cybernetics sind so geheim, wie das bei Daten nur möglich ist – niemand wird jemals die Geldströme nachvollziehen können –, aber Shearer ist nicht so vorsichtig. Habe mir einige Infos über ihre

Bankkonten besorgt, dazu ein paar persönliche Daten. Wurde vor ungefähr drei Jahren geschieden. Das Einzige, worüber ich nichts gefunden habe, ist die Schulausbildung ihres siebenjährigen Sohns Simon, aber vielleicht lässt sie ihn von einer Nan oder einem Uncle unterrichten?«

»Kann gut sein.« Eine Erinnerung flackert in Abel auf: ein Holo von Simon als Baby, das Mansfield ihm bei ihrer letzten Begegnung vorgespielt hat. Mansfield wollte vor Abel mit dem Jungen angeben, nur wenige Momente, bevor er Abels Gedächtnis für immer gelöscht hätte. Mansfield hat eine merkwürdige Art, seinen Stolz zu zeigen. Abel holt sich wieder in die Gegenwart zurück und fügt hinzu: »Was für eine Menge an Daten du zusammengetragen hast – wirklich beeindruckend.«

»Ja, ich bin super.« Sie lehnt sich nach hinten und verschränkt ihre langen, dünnen Arme hinter dem Kopf. »Falsche Bescheidenheit liegt mir nicht, warum also so tun als ob?«

»Durchaus vernünftig.« Auch Abel konnte mit Bescheidenheit noch nie etwas anfangen.

»Hier kommt der Knaller«, sagt Virginia, als sie auf eine leuchtende Datenspalte zeigt. »Shearer gehört zu einer kleinen Gruppe von Neo-Transhumanisten.«

Abel runzelt die Stirn. Vom Transhumanismus – dem Glauben, dass der Mensch mithilfe chemischer und/oder biomechanischer Erweiterungen seines Körpers zum Übermenschen werden kann – ist man Mitte des einundzwanzigsten Jahrhunderts wieder abgekommen. Diese Philosophie ist zwar eine konsequente Weiterentwicklung des menschlichen Egos, aber ihre Umsetzung in der Realität scheiterte aufgrund der Abstoßung von Gewebe, hochschnellender Krebsraten und anderer unvorhersehbarer Folgen. Als man die ganzen Probleme einigermaßen im Griff hatte, hatte sich bereits die Kybernetik durchgesetzt, und die Menschen verspürten nicht mehr den Wunsch, ihren Körper zu manipulieren, um das zu tun, was nun ganz einfach ein Mech für sie erledigen konnte. »Vielleicht hat Mansfield Cybernetics die Absicht, solche Technologien zu entwickeln.«

»Aber warum ausgerechnet organische Mechs?« Virginia zuckt die Schultern, als sie ein Holo hochlädt, in dem Gillian vor einer Gruppe spricht. Nach ihrer Figur zu schließen, muss es schon ein paar Monate alt sein – oder vielleicht sogar Jahre. Gillians energiegeladene Ausstrahlung lässt sie um einiges jünger wirken. »Hier, sieh dir das an.«

»*Wir können die menschliche Unvollkommenheit überwinden*«, sagt Gillian mit solcher Inbrunst, dass er zusammenfährt – es wirkt wie aus einer Theateraufführung und nicht wie aus dem wirklichen Leben. Doch sie meint es ganz ernst, das spürt man. »*Ja, wir müssen sie überwinden. Das Bewusstsein mag aus der körperlichen Existenz heraus entstanden sein, aber warum sollte es daran gefesselt bleiben? Wir stecken in Gefängnissen aus Blut und Knochen. Die Menschheit muss daraus befreit werden!*«

Virginia schaltet das Holo aus. »Da steckt um einiges mehr dahinter. Allerdings habe ich noch nichts Konkretes, es ist also zu früh, darüber zu reden.«

Abel weiß nicht, was er von Gillians merkwürdiger Weltanschauung halten soll, aber er ist sich sicher, dass sie mit dem Projekt der organischen Mechs zusammenhängt. »Ich muss gründlichere Nachforschungen anstellen. Du hast mir schon sehr geholfen, und ich bitte dich nur ungern um weitere Unterstützung …«

»Ach, komm schon. Du weißt genau, dass ich solche Sachen liebe. Außerdem ist gerade wenig zu tun bei uns, was anfangs cool war, aber allmählich wird mir langweilig. Ich brauche also ein neues Projekt.« Sie aktiviert einen weiteren Holo-Bildschirm mit einem Bild des berühmten Stars Han Zhi, dessen körperliche Schönheit Menschen jeden Geschlechts und jeder sexuellen Orientierung betört. Selbst Abel, bei dem Lust nur durch Berührung ausgelöst werden kann, ertappt sich dabei, wie er die perfekt symmetrischen Züge von Han Zhis Gesicht anstarrt. Virginia seufzt auf. »Ich habe sein letztes Holo bearbeitet und mit einem Happy End versehen. Warum erfindet man überhaupt tragische Geschichten, bei denen die Liebenden zum Schluss nicht zusammenkommen? Das will doch keiner sehen!«

Das müsste eigentlich Abels Stichwort sein, um *Casablanca* zu verteidigen, seine absolute Lieblingsgeschichte. Wenn Ilsa Rick zum Schluss nicht verlassen würde, verlöre der Film viel von seiner Kraft. Doch da drängt in Abel eine andere Erinnerung hervor, so stark, dass er sie nicht wegschieben kann.

Einen Moment lang ist es, als wäre er wieder auf seinem Schiff und würde sich für immer von Noemi verabschieden. Während ihr Kampfjäger hinaus ins All glitt, verschwamm sein Blick vor Tränen – es waren die ersten Tränen, die er jemals vergossen hat –

»Abel?« Virginia steht auf. Sie überragt ihn um einige Zentimeter, und ihre Miene wirkt besorgt, als sie auf ihn herabblickt. »Alles okay?«

»Mein Zustand ist unverändert.« Damit meint Abel, dass

sein Betriebszustand zufriedenstellend ist. Es ist überhaupt nichts »okay« daran, dass er Noemi nie wiedersehen wird.

»Eins frage ich mich«, sagt Virginia leichthin, als wäre er nicht gerade mitten in ihrer Unterhaltung total abgeschweift. »Warum steigerst du dich in das Ganze eigentlich so furchtbar rein? Ich verstehe, dass du neugierig bist, aber dass du dich so James-Bond-mäßig in eine Party von Mansfield Cybernetics eingeschlichen hast? Das ist ziemlich gewagt für eine ganz gewöhnliche Robotertechnikrecherche.«

Abel blinzelt. Er hat nie darüber nachgedacht, warum er Mansfields Arbeit so intensiv verfolgt. Die Notwendigkeit schien auf der Hand zu liegen, aber nun merkt er, dass er den Grund dafür nicht benennen kann. Sein Verhalten wird nicht nur durch sein Bewusstsein bestimmt, sondern auch durch seine Programmierung – ebenjene Programmierung, die Mansfield persönlich bei ihm vorgenommen hat.

Er wird nie völlig frei sein von seinem Schöpfer.

»Meine oberste Direktive«, entgegnet Abel. Er stellt sich vor, die bunten Lichterketten um sie herum wären das Innenleben eines Computers, als unterhielten sich Virginia und er mitten in seinem eigenen mechanischen Gehirn. »Mein Kernbefehl fordert meine Ergebenheit gegenüber Burton Mansfield. Ich kann mich ihm zwar widersetzen, aber ich werde mich immer für ihn interessieren. Ich habe das starke Bedürfnis, seine Handlungen und Motive zu verstehen. Mir liegt sogar an seinem … Wohlergehen, ich möchte, dass er in Sicherheit ist und es ihm gut geht.«

Virginia stützt sich auf ihren Schreibtisch, ihre Miene ist argwöhnisch. »Das heißt aber nicht – Abel, du denkst doch nicht etwa darüber nach, dich in seine Hände zu begeben?«

»Keine Sorge, Virginia. Ich habe es nicht eilig, zu sterben«, antwortet Abel. »Wie Burton Mansfield genau weiß.«

Grinsend hebt sie die Hand zu der ihm unverständlichen, archaischen menschlichen »High Five«-Geste. Offenbar ist das auf Cray gerade angesagt. Abel klatscht sie ab, aber als ihre Handflächen aufeinandertreffen, dankt er im Stillen dafür, dass Harriet und Zayan ihn jetzt nicht sehen können. Sie würden ihn ewig damit aufziehen.

Trotzdem, es ist angenehm, überhaupt jemanden zu haben, der einen mit etwas aufziehen könnte.

Was seine Sehnsucht nach Noemi erneut anfacht. Warum ist der Schmerz immer noch so frisch, als hätten sie sich gerade erst voneinander verabschiedet? Wie lange wird es dauern, bis er heilt? Die Menschen sprechen immer davon, dass das »Leben weitergeht«, so, als wäre das schon nach Wochen oder gar Tagen der Fall. Fünf Monate nach seiner Trennung von Noemi muss Abel sich noch immer täglich zwingen, an etwas anderes zu denken.

Vielleicht lieben Menschen anders. Vielleicht ist die Liebe der Menschen schwach, so launisch wie das Wetter und so flüchtig wie eine Brise.

Abels Liebe nicht.

5

Binnen vierundvierzig Stunden – zwei Genesis-Tagen – herrscht auf dem gesamten Planeten Chaos.

Nicht alle sind erkrankt. So ansteckend ist keine Krankheit, nicht einmal Spinnweben. Aber über ein Fünftel der Bevölkerung ist betroffen, und bestimmt tragen weitere Personen das Virus schon in sich. Noemi hat die Krankheit überlebt und ist daher immun dagegen. Sie ist somit als einziger Mensch auf ihrem Planeten außer Gefahr.

Alle anderen haben schreckliche Angst, und diese Angst zerreißt sie innerlich.

Am ersten Tag breitet sich Stille aus. Die Märkte – ebenso wie alle anderen öffentlichen Plätze auf Genesis – werden per Dekret geschlossen. Das ist ein verzweifelter Versuch, die Zahl der Infektionen einzudämmen, aber wahrscheinlich war es bereits in dem Moment zu spät, als der erste Stern auf dem Boden auftraf. Noemi kümmert sich den ganzen Tag um Mr und Mrs Gatson, die von Stunde zu Stunde fiebriger und schwächer werden; sie kann im Grunde nichts weiter tun, als zuzuschauen, wie sich die weißen Linien des spinnwebenförmigen Ausschlags bei ihnen ausbreiten. Diese Nacht werden sie kaum etwas zu essen haben, weil die Notrationen erst am nächsten Tag verteilt werden. Noemi nimmt ein einsames Abendessen zu sich, bestehend aus ein bisschen übrig gebliebenem Gemüseeintopf und zwei Tassen Kaffee, und zwingt sich, wach zu bleiben.

Die Gatsons brauchen sie. Sie haben sie nie als Tochter in die Familie aufgenommen, aber sie haben sie gepflegt, wenn sie krank war, und Noemi zahlt ihre Schulden zurück. So ungern sie es zugibt – tief im Innern ist sie froh, dass die Gatsons zur Abwechslung einmal von ihr abhängig sind.

Doch am zweiten Tag ist sie über solch kleinliche Gefühle erhaben. Jetzt empfindet sie nur noch schieres Entsetzen.

»Bitte!«, fleht Noemi, während sie versucht, sich mit Mrs Gatson im Schlepptau durch die vor dem Krankenhaus versammelte Menschenmenge zu drängen. »Bitte, lassen Sie uns durch, sie braucht Hilfe …«

»Was glaubst du, warum wir hier sind?«, blafft ein alter Mann sie an. »Warte, bis du dran bist!«

Dabei gibt es gar keine Reihenfolge, keine Warteschlange, überhaupt keine Ordnung. Panik liegt in der Luft, so dick, dass Noemi sie als Vibration ihrer Nerven zu spüren glaubt. Mrs Gatson lehnt schwer an ihrer Schulter, kann sich kaum aufrecht halten und zittert trotz der Decke, in die Noemi sie gewickelt hat. Menschen rempeln sie an, stoßen sie grob von einer Seite zur anderen. Die weißen Mauern des Krankenhauses leuchten wie ein Hoffnungsschimmer vor dem dunklen, sturmumwölkten Himmel, aber es gibt kein Durchkommen durch die verzweifelte Menge. Kranke, die nicht mehr stehen können, bevölkern den Gehweg, liegen auf ausgebreiteten Decken oder einfach im Gras. Die langen Reihen der bleichen Stoffrechtecke erinnern Noemi unangenehm an Grabsteine auf einem Friedhof. Manche der Patienten stöhnen oder weinen; die meisten liegen still da. Einige so still, dass Noemi sie für tot hält.

Sie erinnert sich daran, wie sich Spinnweben anfühlt. Erinnert sich an den knochenzerfetzenden Schmerz, an den Schüttelfrost, an die beißend juckenden, trockenen Augen. Als sie versucht hatte, von ihrer Kabine zur Krankenstation zu gelangen, war sie im Korridor des Schiffs zusammengebrochen, unfähig, auch nur einen weiteren Schritt zu gehen.

Abel hatte sie gefunden, sie hochgehoben, sich so behutsam um sie gekümmert –

Denk nicht an ihn, ermahnt sie sich. *Abel kann dir nicht helfen. Du bist auf dich selbst gestellt.*

»Halten Sie durch«, flüstert sie Mrs Gatson zu, auch wenn die Frau sie nicht mehr zu hören scheint. Endlich, als die ersten Regentropfen fallen, kommen Fahrzeuge, um die Kranken aufzusammeln. Sie sehen nicht wie Krankenwagen aus, sondern eher wie … Lastwagen. Die Krankenschwestern darin wirken gehetzt und erschöpft; sie tun ihr Bestes, aber ihr Bestes ist nicht gut genug. Noemi hat keine andere Wahl, als Mrs Gatson ihrer Obhut zu übergeben.

Ihr Heimweg führt sie durch nahezu menschenleere Straßen. In den Fenstern der Häuser hängen rote Tücher, um zu signalisieren, dass hier ein Infizierter wohnt, was fast in jedem Haus der Fall ist. Noemi ist nicht die Einzige, die immer wieder hinauf zum Gewitterhimmel blickt und dabei nicht nach Donner oder Blitz Ausschau hält, sondern nach Damokles-Schiffen der Erde, die in die Atmosphäre von

Genesis eindringen – und nach Kampf-Mechs, die wie gefallene Engel vom Himmel herabkommen, um Noemis Welt für sich zu beanspruchen.

Als sie nach Hause kommt, bringt sie ein paar Notrationen mit, die sie ergattern konnte. Wie sie feststellt, kam auf ihre Nachrichten an Captain Baz keine Antwort. Die offiziellen Meldungen beziehen sich nur auf die Seuche an sich, mit keinem Wort wird erwähnt, wer – oder ob überhaupt jemand – für die Patrouillen am Genesis-Tor abgestellt wurde. Noemi weiß nicht, ob die Regierung eine Nachrichtensperre verhängt hat oder nicht mehr genügend Ressourcen hat, um sich diese Information zu beschaffen. Keine der beiden Möglichkeiten klingt gut.

In den großen Wohnbereich fällt von draußen der trübe Lichtschein, der durch die Wolken dringt. Seit gestern Morgen, als Mr Gatson krank wurde, hat sich kaum etwas verändert. Die Teetassen stehen noch neben dem Spülbecken. Noemi hat sie nicht gespült, weil sie unbedingt etwas braucht, was sie an Normalität erinnert. Ein Zeichen dafür, dass alles wie immer ist.

Obwohl Mr Gatson als Erster krank wurde, geht es ihm nicht so schlecht wie seiner Frau. Er sitzt auf dem niedrigen Sofa neben dem größten Fenster und starrt auf den dunklen Himmel, um seine Schultern ist trotz seines vom Fieber geröteten Gesichts eine Strickdecke geschlungen. Entweder hat er nicht gehört, dass Noemi hereingekommen ist, oder es ist ihm egal.

Sie geht vorsichtshalber davon aus, dass Ersteres der Fall ist. »Mr Gatson?« Ein langer Schritt bringt Noemi in sein Blickfeld. »Gibt es irgendetwas, was ich für Sie tun kann?«

»Ja«, sagt er mit zittriger Stimme. »Erzähl mir von dem Stern.«

Noemi weiß, dass er Esthers Stern meint. Nach Esthers Tod konnte ihre Leiche nicht auf Abels Schiff bleiben; bei einer Untersuchung des Schiffs hätte man Noemi und Abel wegen Mordes verhaftet. Als Noemi den grauenvollen Vorschlag, Esthers Leiche der Kälte des Weltraums zu übergeben, ablehnte, kam Abel auf die Idee, sie im Herzen eines Sterns zu begraben – der Sonne des Kismet-Systems, die einem ganzen lebendigen Planeten Licht und Wärme spendet. Sie findet immer noch, dass man Esther keine schönere Ehre hätte erweisen können.

Aber die Gatsons haben sie noch nie nach dem Stern gefragt. Noemi weiß nicht, ob sie die Art von Esthers Begräbnis ablehnen oder ob sie nur so wenig wie möglich über ihren Tod sprechen möchten.

Sie geht zum Sofa und setzt sich neben Mr Gatson, allerdings mit einem halben Meter Abstand. Aus Gewohnheit. »Kennen Sie das Sternbild Atar?« Es ist das berühmteste in der südlichen Hemisphäre von Genesis. »Den hellsten Stern am Boden des Kessels? Das ist der Stern von Kismet. Dort befindet sich Esther.«

Mr Gatson lässt den Kopf auf die Sofalehne sinken und blickt zu einem Himmel hinauf, der zu bewölkt ist, um irgendwelche Sterne zu erkennen. Im trüben Licht ist der schwache Spinnweben-Ausschlag fast nicht zu sehen. »Das ist … ›Atar‹ ist für die Zoroastrier die ewige Flamme, nicht wahr?«

»Ja.« Noemi kennt sich mit dieser Religion, die auf den nördlichen Kontinenten verbreiteter ist, nicht besonders gut aus. Doch nach Esthers Begräbnis hat sie sich ein bisschen darüber informiert. »Sie reinigt. Sie kann Schuld von Unschuld unterscheiden. Sie steht für die Herrlichkeit Gottes.«

Nach langem Schweigen sagt Mr Gatson: »Dann ist es ein guter Ort für sie.«

Mehr an Vergebung wird Noemi nicht erlangen. Sie hütet sich, etwas darauf zu erwidern.

Ein Klopfen an der Tür lässt sie zusammenzucken. Mr Gatson scheint es nicht gehört zu haben. Rasch geht Noemi zur Tür, um zu öffnen; vor ihr steht eine Krankenschwester mit einem Behandlungskoffer in der Hand. Noemi ist so froh über ihren Anblick, dass sie fast glaubt, sie würde es sich nur einbilden. »Gott sei Dank sind Sie da. Aber Mrs Gatson – ich hätte sie nicht wegbringen sollen, wenn ich gewusst hätte, dass …«

»Man hat mich geschickt, damit ich hier einspringe, während Sie der Vorladung Folge leisten.« Die Krankenschwester reicht ihr einen kleinen Datenleser – eine Aufforderung, zu einer Geheimsitzung des Ältestenrats zu erscheinen, und zwar sofort.

Noemi bricht nicht zur Halle der Ältesten auf. Stattdessen hat man sie in eine Notaufnahmestation beordert.

»Alles, was wir über Spinnweben wissen«, krächzt Darius Akide auf seinem Krankenhausbett, »haben wir von Ihnen. Die Maßnahmen, die wir zur Bekämpfung dieser Krise ergreifen konnten, gehen auf Ihre Informationen zurück.«

»Ich weiß nicht viel darüber«, entgegnet Noemi. Obwohl

ihr vom Verstand her klar ist, dass sie nicht mehr hätte tun können, hat sie das Gefühl, irgendwie versagt zu haben. »Laut Ephraim Dunaway kamen die Ärzte auf Stronghold deshalb darauf, dass ich von Genesis stamme, weil ich zu gesund war. Weil die Behandlung von Spinnweben bei mir so gut anschlug. Aber diese Krankheit – sie vernichtet uns.«

»Sie haben auf antivirale Medikamente angesprochen, über die wir nicht verfügen«, sagt Akide. »Unsere sind älter und, wie es scheint, weniger wirksam gegen Spinnweben.«

Ein anderer Ältester mischt sich ein: »Offenbar hat man die Seuche auf der Erde noch ansteckender gemacht, bevor man sie nach Genesis einschleppte – und vielleicht noch tödlicher. Unsere Medikamente sind machtlos dagegen.«

»Dann müssen wir …« Noemi bricht mitten im Satz ab. Die Vorstellung ist so verlockend, so befreiend, dass sie es nicht laut aussprechen kann. Wenn sie zugibt, dass es möglich ist, gibt sie damit zu, wie sehr sie es will. Zuzugeben, dass sie etwas will, hieße, dass sie es nicht bekommen wird. Sie zwingt sich, in eine andere Richtung zu denken. »Ist es … enthält mein Körper Spinnweben-Antikörper oder so etwas? Könnten sie aus meinem Blut ein Heilmittel herstellen?«

Der grauhaarige Älteste schüttelt den Kopf. »Unsere Ärzte bezweifeln es, und die Experimente würden Zeit erfordern, die Genesis nicht hat. Die Erde hat diese Krankheit geschickt, um uns lahmzulegen. Jeden Moment könnten Damokles-Schiffe kommen, und wir hätten dem kaum etwas entgegenzusetzen. In wenigen Tagen werden wir überhaupt keine Widerstandskraft mehr haben.«

»Wir brauchen die besseren antiviralen Medikamente«, sagt Noemi. Jetzt ist es raus. »Sie müssen mich durch das Tor schicken. Deshalb haben Sie mich doch hierhergerufen, oder? Ich bin immunisiert und verfüge über Kontakte zu Remedy, die uns nützlich sein könnten. Ich bin bereit.«

Ein Gedanke ist stärker als alle anderen: *Ich bin frei!*

Gleich darauf fragt Noemi sich, was eigentlich mit ihr los ist. Genesis befindet sich in schrecklicher Gefahr, vielleicht der größten, der es je ausgesetzt war. Ihre Mission wird sehr riskant sein; mit Sicherheit wird das Genesis-Tor durch die Erde streng bewacht, und die Wahrscheinlichkeit, geschnappt zu werden, ist hoch. Wenn sie versagt, bedeutet das das Todesurteil für ihre Welt, und dann wird sie all den Hass verdienen, der ihr bereits entgegenschlägt.

All das weiß sie. All das ist ihr voll und ganz bewusst. Sie wird um jeden Preis versuchen, die antiviralen Medikamente nach Genesis zu bringen, und wenn es ihr Leben kostet.

Doch dann schüttelt Darius Akide langsam den Kopf. »Das würde Zeit brauchen, die wir ziemlich sicher nicht haben. Wir müssen dem Unvermeidlichen ins Auge blicken.«

Noemis Magen krampft sich vor Übelkeit zusammen. *Nein.*

»Sie sind nicht gerade die Diplomatin, die ich mir ausgesucht hätte«, sagt er mit so viel Humor, wie er noch aufbringen kann, und das ist nicht viel. Die Bedeutung seiner Worte ist unmissverständlich. »Aber Sie sind unseres Wissens die einzige Person, die gesund bleiben und sich nicht anstecken wird.«

Bitte nicht.

Akide kommt zum Ende: »Deshalb müssen Sie diejenige sein, die der Erde unsere Kapitulation anbietet.«

Der Krieg ist vorbei. Noemis Welt ist verloren.

Die folgenden Stunden ziehen nur verschwommen an ihr vorbei: Sie tankt ihren Sternenjäger auf und lädt Vorräte, gibt ihren Kurs zum Genesis-Tor ein, während sie gleichzeitig auf Hochdruck sämtliche Sektoren nach potenziellen Mech-Patrouillen durchsucht. Immer wieder trüben Tränen ihren Blick, aber sie macht unverdrossen weiter, treibt sich an, denn wenn sie innehalten und darüber nachdenken würde, würde sie das umbringen.

Auf der Reise zum Tor jedoch gibt es nichts anderes zu tun, als nachzudenken.

Wie konnten sie das tun? Wir konnten sie einfach aufgeben? Ja, Genesis ist geschwächt, aber die Erde hat die Invasion noch nicht gestartet. Das kann nur daran liegen, dass das Virus vor der Invasion den größtmöglichen Schaden anrichten soll, damit die Übernahme des Planeten so leicht wie möglich vonstattengeht. Diese grausame Arroganz könnte man in einen Vorteil für Genesis umwandeln, wenn sie nur versuchen würden, an die antiviralen Medikamente zu gelangen. *Ich hätte es schaffen können, wenn sie mich gelassen hätten. Es wäre ganz einfach gewesen!*

Na ja, vielleicht nicht gerade einfach. Aber möglich. Ich hätte Kontakt mit Ephraim aufgenommen, wenn ich ihn gefunden hätte – oder vielleicht mit Riko, wenn ich ihren Aufenthaltsort rausbekommen hätte –

… auf Kismet hätte ich anfangen können, wenn ich …

Ich könnte es schaffen.

Man hat Noemi bereits für ihr eigenmächtiges Handeln getadelt. Sie weiß, dass ihr Temperament und ihre Impulsivität nicht immer in die richtige Richtung weisen. Und was sie vorhat, ist noch gravierender, als einen militärischen Befehl zu missachten. Es würde bedeuten, ein Urteil über das Schicksal ihres gesamten Planeten zu fällen, sich über den Ältestenrat hinwegzusetzen.

Aber wenn Remedy ihr helfen würde, rechtzeitig die antiviralen Medikamente zu bekommen … könnte sie Genesis retten.

Das Tor ragt vor ihr auf. Noemi hat sich noch nicht entschieden – oder zumindest redet sie sich das ein –, doch ihr Gefühl sagt ihr, dass sie wissen wird, was sie tun soll, sobald sie sich auf der anderen Seite befindet. Also los!

Sie steuert mit ihrem Sternenjäger auf das Schimmern in der Mitte des Tors zu. Das Schiff trifft den Ereignishorizont und die Realität splittert sich auf.

Im Nu scheinen sich gerade Linien zu krümmen und das Licht verändert von einem Millimeter zum nächsten seine Helligkeit. Es ist, als hätte sich das friedliche Bild ihres Cockpits auf einmal in ein Puzzle verwandelt, dessen Teile durcheinander auf einen Tisch geschüttet wurden. Noemi rutscht das Herz in die Hose, aber sie hält ihre Hände auf den Instrumenten, volle Kraft voraus.

Kurz schließt sie die Augen, um sich zu fassen. In diesem Moment denkt sie daran, wie sie zum ersten Mal ein Tor durchquert hat, Abel an ihrer Seite, der die Steuerung mit sicherer Hand bediente. Er hatte sich so viel auf seine Fähigkeiten eingebildet, hatte sich so an ihrer Angst geweidet. Und sie hatte sich dieses Ding, das sie zu zerstören vorhatte, kaum ansehen wollen …

Sofort ist sie wieder zurück in der Realität, als sich das

Sternenfeld vor ihr verändert und vollkommen andere Sternbilder zeigt. Die Planeten leuchten heller, und rasch findet sie heraus, welcher davon die Erde ist. Während sie daraufstarrt, weiß sie auf einmal, was sie zu tun hat.

Ich muss Remedy finden. Ich muss es wenigstens versuchen.

Sie empfindet ihre Entscheidung als einen weiteren Augenblick der Gnade, der so schön ist, dass sie die Tränen wegblinzeln muss.

Dann fangen ihre Sensoren zu schrillen an und Noemi flucht.

Acht – nein, zehn Kampf-Mechs, die alle nur auf sie gewartet haben. Sie müssen schon die ganze Zeit auf der Lauer gelegen haben.

Sie hat sich getäuscht, es gibt keine Gnade, und ihre Dummheit brennt in ihr so heiß wie siedendes Öl.

Die Queens und Charlies fliegen im Sturzflug heran, verpackt in ihre metallenen Exoskelette, durch die sie Kriegsschiff und Krieger zugleich sind. Es ist, als würde sie von Raubvögeln umkreist, deren Klauen von allen Seiten nach ihr greifen. Noemi eröffnet sofort das Feuer und erledigt zwei, bevor ihre Sensoren verrücktspielen. Sie schlägt auf die Steuerung ein, bis sie merkt, dass sie in einer Art elektromagnetischem Netz gefangen ist, bestehend aus Mini-Traktorstrahlen, die von den Mechs ausgesandt werden.

Das ist nicht das Standardvorgehen von Kampf-Mechs. Und das sind auch nicht ihre Standardwaffen. Haben sie eine neue Kampftaktik entwickelt, eine, gegen die Genesis machtlos ist?

Aber das kann nicht sein, denkt sie. *Wenn es sich um eine Erd-Patrouille handeln würde, wären es mehr Mechs. Und es wäre ein Damokles-Schiff in der Nähe. Wenn sie direkt am Tor Wache halten, wo ist dann das Damokles? Und warum schicken sie die paar Mechs, wenn sie ohnehin kurz vor einer Invasion stehen?*

Aus dem Lautsprecher ihrer Kommunikationsanlage dringt die schnarrende Stimme einer Queen. »Sie wurden angefordert und werden zurückgebracht.«

»Zurückgebracht?« Noemi antwortet vor Verblüffung ganz automatisch. »Du meinst nach Genesis?«

»Zu Ihrem Eigentümer«, sagt er. »Sie sind das Eigentum von Burton Mansfield.«

»Eigentum? Ich gehöre niemandem.«

Aber die Mechs hören ihr nicht zu. Sie sind Mansfields Eigentum und nicht in der Lage, zu begreifen, dass es bei Menschen anders ist. Stattdessen fliegt eine der Queens noch näher heran, ihr metallenes Exoskelett bildet eine kantige Silhouette vor den Sternen ringsum. Klammern docken an Noemis Sternenjäger an, und dabei gibt es einen solchen Ruck, dass sie sich auf die Zunge beißt. Zu ihrem Entsetzen schiebt sich ein dünnes Rohr aus dem Exoskelett und dreht sich wie ein Bohrer, um ins Cockpit einzudringen.

»Nein – nein, nein, *nein* –« Sie versteht nicht, warum ein Mech sie zu töten versucht, indem er ihr die Luft zum Atmen nimmt, anstatt sie einfach abzuschießen, aber *warum* ist ja auch egal, das Ding kommt nämlich jede Sekunde näher. Mit klopfendem Herzen sucht sie auf der Instrumententafel nach irgendetwas, was ihr helfen könnte, auch wenn sie weiß, dass es nichts bringt.

Das Rohr bohrt sich durch die Cockpithaube. Durchsichtig schimmernde Aluminiumspäne schweben wie Schneeflocken um sie herum. Doch damit nicht genug. Das rotierende Rohr kommt immer näher und näher, und ihr Grauen nimmt zu, als ihr klar wird, dass es gleich ihren Helm durchlöchern wird. Vielleicht auch ihren Schädel.

Noemi dreht den Kopf weg, obwohl das sinnlos ist. Es wird sie nicht retten, aber so muss sie wenigstens nicht zusehen, wie das Ding zwischen ihren Augen hindurchbohrt.

Ihr Helm zittert beim Auftreffen des Bohrers. Jetzt kann sie das hohe, schrille Geräusch hören, das Millimeter um Millimeter näher kommt. Noemi schließt die Augen und fängt zu beten an. *Heilige Maria voll der Gnade, der Herr ist mit dir …*

Das Rohr durchdringt den Helm, doch unmittelbar vor ihrer rechten Schläfe stoppt es. Für Erleichterung ist keine Zeit, denn ein grünes Gas erfüllt ihren Helm und ihre Lungen, und ein Schwindelgefühl lässt alles im Dunkeln versinken.

6

Um 18.42 Uhr reißt Abel sich von den Daten los, um Harriet und Zayan im Montgolfier zu treffen. Er hatte Virginias Hinweis, dass Möbel und Geschirr in diesem Restaurant nur aus Energiefeldern bestehen, verstanden, doch dieses Faktenwissen hat ihn nicht ausreichend darauf vorbereitet, wie merkwürdig dieser Anblick ist.

»Da seid ihr ja!« Harriet winkt Abel und Virginia aus der Ecke, wo sie und Zayan zu schweben scheinen, fröhlich zu. »Kommt, das müsst ihr sehen.«

»Nein, müssen sie nicht. Ich wünschte, mir wäre es erspart geblieben.« Mit gerümpfter Nase begutachtet Zayan sein Gericht, eine ordentliche Schüssel Pho – aber da die »Schüssel« ein unsichtbares Energiefeld ist, hängt die Suppe mitten in der Luft, und die bräunliche Brühe sieht nicht sehr appetitanregend aus. (Zumindest wenn Abel richtig verstanden hat, was bei Menschen normalerweise Ekel hervorruft.) »Schwebendes Essen ist die ersten dreißig Sekunden lang interessant, danach einfach nur widerlich.«

»Kann doch keiner was dafür, wenn du das Falsche bestellst«, sagt Harriet ein bisschen geziert, als sie auf ihren »Teller« deutet, auf dem ein üppiges Sandwich schwebt. »Ich sage mal so, wenn dich ein fliegendes Sandwich anödet, bist du vom Leben angeödet.«

Virginia nimmt glucksend auf ihrem unsichtbaren Stuhl neben Zayan Platz. »Ach, du findest Pho schon schlimm? Warte bloß, bis ich Spaghetti bestelle.« Zayan reißt angeekelt die Augen auf.

Offensichtlich um Zayans empfindlichen Magen zu schonen wechselt Harriet das Thema, sobald Abel neben ihr sitzt. »Hast du das ›große Glitzerding‹ denn jetzt endlich verscherbelt?«

»Was denn für ein Glitzerding?« Als Virginia Abels Blick begegnet, zuckt sie die Schultern. »Was denn? Glitzernde Sachen ziehen mich einfach magisch an. Ist eine Schwäche von mir.«

Vielleicht wäre es besser, das mit dem Diamanten einfach zu erzählen. Abel wirft Virginia einen Blick zu, der sagen soll: *Lass uns das jetzt nicht vertiefen.* An seine Crew-Mitglieder gewandt, entgegnet er bloß: »Ich habe es verkauft, bevor wir die Erde verlassen haben.«

Zayan und Harriet wechseln einen bestürzten Blick. »Warum hast du uns deswegen angelogen?«, will Zayan wissen. Das Wort *angelogen* klingt in Abels Ohren falsch, aber er muss zugeben, dass es gerechtfertigt ist. »Wenn du uns nicht in gleicher Höhe beteiligen möchtest … du weißt, dass wir das im Grunde nie erwartet haben, oder?«

»Du bist auch so der beste Vagabunden-Boss, den es gibt«, wirft Harriet ein. »Und das ist für uns nichts Selbstverständliches.«

»Jeder von euch bekommt genau ein Drittel des Erlöses«, sagt Abel. »Aber ich wollte es euch in Raten auszahlen, um einen weiteren Unterwasser-Vorfall zu vermeiden.«

Zayan senkt verlegen den Kopf, als Virginia fragt: »Was für einen Unterwasser-Vorfall? Wenn ihr beiden euch irgendein Späßchen mit einem U-Boot erlaubt habt, will ich alle Einzelheiten hören.«

»Nicht so etwas«, sagt Harriet. »Als Abel uns das erste Mal einen Batzen Geld ausbezahlt hat, wollte Mr Thakur unbedingt ein Tauchboot mieten, um die Geisterriffe des Indischen Ozeans zu erforschen. Das wäre an sich schon teuer genug gewesen, aber er rammte es auch noch in ein Riff, sodass er abgeschleppt werden musste.«

»Das Abschleppen war teurer, als das Tauchboot zu mieten.« Zayan seufzt. »Okay, ich hab mich hinreißen lassen. Wir waren davor einfach so lange pleite! Ich wollte etwas Besonderes unternehmen, etwas wirklich Denkwürdiges – und das habe ich geschafft. Nur nicht so, wie ich mir das vorgestellt habe. Vertraut mir, das werde ich nie wieder tun.«

Vertraut mir. Das hat Abel nicht getan. Er nickt. »Na gut, Zayan. Wir regeln das an Bord. Bitte entschuldige die Verzögerung.«

In diesem Moment tritt der Kellner des Montgolfier an den Tisch, ein Zebra-Modell, das für den Kundenservice entworfen wurde. Virginia versucht, ihn wegzuschicken, mit der Bemerkung: »Mein Cousin hat noch nicht einmal einen Blick in die Speisekarte geworfen.«

Das Zebra-Modell ignoriert sie und wendet sich an Abel: »Professor Mansfield hat eine Nachricht für Sie.«

So verdutzt Abel ist, er braucht nur drei Zehntel einer

Sekunde, um zu reagieren. »Wenn ihr schon per Code bezahlt habt«, sagt er zu Zayan und Harriet«, »lasst uns gehen. Sofort.« Virginia ist bereits von ihrem Energiefeld-Stuhl gehüpft, die Augen furchtsam aufgerissen. Abel hingegen hat immer gewusst, dass Mansfield ihn womöglich einmal aufspüren würde. Er hatte Zeit, sich zu wappnen.

Doch er kann nicht leugnen, dass er trotz seiner äußerlichen Ruhe Angst hat.

Der Zebra ignoriert seinen Versuch, aufzubrechen. »Die Nachricht ist dringend.«

»Raus mit euch«, befiehlt Abel den anderen. Wahrscheinlich sollte er sie darum bitten, sollte höflicher sein, aber Harriet und Zayan haben verstanden, dass die Lage ernst ist, wenn auch nicht, warum. Virginia hingegen weiß genau, dass hier etwas faul ist. Sie folgen ihm im Gänsemarsch, als er sich vom Tisch entfernt und durch die Tür und aus dem Montgolfier hinaus in den Korridor des riesigen unterirdischen Shopping-Komplexes tritt.

Im Korridor wischt eine Yoke, geeignet nur für körperliche Arbeit, den Boden. Ohne ihre Tätigkeit zu unterbrechen, hebt sie den Kopf zu Abel. »Wegen Ihrer Weigerung, Burton Mansfields Wünschen zu entsprechen, war dieser gezwungen, eine andere Form der Motivation zu finden.«

»Nicht auch noch die«, sagt Virginia.

Abel beschleunigt seinen Schritt. Eine weitere Yoke tritt ihnen in den Weg, und Abel gibt ihr keine Gelegenheit, etwas zu sagen, sondern schiebt sie einfach zur Seite. Er hatte immer gehofft, dass Harriet und Zayan weit weg sein würden, sicher vor jeder Gefahr, wenn Mansfield zuschlagen würde. Er ist zwar bereit, sein eigenes Leben zu riskieren, aber er kann nicht zulassen, dass Mansfield seine Freunde in Gefahr bringt.

Der Hangar. Sie müssen zum Hangar, sofort. Dass mehrere Mechs miteinander kommunizieren, ist höchst ungewöhnlich, eigentlich gab es so etwas noch nie. Was immer Mansfield geplant hat, er hat jede Menge Mechs auf Cray manipuliert und womöglich so umprogrammiert, dass sie vor nichts zurückschrecken. Sie könnten seine Crew und Virginia auf einen Schlag niedermetzeln. Er ist bereit, sie bis zum bitteren Ende zu verteidigen – und da Mansfield ihn am Leben gelassen hat, gibt ihm das eine Chance, sie zu retten.

Weiter als bis »eine Chance« denkt er nicht. Die genaue Wahrscheinlichkeit will er gar nicht ausrechnen.

Als sie zum Hangar hasten, steht dort ein Charlie Wache und lächelt, als hätte er sie bereits erwartet. Abel spannt kampfbereit die Muskeln an, doch der Charlie rührt sich nicht. Stattdessen sagt er: »Noemi Vidal befindet sich in Burton Mansfields Gewahrsam.«

»Unmöglich«, sagt Abel darauf. Mit voller Überzeugung. Mansfield besitzt große Macht, aber nicht einmal er könnte ein Entführungskommando nach Genesis schicken. Das kann nur eine Lüge sein, eine fadenscheinige, plumpe Lüge …

… aber Mansfield ist eigentlich ein guter Lügner, wenn er es darauf anlegt. Was soll das also?

Der Charlie fährt fort: »Wenn Sie Mansfield von einer Kommunikationsstation der Erde aus kontaktieren, erhalten Sie Beweise dafür, dass sie am Leben ist und gefangen gehalten wird. Sie haben von jetzt an achtundvierzig Stunden, um sich in seinem Haus in London einzufinden, wo Sie sich widerstandslos ergeben werden. Sobald Sie in Haft genommen wurden, wird Miss Vidal freigelassen und kann wohlbehalten nach Hause zurückkehren.«

»Warum hat Burton Mansfield es auf Abel abgesehen?«, flüstert Harriet, aber Virginia macht »Pst!« und sie verstummt.

Die dunklen Augen des Charlies sind leer – seelenlos, hätte Noemi gesagt –, als er schließt: »Sollten Sie sich nicht vor Ablauf der Frist ergeben, wird Noemi Vidal sterben. Es liegt bei Ihnen.«

Dann strafft sich der Körper des Charlie-Modells, ein Hinweis darauf, dass seine Unterprogramme aktualisiert werden. Nach einer Sekunde steht er wieder stramm wie eh und je und kann sich an das, was er gerade gesagt hat, nicht mehr erinnern.

Abel tritt einen Schritt zurück; Zayan packt ihn am Oberarm. Virginia findet als Erste die Sprache wieder. »Hey, wir wissen nicht mal, ob das alles stimmt.«

»Tut es«, sagt Abel. »Er hat Beweise versprochen, und bei solchen Sachen blufft Mansfield nie.«

Noemi befindet sich »in Gewahrsam«. Was bedeutet das? Er stellt sich vor, wie sie in einer Zelle schmachtet, ein ziemlich melodramatisches und unwahrscheinliches Szenario, aber er versteift sich trotzdem auf diese Vorstellung. Ist sie hungrig? Hat sie Angst oder friert sie?

(Sie hasst die Vorstellung, allein in der Kälte zu sein. Das ist ihr passiert, als ihre Familie ums Leben kam und Noemi stundenlang im Schnee lag.)

Er kann nicht wissen, wie ihr Gefängnis genau aussieht. Aber Noemi weiß mit Sicherheit, dass sie festgehalten wird.

Das bedeutet, sie hat Angst.

»Gehen wir«, sagt Abel. »Virginia, ich möchte mich dafür

entschuldigen, dass ich aus dem Projekt aussteige. Ich vertraue darauf, dass du die Nachforschungen auf eigene Faust fortführst.«

»Moment mal, er zitiert dich zu sich, und du kuschst einfach?«, protestiert Virginia.

»Ich muss etwas unternehmen.« Das ist das Einzige, was Abel sicher weiß.

Als sie auf die *Persephone* zugehen, murmelt Zayan: »Was zum Teufel hat der Kerl mit dir vor, Abel?«

Alles auslöschen, was ich jemals getan habe und gewesen bin. Meine Seele ausradieren und in meinen Körper schlüpfen. Abel antwortet nur: »Das ist eine Sache zwischen mir und Burton Mansfield. Ich kann euch versichern, dass ihr nicht in Gefahr geraten werdet.«

»Warum hat er es auf Noemi abgesehen?« Harriet spielt mit den Enden ihrer Zöpfe, wie oft, wenn sie nervös ist. »Ist er aus irgendeinem Grund böse auf euch? Habt ihr ihm etwas angetan?«

»Wenn du die Wahrheit erfährst, wirst du nur mit reingezogen«, sagt Abel, »und wie du siehst, ist das gefährlich.«

Nur Virginia kennt die ganze Geschichte. Wenn sie nicht lächelt, wirkt ihr Gesicht anders – länger, dünner. »Was hast du jetzt vor?«

Abels Plan war schon fertig, noch bevor der Charlie zu Ende gesprochen hatte. »Wir fliegen mit der *Persephone* zurück zur Erde und landen in einem nicht registrierten Hafen.« Davon gibt es dort Tausende, und nicht alle sind ein Hort des Verbrechens, aber viele werden von Leuten betrieben, die bereit sind, gegen eine kleine Summe ein Auge zuzudrücken und vom Standardprotokoll abzuweichen. »Zayan, Harriet, ich bezahle euch eine Abfindung von sechs Monatslöhnen. Betrachtet euch als beurlaubt, bis ihr von mir hört. Das kann eine Weile dauern.«

»Warte. Du tanzt also nach Mansfields Pfeife?« Zayan schüttelt den Kopf. »Auf keinen Fall. Du kannst diesen Typen nicht gewinnen lassen.« Wie die meisten Vagabunden verabscheuen Zayan und Harriet Mansfield, den Schöpfer der Mechs. Mechs erledigen nun den Großteil der Jobs, die sonst Millionen verzweifelter, obdachloser Menschen den Lebensunterhalt sichern könnten .

Harriet geht auf Zayan los: »Das macht er nicht! Du wehrst dich dagegen, Abel, oder? Du musst das nicht allein durchziehen. Noemi ist auch unsere Freundin, und außerdem werden wir nicht zulassen, dass ein altersschwacher Egomane uns den einzigen anständigen Boss wegnimmt, den wir jemals hatten.«

Abel legt jedem eine Hand auf die Schulter. Um sie herum im Hangar summt und brummt es vor Aktivität, niemand scheint von dem Drama, das sich gerade abspielt, etwas mitzubekommen. »Ich schätze eure Loyalität und eure Freundschaft.« Es ist immer noch seltsam für ihn, richtige Freunde zu haben, ein Leben zu haben, in dem Mansfields Pläne keine Rolle spielen. Für Mansfield muss das unvorstellbar sein. »Aber das hier muss ich alleine erledigen.«

Zayan protestiert. »Hör auf, den Edelmütigen zu spielen.«

»Ich bin nicht edelmütig. Ich bin pragmatisch. Es hat keinen Zweck, euch zwei in Gefahr zu bringen. Das verschafft Mansfield nur noch mehr Zielscheiben, mit denen er mich erpressen kann.« Abel geht weiter, den Blick starr nach vorn gerichtet. Seine Zielstrebigkeit gibt ihm Sicherheit; vielleicht fühlen sich auch Harriet und Zayan durch seine Haltung beruhigt.

Aber es ist Virginia, die Abel in den Weg tritt. »Hör mir mal eine Minute lang zu, ja? Du sagst, Mansfield hält Noemi definitiv gefangen, okay, ich glaube dir. Aber wir wissen auch, was für ein Mensch Noemi ist. Welche Opfer sie zu bringen bereit ist und welche nicht. Sie würde nicht wollen, dass du das für sie tust. Das siehst du doch ein, oder?«

»Ja«, sagt Abel. »Das tue ich.«

Virginia fährt fort. »Ich weiß, dass du sie gernhast, Abel. Das heißt aber nicht, dass du für sie sterben musst.«

»Habe ich auch nicht vor.«

Diese Antwort lässt sie verstummen und sie und die anderen wechseln Blicke. Die Langsamkeit des menschlichen Verstands muss manchmal quälend sein.

Abel erbarmt sich ihrer und erläutert es näher: »Natürlich muss ich Noemi helfen, wenn ich kann. Wenn es letztendlich keinen anderen Weg gibt, sie zu retten, als mein Leben zu opfern, werde ich es tun.« Er hat es schon einmal angeboten, als er sich freiwillig bereit erklärt hat, das Genesis-Tor zu zerstören.

Doch er hat nie aufgehört, nach einer anderen Lösung zu suchen.

»Mansfield glaubt, er kann meine Handlungen kontrollieren«, fährt er fort. »Deshalb stellt er mich vor eine Wahl mit zwei Möglichkeiten und käme nie auf den Gedanken, dass ich nach einer dritten Möglichkeit suchen könnte.«

Das Lächeln kehrt in Virginias Gesicht zurück. »Du lieferst dich nicht aus. Du wirst Noemi befreien.« Als er nickt, lacht sie laut auf. »Das ist der Abel, den ich kenne.«

»Wir helfen dir«, verspricht Harriet, doch er schüttelt den Kopf.

»Wenn das überhaupt möglich ist«, sagt er ihr, »schaffe ich es auch allein. Und wenn nicht, werdet ihr mir keine Hilfe sein. Ich müsste mir nur um zwei weitere Personen Sorgen machen.«

Sie wechselt einen besorgten Blick mit Zayan. Abels Anordnungen gefallen ihnen nicht, aber sie befolgen sie. Es käme Mansfield nie in den Sinn, dass Abel versuchen könnte, seinen Schöpfer auszutricksen. Geschweige denn, dass Abel Freunde haben könnte, die ihm helfen würden. Abel hat das Gefühl, er habe Mansfield bereits geschlagen. In gewisser Weise hat er das auch.

Doch das ist kein Trost für ihn, nicht, wo Noemis achtundvierzig Stunden bereits ablaufen.

7

Noemi erwacht im Mutterleib.

So kommt es ihr zumindest vor – sie schwebt, umgeben von etwas Verschwommenem, das schwach rot ist. In ihrer Benommenheit fragt sie sich, ob es Reinkarnation vielleicht doch gibt.

Als die Wirkung der Drogen jedoch nachlässt, bemerkt sie die Gitterstäbe ringsum, wie von einem Käfig. Das schwache Prickeln auf ihrer Haut fühlt sich an, als käme es von einem Kraftfeld. Durch den rosigen Nebel hindurch kann sie Bewegungen nun deutlicher wahrnehmen. Schattenhafte Formen nehmen menschliche Gestalt an. Eine tritt näher, so nah, dass sie ein Gesicht ausmachen kann.

Sie erkennt es wieder und schlagartig ist sie hellwach. »Mansfield.«

»Willkommen, Miss Vidal«, sagt Mansfield keuchend. »Es freut mich sehr, Sie endlich kennenzulernen.«

Burton Mansfield wirkt trotz des rötlich schimmernden Kraftfelds bleich. Obwohl sie das für unmöglich gehalten hätte, ist er gebrechlicher als vor sechs Monaten, als sie ihn auf einem Bildschirm gesehen hat. Eine Tare stützt ihn auf einer Seite, ihr Gesichtsausdruck verrät nicht, ob sie Noemis Anwesenheit bemerkt hat. Mansfield trägt einen plüschigen Morgenmantel, den er fest um sich gewickelt hat. Sein graues Haar ist so schütter, das er fast kahl wirkt.

Aber Noemis verwirrte Sinne erkennen unter der faltigen Haut Abels Gesichtszüge. So könnte Abel als alter Mann aussehen, wenn er altern würde.

Wie konnte ein so bösartiger Mensch etwas so Gutes schaffen?

»Verzeihen Sie, dass meine Gastfreundschaft begrenzt ist«, sagt er und deutet vage in den Raum. Noemi hängt in einem Kraftfeld, projiziert von einem Metallgerüst, das die Illusion einer Zelle erzeugt – sie könnte leicht durch die Stäbe hindurchtreten, wenn sie nur auf den Boden gelangen würde, doch das geht nicht. »Sie sind eine starke junge Dame und dazu noch eine ausgebildete Soldatin. Da kann ich Sie nicht wie einen normalen Hausgast behandeln … obwohl Sie mir sehr, sehr willkommen sind.«

Sie versucht, sich daran zu erinnern, wie es passiert ist. Ihr Geist liefert ihr Bilder davon, wie ein Bohrer ihren Helm durchdringt – geht dann zurück zu ihrer Durchquerung des Tors – und schließlich kommt ihre Erinnerung zurück. Ihr erster Schrecken gilt nicht ihr selbst, sondern Genesis. »Haben Sie – haben Sie uns mit Spinnweben infiziert?«

»Was? Guter Gott, nein. Was hätte das für einen Sinn?« Offenbar betrachtet Mansfield es nicht als etwas Böses, eine ganze Welt zu verseuchen, sondern lediglich als unnütz. »Wissen Sie, ich verfüge über gewisse politische Verbindungen. Mich erreichte die Information, dass die Erde Pläne zur biologischen Kriegsführung verfolgt – da waren wohl einige Minister beleidigt, weil man ihnen die Zuteilung von Charlies und Queens gekürzt hat. Aber ich sah nicht den Nachteil. Ich sah eine Chance. Ich wusste, wenn sich die Seuche erst einmal ausgebreitet hätte, würde Genesis jemanden schicken, entweder um Hilfe zu holen oder um die Kapitulation anzubieten, und Sie waren mit Abstand die wahrscheinlichste Kandidatin. Vorausgesetzt natürlich, dass sie sich noch nicht selbst in die Luft gejagt hatten. Sie sind ja ein ziemlicher Hitzkopf. Ich nehme an, Sie fragen sich, warum ich Sie hierhergebracht habe.«

In ihrer Benommenheit war sie noch nicht so weit gekommen, aber sobald die Frage im Raum steht, kennt sie auch schon die Antwort. Ihr Entsetzen wird noch größer. »Sie stellen Abel eine Falle.« Ihre Stimme ist kaum mehr als ein Flüstern. »Und ich bin der Köder.«

»Ein einfaches Geschäft: Wenn er sich ausliefert, kommen Sie frei. Er behauptet, er liebt Sie; das werden wir dann sehen, hmm?«

Das ist zu viel. Noemi hat in einer Krise noch nie den Kopf in den Sand gesteckt; sie hat sich stets der Herausforderung gestellt. Aber das hier übersteigt alles. Genesis geht an Spinnweben zugrunde. Abels Leben ist in Gefahr. Sie ist nicht einmal in der Lage, ihre Füße auf den Boden zu setzen. Würde nicht Mansfield vor ihr stehen, dieser alte gebrechliche Mann mit dem vergifteten Herzen, sie würde in Ohnmacht fallen.

Stattdessen wird sie unglaublich wütend.

»Sie Feigling«, knurrt sie. »Sie hatten Ihr Leben, und nun wollen Sie auch noch das von Abel. Sie können sich mit

Ihrer Sterblichkeit nicht abfinden. Sie halten sich für eine Art Gott.«

Das hatte Mansfield nicht erwartet. »Sie nennen meinen Willen zu überleben feige? Dann ist jedes Lebewesen ein Feigling, jedes Lebewesen in der Galaxie.«

Das ist totaler Quatsch. Noemi kennt Todesangst, aber sie hat sich durch ihre Angst nie davon abhalten lassen, das zu tun, was sie tun musste – oder dazu bringen lassen, etwas ganz und gar Falsches zu tun.

Das würde sie ihm gerne sagen, aber er redet ohne Punkt und Komma. »Ist es Ihnen nie in den Sinn gekommen, wie nutzlos Fleisch ist? Wie wertlos? Das Bewusstsein ist ein Zufall der Evolution, und ich habe vor, es von seinen körperlichen Ursprüngen zu befreien.« Mansfields Stimme hat einen verträumten Klang angenommen. »Manche Menschen haben es verdient, ewig zu leben. Manche von uns tragen diesen göttlichen Funken in sich. Die meisten jedoch sind Automaten, nichts anderes als Mechs. Ein Mensch zu sein, ist keine Garantie dafür, ein klares Bewusstsein zu besitzen. Die große Mehrheit denkt, was man ihr zu denken vorgibt. Tut, was man ihr sagt. Bleibt ihr ganzes Leben innerhalb der langweiligen, sicheren Grenzen von Konformität und Bequemlichkeit. Vielleicht sollten sie auch nach Plan sterben, so, wie sie alles andere getan haben. Diejenigen von uns, die mehr wollen, mehr zu bieten haben – wir sollten nicht an die Sterblichkeit gefesselt sein.«

»Sie glauben, Sie sollten entscheiden dürfen, wer lebt und wer stirbt.« Auf Genesis werden Millionen sterben. Abel wird sterben. »Sie sind krank.«

Mansfield schüttelt in milder Entrüstung den Kopf. Nichts

von dem, was sie sagt, berührt ihn. »Sie mit Ihrem aufbrausenden Temperament und Ihren Genesis-Vorurteilen – Sie funktionieren genauso automatisch wie alles, was ich jemals hier drin geschaffen habe.«

Sie bemerkt, dass sie sich in einer Art Keller befindet, mit Ziegelmauern und schmalen Fenstern ganz oben. Überall um sie herum stehen Tanks – lange, sargförmige, durchsichtige Behälter, die mit Glibber gefüllt sind. Aus Akides Vorlesungen weiß sie, dass sie zur Züchtung von Mechs dienen. »Wo sind wir?«

»In meinem Haus. Um genau zu sein, im wichtigsten Teil des Hauses, meiner Werkstatt und meinem Privatlabor«, sagt Mansfield. »Hier habe ich meine großartige Arbeit geleistet. Die Geschichte der ganzen Galaxie wäre eine andere ohne diesen Raum.«

Abel muss an diesem Ort geboren worden sein. Wo Mansfield dann unzählige Versuche unternahm, einen zweiten Abel zu erschaffen, und jedes Mal scheiterte. »Wie viele Ihrer Geschöpfe haben Sie hier umgebracht?«

»Umgebracht ist nicht das richtige Wort, meine Liebe.«

»Nicht? Sie leben. Atmen. Bluten. Abel hat Wünsche und denkt und hofft und –« Das Wort *liebt* bleibt ihr im Halse stecken. »Wie kann ihre Beseitigung weniger Mord sein, als würde man sein eigenes Kind oder Enkelkind beseitigen?«

»Stopp.« Mansfields Ton könnte den Raum in eine Eishöhle verwandeln.

Noemi spürt, dass sie ein sensibles Thema getroffen hat. Sie ist nicht sicher, was es ist, aber es ist ein wunder Punkt, deshalb bohrt sie weiter. »Abel hat etwas Besseres von Ihnen verdient.«

»Ich habe ihm das Leben geschenkt. Ich vertraue ihm meine Seele an. Es steht Ihnen nicht zu zu entscheiden, wer was verdient.«

Noemi versucht sich innerhalb des Kraftfelds zu bewegen und streckt mühsam die Hand bis zu dem Metallgerüst aus – und trifft auf etwas Scharfes. Kleine Metallspitzen an den Stäben verhindern, dass die Gefangenen sich an ihrem neu entdeckten Gefängnis zu schaffen machen.

Mansfield nimmt keine Notiz von ihren vergeblichen Bemühungen und fährt fort: »Jetzt, Miss Vidal, bleibt uns nur noch abzuwarten. Ich bin in der Lage, Abel in jedem Winkel des Planetenrings aufzuspüren, aber es könnte ein bisschen dauern, deshalb habe ich ihm eine großzügige Frist gewährt. Wir haben Ihnen bereits etwas verabreicht, was verhindert, dass Sie in nächster Zeit die Toilette aufsuchen müssen. Somit fehlt jetzt nur noch eins – verdammt, hab sie im Tank vergessen. Mein Gedächtnis lässt mich im Stich.«

Bei den letzten Wörtern verhaspelt er sich. Das Bild der Unverwundbarkeit, das er aufbauen wollte, bekommt Sprünge. Noemi sieht einen kleinen, alten Mann, der Angst vor seinem körperlichen Zusammenbruch hat und hinfälliger denn je ist.

Mit unsicheren Schritten geht Mansfield zu einem Tank, der mit einer Art Kühlmittel gefüllt ist, und entnimmt etwas aus einem darin befindlichen Kanister. Erst als er zurück zur Tare tapert, sieht Noemi, dass er ein kleines goldenes Kügelchen in der Hand hält. Die Tare füllt es in eine Spritze, dann steckt sie die Hand durch das Kraftfeld – wobei Funken von ihrer Haut aufstieben –, und nimmt Noemis Handgelenk in einen schraubstockartigen Griff. Bevor Noemi auch nur versuchen kann, die Hand zurückzuziehen, drückt die Tare das Ding an die Innenseite ihres Arms und ein Schmerz durchzuckt ihre Muskeln.

»Diese kleine Ampulle ist völlig harmlos«, sagt Mansfield. Sie spürt den Knubbel in sich, er sitzt unangenehm eingeklemmt neben einem Nerv. »Außer, ich drücke den Knopf, um sie auszulösen. Was ich nicht tun werde, wenn Abel rechtzeitig kommt. Also, kein Grund zur Beunruhigung, nicht wahr?«

Wird sie Abel nun endlich wiedersehen, nur um dann Zeuge zu werden, wie er für sie stirbt?

8

Abels innere Uhr misst die Zeit so präzise wie eine Atomuhr. Er weiß bis auf den Bruchteil einer Sekunde genau, wie viel Zeit ihm noch für Noemis Rettung bleibt.

Siebenundvierzig Stunden, drei Minuten, zwanzig Sekunden.

»Er will also, dass du zu ihm nach London kommst«, sagt Virginia, während sie und Abel im Unterschlupf der Razers die Köpfe zusammenstecken und Kriegsrat halten. »Aber glaubst du denn, dass er Noemi auch dort festhält? Und nicht eher an einem anderen, geheimen Ort?«

»Ich beziffere die Wahrscheinlichkeit, dass Noemi in Mansfields Haus gefangen gehalten wird, auf 88,82 Prozent.«

Virginia zieht verwirrt die Nase kraus. »Das kann doch gar nicht der sicherste Platz sein.«

»Mansfield ist in der Lage, buchstäblich jeden Mech der Galaxie zu kontrollieren«, erwidert Abel. »Somit kann er jeden gewünschten Ort absichern. Aufgrund seiner schwachen Gesundheit wird er das Haus kaum mehr verlassen.«

Abel denkt an ihr letztes Zusammentreffen, daran, wie zerbrechlich Mansfield wirkte, wie stark sein Impuls war, seinen alt gewordenen Schöpfer zu beschützen. Und die ganze Zeit über hatte Mansfield vorgehabt, ihn noch am selben Abend zu töten.

Virginia beugt sich näher zu ihm. »Cray an Abel. Cray ruft Abel. Kommen.«

Abel fährt fort, als hätte er gar nicht innegehalten. »Das Haus ist die logischste Operationsbasis. Wir müssen herausfinden, welcher Bedrohung Noemi genau ausgesetzt ist, damit ich gut vorbereitet bin.«

Fünfundvierzig Stunden, zwei Minuten, achtundzwanzig Sekunden.

»Wenn du meinen Korsaren schrottest«, Virginia droht Abel mit dem Finger, »und ihn nicht in einem Stück nach Cray zurückbringst, wirst du an keinem Ort der Galaxie vor meiner Rache sicher sein.«

Er nickt und sieht hinüber zur Landebucht, wo Zayan Virginias knallroten Korsaren in der *Persephone* festzurrt; Abel kann sich auf der Erde nur unbemerkt bewegen, wenn er nicht in einem Schiff reist, das früher Mansfield gehört hat und für diesen daher leicht aufzuspüren ist. Dank Virginias Großzügigkeit kann er die *Persephone* irgendwo parken und trotzdem mobil bleiben. »Verstanden. Wenn ich den Korsaren beschädige, muss ich mir ein Wurmloch in eine andere Galaxie suchen.«

»So habe ich es auch wieder nicht gemeint!«

Dreiundzwanzig Stunden, siebenunddreißig Sekunden.

Ein Hangar in Namibia eignet sich so gut wie jeder andere als Versteck für die *Persephone*. Die Dauerparkgebühren sind akzeptabel, die Sicherheitsvorkehrungen hoch. Abel zahlt Harriet und Zayan einen Vorschuss auf ihren Lohn und verabschiedet sich von ihnen.

»Es kann einige Zeit dauern, bis ich zurückkomme«, sagt er. »Falls ihr zwei einen interessanten anderen Job findet, habe ich vollstes Verständnis, wenn ihr ihn annehmt. Aber ich hoffe, ihr entscheidet euch, bei mir zu bleiben.«

Die beiden sehen sich so ungläubig an, dass es fast komisch wirkt. Dann meint Zayan: »Abel, kapierst du's wirklich nicht? Nirgendwo sonst würden wir so viel Schotter machen, außer vielleicht beim Radiumabbau.« Die Radiumminen auf Strongholds größtem Mond sind berüchtigt, man wird zwar gut bezahlt, doch der Strahlenschutz ist völlig unzureichend. In der Regel sterben die Bergleute innerhalb von fünf Jahren, nachdem sie die Arbeit dort aufgenommen haben. Manche Leute machen es trotzdem. »Außerdem *mögen* wir dich.«

Etwas leiser fügt Harriet hinzu: »Noemi ist eine Kämpferin. Wenn jemand das durchsteht, dann sie. Und du komm bitte auch gut wieder, hörst du?«

»Verstanden.« Abel empfindet ihre Worte als unlogisch. Niemand kann wissen, was die Zukunft bringt. Aber ganz unerwartet freut er sich darüber, wie sehr Harriet und Zayan sein Wohlergehen am Herzen liegt. Diese Menschen, die er erst vor ein paar Monaten kennengelernt hat, sorgen sich mehr um ihn, als sein »Vater« es jemals getan hat.

Die beiden besteigen das Mittagsshuttle nach Rangpur,

um Zayans Familie zu besuchen. Aus ihm unerfindlichen Gründen sieht Abel zu, wie ihr Shuttle abhebt und davonfliegt, bis der sich entfernende Punkt am Himmel selbst für seine visuellen Sensoren nicht mehr wahrnehmbar ist.

Zweiundzwanzig Stunden, sechsunddreißig Sekunden.

Eine Stunde Abstand zwischen Harriets und Zayans Abflug und seinem eigenen sollte genügen, damit ein zufälliger Sicherheitscheck keine Verbindung zwischen ihnen herstellt. Sobald die Zeit abgelaufen ist, schließt Abel die Cockpithaube des Korsaren und bereitet den Start vor.

Virginias Korsar ist ein privater Kreuzer der Spitzenklasse. Es sind Sitzplätze für drei beziehungsweise Liegeplätze für zwei Personen vorhanden, vorausgesetzt, diese beiden Individuen haben eine intime Beziehung oder sind sehr gute Freunde. Das eine Magnettriebwerk mag nicht an die starken Triebwerke der *Persephone* heranreichen, doch es hat genug Leistung, um das Schiff in kürzester Zeit von einem Ende des Systems zum anderen zu befördern. Innen ist es durchaus luxuriös, außen in Abels Augen noch prächtiger. Glänzend roter Lack, eine ausladende, geschwungene Form, Chromleisten und Heckflossen ohne jeden aerodynamischen Zweck: Es erinnert ihn an die Ästhetik der Straßenkreuzer, die Mitte des zwanzigsten Jahrhunderts gebaut wurden.

Natürlich fällt so ein Schiff auf, aber das bereitet Abel kein Kopfzerbrechen. Mansfield ist überzeugt, Herr der Lage zu sein. Er rechnet fest damit, dass Abel sich seinen Befehlen fügt.

Vor Abels geistigem Auge entsteht ein Bild, so unvermittelt

und so lebendig, dass es sich beinahe real anfühlt: *Er betritt wieder Burton Mansfields Haus, hört die sanften Stundenschläge der Standuhr, sieht Mansfield in seinem Lehnsessel sitzen, die Arme ausgebreitet. Und Mansfield sagt: »Am Ende bist du also doch noch gekommen, um mich zu retten.«*

»Ja, Vater. Ich würde dich niemals im Stich lassen.«

Wäre dies die Wirklichkeit, würde man Abel unverzüglich in das Labor im Untergeschoss führen. Er müsste sich auf einen Metalltisch legen und man würde ihn vermutlich festschnallen. Auf keinen Fall würde Mansfield riskieren, dass Abel eventuell seine Meinung ändert.

Doch als Abel sich die Szene vorstellt, malt er sich ein alternatives Ende aus:

Mansfield sagt: »Ich könnte dir niemals wehtun, mein Junge.« Er breitet die Arme aus. »Dein Mädchen ist unversehrt. Es tut mir so leid. Jetzt ist alles wieder gut.«

Abel überlässt sich der Umarmung seines Schöpfers. »Ich hab dich lieb, Vater.«

»Ich hab dich auch lieb.«

Eigentlich ist die oberste Direktive etwas ganz Simples. Manchmal jedoch wendet sie sich gegen ihn, verschafft ihm Träume wie diesen. Liefert ihm Täuschungen. Verfälscht die Wahrheit. Die oberste Direktive lügt. Das darf er auf keinen Fall vergessen.

Die Bereitschaftsanzeige auf der Konsole des Korsaren leuchtet grün. Abel startet das Triebwerk und der Korsar schießt nach oben, hinauf ins All.

Einundzwanzig Stunden, sechsundzwanzig Minuten, zwei Sekunden.

London wirkt auf Abel noch schäbiger als bei seinem letzten Besuch vor nicht ganz sechs Monaten. Als er jedoch seine gespeicherten Erinnerungen abruft, lässt sich dieser Eindruck nicht belegen; der Zustand der Baufälligkeit ist tatsächlich fast unverändert. Aber offenbar beharrt irgendetwas tief in seinem Innern darauf, dieses London mit dem zu vergleichen, das er vor dreißig Jahren kannte, einem London, das mehr Dynamik und Hoffnung ausstrahlte. Für ihn ist dieses Bild aus der Vergangenheit wirklicher als die Realität.

Ein merkwürdiges Paradox. Das muss er mit … irgendwem besprechen, irgendwann.

Nachdem er unter falschem Namen Virginias Korsaren in einem öffentlichen Dock abgestellt hat, eilt er zu einer Infostation. Sein Weg führt über den Trafalgar Square, an den Überresten der Nelsonsäule vorbei, die vor einem Jahrhundert vom Blitz getroffen wurde. Die lärmende Betriebsamkeit einer Großstadt auf der Erde lässt sich mit nichts anderem vergleichen: das Menschengewühl, die vielen Mechs jeder Sorte, die ihren Aufgaben nachgehen, die beleuchteten Schaufenster, die Reklametafeln vor den Museen, mit denen die wenigen großen Kunstwerke beworben werden, die sich noch nicht in Privatbesitz befinden. Abel hat gelesen, dass die meisten Menschen den Verkauf von klassischen Gemälden und Statuen befürworten, weil nur private Sammler es sich leisten können, sie von der Erde wegzuschaffen. Die Menschheit will, dass diese Werke die Erde überleben. An sich eine schöne Regung – doch Abel empfände mehr Hochachtung, hätte die Menschheit für die Bewahrung des Planeten selbst nur halb so viel Interesse gezeigt.

An der Infostation gibt es gegen Extragebühr private Kabinen. Abel betritt eine davon, einen hohen, engen Raum, dessen Wände, Decke und Boden so schwarz wie Obsidian sind. Der einzige helle Schimmer in dieser metallisch glänzenden Düsternis ist die Steuerkonsole, ein schmales silbernes Band.

Als Erstes gibt er Codes ein, die seinen Aufenthaltsort verschleiern. Mansfield wird nur wissen, dass er von irgendwo auf der Erde kontaktiert wird, mehr nicht. Erst dann sendet Abel ein Signal an Mansfields Haus. (Die Kontaktdaten für das Domizil seines Schöpfers waren bereits in ihm einprogrammiert, bevor er das Bewusstsein erlangte. Burton Mansfield wollte sichergehen, dass sich Abel nie weit von ihm entfernt.)

Flimmernd erwacht das Hologramm eines serienmäßigen Charlie-Modells zum Leben. »*Modell Eins A*«, sagt es ohne Begrüßung. »*Du wirst sofort verbunden.*« Dann verschwindet es.

In der Kabine befindet sich ein Stuhl, so schwarz wie die Umgebung, aber Abel steht lieber. Er wird sich nicht vor Mansfield kleinmachen. Die Lektionen über menschliche Körpersprache im Hinterkopf, wappnet er sich mit einer selbstbewussten Haltung für den Anblick seines Schöpfers.

Erneut flackert ein Hologramm auf, diesmal das eines Menschen. Doch es ist nicht Mansfield.

Noemi scheint in der Luft zu hängen. Sie trägt das schwarze Tanktop und die schwarzen Leggings, die übliche Unterkleidung für den Fliegeroverall von Genesis. Einer ihrer Arme weist auf der Innenseite unterhalb des Ellbogens eine gerötete Stelle auf und das kinnlange Haar ist zerzaust. Ihr Kopf ist stark zur Seite geneigt, anscheinend festgehalten von einem Kraftfeld. Sie hat die Augen geschlossen, ihr Körper ist schlaff. Zuerst befürchtet Abel, dass sie tot ist. *Mansfield hat sein Wort gebrochen. Oder die Mechs haben das mit der Frist falsch verstanden. Sie haben sie umgebracht –*

Bevor der fürchterliche Schmerz jedoch den Schock ablösen kann, sieht Abel, dass sich Noemis Brust langsam und gleichmäßig hebt und senkt. Sie lebt, ist aber bewusstlos. Eine Tare tritt näher und gibt ihr eine Spritze in den Arm. Noemi zuckt. Als sie wieder bei vollem Bewusstsein ist, wehrt sie sich heftig gegen die Umklammerung des Kraftfelds. Schließlich richtet sich ihr Blick auf ihn und er findet sein eigenes Entsetzen darin wiedergespiegelt. »*Abel!*«

»Noemi«, flüstert er. Er kann nichts weiter sagen als ihren Namen. Wie oft hat er sich danach gesehnt, sie nur noch ein einziges Mal wiederzusehen – aber niemals hätte er gewollt, sie so vorzufinden, seine stolze, starke Noemi, eingesperrt und verängstigt.

Doch sie hält sich nicht mit ihrem eigenen Schicksal auf. »*Du darfst dich Mansfield auf keinen Fall ausliefern! Hast du mich verstanden?*«

Abel hat nicht vor, sich zu ergeben, wird das allerdings nicht in einem Gespräch erwähnen, bei dem gewiss jemand mithört. »Ich muss dafür sorgen, dass dir nichts –«

»*Vergiss mich! Du musst Genesis retten!*« Zuerst denkt er, dass sie nach wie vor benommen ist von den Beruhigungsmitteln, die sie ihr verabreicht haben müssen, aber es ist ihr voller Ernst. »*Die Erde hat den Spinnweben-Erreger auf Genesis verbreitet – biologische Waffen eingesetzt, und sie haben das Virus manipuliert, sodass es viel gefährlicher geworden ist – der gesamte Planet ist krank –*«

Sofort ist ihm klar, welche Strategie die Erde verfolgt. Biologische Kriegsführung hat in menschlichen Konflikten nie eine große Rolle gespielt, weil der Einsatz von Viren und Bakterien schwer zu kontrollieren ist. Die Erreger machen nicht an Landesgrenzen Halt. Sie ignorieren die Farbe der Uniform. Sie infizieren sowohl Opfer als auch Täter. Aber sie gegen einen anderen Planeten einzusetzen? Wie risikolos. Wie einfach. Die Erde wird abwarten, bis die Pandemie wieder abgeflaut ist – und damit sichergehen, dass das Virus aus Mangel an Wirten ausstirbt und keine Invasoren infiziert –, und dann mit voller Wucht losschlagen. Das könnte den Krieg binnen weniger Wochen beenden. Der Plan ist ebenso effektiv wie moralisch verwerflich.

Abel erschließt sich das innerhalb von 1,41 Sekunden, ohne Noemis verzweifeltes Gesicht auch nur einen Moment aus den Augen zu lassen.

»*Du musst Ephraim finden*«, fleht sie. »*Verstehst du, was ich meine? Verschwinde von hier und* suche Ephraim. *Rette Genesis.*«

»Ich kann dich doch nicht bei Mansfield –«

»*Doch, das kannst du.*« Sie ist so stur wie eh und je. Selbst als Geisel brennt in Noemi das alte Feuer. »*Ich habe mich freiwillig für die Masada-Offensive gemeldet, Abel. Ich war bereit, für meine Welt mein Leben zu geben. Genau das tue ich hier.*«

Abel begreift, was sie vorhat; seine mentalen Schaltkreise vollziehen den Weg von Ephraim Dunaway zum gemäßigten Flügel von Remedy mit dessen Verbindungen zu Ärzten und damit zu verbesserten antiviralen Medikamenten, die Genesis eine Überlebenschance bieten könnten. Er ist überzeugt, dass er Noemis Plan in die Tat umsetzen kann, ohne ihr oder sein Leben zu gefährden.

Doch über das Hologramm wird er das natürlich nicht sagen. »Halte durch. Ich finde einen Ausweg.«

Sie schüttelt den Kopf. In ihren dunklen Augen stehen Tränen. »*Auf Genesis habe ich manchmal darüber nachgedacht, was ich zu dir sagen würde, wenn ich dich jemals wiedersähe, und ich kam zu dem Ergebnis – es ist einfach ›Danke‹. Danke, dass du mich liebst. Zumindest weiß ich jetzt, dass mich einmal im Leben jemand geliebt hat.*«

»Noemi …«

Da verblasst das Hologramm und wird von Mansfields Bild ersetzt. Abels Schöpfer könnte sehr wohl höhnisch und überlegen tun – er hat die Macht auf seiner Seite, das wissen sie beide –, oder er könnte versuchen, väterlich und herzlich zu sein, womit er Abel schon einmal getäuscht hat. Stattdessen wirkt Mansfield … aufgewühlt. Angeschlagen. »*Die Bedingungen für unseren Handel haben sich geändert*«, sagt er.

»Was meinst du damit?« Abel kann sich kein höheres Lösegeld vorstellen als sein eigenes Leben.

»*Du wirst zwei Stunden warten, bevor du in mein Haus zurückkehrst.*« Mansfield klingt seltsam abwesend, was bedeutet, dass er nachdenkt, während er redet. Dieser Plan ist neu, er entsteht gerade erst. »*Dort wirst du Informationen vorfinden, die nur du entschlüsseln kannst und die dir mitteilen, wie und wo es weitergeht. Dann wirst du uns an einem anderen Ort treffen, und zwar in – wie spät ist es? Mein Gott. Spätestens in zwanzig Stunden kommst du zu meinem neuen Aufenthaltsort, sonst bin ich gezwungen, zu handeln.*« Er versucht, die Verantwortung für Noemis Schicksal auf Abel abzuwälzen, eine widerliche psychologische Taktik, aber jetzt ist keine Zeit, ihn deswegen zur Rede zu stellen. »*Zwanzig*

Stunden, mein Junge«, wiederholt Mansfield. »*Etwas in deinem Innern möchte zu mir kommen. Hör auf diese Stimme. Rette Noemi. Rette mich.*«

Das Hologramm erlischt. Abel steht allein im Dunkeln. Zum ersten Mal versteht er, wie Menschen vor Entsetzen gelähmt sein können, eine Reaktion, die vom limbischen System gesteuert wird, ein uralter Instinkt. Bis jetzt wusste Abel nicht, dass auch er ihn besitzt.

Während Noemis Leben auf dem Spiel steht, ändert Mansfield plötzlich die Bedingungen. Das gefällt Abel ganz und gar nicht. Sein Schöpfer hat Angst – nicht nur vor seinem eigenen Tod, sondern noch vor etwas anderem – und diese unbekannte Variable macht Abels gesamte Pläne und Berechnungen zunichte. Er weiß wirklich nicht, wie er Noemi retten soll –

– es sei denn, er lässt sich auf Burton Mansfields Handel ein.

9

Als Abels Hologramm verschwindet, unterdrückt Noemi ein Schluchzen. Das also war das letzte Mal, dass sie mit ihm gesprochen hat, dass sie mit jemandem gesprochen hat, der ihr wichtig war. Es fühlt sich an, als würde sie sich vom Leben selbst verabschieden.

Noemi ist darauf gefasst, hier in Mansfields Labor zu sterben. Sie hofft es geradezu. Denn es würde nicht nur bedeuten, dass Abel nichts passiert, sondern auch, dass er alles in seiner Macht Stehende tut, um Genesis zu helfen. Ihr Tod ist dafür ein vergleichsweise geringer Preis.

Aber das zu wissen, ist eine Sache. Es ist dagegen eine ganz andere Sache, in der schmerzhaft prickelnden Hitze eines Kraftfelds zu hängen, das Ozon zu riechen, nichts tun und mit niemandem reden und an nichts anderes denken zu können als an die bevorstehenden Schrecken.

Sie hört, wie die Kellertür geöffnet wird und viele Füße die Treppe herunterpoltern. Augenblicklich stellt Noemi sich ihre Rettung vor – doch es kommen weder Sicherheitskräfte noch Soldaten, und es ist auch nicht Abel. Es ist Mansfield, zusammen mit einigen seiner Mechs und einer rothaarigen Frau mit schmalem, verhärmtem Gesicht.

»Konntest du sie nicht überreden, zu warten?«, fragt Mansfield, der sich auf den Arm der Frau stützt. »Sie dazu bringen, uns wenigstens noch ein paar Stunden zu geben?«

»Ich habe es versucht.« Sie hält den Kopf gesenkt, als wäre sie zutiefst betrübt, ihn enttäuscht zu haben. »Es war unmöglich. Wir müssen los, und zwar sofort.«

»Gillian – ich bin so nah dran …«

»Abel wird uns finden. Dafür sorge ich schon.«

»Worum geht es?« Noemi erwartet keine Antwort, aber sie wird hier nicht einfach stumm hängen wie ein Gemälde an der Wand. »Wohin los?«

»Spielt das eine Rolle?«, sagt Gillian und nickt der Tare zu. »Bereite Miss Vidal für den Transport vor.«

Transport?

Als die Tare eine weitere Spritze holt, sieht Noemi, wie sich Mansfield vor einem Holo-Recorder niederlässt. »Aber du weißt, dass wir das kodieren müssen«, sagt er zu Gillian. »Damit es niemand anderes als Abel lesen kann. Wenn die Gefahr, aufzufliegen, so groß ist, dass sie unseren Abflug vorverlegen, können die Sicherheitskräfte jeden Augenblick hier sein.«

Gillian nickt und kniet sich neben Mansfield. Sanft sagt sie: »Ich beginne jetzt mit der Verschlüsselung, Papa.«

Seine Tochter – denkt Noemi noch, da packt die Tare auch schon ihren Arm und die Spritze dringt in die Haut. Die Welt versinkt in Dunkelheit.

Noemi schläft und doch wieder nicht. Sie ist bei Bewusstsein und doch wieder nicht. Alles wirbelt und dreht sich um sie herum, als würde sie in einer Blase einen Wasserfall hinunterstürzen.

Wieder sieht sie Abel vor sich wie vorhin in dem Hologramm – schattenhaft, halb durchsichtig und dennoch für sie in diesem Augenblick realer als alles andere. Wenn sie sich ihr Wiedersehen ausgemalt hat, dann war es immer wunderschön. *Voller Freude.* Stattdessen empfindet sie nur Kummer und Angst, und das so stark, als würden ihre Nerven bloßliegen.

Sie versucht, an weiter zurückliegende Ereignisse zu denken, an ihre Reise mit Abel durch das All. Benebelt von den Medikamenten hat Noemi das Gefühl, alles noch einmal zu erleben, und bald befindet sie sich in einem beglückenden Rausch – sie und Abel rennen durch die Mondbasis, sie sitzen auf Cray unter blinkenden Lichterketten und philosophieren die halbe Nacht über Glaube, sie geben sich auf Stronghold als Ehepaar aus, sie sehen sich zusammen *Casablanca* an. Dann ihr Kuss in der Schwerelosigkeit und der Moment, als sie sich das erste Mal gegenüberstanden, als Abel aufhörte, auf sie zu schießen, und ihr stattdessen seine Waffe übergab.

Bei ihrer ersten Begegnung versuchten sie, einander zu töten. Jetzt würden sie füreinander sterben.

Ich werde gewinnen, denkt Noemi. *Ich werde diejenige sein, die stirbt. So muss es sein.*

Unbedingt.

Als sie wach wird, liegt sie ausgestreckt auf etwas, was sich wie ein bequemes Sofa anfühlt. Das helle Rot auf der Innenseite ihrer Lider verrät ihr, dass ihr Aufenthaltsort sehr hell sein muss. Nur ein sanftes Gemurmel und das leise Brummen elektronischer Geräte sind zu hören. Noemi liegt ganz still und hält die Augen geschlossen. Sie möchte so lange wie möglich so tun, als wäre sie noch bewusstlos.

Mansfields Stimme klingt dünn und abgehackt, sein Atem geht schwer. »Du hast doch daran gedacht, die Kiste deiner Mutter mitzunehmen?«

Gillian hat eine volltönende, für eine Frau recht tiefe Stimme, zu der es eher passen würde, Befehle zu erteilen, als sich ihrem Vater gegenüber fügsam zu zeigen. »Natürlich. Das würde ich nie vergessen. Du bist bloß nervös.«

»Aus gutem Grund«, entgegnet Mansfield. »Schließlich verstößt das hier gegen alle Regeln.«

Darauf Gillian: »Wir wussten immer, dass so was passieren könnte. Wir sind nur ein paar Holo-Nachrichten vom totalen Chaos entfernt.«

Nichts von dem Gehörten ergibt für Noemi einen Sinn, aber sie spitzt angestrengt die Ohren. Bald wird sie hoffentlich genügend Teile haben, um das Puzzle zusammenzusetzen.

Als die einschläfernde Wirkung der Drogen nachlässt, nimmt Noemi mehr Einzelheiten ihrer neuen Umgebung wahr. Die wenigen Schritte, die sie hört, bewegen sich auf einem weichen Teppich. Leichte Vibrationen legen nahe, dass sie sich in einem Fahrzeug befinden, und Noemi vermutet, dass es sich um ein Raumschiff handelt. Jemand scheint ihr noch etwas über ihre Unterkleidung angezogen zu haben; was auch immer es ist, es fühlt sich weich an auf der Haut.

Doch wenn sie sich vorstellt, dass ihr jemand etwas übergestreift hat, während sie wehrlos dalag – das ist für sie fast so schlimm, als hätte man ihr die Kleider ausgezogen.

Ihr fällt ein, dass vermutlich ein Mech das übernommen hat, ein Mech, dem es völlig gleich ist, ob er einen Menschen ankleidet oder eine Puppe. Dieser Gedanke tröstet sie ein wenig. Dennoch klopft ihr Herz wie wild in der Brust. Sie hat es immer geschafft, ihrer Angst Paroli zu bieten, doch im Moment ist es einfach zu viel auf einmal.

Genesis hat jetzt eine Chance, sagt sie sich. Wenn es jemand schafft, Ephraim zu finden, dann Abel. Remedy wird bestimmt Hilfe schicken, falls man überhaupt helfen kann. Sie hat getan, was sie konnte, um ihre Welt zu retten. Aber wird es reichen?

Zumindest ist es immer noch besser, als zu kapitulieren.

Wenn sie nur sicher sein könnte, dass Abel nicht nur Genesis, sondern auch sich selbst rettet –

»Die Gefangene ist wach«, verkündet die Tare, die sich direkt in ihrer Nähe befinden muss. »Ihre Augenbewegungen weisen darauf hin, dass sie bei Bewusstsein ist.«

»Warum tun Sie so, als würden Sie schlafen?«, ruft Mansfield. »Stehen Sie auf, Mädchen. Wir müssen mit Ihnen reden.«

Noemi öffnet die Augen und stützt sich auf die Ellbogen. Wie sie vermutet hat, befinden sie sich an Bord eines Raumschiffs, in einem luxuriösen privaten Kreuzer. Alles – die glänzenden Kunststoffwände, die langen, niedrigen Sofas und der dicke Teppich – ist weiß und edel und wirkt so makellos, dass es sich hier wohl um die Jungfernfahrt des Schiffs handelt. Der Kreuzer scheint nur aus einem Raum zu bestehen, der als riesiger offener Wohnbereich gestaltet ist. Einige Mechs in ihren schlichten grauen Overalls stehen herum, entweder gerade beschäftigt oder auf Anweisungen wartend. Am anderen Ende des Raums thront Mansfield bequem zurückgelehnt auf einer Chaiselongue von demselben Schneeweiß wie alles andere, mit Gillian an seiner Seite. Sie haben sich umgezogen. Ist das etwa Abendgarderobe? Das wirkt absurd. Aber Mansfield trägt tatsächlich einen Smoking und Gillian ein schwarzes Glitzerkleid. Entweder haben die Medikamente Noemi das Gehirn vernebelt oder sie gehen tatsächlich auf eine Party.

Dann merkt sie, dass sie selbst einen silbrigen Jumpsuit aus seidigem Stoff trägt. Anscheinend werden sie *alle* zu dieser Party gehen – was auch immer da veranstaltet wird.

»Wir müssen uns unterhalten«, sagt Gillian. »Die Bedingungen Ihrer Gefangenschaft haben sich geändert.«

»Haben Sie sich entschlossen, meiner Entführung einen … etwas festlicheren Rahmen zu geben?«

Mansfield gluckst, tut immer noch so, als wären sie im Grunde die besten Freunde, doch Gillians Gesicht bleibt absolut unbewegt. »Wenn wir an unserem Zielort ankommen, werden wir Sie als unseren Gast vorstellen. Sie werden sich wie ein Gast verhalten und wie ein Gast behandelt werden, es sei denn, Sie versuchen, irgendjemanden über den wahren Grund Ihres Aufenthalts zu informieren. Wahrscheinlich wird Ihnen sowieso niemand glauben – aber wir können kein Risiko eingehen.«

Gillian hebt den Arm, als wollte sie ihr breites Armband vorzeigen. Die meisten Menschen würden es einfach für ein Schmuckstück halten und ihm keine weitere Beachtung schenken. Aber Noemi erkennt, dass die feinen Linien und Röhrchen auf seiner Metalloberfläche nicht nur ein hübsches Muster darstellen; sie sind ein Hinweis darauf, dass es sich hier um ein funktionierendes technisches Gerät handelt.

»Ich kann jederzeit die Giftampulle in Ihrem Körper aktivieren«, droht Gillian. »Das geht schneller als ein Herzschlag. Selbst wenn Sie es versuchen würden, Sie könnten mich nicht schnell genug töten, um sich zu retten.«

Lassen wir es doch darauf ankommen, denkt Noemi, spricht es jedoch nicht aus. Stattdessen setzt sie sich aufrecht hin und hebt das Kinn. »Also, was ist so viel wichtiger als der Plan Ihres Vaters, Abel umzubringen?«

Während Mansfield bei dem Wort *umbringen* höhnisch das Gesicht verzieht, zeigt Gillian keinerlei Reaktion. Ihre steinerne Miene hat etwas Unheimliches. »Die Arbeit meines Vaters und meine eigene sind mit Abstand der größte Sprung nach vorn, den die Menschheit je getan hat. Dafür ist kein Opfer zu groß. Und kein Preis zu hoch.«

»Das sagt sich leicht, wenn Abel und ich diejenigen sind, die dafür zahlen müssen«, kontert Noemi, doch in Wahrheit verunsichert sie Gillians starrer Blick fast genauso wie vorher das Ausgeliefertsein an das Kraftfeld. »Tut mir leid, Ihnen das sagen zu müssen, aber dass Ihr Dad sich einen anderen Körper stiehlt, ist für niemanden ein großer Sprung nach vorn außer für ihn selbst.«

»Hier geht es nicht nur um das Überleben eines Einzelnen, auch wenn es sich um einen so großen Mann wie meinen Vater handelt.« Gillian blickt ihn hingebungsvoll an – allerdings nicht so, wie Kinder normalerweise ihre Eltern anblicken. Noemi erinnert es eher an religiöse Verehrung.

Ihr entgeht nicht, dass ein Ausdruck von Unmut über Mansfields Gesicht huscht. Er mag ja so tun, als würde er mit seiner Arbeit edle Ziele verfolgen, aber die »Menschheit« oder »das Allgemeinwohl« kümmern ihn wenig. Mansfield will vor allem sich selbst retten.

Gillian dagegen geht es um etwas Höheres. Etwas, was sie als heilig ansieht, etwas, wofür sie auch vor bösen Taten nicht zurückschreckt. Diese Frau ist eine Fanatikerin, die dem falschen Gott hinterherläuft – dem Ego ihres Vaters.

»Wir nähern uns Neptun«, verkündet der Pilot, ein King-Modell, das konzentriert an der kleinen Hauptkonsole arbeitet.

Neptun? Noemi runzelt die Stirn. Rund um den Neptun leben und arbeiten weit und breit keine Menschen. Wenn sie sich richtig an ihre Exo-Astronomiestunden erinnert, ist es definitiv kein Urlaubsort, mit einer Durchschnittstemperatur von minus zweihundert Grad Celsius und Winden, die eine Spitzengeschwindigkeit von zweitausendvierhundert Kilometern pro Stunde erreichen können.

Der King fügt hinzu: »Wir treten in den Orbit von Proteus ein.« Mansfield winkt ab.

Proteus. Er ist der größte Neptunmond und, soweit Noemi weiß, auch kein angenehmeres Ziel als der Mutterplanet.

Das Einzige, wofür Proteus gut sein könnte, wäre … als Versteck.

Noemi steht auf, froh, dass sie wieder Boden unter den Füßen hat. Niemand hält sie auf, als sie näher an den kleinen Sichtschirm herantritt, der eher zu Dekorationszwecken an einer der Wände hängt. Die silbrig blaue Oberfläche des Neptun, den sie auf ihrem Weg zu seinem Mond passieren, füllt fast die Hälfte des Schirms aus. Und der Mond wird mit jeder Sekunde größer.

Sie kneift die Augen zusammen, um ein seltsames Detail auf dem Bildschirm näher zu betrachten – eine Art Schatten, der bald in allen Einzelheiten zu erkennen ist.

Der Schatten wird herangezoomt: Es ist ein Schiff.

Seine Dimension erstaunt sie – es ist größer als jedes Schiff, das sie bisher gesehen hat, größer als die Umsiedlungsfrachter und sogar größer als die furchteinflößendsten Damokles-Schiffe. Die Form erinnert an ein Ei, nur sind die Seiten nicht so stark gebogen, und das eine Ende ist weniger spitz. Lauflichter ohne erkennbaren Zweck zeichnen jeden dekorativen Schnörkel der Oberfläche nach, und davon gibt es ziemlich viele. Sämtliche Kanten sind mit tiefschwarzen Linien verziert und ergeben mit den terrakottafarbenen und lapisblauen Mosaiken ein Muster, das an alte ägyptische Motive erinnert. Das Schiff befindet sich in einem gerüstartigen Dock, sodass es wirkt wie ein prächtiger Edelstein in einer Metallfassung.

Es könnte schwierig werden, mit diesem Schiff zu landen. Für die meisten Häfen ist es zu riesig; es benötigt einen speziellen Hangar. Und es lässt sich nicht für andere Zwecke umrüsten. *Wie viele Millionen – nein, Milliarden, vielleicht sogar Billionen – Credits hat wohl allein die aufwändige Verzierung dieses Dings verschlungen? Wie kann die Regierung der Erde behaupten, wir wären dafür verantwortlich, dass die Menschen hungern und sterben, wenn gleichzeitig die eigenen Leute Mittel für* so etwas *verschwenden?*

Während die Erde den Tod von Noemis Welt plante, baute sie gleichzeitig dieses extravagante, nutzlose Schiff. Ein neues *Spielzeug.*

Mansfield, der ihre Wut nicht bemerkt, steht mühsam auf und deutet mit der Hand auf das Bild des prachtvollen, goldenen Schiffs. »Willkommen auf der *Osiris*.«

Und Gillian murmelt: »Auf der wir wiedergeboren werden.«

Schon der Definition nach kann ein Raumschiff keine Endstation sein. »Wo wird uns dieses Ding hinbringen?«

»An einen Ort, an dem bisher noch fast niemand gewesen ist«, sagt Mansfield.

Noemi fragt sich, ob es auch dann frevelhaft ist, einen alten Mann zu schlagen, wenn dieser sehr, sehr böse ist und einen außerdem absolut kirre macht. »Vielen Dank für diese hilfreiche Antwort. Und wie soll Abel Sie an einem Ort finden, an dem noch niemand gewesen ist?«

Ihr Spott trifft ins Schwarze. Bleich geworden lässt Mansfield sich zurück auf das niedrige Sofa fallen. Der Gedanke, seine Chance auf Unsterblichkeit zu vertun, hat ihn offensichtlich erschüttert. Gillian antwortet an seiner Stelle, und sie wendet sich an ihren Vater, nicht an Noemi. »Abel kommt bestimmt zum Schiff. Schon bald, du wirst sehen. Er würde niemals zulassen, dass wir ohne ihn fliegen. Auch ohne das Mädchen wird ihn die oberste Direktive letztendlich zu uns führen.«

Mansfield fixiert Noemi. Seine Augen sind genauso blau wie die von Abel, aber so kalt könnten Abels Augen niemals sein. »Hoffen wir es. Denn mein Schicksal ist Ihr Schicksal, Miss Vidal.«

»Dann hoffe ich, dass ich sterbe«, sagt Noemi.

»Das lässt sich einrichten«, sagt Gillian. Zum ersten Mal berührt sie Noemi, legt ihr die Hand auf den Arm. Ihre Haut fühlt sich kalt an, und sie umfasst die wunde, harte Stelle, wo die Ampulle direkt unter der Haut liegt – jederzeit bereit, Noemi zu töten.

10

Abels nächster Schritt wird der gefährlichste: Er muss nach Hause zurückkehren.

Seine DNA ist der Mansfields sehr ähnlich, daher kann er den Sicherheitszaun mit einem einfachen Scan überwinden. Mechs oder menschliche Wächter sind nicht in Sicht. Als das kunstvoll geschmiedete Tor aufschwingt und ihn einlässt, sieht Abel hinauf zu dem Haus auf dem Hügel, dessen Silhouette vor dem lavendelblauen Morgenhimmel tröstlich und vertraut auf ihn wirkt. In jedem Paneel der geodätischen Kuppel spiegeln sich glitzernd die Lichter der Stadt.

Momentan ist niemand zu Hause. Das merkt er daran, dass im Innern kein Licht brennt und keine Mech-Wächter herausstürzen, um ihn zu ergreifen. Abel hatte schon damit gerechnet, dass Mansfields Anweisungen keine Täuschung waren, dafür waren seine Worte zu seltsam, zu gehetzt gewesen. Wenn Mansfield ihm eine Falle stellen wollte, würde er sorgfältiger vorgehen. Trotzdem ist Abel erleichtert, dass seine Einschätzung richtig war.

Beim Näherkommen erkennt er Spuren von Vernachlässigung. Mansfields Garten ist nur noch der braune, verwelkte Schatten seiner selbst, obwohl sich bis vor Kurzem Mechs darum gekümmert haben müssen. Aber die sorgfältig gestutzten Hecken sind bereits von Schlingpflanzen überwuchert. Staub hat den einstigen Glanz der bodennahen Kuppelpaneele stumpf werden lassen. Zwischen den Gehwegplatten sprießt Unkraut; selbst auf dem sterbenden Planeten kämpft das Leben um jeden Zentimeter.

Körperlich ist Mansfield erst vor ein paar Stunden abgereist. Doch die Verwahrlosung zeigt Abel, dass Mansfield schon vor Wochen aufgehört haben muss, dieses Haus als sein Heim zu betrachten. Warum?

Einige Zweige hat der Wind auf die Stufen geweht, die zu Mansfields Labor im Untergeschoss führen. Eigentlich hatte Abel geplant, das Haus durch diese Tür zu betreten, aber einen Meter davor bleibt er stehen und kann keinen Schritt weiter. Immer wieder spult sich in seinem Kopf ab, was sich das letzte Mal auf diesen Stufen abspielte. Damals rannte er sie hinauf, um zu fliehen, rannte er um sein Leben. Die Erinnerung wühlt ihn auf und so geht er um das Haus herum zur Vorderseite.

Außerdem, wieso sollte er nicht den Vordereingang benutzen? Er hat jedes Recht dazu.

Mansfield wollte immer, dass ich ihn Vater nenne, denkt Abel. *Wenn er wirklich mein Vater wäre, würde ich einen Teil seines Anwesens erben. Hiermit erkläre ich dieses Haus zu meinem Erbteil.*

Aber das Haus durch die Vordertür zu betreten, ist sogar noch schlimmer, denn hier ist am deutlichsten zu spüren, dass von Abels altem Zuhause fast nichts mehr übrig ist.

All die Bücher sind fort. Das holografische Feuer ist erloschen, nur eine gespenstisch leere Wand ist geblieben. Sogar die Standuhr ist weggeschafft worden und hat ein dunkles Rechteck auf dem Teppich hinterlassen, wo das Sonnenlicht die Farben nicht ausbleichen konnte. Rasch sieht Abel in Mansfields Schlafzimmer nach; auch dieses ist leer. Die Staubspuren legen nahe, dass der Hausrat innerhalb der letzten ein, zwei Tage ausgeräumt wurde, vielleicht auch erst vor ein paar Stunden. Hier ist niemand, weder Mech noch Mensch, und es herrscht Totenstille. Das Haus ist wie ausgehöhlt, als wäre all die Zeit, die Abel hier verbracht hat, eine bloße Illusion gewesen. Plötzlich weiß er nicht mehr, ob er seinen eigenen Gedächtnis-Datenbanken trauen kann.

Warum zitiert er mich hierher, damit ich mir Anweisungen abhole, und versteckt sie dann?, denkt Abel mit einem Gefühl, das Menschen – wie er inzwischen gelernt hat – als Verärgerung bezeichnen. Das Gefühl ist ihm willkommen, lenkt es ihn doch erfolgreich von seiner Angst um Noemis Leben ab.

Stirnrunzelnd geht er ins Wohnzimmer zurück und entdeckt etwas, was nicht mitgenommen wurde, ein relativ kleines, leuchtend buntes Ölgemälde von Frida Kahlo mit dem Titel *Baum der Hoffnung, bleibe stark*. Mansfield hatte es erworben, als er die komplette Sammlung eines zur Schließung gezwungenen Museums aufkaufte, und hängte es als Meisterwerk der bedeutendsten Surrealistin des zwanzigsten Jahrhunderts an einen Ehrenplatz. Persönlich hatte Mansfield allerdings wenig für das Gemälde übrig. Ja, es missfiel ihm sogar: *Manche Menschen klatschen alles, was sie denken und fühlen, auf eine Leinwand, damit die ganze Welt es sehen kann, mein Junge. Subtilität ist für sie ein Fremdwort.*

Doch auch Abel hat so seine Schwierigkeiten mit der Subtilität. Ihn spricht gerade der direkte Ausdruck von Gefühlen in dem Bild an. Frida Kahlo hat ein doppeltes Selbstporträt gemalt, ein Ich bei Tag, das andere bei Nacht, beide mitten in einer ausgetrockneten, kargen Landschaft. Die eine Frida liegt auf einer Krankenliege, das Gesicht abgewandt, und die Verbände sind verrutscht und geben den Blick auf immer noch blutende Wunden an ihrem Rücken frei; die andere sitzt in einem prächtigen roten Kleid und mit Blumen im Haar kerzengerade da und hält das Korsett in der Hand, das Kahlo nach ihrer Verletzung an der Wirbelsäule tragen musste. Diese Frida sieht den Betrachter an und fordert sein Verständnis.

Abels Meinung nach ist das Interessanteste an dem Gemälde, dass das Ich, das hinfällig und blutend daliegt, am Tag zu sehen ist. Die stolzere Kahlo, die stärkere, sitzt bei Nacht da. Doch auch sie umklammert ihr Korsett, sodass ein Teil von ihr nur durch das Gitter der Korsettstäbe sichtbar ist.

Die meisten Menschen verstecken ihren Schmerz und ihre Schwäche. Kahlo ließ alle an diesen privaten Dingen teilhaben. Ihre Kraft lag in der Dunkelheit verborgen und der Beweis für ihre Verletzungen war Teil dieser Kraft.

(Dies ist nur Abels Interpretation. Obwohl wissenschaftliche Abhandlungen über dieses Gemälde irgendwo in seinen Datenbanken vorhanden sind, hat er diese nie bewusst angezapft. Er möchte seine eigene Meinung nicht aufgeben.)

Abel mag vor allem das Korsett. Es bestand hauptsächlich aus Metall, war aber trotzdem ein Teil von Kahlo, ein Teil, zu dem sie sich vor der ganzen Welt bekannte. Er muss nicht Freud bemühen, um zu wissen, warum genau dieses Detail ihn so anspricht. Manchmal, in seinen ersten Lebenstagen, wenn Mansfield anderweitig beschäftigt war, saß Abel stundenlang hier in diesem Raum, studierte jede Facette des Gemäldes und versuchte, sich in den Geist eines vor Jahrhunderten verstorbenen Menschen hineinzuversetzen, der verstand, was es bedeutete, teils Mensch und teils künstlich zu sein.

Seine anderen Wertgegenstände hat Mansfield mitgenommen, aber dies hier hat er einfach zurückgelassen und dem Verfall preisgegeben. Abel fragt sich allmählich, ob sein Schöpfer auch nur einen all seiner Schätze je zu würdigen wusste. Er nimmt das Bild von der Wand und klemmt es sich unter den Arm. Dann wappnet er sich für den Gang an den Ort, den er am liebsten meiden würde: den Keller.

Dies ist sozusagen Abels *Geburtsort* – ein besseres Wort dafür fällt ihm nicht ein. Ursprünglich war es das Souterrain eines viktorianischen Hauses, das hier vor vielen Jahrhunderten gestanden hatte. Mansfield wandelte den Raum in ein modernes Labor für seine ehrgeizigsten Forschungsprojekte um. Während also die Wände aus alten Ziegeln bestehen und Buntglasfenster in den schmalen, noch über der Erde liegenden Bereich eingelassen sind, befinden sich in diesem Raum die Tanks, in denen Mechs gezüchtet werden –

– und mittendrin steht ein Kraftfeldgenerator, ein leerer, mit scharfen Metallspitzen besetzter Käfig. Hier also wurde Noemi gefangen gehalten, im Dunkel des Kellers, und jeden Versuch, jemanden oder etwas zu berühren, hätte sie mit grausamen Schmerzen bezahlt.

Das Gefühl, das Abel bei diesem Anblick überkommt, hatte er noch nicht oft. Er lässt es nur selten zu, weil Mechs das eigentlich nicht dürfen, weil es ihrer Kernprogrammierung fundamental widerspricht. Doch er erkennt es sofort, an der Art und Weise, wie es in seinem Innern tobt und brennt.

Es ist Wut. Es ist *glühender Zorn.*

Dennoch lässt sich Abel von seinen Gefühlen nicht beirren. Er verschiebt den Frequenzbereich seiner visuellen Sensoren auf Infrarotlicht, um kein Licht einschalten zu müssen. (Wahrscheinlich wird das Haus nicht beobachtet, doch wozu das Risiko eingehen, wenn er auch andere Möglichkeiten des Sehens hat.) Die langen rechteckigen Tanks beherbergen keine Mechs, obwohl einige noch mit der milchigen rosa Flüssigkeit gefüllt sind, in denen die neuen Mechs heranwachsen. Seit Abel das letzte Mal hier war, sind einige kleinere Tanks hinzugekommen; Mansfield hatte ihm erklärt, dass die Menschen unbedingt Mechs in Kindergröße haben wollten, als Ersatz für eigene Kinder, die sie sich nicht leisten konnten. Vielleicht werden organische Mechs das bald überflüssig machen und selbst Babys gebären, damit die Menschen etwas zum Kuscheln haben. Und wenn diese Babys dann zu groß sind und ausgemustert werden, können sie noch von anderen Menschen als Maschinen eingesetzt werden.

Auf einem Tisch befindet sich ein kybernetischer Hirnstamm mit einer Rezeptorleitung, die Keimzelle eines jeden Mechs. Hätte Mansfield ihn mit den richtigen Aminosäuren und synthetischer DNA beschichtet und dann alles in einen dieser Tanks versenkt, wäre ein Mech daraus geworden. Es hätte das Potenzial gehabt, zu laufen, zu sprechen und bis zu einem gewissen Grad auch zu denken. Doch stattdessen liegt er hier, völlig vergessen.

Abel nimmt den Hirnstamm in die Hand und betrachtet das silberne Behältnis. Was ist es, das dieses Ding zu *etwas,* ihn aber zu *jemandem* macht? Es gibt einen Unterschied – das hat Abel selbst gemerkt – allerdings begreift niemand genau, worin er besteht, nicht einmal Mansfield selbst.

Dann entdeckt er den zusätzlichen Speicherbaustein, der an dem Hirnstamm befestigt ist, das Metall sieht neuer aus und glänzt stärker als der Rest. Natürlich, hier hat Mansfield seine Nachricht versteckt. Er wusste genau, wo Abel nachsehen würde.

Es ist verstörend, dass jemand, der ihm schaden will, ihn so gut kennt.

Er setzt sich auf den Stuhl, auf dem sein Schöpfer immer thronte, und aktiviert das kleine Terminal vor sich. Sobald der helle blaue Schein des Bildschirms den Raum beleuchtet, stöpselt Abel das Speichergerät ein. Als er sieht, wie stark die Datei verschlüsselt ist, fragt er sich, ob Mansfield ernsthaft von ihm erwartet, all das zu dechiffrieren.

Stirnrunzelnd macht sich Abel ans Werk. Es könnte Stunden dauern, diesen Code zu knacken und die Botschaft zu entschlüsseln, aber es ist Noemis einzige Hoffnung auf Rettung.

Nach zweiunddreißig Minuten und vier Sekunden höchst konzentrierter Arbeit wird er vom Klingeln der Wegwerf-Komm-Einheit unterbrochen, die er an der öffentlichen Infostation gekauft hat. Mansfield hatte Abel befohlen, zwei Stunden mit seiner Rückkehr zu warten, zweifelsohne in der Annahme, er und seine Begleiter seien während ihres Aufbruchs verwundbarer. Abel hatte diese beiden Stunden gut genutzt, hatte in mehreren Archiven der Erde Nachforschungen über medizinisches Personal angestellt. Die meisten Menschen verbergen ihre Geheimnisse nicht so gut wie Mansfield.

Er zieht die Wegwerf-Komm-Einheit mit ihrem altmodischen Flachbildschirm heraus und schaltet sie ein. Auf dem Display erscheint Ephraim Dunaway.

»Abel.« Ephraim steht das Unbehagen ins Gesicht geschrieben. »Wie zum Teufel hast du mich gefunden?«

»Ich habe Leute im medizinischen Bereich, die vor ungefähr fünf Monaten einen neuen Job auf der Erde angetreten haben, mit den Namen abgeglichen, die vor diesem Zeitraum noch nicht gelistet waren. Deine neue Identität konnte ich dann ziemlich leicht aus den demografischen Informationen erschließen.« Abel merkt, dass Ephraim mit seiner Frage eigentlich auf etwas anderes hinauswollte. »Ich bezweifle stark, dass dich auch ein Mensch so leicht finden würde, wenn überhaupt.«

Ephraim entspannt sich ein wenig. »Ich hatte nicht damit gerechnet, jemals wieder etwas von dir zu hören. Freut mich, dass es dir gut geht.« Im Hintergrund des Bildschirms sieht Abel ein Fenster, das den Blick auf windgepeitschte Palmen vor einem fahlen Gewitterhimmel preisgibt. Ephraim muss auf der anderen Seite der Erdkugel sein. »Aber du hast dich bestimmt nicht gemeldet, um über alte Zeiten zu plaudern, oder?«

»Nein. Ich brauche die Hilfe von Remedy – oder, besser gesagt, Genesis braucht eure Hilfe.«

Als Abel erklärt, was auf Genesis passiert ist, weicht die Verwirrung auf Ephraims Gesicht blankem Entsetzen. »Du meine Güte«, flüstert er. »Das ist Massenmord.«

»Nicht, wenn wir ihnen bessere antivirale Medikamente beschaffen können.« Abel hat die Wahrscheinlichkeiten berechnet. Ziemlich sicher sind die Virologen auf der Erde davon ausgegangen, dass Genesis keine medizinische Versorgung von den Welten des Rings zu erwarten hat, und haben deswegen darauf verzichtet, dem Spinnweben-Virus Resistenzen gegen Medikamente einzubauen. »Man müsste allerdings große Mengen Medikamente nach Genesis schicken, und wenn jemand dazu fähig ist, dann Remedy.«

»Das ist aber ein großes Wenn, mein Freund.« Ephraim schüttelt den Kopf. »Wir haben die Leute. Wir können die Medikamente beschaffen. Aber uns fehlt das *Netzwerk*. Remedy besteht aus einzelnen, unabhängig voneinander operierenden Zellen, die nicht viel voneinander wissen; so ist es für alle Beteiligten sicherer. Natürlich bedeutet das auch, dass wir nicht immer einer Meinung sind, was wir unternehmen sollen und warum und wie. Die Kommunikation zwischen den Zellen ist stark eingeschränkt.«

Ephraim stößt frustriert die Luft aus. Remedys radikaler Flügel hält die Gemäßigten für Schwächlinge und der moderate Flügel betrachtet die Radikalen als Terroristen. Abel teilt letztere Meinung, aber in einem Kampf, der nicht der seine ist, wird er sich hüten, Partei zu ergreifen.

»Wir haben noch nie alle zusammengearbeitet«, fährt Ephraim fort. »Sind nie gemeinsam als – als Armee in den Kampf gezogen, vor allem, weil deine Mech-Geschwister Kleinholz aus uns machen würden. Die Erde hat zehnmal mehr Waffen als wir.«

»Wohl eher hundertsiebzigmal mehr.« Eventuell war diese Korrektur unnötig. Rasch fügt Abel hinzu: »Verzeih, dass ich dich unterbrochen habe.«

»Die Sache ist die: Was da gerade auf Genesis abläuft – genau darauf hat Remedy gewartet! Das ist ein *Kriegsverbre-*

chen, und zwar ein so verabscheuungswürdiges, dass die Erde es heimlich tun musste. Außerdem wird durch die biotechnische Manipulation des Virus klar, dass die Erde schon die ganze Zeit hinter Spinnweben steckte. Selbst Hardliner, die nichts gegen einen Einsatz biologischer Kampfstoffe auf Genesis haben, wären fuchsteufelswild, wenn sie wüssten, dass die Erde ihre eigenen Leute als Versuchskaninchen benutzt hat. Wenn die Bewohner der Kolonie-Welten die ganze Wahrheit darüber erfahren würden, dann würden sie sich vielleicht endlich erheben! Vielleicht würde sich sogar die Bevölkerung der Erde auf unsere Seite stellen!« Ephraim schlägt mit der Faust in die offene Hand und fügt hinzu: »Aber dafür brauchen wir *Beweise*. Remedy muss vereint vorgehen, um diese Beweise zu bekommen. Und ich weiß nicht, wie das gehen soll.«

»Es muss doch irgendeine Form der Kommunikation geben«, überlegt Abel. »Riko Watanabe hatte weitreichende Verbindungen …«

»Ja, aber unsere Wege haben sich vor mehr als vier Monaten getrennt. Sie hat mir einen neuen Namen, eine neue Identität verschafft – und dafür bin ich dankbar –, aber wir wussten, dass wir nie völlig einer Meinung sein würden.« Ephraims Augen werden schmal, seine Miene wirkt bedauernd, sogar gekränkt. Doch als Abel das registriert, ist Ephraim schon beim nächsten Punkt. »Höherrangige Funktionäre besitzen für Notfälle Alarmcodes. Wenn man diese Codes bei einer Nachrichtenübermittlung verwendet, könnte man der großen Mehrheit von Remedy verdammt schnell Informationen schicken.«

Der Rest ist klar. »Leider kennst du keinen dieser Alarmcodes und hast auch keine Ahnung, wie man an sie rankommt.«

»Bingo«, meint Ephraim. »Riko hat vielleicht Zugang dazu, aber wie gesagt, ich weiß nicht, wo sie sich aufhält. Sie kann inzwischen Gott weiß wo sein.«

»Ich habe dich innerhalb von zwei Stunden gefunden«, hält Abel dagegen. »Die Logik sagt mir, dass ich auch sie finden kann.«

Nun stellt sich heraus, dass Ephraim ein dröhnendes Lachen besitzt. »Du bist der beste Detektiv, den ich je kennengelernt habe. Was meinst du, wie lange wirst du brauchen, um die verschiedenen Planeten nach ihr abzugrasen? Einen ganzen Tag? Eineinhalb Tage?«

»Noemi ist in Schwierigkeiten. Zuerst muss ich ihr helfen.« Abels peripheres Sehen hat die ganze Zeit die Entschlüsselung mitverfolgt.

»Moment. Was ist mit Noemi passiert?«

Abel schüttelt den Kopf. »Ich will dich da nicht mit reinziehen. Die Lage ist – kompliziert.«

Obwohl Ephraim diese ausweichende Antwort eindeutig nicht gefällt, akzeptiert er sie. »Dann werde ich versuchen, so viele Leute wie möglich zu erreichen. Im Moment ist es allerdings schwierig – wir befinden uns in einem Hurrikan-Gebiet und sollen Menschen in einem Supersturm beistehen, der noch heute auf Land treffen wird.«

Solche Superstürme sind in den letzten dreihundert Jahren immer häufiger geworden – Megahurrikans, die das Potenzial haben, den halben Kontinent zu verwüsten. Abels Gedächtnis-Datenbanken verraten ihm, dass in solchen Zeiten Chaos herrscht. »Du wirst erst nach dem Sturm in der Lage sein, mit deinen Leuten in Kontakt zu treten, wenn die Kommunikationskanäle wieder offen sind.«

»Vielleicht kann ich trotzdem schon was unternehmen«, beharrt Ephraim. »Auch wenn ich es nicht schaffe, viele der Zellen von Remedy zu kontaktieren, ist vielleicht eine darunter, die die Alarmcodes kennt. Und außerdem kann ich zumindest eine Verbindung zu etlichen Krankenhäusern und Lazarettschiffen herstellen. Sobald der Sturm vorüber ist, fangen wir an, antivirale Medikamente zu sammeln. Dann können wir nach Erhalt der benötigten Informationen sofort loslegen.«

Der Bildschirm, auf dem die Dechiffrierung abläuft, wird heller, und ein Signal ertönt: Mansfields Botschaft wurde entschlüsselt.

»Ich muss aufhören«, sagt Abel. »Bitte mach dich schnell an die Arbeit und warte nicht darauf, dass ich mich noch einmal melde. Nach allem, was Noemi mir erzählt hat, bleibt Genesis nicht viel Zeit.«

»Verstanden.« Ephraims Gesichtsausdruck verrät Sorge. »In was seid ihr zwei denn da reingeraten?«

»Es ist besser für dich, wenn du es nicht weißt.« Ohne ein weiteres Wort schaltet Abel die Komm-Einheit aus. Er kann nicht einmal die wenigen Sekunden erübrigen, um Ephraim Dunaway zu beruhigen, nicht, wenn Noemis Leben auf dem Spiel steht.

Er steckt das Speichergerät in den Holo-Apparat und gibt den Dechiffriercode ein. Das Hologramm erwacht zum Leben und ein bläulich gefärbtes Bild von Burton Mansfield nimmt Gestalt an: Er trägt einen Bademantel und sitzt auf demselben Stuhl, auf dem Abel jetzt sitzt. Sein Schöpfer sieht schrecklich aus, mehr tot als lebendig, und das Ächzen in seiner Stimme geht Abel durch und durch. Aber seine Worte machen alles noch schlimmer.

»So, du hast das Speichermedium also gefunden. Wusste ich doch, an welcher Stelle du nachschauen würdest. Du hast gedacht, ich würde nicht begreifen, was aus dir geworden ist, nicht wahr? Ich begreife es sehr wohl, Abel. Genau darum bist du ja so kostbar für mich.« Was im Klartext bedeutet: *Darum habe ich vor, deinen Körper zu übernehmen.* Doch Abel konzentriert sich weiter auf Mansfields Worte. »Ich gebe dir noch eine letzte Chance, das Mädchen zu retten. *Eine.* Ich würde gern eine Show abziehen und so tun, als wäre es deswegen, weil ich die Geduld verliere. Die Wahrheit ist, mir bleibt nicht mehr viel Zeit. Und damit hat auch Noemi Vidals letztes Stündchen bald geschlagen.«

Abel achtet nicht auf Mansfields Spöttelei. Stattdessen analysiert er Mansfields Körpersprache. Er wirkt unsicher. Seine Anweisungen erteilt er seltsam gehetzt. Sein Blick schießt hierhin und dorthin, als würde er nebenher irgendein Schauspiel verfolgen. Etwas an Mansfields kurzfristigen Plänen hat sich grundlegend geändert – etwas Wichtiges, auf das Mansfield keinen Einfluss hat. Entweder könnte das für Abel hilfreich sein, oder es könnte Noemis Untergang bedeuten. Bis er herausgefunden hat, was es ist, kann er nicht entscheiden, was wahrscheinlicher ist.

Mansfield fährt fort: »Komm zum Neptun, Abel. Auf den Mond Proteus. Suche nach der *Osiris.* Ich verlängere sogar deine Frist, wenn auch nicht lange. Wir treffen uns dort innerhalb eines Erdentags, nicht später. Das ist für uns alle drei die letzte Chance, das zu bekommen, was wir wollen.

Sobald du deine Pflicht getan hast, darf Noemi wohlbehalten nach Hause zurückkehren, das verspreche ich dir. Ich werde euch beiden sogar Gelegenheit geben, euch voneinander zu verabschieden.«

Die Erinnerung an ihren ersten Abschied überflutet Abel – wie es sich angefühlt hat, Noemi in den Armen zu halten, wie es war, ihre weichen Lippen auf seinen zu spüren. Die Sehnsucht nach ihr wird so stark, dass Abel froh ist, erst jetzt davon zu hören. Hätte Mansfield in seiner ersten Nachricht erwähnt, dass er ihm die Gelegenheit geben würde, sich von Noemi zu verabschieden, hätte Abel sich womöglich auf der Stelle ausgeliefert.

»Suche nach der *Osiris*«, wiederholt Mansfield. »Bis dann.« Er winkt und verschwindet. Das Hologramm ist zu Ende.

In Namibia lädt Abel Virginias Korsaren ein, erbittet Startfreigabe und geht den spiralförmigen Korridor der *Persephone* hinauf, bis er vor der Versorgungsschleuse steht. In dieser Schleuse saß er fast dreißig Jahre lang fest, völlig allein. Und die meiste Zeit fragte er sich, ob er jemals aus diesem Gefängnis befreit werden würde. Trotzdem ist es der Ort, den er am liebsten aufsucht, wenn er sehr verwirrt oder aufgewühlt ist. Rational gesehen ergibt es keinen Sinn, aber er versucht, sich von der Erwartung zu verabschieden, dass seine Gefühle rational sein sollten. Nach allem, was er bei Menschen beobachtet hat, ist das bei niemandem jemals der Fall.

Hier auf der Erde kann er nicht die Schwerkraft abstellen, um wie beim letzten Mal im Raum zu schweben. Die Dunkelheit und die geschlossene Tür müssen genügen. Er legt sich auf den Boden und betrachtet die Markierungen, die er in die Decke geritzt hat. Als er hier gefangen war, machte er erst für jeden Tag einen Strich; er wollte alle Tage zählen, bis er gerettet würde. Aber schon nach fünf Komma sieben Jahren gab er auf. Es war einfach zu deprimierend. Hätte er weitergemacht, wäre fast jeder Zentimeter der Versorgungsschleuse mit Strichen übersät gewesen.

Dies war sein Gefängnis. Dies war sein Zuhause. Hier lernte er, die schreckliche Last des Nichtwissens zu ertragen. Jetzt, wo er weitermachen muss, ohne eine Ahnung, wie es Noemi geht, und ohne einen konkreten Plan zu ihrer Rettung, muss er sich dieses Durchhaltevermögen wieder ins Gedächtnis rufen.

An einem Terminal in der Nähe beginnt ein Lämpchen zu blinken; die Starterlaubnis wurde erteilt. Er muss sofort aufbrechen.

Und doch zögert er beinahe zwei Komma drei Sekunden an der Tür und sieht nach oben – nicht zu den Markierungen an der Decke, sondern zu der Stelle mitten in der Luft, wo er Noemi in den Armen hielt. Wo sie sich geküsst haben.

Er hat immer gewusst, dass es bei diesem einen Mal bleiben würde.

11

Als sich Mansfields Kreuzer dem Koloss namens *Osiris* nähert, schmiedet Noemi bereits Pläne für ihre Flucht.

Den Kreuzer zu kapern, scheidet aus, weil ich die Mechs an Bord nicht überwältigen kann, und selbst wenn, würde ich mit diesem Schiff nicht entkommen. Sie sind nun so nahe, dass Noemi Dutzende, vielleicht sogar Hunderte von Mechs sieht, die um die *Osiris* und in deren Umgebung herumschwirren; wie die Geier kreisen sie über dem Gerüst des Docks. *Wenn ich auf der* Osiris *bin,* beschließt sie, *wird sich schon eine Gelegenheit ergeben.*

Die wunde Haut rund um die Giftampulle in ihrem Arm pocht im Rhythmus ihres Herzschlags und erinnert Noemi daran, dass ihre Kidnapper die Macht haben, sie zu töten, wann immer sie wollen. Doch sie weiß, dass sie es vermutlich nicht versuchen werden, bevor Abel auftaucht, was hoffentlich nie geschehen wird.

Abel ist dabei, Genesis zu helfen, sagt sich Noemi. Sobald sie von diesem Schiff entkommen ist, wird sie sich ihm anschließen. Für ihre Welt wird die Zeit knapp.

Die Bordkommunikation des Kreuzers summt. »*Die Columbian Corporation begrüßt Sie zum Start der* Osiris, *dem ersten Schritt auf der atemberaubendsten Reise in der Geschichte der Menschheit.*« Es ist ganz offensichtlich eine automatische Nachricht und Burton Mansfield macht ein griesgrämiges Gesicht.

»Wir sind die größten Investoren«, murrt er, als ihm Gillian beim Aufstehen hilft. »Man sollte doch meinen, damit hätten wir eine persönliche Begrüßung verdient.«

»Aber wir halten immer noch nicht die Mehrheit.« Gillians Ton lässt erahnen, dass sie diesen Satz schon häufig gesagt hat. »Außerdem, spielt das denn eine Rolle?«

Die Frage scheint ihn zu verärgern. »Status spielt immer eine Rolle, meine Liebe.« Die Menschen von der Erde haben seltsame Prioritäten.

Doch Gillian denkt nicht wie ihr Vater. Ihre Augen nehmen diesen entrückten, fiebrigen Ausdruck heiligen Eifers an. »Bald werden sie erfahren, was wir wirklich vollbracht haben.« Noemi hat keine Ahnung, wovon diese Frau spricht, aber es verheißt sicher nichts Gutes.

»*Die Landeanweisungen wurden automatisch in das System Ihres Kreuzers eingespeist*«, geht die Botschaft weiter. »*Bei Ihrer Ankunft wird sich unser Mech-Team um Sie und Ihre Bedürfnisse kümmern. Lehnen Sie sich zurück, entspannen Sie sich und genießen Sie das Wunder, das sich Ihnen nun offenbaren wird.*«

»Was zum –« Noemi spürt ein leichtes Ziehen, als die *Osiris* sie einzuholen beginnt. »Haben die gerade *Wunder* gesagt?«

»Das ist eine Übertreibung. Ich habe den anderen Vorstandsmitgliedern von dieser Wortwahl abgeraten, doch sie haben mich überstimmt. Aber habe ich nicht bereits Wunder bewirkt, Miss Vidal?«, fragt Mansfield und macht es sich wieder auf seiner Chaiselongue bequem.

Abel könnte man sicher als Wunder bezeichnen, allerdings ist das nicht nur Mansfields Genie zu verdanken. Es ist etwas in seinem Innern geschehen, was ihn fast menschlicher macht als seinen Schöpfer.

An Mansfield gewandt sagt sie nur: »Sie sind nicht Gott.«

Die *Osiris* ragt nun direkt vor ihnen auf, ihr verzierter goldener Rumpf überstrahlt die Sterne. Einer der Mechs tritt zu Noemi, frisiert ihr das Haar und besprüht sie mit etwas, das nach Birnenblüten duftet; Noemi stutzt, bis ihr einfällt, dass Mansfield sie ja als seinen Gast ausgeben will. Als ihr Schiff im goldenen Bauch der Osiris verschwindet, holt Noemi ein paarmal tief Luft und strafft die Schultern. Sie wird weder als Gefangene noch als Partygast von Bord gehen, sondern als Soldatin von Genesis.

Es spielt keine Rolle, dass niemand sonst weiß, wer sie wirklich ist. Sie weiß es. Das genügt.

Der Kreuzer gleitet durch das silberne Funkeln eines Kraftfelds und setzt auf dem Landedeck auf. Als das Cockpit aufklappt, dringt aromatisierte Luft herein, üppig und verführerisch wie ein Parfüm.

Ein Zebra-Modell kommt mit ausgestreckter Hand auf sie zu. »Professor Mansfield, Dr. Shearer, willkommen zum ersten Abschnitt der großen Reise. Ihre Suiten warten bereits auf sie.«

»Ich möchte die Labors sehen«, sagt Mansfield. »Nicht unbedingt sofort natürlich, aber bald. Bevor wir abfliegen. Wann ist das noch mal?«

»Wir werden starten, sobald Minister Cheng da ist, in ungefähr zehn Stunden.«

Mansfield und Gillian wechseln einen erschrockenen Blick. Zehn Stunden sind zu wenig für Abel, er wird sie nicht einholen können. Noemi senkt den Kopf, um ihr Lächeln zu verbergen. *Das schafft er nie. Mansfield wird Abel nie mehr in die Hände bekommen.*

Jetzt muss nur noch ich mich aus seiner Hand befreien –

Der Zebra-Mech wendet seine Aufmerksamkeit Noemi zu, obwohl er weiterhin zu Mansfield und Gillian spricht: »Dürfte ich erfahren, wer Ihr Gast ist?«

»Ihr Name ist Noemi Vidal«, sagt Gillian und hakt sich freundschaftlich bei ihr unter, »und sie muss von den sensiblen Bereichen des Schiffs ferngehalten werden. Aktiviere Überwachungssensoren, die uns alarmieren, falls sie sich einer Waffe oder einer Luftschleuse nähert. Und bring sie in einer der leeren Kabinen unter, vorzugsweise in einer, die neben meiner liegt.«

Jedes menschliche Wesen würde sofort begreifen, dass das keineswegs die üblichen Anweisungen für einen »Gast« sind. Der Zebra dagegen nickt höflich, sein Lächeln unverändert. »Lassen Sie uns wissen, wenn wir vor unserem Abflug noch etwas für Sie tun können, Miss Vidal.«

Noemi sieht ihre Chance. »Unserem Abflug wohin genau?«

Aber Mansfield droht mit dem Finger, während sein Tare-Modell ihm auf einen knapp über dem Boden schwebenden Stuhl hilft. »Nichts verraten. Es soll eine Überraschung werden.«

Falls die Programmierung es dem Zebra erlaubt, zu erkennen, wie seltsam das ist, so lässt er es sich jedenfalls nicht anmerken. »Die Pre-Launch-Cocktailparty hat bereits angefangen. Wenn Sie möchten, kann ich Sie jetzt dorthin bringen.«

Gillian neigt den Kopf. »Ja, bitte.« Als sich alle in Bewegung setzen, Noemi als Schlusslicht, versucht sie sich zusammenzureimen, was diese Farce soll. Es wird immer surrealer. Mit dem Herzen ist sie auf Genesis geblieben und denkt an all das Leid dort. Ihr Körper steht unter Adrenalin, seit sie gefangen genommen wurde und um ihr und Abels Leben fürchten muss. Und nun muss ihr Verstand die nötige Selbstbeherrschung aufbringen und sich irgendwie auf eine … Cocktailparty einstellen.

Vielleicht hat mich das Gas, das sie in meinen Sternenjäger gepumpt haben, nicht einfach nur außer Gefecht gesetzt, denkt Noemi. *Vielleicht ist das alles nur eine einzige riesige Wahnvorstellung.*

Der Zebra führt sie aus der Landebucht. Eine Yoke eilt mit einem Tablett voller Gläser zu ihnen, in denen sich irgendein sprudelndes Getränk befindet; Mansfield schüttelt den Kopf, aber Gillian nimmt ein Glas, und Noemi beschließt, sich ebenfalls eins zu gönnen. Als sie einen Schluck probiert, schmeckt sie verdutzt den starken Alkohol, schafft es jedoch, ihn ohne einen Hustenanfall hinunterzuschlucken.

Sie spazieren durch einen mit weichen Teppichen ausgelegten Gang, die ihre Füße geradezu liebkosen. Die gewölbten Wände schimmern zart golden und sind mit kobaltblauen Leuchten in Form von Skarabäen geschmückt. Das Ganze wirkt auf Noemi nicht wie ein Raumschiff. Eher wie ein Palast. Die Luft riecht nicht nur angenehm, sie *fühlt* sich auch angenehm an; Noemi braucht eine Weile, bis ihr klar wird, dass es an einer gewissen Feuchtigkeit liegt – die Luft ist nicht so trocken wie sonst in einem Raumschiff.

Feuchtigkeit lässt ein Schiff schneller verschleißen. Schadet der Technik. Noemi wurde beigebracht, ihren Sternenjäger und ihren Exosuit nach jedem Flug zu lüften, da zu viel Feuchtigkeit im System ihn schneller zerstört als alles andere – es sei denn, der Jäger explodiert. Wer ein solch extravagantes und fortschrittliches Raumschiff gebaut hat, muss das wissen.

Sind die Passagiere zu betucht, um sich darum zu kümmern, dass ihr Schiff unter diesen Umständen nicht lange halten wird?

Endlich führt sie der Zebra zu einer geschwungenen Flügeltür mit Intarsien aus Emaille. Die Tür gleitet auf, der Zebra tritt zurück, um sie durchzulassen, und gibt den Blick auf einen mit Gold ausgekleideten Saal frei, in dem sich schöne Menschen drängen – jung und glamourös, in prächtigen Kleidern –, die ebenfalls Champagnergläser in der Hand halten. Honigfarbenes Licht dringt durch eine Wandtäfelung, die offenbar aus echtem Bernstein besteht. Die Partygäste lachen und plaudern und die Stimmung geht über normale Fröhlichkeit hinaus. Es herrscht Überschwang, Entzücken, ja, geradezu Euphorie. Diensteifrige Mechs bemühen sich, den Menschen jeden Wunsch zu erfüllen: Zwei Oboe-Modelle und ein William auf dem Podium entlocken ihren Saiteninstrumenten zarte Klänge, während Yokes erlesene Weine und Fingerfood herumreichen, das besser duftet als alles, was Noemi je gegessen hat.

Als Mansfield und Gillian durch die Tür treten, drehen sich die Gäste um. Alle lächeln ihnen zu, einige beginnen leise zu klatschen. Eine Traube von Menschen bildet sich um sie herum, viele möchten den großen Kybernetiker und seine Tochter, die berühmte Wissenschaftlerin, persönlich begrüßen. Noemi findet es unerträglich, wie die beiden hofiert werden, also schiebt sie sich ein Stück durch die Menge – immer noch in Reichweite, immer noch Gillians Anweisungen Folge leistend. Doch so hat sie Gelegenheit, ihre Umgebung in Augenschein zu nehmen und einen kleinen Lauschangriff zu starten.

Noemi lässt sich viel Zeit, um ein Petit Four vom Tablett einer Yoke auszuwählen, während sie ihre Aufmerksamkeit auf die Unterhaltung zwischen Gillian und einem schwarzhaarigen Mann richtet.

»… stimmen Sie mir sicherlich zu, dass die Vorverlegung des Starts vollkommen unnötig war.« Der Mann lächelt und bleckt dabei die Zähne, es ist das gezwungene Lächeln eines Menschen, der diesmal nicht wie sonst üblich seinen Willen bekommen hat. »Ich hatte kaum Zeit zu packen, geschweige denn, das gesamte Gepäck hierherzuschaffen!«

»Natürlich, Vinh«, sagt Gillian. Sie kann freundlich klingen, wenn sie sich bemüht. »Sicher, falls man Ionisationsspuren aufgefangen hat, werden vielleicht ein paar kleine Schiffe unseren Standort ausspähen, trotzdem besteht kein Grund zur Panik. Auch mein Vater und ich würden den Abflug aus gewichtigen Gründen gerne noch hinausschieben. Die überstürzte Abreise beeinträchtigt … seine medizinische Behandlung. Wir haben allerdings kein Vetorecht.«

Vinh macht seinem Ärger Luft, auch wenn die Personen, gegen die er sich richtet, nicht anwesend sind. »Wie können die es wagen, Ihnen Unannehmlichkeiten zu bereiten, zwei der berühmtesten Passagiere dieses Schiffs? Vor allem, wo Ihre Familie in letzter Zeit so viel durchmachen musste.« Ein Zucken läuft über Gillians Gesicht; Noemi fragt sich, was es wohl zu bedeuten hat, aber Vinh hat es nicht bemerkt. »Wir sollten unverzüglich beim Captain Protest einlegen. Ihre Namen unter einer Petition hätten Gewicht.«

Dass der Mord an Abel als Mansfields »medizinische Behandlung« umschrieben wird, ist zu viel für Noemi. Sie entfernt sich ein bisschen weiter und schlängelt sich durch die Menge, versucht, ein Gespür für die Dimensionen des Raums zu bekommen. Ihr fällt das Tablett auf, das eine Yoke trägt: Darauf befinden sich Brot und Käse sowie ein Messer, um den Käse in mundgerechte Stücke zu zerteilen.

Zum Schneiden taugt es nicht viel, aber es hat immerhin eine scharfe Spitze. Damit könnte sich Noemi verteidigen. Vielleicht würde es ihr auf dieser Reise noch nützlich sein. Natürlich kann sie es unter den Augen von Dutzenden Zeugen schlecht stehlen, doch sie wird es sich für später merken: *Sie sind nachlässig. Für sie zählen nur Blaster als Waffen. Auf ein Käsemesser wird keiner achten.*

Sie erkundet weiter den Raum. Dabei rempelt sie ein Mädchen an, das etwas jünger als sie ist – nein, etwas älter, eine erwachsene Frau, obwohl sie nicht einmal eins fünfzig groß ist und so dünn, dass sie wie ein Kind aussieht. Champagner aus dem Glas der Frau spritzt auf Noemis Jumpsuit. »Ups! Tut mir leid! Lassen Sie mich das machen«, sagt sie und winkt einem Dog, der den Fleck trocken tupft. »Ich bin Delphine Ondimba. Wir sind uns auf keinem der Vorbereitungstreffen begegnet, oder?«

»Nein.«

»Was für ein wunderbares Outfit!«, strahlt Delphine. »Es betont Ihre gute Figur. Ich wünschte, ich könnte solche Sachen tragen – aber damit wirke ich nur noch kleiner, und dann behandeln mich die Leute, als würde ich noch mit Puppen spielen.«

»Sie sehen toll aus«, sagt Noemi bewundernd. Es stimmt, Delphines fließender weißer Seidenkaftan und die schweren juwelenbesetzten Ohrringe gefallen ihr. Aber sie ist ja nicht hier, um Verkleiden zu spielen. Genauer gesagt, hier erfährt sie nichts über die räumliche Aufteilung des Schiffs, und das bedeutet, dass sie ihrer Flucht keinen Schritt näher kommt. Sie muss weiter. Also verabschiedet sie sich von Delphine. »Wir laufen uns sicher später noch mal über den Weg.«

Noemi wollte die Frau auf höfliche Weise abwimmeln, daher ist sie überrascht, als Delphine in Gelächter ausbricht. »Uns über den Weg laufen? Ja, mit Sicherheit – irgendwann in den nächsten fünfzig Jahren oder so.«

Fünfzig Jahre?

Noemi öffnet schon den Mund, um nachzufragen – da geht plötzlich ein Beben durch das Schiff. Die Stimmung auf der Party kippt, innerhalb eines Augenblicks wird aus Lächeln Stirnrunzeln. Die drei Mech-Musiker hören genau gleichzeitig auf zu spielen. »Hey, was in aller Welt ist das?«, wundert sich Delphine. »Starten wir schon?«

»Mein Gepäck ist doch noch gar nicht ganz eingetroffen!« Wütend stapft Vinh zu einer Seitentür. Als sie sich aufschiebt, kommt ein großes Plasmafenster zum Vorschein, das einen Blick auf das umliegende Sternenfeld bietet. »Wenn sie den Start weiter vorverlegt haben, verlange ich eine vollständige –«

Ein grellgrüner Lichtblitz flammt vor dem Fenster auf und blendet die Menschen im Raum. Das Schiff schaukelt so stark, dass die meisten Passagiere stürzen. Noemi kann sich gerade so auf den Beinen halten. Sie stolpert zum Fenster und späht hinaus in die Dunkelheit. Nur durch ihre militärische Erfahrung ist sie in der Lage, an dem schwachen Schimmer von Metall und den raschen Bewegungen draußen zu erkennen, was vor sich geht – eine offene Schlacht zwischen den Mechs der *Osiris* und einem Schwarm unbekannter Kampfschiffe.

Wieder erzittert das Schiff – es muss einen zweiten Treffer irgendwo anders im Schiff gegeben haben – und dann weicht das sanfte goldene Licht des Raums dem Blinken roter Alarmlampen. Aus den Lautsprechern dröhnt eine Stimme: »*Alle Mann zu den Notfallstationen! Wir werden angegriffen!*«

Einige Leute beginnen zu schreien. Noemi dreht sich wieder zum Fenster um und sieht, dass an der Schlacht dort draußen Hunderte feindliche Kämpfer beteiligt sind – vielleicht sogar mehr als tausend. Wer immer die Angreifer auch sein mögen, sie sind mit einer großen Streitmacht gekommen.

Delphine presst eine Hand an die Brust, als könnte sie nur auf diese Weise ihr rasendes Herz am Herausspringen hindern. »Angegriffen? Wer sollte uns denn angreifen?«

Gillian Shearer, das ovale Gesicht weiß wie ein Laken, gibt die Antwort: »Remedy.«

12

Der Flug zum Neptun könnte sehr viel schneller vonstattengehen, wenn Abel die Magnettriebwerke der *Persephone* in den Überlastungsmodus versetzen würde. Allerdings würde sie das bis an die Belastungsgrenze strapazieren, und Abel wäre gezwungen, die Geschwindigkeit danach einige Tage lang zu drosseln. Seiner Prognose nach wird er vermutlich vollen Speed brauchen, um nach ihrer Befreiung mit Noemi zu entkommen.

Das bedeutet, dass er den Neptun erst in Stunden erreichen wird. Er hat keine fundierten Daten oder auch nur Theorien darüber, was ihn dort erwarten wird. Daher kann er keine sinnvollen Pläne schmieden, geschweige denn ihre relativen Erfolgsaussichten berechnen. Abel wird stundenlang nichts anderes zu tun haben, als sich Sorgen um Noemi zu machen.

Er hat immer gedacht, er besäße um einiges mehr Geduld und Gelassenheit als Menschen. Diese Selbsteinschätzung wird er womöglich revidieren müssen.

Als die *Persephone* die Umlaufbahn des Saturn verlässt, steht er in seiner Kabine, die einmal Mansfields Kabine war, und versucht seine ganze Konzentration auf die Wand vor sich zu richten. Es ist nicht so, dass er das ehemals berühmte Gemälde nicht mag, das dort hängt, ein Seerosenbild von Monet. Aber die impressionistische Maltechnik funktioniert bei Mechs nicht so gut. Wenn Menschen die Farbwirbel betrachten, sehen sie schimmerndes Wasser. Für Abel sind es nur Farbwirbel. Die Illusion zu verstehen, ist nicht dasselbe, wie ihr zu erliegen.

Das Selbstporträt Frida Kahlos steht in einer Ecke. Er hatte überlegt, es anstelle des Monets hier aufzuhängen, um dem Raum seine eigene Note zu verleihen anstatt der seines Schöpfers, aber es ist so klein – und nicht die Art Bild, in das man sich beim Einschlafen friedlich versenken könnte. Es erfordert Aufmerksamkeit und Analyse. Es beunruhigt.

Und jetzt, wo Abel ohnehin das Gefühl hat, dass seine Schaltkreise kurz vor dem Durchbrennen sind, so stark ist sein Bedürfnis, bei Noemi zu sein, braucht er nicht noch mehr Beunruhigung. Die Seerosen können bleiben, wo sie sind.

Was hat Mansfield in seinem gebrechlichen Zustand zu so einer weiten Reise veranlasst, zumal er glaubte, Abel schon innerhalb von wenigen Stunden wieder in seinem Besitz zu haben? Dieser riskante Schritt bedeutet, dass weitere Parteien beteiligt sind, die noch mächtiger sind als Mansfield und über deren vordringliche Prioritäten man nur spekulieren kann. Trotzdem, egal welche Trümpfe Mansfield noch in der Hand hält, er wird sie zur Erreichung eines einzigen Ziels ausspielen: Unsterblichkeit. Noemis Entführung beweist, dass Abel nach wie vor Mansfields einziges sicheres Mittel ist, um dem Tod zu entgehen …

Deine Gedanken drehen sich im Kreis, ermahnt Abel sich. *Das ist kontraproduktiv. Such etwas anderes, auf das du dich konzentrieren kannst.*

Er tritt einen Schritt zurück und versucht erneut, den Monet mit den Augen eines Menschen zu betrachten. Er hätte Noemi danach fragen sollen. Zum Beispiel in jener Nacht, als er bei der Reparatur an der Außenseite des Schiffs fast erfroren wäre und sie hier drin neben ihm lag, während er auftaute – da hätte er sie fragen können …

Ein Piepton signalisiert das Eintreffen einer Nachricht, eine Antwort auf sein abgesandtes Signal. Abel stürzt zur nächstbesten Konsole, endlich hat er etwas Sinnvolles zu tun.

Der Bildschirm wird hell und zeigt Harriet und Zayan, zusammengedrängt in einer öffentlichen Freiluft-Kommunikationszelle. Hinter ihnen sind in der Ferne wolkenverhangene grüne Berge zu sehen, friedlich und wunderschön; offenbar besuchen sie eine der letzten existierenden Teeplantagen der Erde.

»*Dir geht es gut!*«, begrüßt Harriet ihn, ein breites Grinsen im Gesicht. »*Noemi ist in Sicherheit und wir kehren wieder an die Arbeit zurück.*«

Zayan lacht. »*Das war ja ein kurzer Urlaub! Aber Hauptsache, Noemi ist unversehrt.*«

»Noemi ist noch nicht in Sicherheit, dennoch ist euer Urlaub beendet – wenn ihr euch entscheidet, diesen Auftrag anzunehmen, was ich hoffe.« Abel kann das nicht von ihnen verlangen, er kann sie nur bitten.

»*Was gibt's?*«, erkundigt sich Harriet. »*Was können wir für Noemi tun?*«

»Ich brauche eure Unterstützung nicht, um Noemi zu retten«, entgegnet er. »Ihr müsst einem Freund von mir helfen, der Mitglied von Remedy ist.«

Harriet und Zayan zucken zurück, beide mit gleich geschockter Miene. Zayan findet zuerst seine Stimme wieder. *»Du hast uns geschworen, dass du nie bei Remedy mitgemacht hast.«*

»Das stimmt auch. Aber ich habe Kontakte zur Gruppe, und einer dieser Kontakte braucht Hilfe.«

Harriet schüttelt so energisch den Kopf, dass ihre Zöpfe fliegen. *»Nein. Auf keinen Fall. Abel, wir arbeiten gerne für dich, aber dass wir gemeinsame Sache mit Terroristen machen sollen? Niemals.«*

»Ephraim Dunaway gehört zum moderaten Flügel von Remedy«, sagt Abel. Er nennt ganz bewusst Ephraims Namen. Harriet und Zayan werden es als Vertrauensbeweis auffassen, und das war auch seine Absicht. Selbst wenn sie Ephraim nicht helfen, werden sie ihn nicht verraten. Abel möchte ihnen vermitteln, dass er das weiß. »Er ist einer der Leute, die darauf hinarbeiten, dem gewaltbereiten Flügel die Kontrolle zu entreißen. Genauer gesagt, er ist Arzt und versucht Genesis zu retten.«

»Genesis?« Zayan schüttelt verständnislos den Kopf. *»Moment mal, was hat das Ganze mit Genesis zu tun?«*

Als Abel es erklärt, spielt sich auf ihren Gesichtern eine ganze Symphonie von Reaktionen ab – erst Entsetzen, dann Hoffnung, dann Unsicherheit. Er hat keine Ahnung, ob sie es tun werden, aber er muss es versuchen: »Ich würde euch Ephraims Kontaktdaten schicken. Wenn ihr euch mit ihm in Verbindung setzen und ihm dabei helfen könnt, ein paar

Schiffe zum Mieten zu finden – von Vagabunden eures Vertrauens, die ihr persönlich kennt …«

»Das kann ich nicht tun.« Harriet verschränkt die Arme vor der Brust. *»Du warst doch selbst bei dem Bombenanschlag auf das Orchideenfestival dabei. Du hast gesehen, was sie angerichtet haben. Wenn du mir erzählst, dass dieser Dunaway nicht daran beteiligt war, okay, dann glaube ich dir. Aber ich traue Remedy nicht, und für die werde ich nicht meinen Kopf riskieren. Das meinst du doch auch, Zayan, oder?«*

Zayan gibt ihr keine Antwort. Erst als sie den Blick auf ihn richtet, die Augen weit aufgerissen, sagt er: *»Ich glaube, wir müssen etwas unternehmen.«*

»Bist du jetzt vollkommen verrückt geworden?« Harriet explodiert. *»Wir sprechen von* Remedy. *Du willst ernsthaft, dass wir mit Remedy gemeinsame Sache machen?«*

Zayan dreht sich zu ihr und Abel ist von ihrer Unterhaltung ausgeschlossen, er ist bloß noch Zuschauer. *»Natürlich nicht. Aber darum geht es auch gar nicht. Wir würden niemanden angreifen, sondern nur dabei helfen, Medikamente nach Genesis zu transportieren. Das ist etwas anderes.«*

»Glaubst du ernsthaft, dass die Erde Lazarettschiffen oder irgendjemand anderem erlaubt, das Genesis-Tor zu passieren?«, will Harriet wissen.

Abel hat keine Gelegenheit zu antworten, weil Zayan sofort sagt: *»Hier kommt Remedy ins Spiel. Sie wären, na ja, so etwas wie der Muskel. Aber wir würden etwas Gutes tun. Den Menschen helfen.«*

Harriets Zorn ist verraucht, doch ihr Blick bleibt argwöhnisch. *»Wir könnten geschnappt werden.«*

»Klar, schon, aber niemand hat behauptet, dass es einfach

ist, das Richtige zu tun. Und ich kenne dich. Du könntest nicht damit leben, wenn du jetzt kneifst.« Zayan dreht sich zurück zu Abel. *»Also was, wir würden diesem Ephraim Dunaway helfen, ein paar brauchbare Vagabundenschiffe zum Mieten zu finden …«*

»Nein«, geht Harriet dazwischen. Ihr Ton hat sich geändert, sie ist wie elektrisiert. *»Wir nehmen Kontakt zu ganz vielen Vagabunden auf. Zu massenweise Vagabunden. Um eine Ladung durch das Genesis-Tor zu bringen, braucht man eine möglichst große Flotte. Am besten … Hunderte von Schiffen. Wenn wir verbreiten, dass wir der Erde Paroli bieten, einen Rettungskonvoi zusammenstellen, nach dem Motto ›Einigkeit macht stark‹ und so weiter – ich wette, dann melden sich viele Freiwillige.«* Zu Zayan, der sie mit offenem Mund anstarrt, sagt sie: *»Tja, wennschon, dennschon.«*

Zayan grinst sie an. *»Das ist der Grund, warum ich dich liebe.«*

»Etwa der einzige Grund?« Sie zieht eine Augenbraue nach oben.

Abel weiß aus Erfahrung, dass Zayan und Harriet bestens in der Lage sind, gleichzeitig zu flirten und wichtige Aufgaben zu erledigen, aber bei dieser Praxis bleibt keine Aufmerksamkeit für ihn. »Ich werde eine Weile lang keinen Kontakt mit euch aufnehmen können«, schaltet er sich wieder ein. »Arbeitet mit Ephraim zusammen, vertraut auf euer eigenes Urteil und wartet nicht auf Nachrichten von mir.«

Nun sind sie wieder ganz bei ihm, die Sorge steht ihnen ins Gesicht geschrieben. *»In Ordnung«*, sagt Harriet langsam, *»aber wenn du Hilfe brauchst, melde dich. Überall, jederzeit, hörst du?«*

»Verstanden.«

Abel fragt sich, ob Burton Mansfield jemals Freunde hatte, die ihm treu zur Seite standen, trotz aller Gefahr, ohne Hoffnung darauf, dass für sie selbst etwas dabei heraussprang. Vielleicht nicht. Vielleicht war das ein Grund dafür, dass er Abel schuf und die oberste Direktive so tief in ihm verankerte. Mansfield entschied sich, Liebe einzuprogrammieren, anstatt sie sich zu verdienen.

Abel weiß auf die Sekunde genau, wann er den Sensorbereich des Neptunmondes Proteus erreichen wird. Dennoch steht er schon fast eine Stunde vorher auf der Brücke, unfähig, sich mit irgendetwas anderem zu beschäftigen, starrt auf den Sichtschirm und versucht, den Signalton durch schiere Willenskraft auszulösen.

Da Zayan und Harriet nicht an Bord sind, verzichtet Abel darauf, auf seinem Kommandosessel Platz zu nehmen. Stattdessen sitzt er vor der Ops-Konsole, überprüft jedes System doppelt und dreifach und wartet, wartet –

Der Näherungsalarm ertönt. Sofort ruft Abel die Distanzbilder des Mondes Proteus auf. Sein Sichtschirm zeigt unerwartete Details; stirnrunzelnd identifiziert er ein Andockgerüst und ein Passagierschiff – ein monströses Ding, das an die zehntausend Personen auf Kurzstrecken befördern oder eine kleinere Reisegesellschaft ausgezeichnet bewirten und stilvoll unterbringen kann. So wie das Schiff aussieht, vermutet Abel Letzteres. Dieses Schiff – bestimmt die *Osiris*, von der Mansfield gesprochen hat –, ist so kunstvoll gearbeitet und golden wie ein Schmuckstück aus einem ägyptischen Pharaonengrab, und die Muster und Ornamente sollen offensichtlich daran erinnern.

Der Prunk macht Abel stutzig. Diese Extravaganz ist natürlich Verschwendung, daher muss sie irgendeinem Zweck dienen.

Taktische Zwecke scheiden aus, überlegt er. *Es muss also etwas Emotionales sein. Die Passagiere dieses Schiffs sind zweifellos reich, und sie wollen vielleicht, dass das Schiff ihren Reichtum und ihren Status spiegelt. Die aufwändige Dekoration hat demnach ... Symbolcharakter.*

Er fragt sich, ob Burton Mansfield an der Namenswahl beteiligt war. Wie Abel aus Erfahrung weiß, liebt Mansfield Symbole und Anspielungen. Nach dem altägyptischen Mythos wird der Gott Osiris von seinem Bruder Seth ermordet, der seine Leiche zerstückelt und im ganzen Land verteilt. Osiris' Frau Isis fügt die Teile mit Unterstützung der anderen Göttinnen wieder zusammen, nur einen Teil können sie nicht finden: seinen Penis. Daher fertigt Isis einen goldenen Phallus für Osiris an und schläft mit ihrem nun wieder vollständigen Gatten, woraufhin dieser zum König des Totenreichs wird.

Die Vorstellung der Wiedergeburt würde Mansfield natürlich gefallen. Der Ersatzphallus kann nicht der Grund sein, denkt Abel, auch wenn Freud vielleicht einen Zusammenhang zwischen dem Phallus und der enormen Größe der *Osiris* sehen würde.

Die Bewegungen an den Kanten des Metallgerüsts um das Schiff herum stellen sich als riesiges Geschwader von Kampf-Mechs heraus, die umherschwirren und die Oberfläche scannen, sodass kein Millimeter unbewacht ist. Es könnte sich als unmöglich erweisen, unbemerkt an Bord zu gelangen. Abel überlegt, sich Mansfield auszuliefern – oder so zu tun, seine Kapitulation nur vorzutäuschen, bis er an Bord ist –, aber dann müsste er sich den Weg nach draußen freikämpfen …

Am Rand des Sichtschirms blinkt es gelb: Weitere Schiffe nähern sich. Mit seinem scharfen Sehvermögen nimmt Abel auch Bewegungen um Proteus und Triton herum wahr. Sofort vergrößert er jede Unruhezone mit Mehrfachlinsen, sodass einige Dutzend Schiffe unterschiedlicher Größe sichtbar werden. Sie scheinen alle auf die *Osiris* zuzusteuern, schneller als normale Passagierschiffe oder Frachter.

»Remedy«, sagt Abel laut.

Allerdings nicht jene Remedy-Fraktion, die er gesucht hat – nicht die moderaten Mitglieder und medizinischen Fachkräfte, die die Widerstandsbewegung gegründet haben. Sie würden kein Passagierschiff angreifen. Es kann sich nur um die Radikalen handeln. Die Gefährlichen. Die Terroristen.

Die *Persephone* befindet sich immer noch mehrere Minuten entfernt und sein Schiff wird nicht allein mit einer Streitmacht von dieser Größe fertig. Abel, der es gewöhnt ist, Menschen in jeder Hinsicht zu übertreffen, muss sich damit abfinden, dass er der Schwächere ist. Selbst wenn die *Persephone* Waffen hätte, könnte er kaum mehr als eine Handvoll der Angreifer ausschalten.

Doch Mansfield und Noemi müssen sich an Bord dieses Schiffs befinden.

Abel spürt, wie die oberste Direktive in ihm pulsiert und ihn auffordert, etwas zum Schutz seines Schöpfers zu unternehmen. *Irgendetwas.* Er hält sich an seiner Kontrolltafel fest und wappnet sich wie gegen einen Aufprall, so stark ist der Drang, Mansfield zu schützen. Weitaus mächtiger ist sein Verlangen, Noemi zu retten, sie da rauszuholen, und wenn es ihn das Leben kostet.

Er schlägt auf die Bedienknöpfe und jagt die Magnettriebwerke in den Überlastungsmodus.

In Sekundenschnelle fliegt die *Persephone* mitten in die Schlacht hinein. Unmittelbar danach würgt Abel den Turbogang wieder ab; die Triebwerke protestieren, aber das Schiff bleibt einsatzbereit. Leider verfügt die *Persephone* nicht über Waffen, nur über Schürflaser, die, wenn es sein muss, Schaden anrichten können. Also kann Abel in den eigentlichen Kampf nicht eingreifen.

Schlag dich zu einer Landebucht durch. Mach dir zunutze, dass Remedy das Raumschiff beschädigt hat, um an Bord zu gelangen. Dann suche Noemi und befreie sie. In seinem Kopf spult sich immer wieder die oberste Direktive ab, doch Abel ignoriert es oder versucht es wenigstens. *Wir signalisieren Remedy, dass wir neutral sind, sobald wir die* Osiris *verlassen. Vielleicht ergibt sich sogar die Gelegenheit, über die Hilfsmission für Genesis zu sprechen oder gar von jemandem auf diesen Schiffen einen Alarmcode zu bekommen …*

Laserkanonenfeuer verfehlt die *Persephone* so knapp, dass alle Alarmsirenen gleichzeitig losgehen; sämtliche Konsolen leuchten konstant rot. Noch einen Meter näher und sein Schiff wäre jetzt nahezu irreparabel beschädigt. Abel beschließt, Remedy doch schon früher von seiner Neutralität in Kenntnis zu setzen.

Er schlägt auf eine Taste der Kommunikationskonsole, um einen Funkspruch auf mehreren Frequenzen abzugeben.

»An alle Remedy-Schiffe innerhalb des Wellenbereichs, hier spricht die *Persephone*, ein Schiff ohne Kampfauftrag. Bitte um Antwort.«

Keine Reaktion. Es wird nicht mehr auf ihn geschossen, aber Abel weiß nicht, ob es an seiner Nachricht liegt oder daran, dass sich die Schiffe darauf konzentrieren, die *Osiris* noch erbitterter anzugreifen.

Wieder und wieder feuern die Remedy-Schiffe auf das Dock, in das die *Osiris* eingebettet ist, bis das Metallgerüst birst und die Streben hinaus ins All trudeln. Während Abel wie gelähmt zusieht, umzingeln Remedy-Jäger die *Osiris* und traktieren sie wie Stechmücken. Schließlich gelingt es einigen, die Landebuchten zu entern.

Die Remedy-Mitglieder werden, sobald sie an Bord sind, die Kontrolle über das Schiff an sich reißen. Dann wird Noemi nicht nur Burton Mansfield ausgeliefert sein, sondern auch noch dem gefährlichsten Flügel einer Terrororganisation.

Benachrichtige die Sicherheitskräfte der Erde. Normalerweise versucht Abel den Kontakt mit den Behörden so weit wie möglich zu vermeiden; er weiß ja nicht, wer bei Mansfield auf der Gehaltsliste steht, und außerdem könnte es immer sein, dass dabei seine falsche Identität aufgedeckt wird. Das kümmert ihn jetzt nicht. Wichtig ist nur, dass die Schiffe der Erde die *Osiris* retten könnten und damit auch Noemi.

»Autonomes Schiff *Persephone* an alle Erd-Schiffe in Reichweite«, funkt er und stellt sein Signal so ein, dass es die Kommunikationsrelais zwischen den Planeten noch schneller erreicht. »Mutmaßliche Remedy-Aktion gegen ein ziviles Schiff nahe Proteus. Wiederhole, mutmaßliche Remedy-Aktion …«

Vier Remedy-Jäger stürzen in steilem Bogen auf sein Schiff

zu. Das Problem an offenen Kommunikationsleitungen ist, dass jeder mithören kann, und jetzt wissen die von Remedy, dass er ihre Mission gefährdet. Das macht ihn zu zum Feind.

Damit hat Abel hat gerechnet und reagiert sofort. Er ändert den Kurs der *Persephone* und taucht ab Richtung Neptun. Das Letzte, was er sieht, bevor sein Blickfeld wechselt, ist, dass die *Osiris* sich in Bewegung setzt. Während immer mehr Remedy-Jäger in sie hineinschießen, löst sie sich langsam von den Überresten ihres Docks und fliegt ins offene Weltall hinaus.

Sie werden nicht weit kommen, denkt Abel, während er die Primärsysteme auf den Neptun ausrichtet, der auf dem Sichtschirm auf ihn zurast. Von hier aus kann kein Schiff das Genesis-Tor oder das Erd-Tor in unter vier Stunden erreichen, nicht einmal im Überlastungsmodus. Was er geplant hat, wird sehr viel weniger Zeit beanspruchen.

Er schwenkt um auf den Mond Naiad, den innersten von Neptuns Satelliten. Wie erwartet, folgen ihm die Remedy-Jäger. Naiad ist klein und unregelmäßig geformt, weshalb auch seine Umlaufbahn ungleichmäßig ist. Abel führt die Jäger in einer Kurve hinter sich her, die tatsächlich ein Kollisionskurs ist. Ihre Bordcomputer werden sie in 3,8 Sekunden darüber informieren.

Um einen Zusammenprall zu vermeiden, muss er seinen Kurs innerhalb von 3,1 Sekunden ändern.

Im letzten Moment schwenkt Abel scharf ab. Er lässt sich auf dem Sichtschirm nicht anzeigen, wie die Schiffe hinter ihm zusammenkrachen. Es reicht ihm, zu sehen, wie die kleinen, abstrakten Symbole auf seiner Konsole aufhören, zu blinken.

Menschen zu töten, um sein Leben und sein Schiff zu retten, befindet sich innerhalb seiner Parameter. Dass er so gehandelt hat, um Noemi aus einer Krisensituation zu befreien, die diese Piloten mit herbeigeführt haben, nimmt er als moralische Rechtfertigung. Dennoch nagt das Wissen an ihm, menschliches Leben ausgelöscht zu haben. Das wird er noch einmal aus vielerlei religiösen und philosophischen Blickwinkeln betrachten müssen – aber erst später, wenn Noemi in Sicherheit ist.

Die *Osiris* hat bereits eine weite Strecke zurückgelegt, und zwar schneller, als die *Persephone* fliegen kann. Trotzdem liegt er nicht allzu weit zurück, und Abel ist sicher, dass das Schiff bald zum Stillstand kommen wird. Ob Remedy das Schiff unter seine Kontrolle bringt oder bezwungen wird, der Captain wird auf jeden Fall anhalten müssen, um eine Bestandsaufnahme der Schäden vorzunehmen.

Doch die *Osiris* fliegt und fliegt, entfernt sich mit jeder Minute weiter von ihm. Als sich ihr Kurs klarer abzeichnet, runzelt Abel die Stirn. Offenbar steuert sie auf den Kuipergürtel aus Asteroiden und anderen Kleinkörpern am äußersten Ende des Sonnensystems zu.

Mit anderen Worten, sie steuert auf das Nichts zu.

Vielleicht ist es ein zufälliger Kurs, den Remedy nach der Übernahme des Schiffs eingegeben hat, um den Sicherheitskräften der Erde zu entkommen. Das ist die einzige rationale Erklärung, die Abel einfällt. Dieser Versuch ist zum Scheitern verurteilt – die Ionisationsspuren des Schiffs wird man noch tagelang nachverfolgen können –, aber möglicherweise wissen die Remedy-Mitglieder das nicht. Er vergrößert das Bild des Schiffs, sodass es fast den gesamten kuppelförmigen Schirm ausfüllt und er die bestmögliche Sicht hat …

… als die *Osiris* auf einmal verschwindet. Zunächst hält Abel es für eine Störung der Sensoren. Er überprüft die Systeme des Schiffs nach Fehlern und findet keine, dann checkt er sein eigenes Innenleben. Alles normal, lautet der Befund.

Er beschleunigt die Triebwerke, überlegt sogar, sie noch einmal zu überlasten, so riskant das auch wäre. Aber in 2,31 Minuten wird er nahe genug herangekommen sein, um bessere Daten über das Gebiet zu erhalten. Er findet mehrere weit verstreute Asteroiden, eine Gravitationsanomalie in der Ferne, aber absolut nichts, was ein Schiff sein könnte. Selbst wenn die *Osiris* vernichtet wäre, gäbe es Wrackteile, Strahlung oder andere Hinweise.

Stattdessen hat sich das Schiff einfach in Luft aufgelöst – und mit ihm Noemi.

13

Die Hauptbeleuchtung flackert, der Raum wird nur noch durch die stakkatohaft blinkenden Alarmlampen erhellt. Panik durchzuckt die Passagiere wie ein lebensgefährlicher Stromschlag und lässt sie völlig kopflos werden.

»Was machen wir jetzt?« Delphine klammert sich an Noemis Arm, wahrscheinlich weil Noemi eine der wenigen ist, die nicht vor Angst zittern. »Wenn Remedy dieses Schiff kapert, werden sie uns alle töten!«

»Wie hat Remedy überhaupt von unserer Reise erfahren?«, will Vinh, der ältere Mann wissen. Er tritt viel kämpferischer auf. »Man hat uns absolute Geheimhaltung zugesichert!«

»Das würde ich selbst gerne wissen.« Mansfield ist bleich wie ein Gespenst geworden. »Es gab einen Näherungsalarm, aber man hat nichts …«

Bei einem weiteren Treffer wackelt das Schiff so heftig, dass Mansfield fast vom Stuhl fällt; Gillian kann ihn gerade noch auffangen. Sie sagt: »Jemand hat uns verraten. Jemand von der Columbian Corporation – niemand sonst konnte davon wissen.«

»Ich verlange eine Untersuchung!«, sagt Vinh.

Dieser Typ hat keine Ahnung, dass wir alle in einer Stunde tot sein könnten, denkt Noemi. So verängstigt die anderen Passagiere sind, sie ergreifen keinerlei Maßnahmen zu ihrer Rettung. Nahezu reglos starren sie nach oben, wie das Kaninchen vor der Schlange.

Ein starkes Klirren, das durch die Wände dringt, deutet auf einen gravierenden Systemabsturz hin. Alle sind angespannt und Noemi hätte jetzt nur zu gern einen Blaster in der Hand. Hier in einem Schiff zu stehen, das sie nicht kennt, mit Menschen, die sie nicht versteht, zerrt mehr an ihren Nerven, als der direkte Kampf es je vermocht hat. Sie zieht es vor, dem, was sie umzubringen versucht, ins Auge zu schauen.

Über die Bordkommunikation ertönt die Stimme des Captains, nun heiser vor Panik. »*Wir werden geentert! Alle Mann zu den Rettungskapseln! Alle Mann verlassen das Schiff!*«

Es ist, als hätte jemand Brotkrumen für Tauben gestreut. Die Menschen laufen wild durcheinander, kreischen vor Angst, stoßen Tabletts um und rempeln sich gegenseitig an. Ein Schwall Champagner ergießt sich über Noemis Gesicht; sie spuckt ihn aus und ruft über den Lärm hinweg: »Alle mal herhören!«

Alle folgen ihrer Aufforderung. Sie bleiben, wo sie sind, und sehen sie an. Erst ist Noemi überrascht – sie hatte damit gerechnet, von den meisten ignoriert zu werden –, doch dann wird ihr klar, dass sie die Einzige ist, die versucht, für die ganze Gruppe zu handeln. Das macht sie zu einer Autorität auf einem Schiff, von dem sie noch nie etwas gehört hat und über dessen Kapazitäten sie nichts weiß.

»Sie«, sagt sie zu Gillian, die besser als die meisten über das Schiff informiert sein muss. »Wo befinden sich die nächsten Rettungskapseln?«

»Bei den Kabinen. Also einige Decks weiter oben.« Gillian kauert immer noch neben ihrem Vater; Mansfield zittert vor Angst, was Noemi zu jedem anderen Zeitpunkt mit Genugtuung erfüllt hätte. »Um dorthin zu kommen, müssten wir es durch die öffentlichen Durchgangsbereiche schaffen.«

Eine Erkenntnis stachelt Noemis Wut an. »Mit anderen Worten, Sie haben Rettungskapseln für die Passagiere vorgesehen, nicht aber für die Crew.«

»Die Crew besteht zu neunzig Prozent aus Mechs!«, blafft Mansfield.

Noemi fragt sich, ob ihnen das Leben der anderen zehn Prozent egal ist.

Gillian fügt hinzu: »Wenn Remedy gerade das Schiff entert, halten sie sich in genau diesen Bereichen auf. Wir können nicht dorthin, ohne die Korridore in eine Schießbude zu verwandeln, mit uns als Zielscheiben.«

»Na gut«, sagt Noemi und überlegt fieberhaft. »Wo in der Nähe gibt es einen Bereich, den wir verteidigen können?«

»Was meinst du mit ›verteidigen‹?« Delphines kleine Hände klammern sich an Noemis Arm; der Glitzersaum ihres weißen Seidenkaftans schimmert im Schein der Alarmlampen rot.

Das leichte Vibrieren der Triebwerke unter Noemis Füßen verändert sich. Sie lösen sich bereits vom Andockgerüst. Die *Osiris* hat sich in Bewegung gesetzt, und egal wer am Steuer sitzt, Noemi will nicht dorthin, wohin sie fliegen. »Ich meine damit, wir beschaffen uns Waffen und verbarrikadieren uns damit in einem Teil des Schiffs, den wir gegen die Übernahme durch Remedy schützen können.«

»Das hat keinen Sinn«, herrscht Vinh sie an. »Dafür haben wir Mechs an Bord.«

»Ganz genau«, sagt Mansfield nickend, als müsste er mehr sich selbst als die anderen ermutigen. »Die Mechs werden die Remedy-Mitglieder besiegen.«

Vielleicht wird man zum Optimisten, wenn man reich und verwöhnt ist. Noemi hatte diesen Luxus nie. »Wenn die Mechs gewinnen, schön. Wenn nicht, müssen wir vorbereitet sein.«

»Wer hat Ihnen eigentlich das Kommando übertragen?«, fragt Vinh.

Gillian steht auf und legt ihre Hand auf das Armband – jenes Armband, das den Auslöser für das Gift in Noemis Arm enthält. »Das ist eine ausgezeichnete Frage.«

Noemis Blick streift über die umstehenden Partygäste. Die Hälfte davon steht immer noch untätig herum, anstatt wie befohlen zu den Rettungskapseln zu rennen. Sie tragen Samtcapes, Overkneestiefel und Diamanten in der Größe von Hummeln am Finger und in den Ohren. Das Entsetzen, das ihnen ins Gesicht geschrieben steht, lässt Noemi Mitleid für sie empfinden; sonst wären sie nur lächerlich. »Ich habe nicht das Kommando«, sagt sie, »aber ich wette, ich bin die Einzige hier mit militärischer Erfahrung. Stimmt's?«

Einige sehen sich um. »Wahrscheinlich«, gibt Delphine zaghaft zu.

»Okay«, sagt Noemi. »Da dieses Schiff schon abgehoben hat …«

»Das wissen Sie nicht«, wendet Vinh ein.

Erkennt dieser Typ nicht einmal, wenn sich ein großes Schiff in Bewegung gesetzt hat? »Und ob ich das weiß, so wie jeder, der auf die Vibrationen unter seinen Füßen achtet. Wenn Ihre Crew im Maschinenraum noch immer das Sagen hat, wohin bringt sie uns?«

»Das brauchen Sie nicht zu wissen«, sagt Gillian scharf. Die Passagiere wirken verwirrt; allmählich dämmert es ihnen, dass Noemi kein normaler Partygast ist.

»Na gut. Ist nicht so wichtig«, meint Noemi. Ihr Herz klopft schneller als normal, schließlich hat sie auch nicht gerade viel Erfahrung mit solchen Situationen. Es mit einer ganzen Remedy-Armee aufzunehmen klingt nach einem selbstmörderischen Unternehmen. Sie hat keine Ahnung, was zu tun ist – aber alle anderen an Bord noch viel weniger. Deshalb muss sie einfach ihr Bestes geben. »Jedenfalls müssen wir dringend einen Teil des Schiffs sichern, bevor die Remedy-Kämpfer hier alles einnehmen.«

»Woher wissen Sie, dass das nicht bereits geschehen ist?« Offenbar hofft Vinh, sie bloßstellen zu können, aber er gibt dabei eine jämmerliche Figur ab.

»Das weiß ich, weil bis jetzt *keiner von denen hier drin ist.*« Sie wartet eine Sekunde, bis das bei ihm angekommen ist, was ihn hoffentlich eine Weile zum Schweigen bringt, und fährt fort: »Also gut. Welche Waffen haben wir an Bord?«

Mansfield hievt sich im Stuhl hoch. »Für Sie keine.«

Doch Gillian beugt sich zu ihm hinunter. Die stechend blauen Augen auf Noemi gerichtet, sagt sie: »Ist doch egal, Vater. Sie ist uns im Augenblick nützlich, und wir wollen doch nicht, dass das Schiff jetzt weit vorankommt.« Sie legt eine seiner Hände auf ihren Arm; für die Umstehenden muss es wie eine zärtliche Geste wirken, aber Noemi sieht, dass Mansfield nun das Armband berührt, das sie töten könnte. Etwas lauter ruft Gillian: »Die Notfallschränke überall im Schiff sind mit einer Handvoll Blaster bestückt. Sie sollten eingesetzt werden, falls sich in der letzten Bauphase jemand aufs Schiff schleichen sollte – und am Schluss hat sie niemand mehr rausgenommen.«

Noemi versucht daraus Mut zu schöpfen. »Gut, dann nehmen wir auf dem Weg zu unserem Stützpunkt ein paar Waffen mit.«

»Wir haben einen Stützpunkt?«, fragt Delphine mit unsicherer Stimme.

»Bald. Ihr kennt die räumliche Aufteilung des Schiffs besser als ich«, sagt Noemi, während sie rasch überlegt. Was könnte sich als Unterschlupf eignen? »Wir müssen jetzt Folgendes tun – so schnell wie möglich einen wichtigen Bereich unter unsere Kontrolle bringen. Den Hauptmaschinenraum, das Lebensmittellager, so etwas in der Art.«

»Sind das nicht die Bereiche, auf die es Remedy zuallererst abgesehen hat?«, wendet Vinh ein und hat ausnahmsweise einmal recht.

Sie nickt. »Ja, stimmt. Trotzdem sollten wir es wenigstens versuchen, für den Fall, dass Remedy das Schiff in seine Gewalt bringt. Wenn wir einen Raum auf der *Osiris* besetzen, können wir auf Augenhöhe verhandeln, es muss nur der richtige Raum sein.«

Gillian steht auf und sofort gilt die Aufmerksamkeit aller Anwesenden ihr. Sie ist die Autorität, die sie bereits kennen – eine Hauptaktionärin dieser ominösen Columbian Corporation – und mit der sie vertraut sind. »Folgen Sie mir«, sagt

Gillian zu den Passagieren und Noemi, während sie die nächstliegende Tür öffnet.

Normalerweise wäre Noemi erleichtert, in einer solchen Situation nicht allein die Verantwortung übernehmen zu müssen. Jetzt nicht. Aber zumindest haben sie nun jemanden, der ihnen den Weg zeigt.

Sie läuft neben Shearer durch den Korridor, gefolgt von den Passagieren, die ihnen keuchend hinterherhasten. Mansfields Stuhl schwebt ein kleines Stück über dem Boden, zu Noemis Enttäuschung kann er mithalten. Erneut wird das Schiff erschüttert – diesmal jedoch durch Feuergefechte auf den Decks und nicht von draußen. Wenn sich das Kampfgeschehen nach innen verlagert hat, muss Remedy kurz vor der Übernahme stehen.

Zu Anfang haben sie Schwierigkeiten, die Notfallschränke zu finden: In der Regel sind sie leuchtend gelb oder orange gestrichen, aber diese sind in einem gediegenen Goldton, der zur pseudoägyptischen Ausstattung des Schiffs passt. Noemi hält beim ersten an, bricht ihn auf und holt drei Blaster heraus. Zwei davon wirft sie den nächsten beiden Personen zu – Delphine und Vinh. Dr. Shearer läuft einfach weiter und kümmert sich nicht darum, ob die anderen sie einholen.

»Ich habe noch nie einen echten Blaster abgefeuert!«, stößt Delphine japsend hervor. Offensichtlich ist sie es nicht gewöhnt, zu rennen. Trotzdem ist sie schnell; ihr weißer Kaftan flattert wie bei starkem Wind. »Ist das wie bei den Spielen? Da bin ich nämlich richtig gut.«

»Natürlich ist es wie bei den Spielen!«, schnaubt Vinh. »Was hätten Simulatoren für einen Sinn, wenn sie das Schießen nicht simulieren würden?«

Auf Genesis dienen Kriegsspiele ausschließlich dazu, den Ernstfall zu üben. Wie muss das sein, nur so zum Spaß auf menschliche Figuren zu schießen?

Die Kommunikationsanlage knistert und eine fremde Stimme ertönt. »*Hier spricht Remedy*«, sagt der Mann, »*Wir haben das Kommando über die* Osiris *übernommen. Kommen Sie zur Hauptlandebucht und ergeben Sie sich oder Sie leben nicht mehr lange.*«

Die Menschen fangen zu jammern und weinen an, aber Gillian brüllt: »Das ändert gar nichts! Nicht anhalten!«

Noemi erwartet, dass die Hälfte der Gruppe ihre Anweisung ignoriert und sich ergibt, doch stattdessen rennen sie hinter Gillian her. Entweder haben sie mehr Mumm, als Noemi dachte, oder sie sind zu verängstigt, um etwas anderes zu tun, als ihrem Leithammel zu folgen.

Es ist während des Laufens schwer zu sagen, aber Noemi hat den Eindruck, als würde Gillian sie weiter vom Maschinenraum wegführen und nicht auf ihn zu. So hätte Noemi es gemacht: die Haupttriebwerke abschalten und warten, bis Remedy um Hilfe bettelt. Doch es gibt noch andere geeignete Ziele, das Lebensmittellager oder die Wasserversorgung. Sie hält weiterhin Ausschau nach den Notfallschränken – wovon es nur wenige gibt – und verteilt die paar Waffen, die sie auftreiben können.

Nach der Vibration der Triebwerke zu schließen, fliegt die *Osiris* inzwischen sogar mit Höchstgeschwindigkeit. Wo will Remedy mit ihnen hin?

Gillian führt die ganze Gesellschaft in einen riesigen Raum, der nur durch die Alarmlampen beleuchtet wird. Noemi lässt ihren Blaster sinken, während sie blinzelnd versucht, etwas zu erkennen. Sie sind umgeben von Wänden aus Tanks. Zunächst denkt sie, das muss die Wasserversorgung sein, doch dann stellt sie fest, dass die meisten Tanks mit einem trüben Glibber gefüllt sind. Darin schwimmen diffuse dunkle Formen, die darauf warten, geboren zu werden.

»Die Mech-Kammern?«, fragt Noemi. »Was sollen wir damit anfangen?«

»Die Mechs können kämpfen«, meint Delphine.

Noemi schüttelt den Kopf. »Erst wenn sie fertig sind, was Stunden oder gar Tage dauern könnte. Wie soll uns das helfen?«

»Dies ist der wichtigste Bereich des Schiffs«, sagt Gillian gleichmütig. »Diesen Bereich müssen wir halten.«

Die Passagiere machen keine Einwände – bis auf Vinh, der anscheinend immer etwas zu meckern hat. »Man hat uns die höchsten Sicherheitsvorkehrungen versprochen. Aber erst wird unser Abflug wegen ›drohender Entdeckung‹ vorverlegt, und dann werden wir auch noch von *Terroristen* angegriffen? Ich fordere eine Rückerstattung von mindestens fünfzig Prozent der Kosten.«

Die anderen Passagiere fangen an, ähnliche Beschwerden vorzubringen. Vielleicht, um sich von ihrer Angst abzulenken; vielleicht glauben sie wirklich, dass sie jetzt in Sicherheit sind. Wie dem auch sei, Noemi hat genug davon.

Die hintere Wand der Kammer grenzt an die Außenwand des Schiffs. Durch einige Plasmafenster schimmern Sterne, also hat Noemi wenigstens einen Ausblick. Vielleicht beruhigt es sie ein wenig, die Sterne zu betrachten.

Doch da entdeckt sie einen kleinen Späher neben dem Schiff – bestimmt von Remedy – und in der Ferne …

»Was zum Teufel ist das denn?«, flüstert sie.

Der silbrige Ring vor ihnen, nur wenige Augenblicke entfernt – das ist ein Tor.

Das Tor ist nicht so glänzend, wie Tore sonst sind. Nicht so perfekt. An langen Abschnitten ist das Innenleben zu sehen, so durcheinander und hässlich wie die Innereien eines Lebewesens. Trotzdem, es kann nichts anderes sein.

Aber die *Osiris* befindet sich nicht in der Nähe des Erd-Tors nach Stronghold. Und es war auch nicht genug Zeit, den Weg bis zum Genesis-Tor zurückzulegen, selbst wenn sie in den Überlastungsmodus gegangen wären, was Noemi nicht glaubt.

Das ist ein anderes Tor. Ein geheimes Tor. Eine Abkürzung durch die Galaxie … wohin?

Die *Osiris* trifft auf den Ereignishorizont, und das Licht um Noemi herum spaltet sich auf, als sie das Tor durchqueren, Ziel unbekannt.

14

»Na, wenn das nicht mein geliebter Cousin Abel ist! Wie schön, dass wir uns schon so bald wieder – oh, Shit. Was ist passiert?«

Er steht in dem geometrisch gestalteten, weiß und orangefarbenen Landebereich auf Cray und starrt Virginia Redbird an, unfähig, ein Wort herauszubringen.

Man sollte meinen, dass man mit mehr Emotionen auch mehr zu sagen hat, da es naturgemäß mehr zu besprechen gibt. Aber Abel weiß jetzt, dass es nicht so funktioniert. Emotionen kommen nicht immer schön der Reihe nach, sie stürzen alle auf einmal über einen herein. Seine unterschiedlichen Gefühle fließen ineinander, als würde man bereits Geschriebenes mit Tinte überschreiben, bis alles unleserlich ist. Übrig bleibt eine Dunkelheit, die nichts sagt und alles enthält.

Virginia tritt näher und legt ihre Hände auf Abels Schultern. »Abel?«, flüstert sie. »Was ist mit Noemi passiert?«

»Ich weiß es nicht«, bringt er heraus. »Gehen wir in euer Labor. Wir müssen einige Daten analysieren.«

Als sie im Unterschlupf der Razers ankommen, sitzen Ludwig und Fon auf dem Boden und sind in eine Partie Go vertieft, bis sie merken, dass Abel ihnen ein neues Rätsel mitgebracht hat.

(So sehen sie Probleme – als Rätsel oder Spiele. Abel weiß, dass manche Menschen dies für unsensibel oder zumindest unreif halten würden, aber er will weder Mitleid noch Sensibilität. Er will Antworten. Antworten sind für ihn Daten, mit denen er arbeiten kann, und wenn er genügend Daten hat, muss er nicht mehr über das tintenschwarze Durcheinander an Gefühlen in seinem Innern nachdenken.)

»Das ist mehr als bizarr«, sagt Virginia, als sie sich das Verschwinden der *Osiris* auf einem 2-D-Bildschirm ansehen. Das Flackern aus Licht und Schatten lässt Virginias charakteristische Gesichtszüge schärfer hervortreten, betont ihre kräftigen Wangenknochen und das eckige Kinn. »Wenn sie zerstört worden wäre, hätten wir entweder die Katastrophe selbst beobachtet oder würden zumindest ein paar Trümmer herumfliegen sehen. Aber das sieht aus, als hätte sich das gesamte Schiff einfach in Luft aufgelöst.«

»Diese Hypothese ist nicht realistisch«, sagt Abel.

Virginia schießt ihm einen Blick über die Schulter zu. »Das *weiß* ich schon, du Superhirn. Ist nur so eine Redensart. Ich meine damit, dass es merkwürdig ist.«

Abel nickt, um ihr zu signalisieren, dass er sie versteht – das hat er natürlich die ganze Zeit. Wie es scheint, kann sich großer Kummer als Reizbarkeit manifestieren. Das muss er in Zukunft miteinberechnen, wenn er mit unglücklichen

Menschen zu tun hat. »Wir müssen feststellen, ob das Schiff noch existiert oder nicht. Burton Mansfield und Noemi waren mit ziemlicher Sicherheit an Bord.«

»Woher willst du das wissen?«, fragt Fon vom Boden aus. Sie hat es sich auf einem Sitzkissen bequem gemacht und die Knie an die Brust gezogen.

»Burton hat mir befohlen, ihn dort aufzusuchen. Logischerweise hat er Noemi bei seiner Abreise von der Erde mitgenommen und unverzüglich aufs Schiff gebracht.«

»Vielleicht ist er auch woandershin und wollte erst später zur *Osiris*«, gibt Ludwig zu bedenken.

»Burton Mansfield ist in sehr schlechter gesundheitlicher Verfassung. Sein Körper ist geschwächt und er braucht für nahezu alle täglichen Verrichtungen die Hilfe eines Mechs.« *Mansfields Pergamenthaut, die Venen, die sich zartblau darunter abzeichneten.* »Für alle anderen Angelegenheiten könnte er Mechs schicken oder Leute, denen er vertraut.« *Abel, mein Junge.* »Mansfield würde das Reisen daher auf ein Minimum beschränken und sich direkt zur *Osiris* begeben, die möglicherweise zerstört worden ist.«

All seine Sorgen, seine Befürchtungen und seine Trauer sollten Noemi gelten. Sie ist die Einzige, die zählen sollte, die Einzige, die er retten will. Doch seine oberste Direktive lässt sich nicht abstellen, und sie fordert, dass er sich auch um Mansfield sorgt. Sogar jetzt. Immer.

»Zerstört wovon, vom Nichts? Und ohne irgendeine Spur zu hinterlassen?«, sagt Virginia. »Unmöglich. Denk doch mal nach, Abel. Deine Gefühle trüben dein Urteil, was irgendwie spannend in Bezug auf die Entwicklung deiner Psyche ist, aber das hilft uns bei der Analyse der Situation nicht weiter.

Also unterdrücke deine menschliche Seite lieber mal für eine Weile.«

Meine Gefühle trüben mein Urteil, denkt Abel. Zu jedem anderen Zeitpunkt wäre diese Erkenntnis wundervoll für ihn gewesen. Aber jetzt bedeutet es nur, dass er sich besser konzentrieren muss.

»Wissen wir, wohin die *Osiris* wollte?«, fragt die zierliche Fon.

»Irrelevant«, entgegnet Abel. »Wir können nur darüber spekulieren, ob Remedy den ursprünglichen Kurs der *Osiris* beibehalten hat oder auf ein anderes Ziel umgeschwenkt ist. Also müssen wir aus den vorliegenden Daten ihren Kurs bestimmen und daraus unsere Schlüsse ziehen.«

Ludwig deutet auf eine Ecke des Bildschirms und zoomt die Stelle näher heran. »Siehst du das Verschwommene hier? Das scheint mir keine Störung der Sensoren der *Persephone* zu sein. Wie es aussieht, haben wir es mit einem Verzerrungsfeld zu tun.«

»Mansfield hat schon früher Verzerrungsfelder eingesetzt«, sagt Abel. »Hauptsächlich um Mech-Stützpunkte in den Tiefen des Alls zu tarnen, insbesondere jene in der Nähe des Genesis-Tors. Das war in der Anfangszeit des Befreiungskriegs, als gelegentlich Genesis-Truppen zu Kämpfen ins Erd-System eindrangen.«

Virginias Augen leuchten auf. Wenn sie einen Einfall hat, ist es, als würde man eine Zündschnur in Brand setzen. »Apropos Tore: Weisen die Energiedaten nicht irgendwie darauf hin, dass ein Schiff ein Tor durchquert hat?«

Fon schnaubt. »Komm schon, da draußen ist kein Tor.«

»Ein Verzerrungsfeld, das ein Tor vollkommen unsichtbar

machen würde, sodass es nicht aufzuspüren ist, müsste schon sehr groß und stark sein – so etwas geht weit über alles hinaus, was Mansfield früher gemacht hat«, sagt Abel. »Bei einem Tor reicht die visuelle Abschirmung nicht. Da müssen enorme Energiemengen verborgen werden. So etwas ist an sich schon schwierig und wird um ein Vielfaches schwieriger, je größer das Objekt ist.«

»Das Verzerrungsfeld hat die Energiedaten nicht komplett verborgen«, beharrt Virginia. »Genau, wir haben es hier mit den Daten einer Tordurchquerung zu tun, nur in geschrumpfter Version. Womöglich ist einfach nicht mehr durchgedrungen.«

Abel hält sich vorerst an die mathematischen Fakten und Wahrscheinlichkeiten. Mathematik ist tröstlich. Sie ist rational und unveränderlich. Seine Emotionen können der Mathematik nichts anhaben. Als er es durchrechnet, wird immer klarer, dass da vielleicht was dran ist.

»Könnte Mansfield ein Feld dieser Größe bauen?«, bedrängt Virginia ihn. »Du kennst ihn besser als jeder andere, Abel. Wir wissen alle, dass er das Geld und die Macht besitzt. Und er hat definitiv genug Köpfchen. Hat er auch den – Drive, so würde man es wahrscheinlich nennen?«

Drive. Wille. Zielstrebigkeit. Mansfield hat alle kybernetischen Gesetze gebrochen, um sich ein neues Zuhause für seine Seele zu schaffen. Er hat sich am Bau dieses gigantischen Schiffs beteiligt, das irgendeinem großen, noch unbekannten Zweck dient und dessen Kosten in die Milliarden gehen müssen. Als Abel sein Wissen über seinen Schöpfer durchforstet, ändern sich die Wahrscheinlichkeiten. »Hat er. Er kann es getan haben.«

»Die Erde hat ein neues Tor gebaut, ohne es jemandem zu sagen?« Ludwig blickt finster auf den Bildschirm, als erwartete er Antworten von ihm. »Das würde bedeuten, dass sie eine neue bewohnbare Welt gefunden haben.«

»Nicht unbedingt«, mischt Fon sich ein. »Sie könnten auch etwas anderes erkunden, zum Beispiel ein System mit Rohstoffen, auf die wir angewiesen sind, selbst wenn dort kein menschliches Leben möglich ist.«

»Oder sie haben irgendwo einen künstlichen Planeten geschaffen«, meint Virginia. Sie spielt mit einer Haarlocke, gespannt und aufgekratzt. »Vielleicht eine riesige Raumstation. Oder sogar eine Dyson-Sphäre! Etwas richtig Geiles, wisst ihr?«

»Solche Strukturen verfügen höchstwahrscheinlich über Verteidigungsanlagen«, sagt Abel.

Wie würden die Verteidiger reagieren, wenn die *Osiris* unter dem Kommando von Remedy dort aufkreuzen würde? Würden sie verhandeln oder sofort schießen? Ganz davon abgesehen, dass solche Sicherheitsvorkehrungen auch bedeuten würden, dass Noemi sich in einem Gefängnis befindet, nein, in einer Festung. Sie da rauszuholen wäre extrem schwierig.

Aber nicht unmöglich.

»Du hast erwähnt«, beginnt Ludwig zögernd, »du hast gesagt, dass Genesis angegriffen wurde? Dass die Erde biologische Waffen eingesetzt hat?«

»Sie haben auf dem ganzen Planeten Spinnweben-Erreger ausgesetzt«, bestätigt Abel. »Möglicherweise wurde das Virus sogar modifiziert, um noch ansteckender und tödlicher zu sein.«

Die Razers starren sich an, in einem Maß betroffen, das Abel überrascht. Er kann ihr Entsetzen über den Einsatz biologischer Waffen verstehen, aber ihre Reaktion scheint noch einen … persönlicheren Hintergrund zu haben.

Fon ist die Erste, die das Schweigen bricht. »Das wird Ebene 110 sein.«

»Ich glaube, Ricardo arbeitet gelegentlich da unten«, murmelt Virginia. »Und Mei auch.«

Erst jetzt begreift Abel, dass die Veränderung des Spinnweben-Virus zwar vielleicht auf Veranlassung der Erde geschehen ist, aber nicht notwendigerweise auf der Erde. So eine Aufgabe hätten die besten Virologen der Galaxie übernommen – und die leben und arbeiten genau wie alle anderen Spitzenwissenschaftler auf Cray.

»Kennt ihr auch Razers, die auf dieser Ebene arbeiten?«, fragt Abel. »Könnten sie an Informationen darüber gelangen, wie es gemacht wurde?«

Ludwig stößt einen leisen Pfiff aus. »Bei so etwas herrschen strengste Sicherheitsvorkehrungen. Wirklich superstrenge.«

»Was nicht bedeutet, dass man sie nicht umgehen kann«, meint Fon. Die anderen bekommen diesen aufgeregten Blick, den sie immer haben, wenn sie irgendeinen Code entdeckt haben, den sie knacken wollen, oder eine Regel, die sie umgehen wollen.

Rasch gibt Abel die Kontaktcodes von Harriet und Zayan ein. »Bring dich für diese Informationen nicht in Gefahr, Virginia – aber wenn du sie bekommst, gib sie bitte unverzüglich an diese Personen weiter. Sag ihnen, dass ich dich darum gebeten habe. Sie können sie vielleicht Ärzten zukommen lassen, die an einem Mittel gegen die Seuche arbeiten.«

»Ist gebongt«, sagt Virginia. »Oh, für das hier werden wir auf ewig Captains sein.«

»Danke für eure Hilfe.« Er schaltet seinen Bildschirm aus; Virginia und die anderen Razers starren ihn verblüfft an. »Eure Erkenntnisse haben mir sehr geholfen, aber letztlich muss ich selbst recherchieren. Ich sollte sofort aufbrechen.« Abel verabschiedet sich mit einem Nicken.

Während er durch einen der grob gehauenen Tunnel zurück zur Landebucht auf Station 47 eilt, hört er schnelle Schritte hinter sich. »Abel!«, ruft Virginia. »Warte!«

Er geht langsamer, wenn auch nicht viel. »Habt ihr noch etwas Neues herausgefunden?«

»Nein, aber du rennst hier raus, als würde dein Schiff brennen.«

»Was ich beobachtet habe, erfordert eine direkte Untersuchung, und zwar sofort. Nach anderen Standpunkten und Theorien zu suchen ist … eine interessante intellektuelle Übung, und ihr habt wertvolle Erkenntnisse über die Verzerrungsfelder und ein potenzielles Tor geliefert – aber ohne weitere Daten ist das alles irrelevant. Das hätte mir eigentlich von Anfang an klar sein müssen.«

»Du bist nicht nur wegen irgendwelcher intellektuellen Übungen gekommen«, sagt Virginia, »sondern auch, weil du traurig warst und jemand gebraucht hast, der dir zuhört.«

Abel ist drauf und dran zu sagen, dass das nicht stimmt. Den Großteil seiner Existenz hat er ohne Hilfe funktioniert. Und selbst wenn er emotionale Unterstützung bräuchte, wäre er sich dessen bewusst. Oder nicht? Menschen hingegen ahnen oft gar nicht, welche psychologischen Gründe ihrem Verhalten zugrunde liegen. Abels Verstand arbeitet so komplex wie der eines Menschen. Er hat bereits festgestellt, dass er ein Unterbewusstsein besitzt – doch nun erlebt er zum ersten Mal, dass sein Unterbewusstsein sein Verhalten beeinflusst. »Vielleicht. Danke, dass ihr mir zugehört habt und mit mir die Daten durchgegangen seid. Ihr habt mir dabei geholfen, die Situation klarer einzuschätzen. Tatsache bleibt jedoch, dass ich unverzüglich an den Ort des Geschehens zurückkehren muss.«

Virginia schüttelt den Kopf. »Warte noch eine Stunde.«

»Warum eine Stunde?«

»So lange brauche ich, um eine Notfallbeurlaubung zu beantragen. Und dann sollte ich wohl auch ein bisschen was packen, aber das wird nicht lange dauern. Ich besitze im Grunde nur sechs oder sieben Varianten von dem hier.« Virginia trägt wie üblich ihren überdimensionalen, schlabberigen Overall, der an der Taille mit einem breiten Gürtel zusammengezurrt wird, verziert mit einem ganzen Sortiment von Anstecknadeln und Abzeichen, mit denen sie sich als Fan zahlreicher Unterhaltungsformate outet. »Das ist erledigt, bevor die den Antrag überhaupt umgeblättert haben.«

»Du musst nicht mitkommen. Ich bin durchaus in der Lage, die *Persephone* allein zu fliegen.« Manchmal ist es sogar für ihn eine Strapaze, aber er kommt klar.

»Für die höchstentwickelte künstliche Intelligenz, die jemals geschaffen wurde, kannst du manchmal ganz schön beschränkt sein.« Virginia seufzt. »Unterstützung ist *gut*. Unterstützung ist *gut für dich*.«

»Aber nicht gut für *dich*. Ich möchte nicht noch mehr Freunde in Gefahr bringen.« Er hat schon ein schlechtes

Gefühl mit dem, was Harriet und Zayan vorhaben. Das Risiko für Virginia wäre noch sehr viel unmittelbarer.

Sie lässt sich nicht überzeugen. »Und wenn du für deine Recherchen das Schiff verlässt, willst du die *Persephone* dann einfach unbeaufsichtigt lassen? Da könntest du genauso gut ein riesiges Holoschild mit der Aufschrift ›Schiff zur freien Verfügung abzugeben‹ dranhängen.«

Abel denkt darüber nach, doch nur kurz. »Du hast ein triftiges taktisches Argument vorgebracht, aber das ist es trotzdem nicht wert, dich in Gefahr zu bringen.«

»Wert für wen?«, will Virginia wissen. »Mich interessiert das auch, weißt du. Wissenschaftliche Rätsel sind mein Herzblut. Wenn ich hierbleibe, werde ich nur weiter Daten für Professor Fernandez auswerten, den es nicht stört, wenn das Ergebnis ein paar Wochen später kommt. Und Fon und Ludwig können sich hier um das Spinnweben-Projekt kümmern.«

»Das ändert nichts an dem Risiko für dich. Tut mir leid, aber –«

»Hör mir verdammt noch mal zu!« Ihr Lächeln ist verschwunden; jetzt ist es ihr ernst. »Die Leute an Bord dieses Schiffs, der *Osiris* – die sind vielleicht durch ein geheimes Tor geflogen. Das bedeutet, dass die Erde wahrscheinlich eine komplette bewohnbare Welt verbirgt. Sie tut das, während die Menschen überall in der Galaxie verhungern. Vor mehr als fünf Monaten, gleich nachdem ich dich und Noemi verlassen hatte, bin ich nach Hause zu meinen Eltern gefahren. Wir haben uns immer alle paar Wochen über die Komm-Einheiten unterhalten, aber – man weiß ja nie, wer da mithört. Die Funkanlage ist darauf programmiert, Wörter abzufangen, die auf Illoyalität gegenüber der Erde hindeuten.

Mir würden sie es wahrscheinlich durchgehen lassen, weil sie so viel in meine Ausbildung investiert haben, aber meinen Eltern? Seit ich sechs war, hatte ich keine Gelegenheit mehr, mit ihnen zu reden, mir alles anzuhören, was sie auf dem Herzen hatten.«

Abel weiß noch, wie es sich anfühlte, all die Jahre von Mansfield getrennt zu sein, damals, als er ihn noch als seinen »Vater« betrachtete. Der Schmerz ist unbeschreiblich und nicht zu leugnen.

Sie fährt fort, die Worte sprudeln nur so aus ihr heraus. »Ich hatte immer das Gefühl, etwas Besonderes zu sein, weil man mich für Cray auserwählt hatte. Mir gefällt es hier, aber ich habe mich nie gefragt, wie es für Mom und Dad ist. Nicht so richtig. Die Lehrer hier erzählen dir, welche Ehre es ist und dass deine Eltern mit dir angeben – was sie auch tun –, aber Abel, für Mom und Dad ist es, als hätte man mich ihnen weggenommen.« Virginia hält inne und legt die Hand vor den Mund, als könnte sie nicht glauben, dass sie gewagt hat, es auszusprechen. Doch sie zügelt sich nur einen Augenblick. »Wenn man sich die Geschichte ansieht, ist das für mein Volk nichts Neues. Derselbe Mist in einer neuen Verpackung. Ich habe es selbst lange nicht wahrgenommen, aber jetzt ist mir ein Licht aufgegangen, und es macht mich wahnsinnig wütend. Warum können sie dieses Studium nicht auf der Erde anbieten anstatt hier auf Cray? Warum ist es ›unmöglich‹ für meine Eltern, mich zu besuchen, während die Spielehändler jederzeit Landeerlaubnis bekommen?«

Das sind rhetorische Fragen, doch Menschen stellen sie oft deswegen, weil sie die Antwort von jemand anderem hören wollen. »Sie bringen die Spitzenstudenten hierher, um ihre

Bindung zu ihrer Familie zu schwächen und auf diese Weise dafür zu sorgen, dass eure Loyalität in erster Linie der Erde gilt und nicht irgendeinem Individuum.«

Virginia blinzelt. »Okay, wow. Das war mir bewusst, ich habe es nur nie in Worte gefasst. Aber das ist es. Genau das ist es.«

»Auch wenn deine Wut auf die Erde verständlich ist, bedeutet das nicht, dass du mich begleiten musst«, erklärt Abel. »Außer du hast vor, Remedy beizutreten? Ich sollte dich warnen, mitten in einer Operation dieser Größenordnung werden sie keine neuen Mitglieder rekrutieren.« Angesichts der Anzahl der Schiffe, die Abel beim Angriff auf die *Osiris* gesehen hat, hält er es für denkbar, dass dies die bisher ehrgeizigste Attacke von Remedy ist.

»Remedy beitreten? Schmoren bei dir etwa gerade die Schaltkreise durch?« Virginia knufft ihn zum Spaß in die Schulter, dann schüttelt sie jammernd ihre Hand aus. »Autsch. Du bist um einiges härter als ein Mensch.«

»Mein Skelett enthält …

»Lass gut sein, ich weiß alles über dein Skelett, das war dumm von mir. Was ich sagen wollte: Nein, ich habe nicht vor, mich einer Terrorbande anzuschließen. Aber das heißt nicht, dass ich alles auf sich beruhen lasse. Wenn man hier aufwächst, bringen sie einem bei, immer nach neuen Lösungen zu suchen, nach neuen Wegen, die Dinge anzupacken. Nach neuen Wahrheiten, weißt du? Doch gleichzeitig haben sie uns die ganze Zeit angelogen. Nach allem, was ich erfahren habe und was mir über meine Erziehung hier klar geworden ist, bin ich es leid, angelogen zu werden. Was immer da draußen hinter diesem Verzerrungsfeld vorgeht – es ist real. Das gibt es wirklich. Und es ist etwas, von dem wir nach dem Willen der Mächtigen nichts mitbekommen sollen. Schon allein deshalb *muss* ich alles darüber wissen, und zwar sofort.« Sie hält inne und holt Luft. »Klingt das irgendwie logisch?«

»Ja, durchaus.« Abel könnte darauf hinweisen, dass ihre Gründe dafür, sich ihm anzuschließen, überwiegend emotional sind, so verständlich diese Emotionen auch sein mögen. Aber bei ihm ist es ja nicht anders. Außerdem, mit einem strategischen Argument lag sie ganz richtig: Eine zweite Person zur Unterstützung wird seine Erfolgschancen erhöhen. »Wenn du sicher bist, dass es keinen Argwohn erweckt ...«

»Wird es nicht.« Virginias Augen leuchten auf. »Ich kann super lügen.«

»Erzähl das nicht zu vielen Leuten.«

Laut lachend stürmt sie davon, um ihre Vorbereitungen zu treffen, und ruft ihm über die Schulter zu: »Du entwickelst allmählich einen Sinn für Humor, weißt du das?«

Das war kein Scherz; es war ein nützlicher taktischer Hinweis. Trotzdem muss Abel lächeln.

15

Kaum ist die *Osiris* in dieses neue System eingetreten – was und wo auch immer das sein mag –, knistert es in den Bordlautsprechern. »*Als Ihr neuer Commander sollte ich mich vielleicht vorstellen.*« Er hat einen Akzent, den Noemi von Stronghold kennt. »*Sie dürfen mich mit Captain Fouda ansprechen. Die Crew auf der Brücke hat uns als eine ihrer letzten Amtshandlungen darüber informiert, dass sich zahlreiche Aktionäre der Columbian Corporation an Bord befinden. Traut sich einer von ihnen vielleicht, mit mir zu sprechen?*«

Mansfield steuert seinen Schwebestuhl zu einer kleinen Konsole mit Bildschirm, nur wenige Schritte von Noemi entfernt. Mit einem knochigen Finger stochert er auf dem Bedienfeld herum. »Hier spricht Burton Mansfield, der Schöpfer aller Mechs – von denen in diesem Moment eine ganze Menge auf dem Weg sind, Sie zu vernichten. Was ist mit unserem Captain passiert?«

»*Etwas, von dem Sie hoffen sollten, dass es Ihnen erspart bleibt.*« Allmählich erscheint ein Bild auf dem Bildschirm: ein Mann Ende fünfzig mit einer Hautfarbe ähnlich wie

Captain Baz sitzt auf einem Kommandosessel mit hoher Lehne. Eine Gesichtsseite ist von dünnen weißen Narben überzogen, die bis hinunter zum Hals verlaufen, vielleicht ein Andenken an eine frühere Schlacht. Er und die zerlumpte Mannschaft um ihn herum tragen einfache, funktionelle Kleidung in unterschiedlichen Beigetönen; diese Kluft kennt Noemi von einigen der Remedy-Attentäter, die sie und Abel auf Kismet gesehen haben. *»Der große Mansfield«*, sagt Fouda langsam. *»Wie es scheint, interessiert er sich mehr für Mechs als für Menschen.«*

»Was wollen Sie hier? Remedy lag immer mit der Erde im Clinch«, sagt Mansfield. »Nicht mit einzelnen Bürgern.«

»Einzelne Bürger treffen die Entscheidungen, die die Erde von einem Heimatplaneten in einen Tyrannenplaneten verwandeln.« Fouda legt die Fingerspitzen aneinander. *»Einzelne Bürger horten die kostbaren Ressourcen, die das Leben für Milliarden in der ganzen Galaxie leichter machen könnten. Aber das hier – das geht über jedes Horten, jeden Diebstahl in der Geschichte der Menschheit hinaus. Sie haben ein Tor versteckt. Sie haben eine Welt versteckt.«*

Noemi hatte noch keine Zeit, darüber nachzudenken, aber sie erkennt sofort, dass dies die einzige sinnvolle Erklärung ist. Irgendwo in diesem System gibt es einen bewohnbaren Planten, der Tausende oder Millionen oder sogar Milliarden von Menschen ernähren kann.

Niemand sonst weiß von dieser Welt. Die Regierung der Erde hat diese Information ausschließlich an ihre reichsten, privilegiertesten Bürger weitergegeben und alle anderen von der Möglichkeit ausgeschlossen, zu diesem System zu reisen. Die verzweifelten Vagabunden und die schuftenden Bergarbeiter werden nie erfahren, dass es diesen Planeten gibt. Diese Chance auf ein neues Leben ist nicht für alle da. Man behält sie egoistisch für sich – oder behielt sie für sich, zumindest bis Remedy in Aktion trat. Einen Augenblick lang fühlt Noemi sich solidarisch mit den Kämpfern von Remedy, denn sie hat den Eindruck, dass sie auf der richtigen Seite stehen.

Der Augenblick verpufft, als Fouda weiterspricht: *»Den Teil der Crew, der uns noch nützlich sein kann, behalten wir. Ansonsten haben wir keinen Grund, Schmarotzer durchzufüttern.«*

Noemi sieht Delphine vor Angst zittern und wird um ihretwillen noch wütender als um ihrer selbst willen. Diese Leute haben etwas unglaublich Egoistisches getan, aber niemand hat es verdient, kaltblütig ermordet zu werden.

»Unsere Instrumente zeigen an, dass Sie sich in einer der Mech-Kammern befinden«, fährt Fouda fort. »Es dürfte ein Kinderspiel sein, die Sauerstoffversorgung darin zu kappen.« Entsetzt heulen die Passagiere auf, doch Noemi schäumt vor Wut.

Sie geht zur Konsole und stößt Mansfields Stuhl mit der Schulter so heftig zur Seite, dass er zu wackeln anfängt. »Hören Sie. Wenn Sie glauben, dass die Passagiere dieses Schiffs wehrlose Gefangene sind, denken Sie lieber noch einmal gut nach. Wir sind viele. Wir sind bewaffnet. Sie kontrollieren vielleicht die Brücke, aber glauben Sie mir, wir haben trotzdem noch genügend Möglichkeiten, diese Reise für Sie äußerst unangenehm zu gestalten. Also hören Sie besser auf, uns zu drohen, und fangen Sie an zu verhandeln.«

»Sonst werden Ihre Mechs uns niedermachen? Wir haben jeden Mech, der uns über den Weg gelaufen ist, zu Schrott-

metall verarbeitet. Remedy besteht aus menschlichen Kämpfern. Echten *Kämpfern. Wir schicken keine Spielzeuge, damit sie die Arbeit von Kriegern erledigen.*« Fouda lacht. »*Keine Sorge. Es dürfte nicht länger als zehn Minuten dauern, bis Sie tot sind. Ein einigermaßen barmherziges Ende, und mehr, als Sie verdienen.*«

Erneutes Heulen und Weinen. Delphine schwankt, als würde sie jeden Moment umkippen. Noemi schiebt ihre Angst ganz weit weg. Hätten die Passagiere doch nur die Wasserversorgung oder den Maschinenraum eingenommen, irgendetwas, mit dem man verhandeln könnte.

Ein Trumpf ist ihr geblieben – einen schlimmeren kann man sich nicht vorstellen, aber mehr hat sie nicht.

»Zehn Minuten dürften reichen, um mit den Blastern ein Loch in die Schiffshülle zu schießen«, antwortet Noemi. »Da Sie dann ja die Luftzufuhr in diesem Bereich unterbrochen haben, werden Sie nicht in der Lage sein, den Innendruck des Schiffs rechtzeitig auszugleichen. Der Hüllenbruch wird die strukturelle Integrität und damit das gesamte Schiff zerstören. Wie war das noch mal – implodieren oder explodieren Menschen im Weltall? Eins von beiden. Jedenfalls wird es bestimmt ein Riesenspaß.«

Sein Lächeln erlischt. »*Sie würden selbst dabei draufgehen.*«

Schulterzuckend meint Noemi: »Sobald Sie uns die Luft abdrehen, sterben wir sowieso. Warum sollten wir Sie nicht auch gleich mit umbringen?«

Die daraufhin eintretende Pause dehnt sich auf mehrere Sekunden. Noemi weiß gar nicht so genau, ob sie überhaupt ein Loch in die Schiffshülle schießen könnten; vielleicht sind Blaster nicht stark genug dafür, selbst wenn man mit voller

Kraft feuert. Aber solange Fouda ebenfalls nicht sicher ist, hat sie Verhandlungsspielraum.

»*Wir vertagen die Frage Ihres Überlebens auf unsere Ankunft in der Welt, die Sie Haven nennen*«, antwortet er schließlich.

Haven. Noemi durchläuft ein kleiner Schauer, als sie das hört. Was auch immer sonst noch hier vorgeht, die Menschheit hat ein neues Zuhause für sich gefunden, und das ist auf jeden Fall eine gute Nachricht.

»Wenn es Ihnen nur darum ginge, uns zu töten, hätten Sie es getan, ohne mit uns Kontakt aufzunehmen«, ergreift Gillian nun das Wort, die an die Seite ihres Vaters getreten ist. »Sie wollen etwas von uns, offensichtlich etwas, von dem Sie dachten, wir würden es Ihnen aushändigen, um unser Leben zu retten. Ich vermute mal, es handelt sich um die Landekoordinaten. Korrekt?«

Fouda wirkt beeindruckt. Auch Noemi ist die Überraschung sicherlich anzusehen. Sie hat gewusst, dass Shearer und ihr Vater intelligent sind, aber eine solche Kombinationsgabe hätte sie eher Abel zugetraut …

»*Ja*«, entgegnet Fouda. »*Wir wollen die Koordinaten.*«

Gillian nickt und tippt sie ein. »Es bringt uns ja nichts, wenn Sie meilenweit von den Vorräten entfernt landen. Die werden wir nämlich brauchen.«

»*Das werden wir dann sehen.*« Damit unterbricht der Captain von Remedy die Verbindung.

Schweigen tritt ein, bis Delphine sagt: »Noemi, bist du Sicherheitsexpertin? Du scheinst sehr patent zu sein.«

Gillian antwortet an ihrer Stelle. »Sagen wir mal, Miss Vidal hat unser Team in letzter Sekunde verstärkt.«

»Warum hatten wir keinen Sicherheitsexperten an Bord?«,

will Vinh wissen. Man kann ihm seine Verärgerung nicht verdenken, aber er ist offenbar entschlossen, sie immer an die falsche Adresse zu richten. »Menschen, die sich um unseren Schutz kümmern, anstatt dieser verdammten Mechs?«

»Mechs können diese Aufgabe bewältigen«, sagt Mansfield. Sein Gesicht ist bleich, seine Stimme zittrig. »Aber Remedy hat mehr Schiffe, als wir dachten.«

»Außerdem sollten Sie unserer neuen Freundin nicht allzu sehr trauen«, sagt Gillian und dreht ihr Gesicht zu Noemi. Das Gasflammenblau ihrer Augen scheint Noemis Haut zu versengen. »Sie ist eine Soldatin von Genesis. Der Feind.«

Noemis Wangen beginnen zu glühen. Einer der zusammengekauerten Passagiere flüstert: »Seit wann tauchen Soldaten von Genesis auf unserer Seite des Tors auf?«

»Das passiert schon mal, wenn man entführt wird«, antwortet Noemi. Gillians Hand bewegt sich zu ihrem Armband, und Noemi wird von kalter Angst durchzuckt, doch sie hebt das Kinn und sagt mit fester Stimme: »Sie brauchen jetzt jemanden mit Kampferfahrung. Vielleicht bin ich nicht Ihre erste Wahl – aber ich bin alles, was Sie haben.«

Nach einer Weile atmet Gillian hörbar aus. »Gut. Machen Sie sich nützlich.«

Was nun? Noemi überlegt fieberhaft. »Also, erst einmal müssen wir mehr als das unter unsere Kontrolle bringen.« Sie deutet auf die Mech-Tanks in der Hoffnung, dass einer der Anwesenden begreift, wie absurd dieser Ort als Stützpunkt ist. »Was nützt uns und liegt in der Nähe?«

Gillian tippt nachdenklich mit einem ihrer langen Fingernägel auf den Bildschirm. »Das Gepäck der Passagiere wurde noch nicht vollständig auf die Kabinen verteilt. In der Frachtbucht siebzig Meter den Korridor entlang dürfte sich also Kleidung und dergleichen befinden. Daneben werden die Vorräte für feierliche Anlässe gelagert – Champagner, Schokolade, Petit Fours und so weiter.«

Ernsthaft?, will Noemi schreien. *Sie zählen Partysnacks zu den Dingen, die uns einen Vorteil verschaffen können?* Doch sie unterdrückt einen Wutanfall. Unter diesen Umständen muss man sogar Champagner und Petit Fours als Lebensmittelvorräte bewerten. »Okay. Wir sichern diesen Korridor.«

»Und wie?«, fragt Delphine mit großen Augen.

»Wir gehen mit unseren Blastern da raus und schießen alles und jeden über den Haufen, der oder das sich uns in den Weg stellt.« Noemi überprüft den Ladezustand ihres Blasters. Fast vollständig geladen.

»Sie meinen, Menschen erschießen. Wir müssen tatsächlich Menschen erschießen, die auf uns schießen.« Vinhs Wut ist noch nicht abgeflaut; immer noch teilt er in alle Richtungen aus. Der Umstand, echte Arbeit mit einem echten Risiko zu verrichten, scheint ihn mehr zu empören als die Vorstellung, das Leben von Menschen auszulöschen.

»Die Remedy-Mitglieder haben sicher kein Problem damit, uns zu töten«, hält Gillian Vinh vor Augen. »Ich schlage vor, Sie machen sich ihre Einstellung zu eigen.«

»Wir wissen, was wir zu tun haben.« Noemi deutet zur Tür. »Sind Sie dabei?«

Die Passagiere starren weiterhin mit glasigem Blick zu Gillian, bis diese kurz nickt. »Gehen Sie. Halten Sie das Schiff.« Sie dreht den Kopf zu dem Tank vor ihr, der mit milchiger rosafarbener Flüssigkeit gefüllt ist. »Ich habe hier etwas zu erledigen.«

»Okay«, sagt Noemi zu den Passagieren und entsichert ihren Blaster. »Gehen wir.«

Von Remedy-Kämpfern ist zunächst keine Spur zu sehen; vielleicht haben nicht alle Remedy-Leute, die an der Schlacht auf Proteus beteiligt waren, die *Osiris* geentert. Dennoch haben sie offensichtlich eine ausreichend große Crew, um das Schiff in ihre Gewalt zu bringen. Die Aufzüge wurden lahmgelegt und die meisten Computerterminals bieten nur ein Minimum an Informationen und keinerlei Steuerungsmöglichkeiten außer für die mehr oder weniger automatischen Funktionen: Licht an, Licht aus.

»Mansfield oder seine Tochter können sich wohl nicht zufällig in das Computersystem einloggen und uns helfen«, grummelt Noemi.

»Na ja, sie können ja nicht alles erledigen«, sagt Delphine, als würde sie mit einem kleinen Kind reden.

»Nein, sie haben genug getan«, stimmt Noemi ihr zu.

»Die beiden tun mir so leid«, vertraut Delphine ihr an, während sie den Korridor entlang zu nächsten Kurve hasten. »Für sie muss es noch schlimmer sein als für uns.«

»Warum? Weil reich und mächtig zu sein eine solche Last ist?«

Delphine bedenkt Noemi mit einem Blick. »Wegen Dr. Shearers Sohn, Mansfields Enkelsohn. Heißt er nicht Simon? Egal, jedenfalls ist er vor etwa vier Monaten gestorben, an Komplikationen der Spinnweben-Krankheit. Er ist nur sieben Jahre alt geworden.«

Nach einer Pause sagt Noemi: »Das ist schrecklich«, und das meint sie ernst. Sie erinnert sich an ihre Erkrankung, an das glühende Fieber, das süße Delirium, das sie benebelte, die völlige Erschöpfung, die es ihr unmöglich machte, sich auf den Beinen zu halten. Sie denkt an das Leiden, das sie auf Genesis gesehen hat – Mrs Gatsons klägliches Husten, die wimmernden Patienten, die hilflos auf dem Boden lagen. Niemals würde Noemi so ein Elend einem unschuldigen Kind wünschen.

Aber Kummer sollte unter anderem auch Mitgefühl hervorrufen – sollte eine Chance sein, den Schmerz im Herzen anderer als Spiegelbild des eigenen Schmerzes zu erkennen. Weder auf Mansfield noch auf Gillian Shearer scheint er diesen Effekt gehabt zu haben.

Auf der *Osiris* gibt es kaum Ecken; die meisten Korridore verlaufen leicht gekrümmt. Als ihre Gruppe um die Kurve vor der Gepäckaufbewahrung biegt, bleibt Noemi entsetzt stehen. Erst denkt sie an ein Massaker, doch dann sieht sie die Drähte, die aus abgetrennten Gliedmaßen und Rümpfen ragen.

Dutzende Mechs liegen durcheinander auf dem Boden, alle niedergemäht von Blasterfeuer. Manche davon sind noch nicht ganz inaktiv; eine Yoke versucht unentwegt, die Mech-Überreste in ihrer Nähe wegzuschieben, obwohl sie nur noch zwei Finger an der Hand hat. Ein Baker starrt blinzelnd zur Decke, mit apathischer Miene. Sie sind alle irreparabel zerstört.

Noemi hat im Kampf schon viele Mechs eliminiert. Sie sind nicht wie Abel – haben nichts Menschliches. Trotzdem geht ihr der Anblick so vieler verstümmelter Körper an die Nieren.

Wenn Remedy-Kämpfer das Dingen antun können, die menschlich aussehen, fällt es ihnen dann auch leichter, richtige Menschen zu töten?

Nachdem Noemi und ihre Gruppe die Gepäckaufbewahrung mit ein paar behelfsmäßigen Stolperdrähten gesichert und sich so viele Lebensmittel geschnappt haben, wie sie tragen können, machen sie sich wieder auf den Rückweg zu den Mech-Tanks. Aufgrund von Shearers und Mansfields Anwesenheit ist dieser Raum de facto ihr Hauptquartier, deshalb müssen sie dort eine Bestandsaufnahme vornehmen.

Während sich die anderen darüber zanken, wem welche Schachtel Pralinen gehört, und untereinander Luxusklamotten verteilen, geht Noemi ein paar Schritte zur Seite, um durchzuatmen. Mansfield sitzt in seinem Stuhl, erteilt keine Befehle, sagt nichts, nicht einmal zu Gillian, die hoch konzentriert an einem Terminal in der Nähe arbeitet. Er wirkt zutiefst erschüttert, und Noemi weiß, warum.

»Abel wird uns niemals finden«, sagt sie.

Mansfield hebt den Blick zu ihr, sein Gesicht ist noch bleicher geworden. »Das wissen Sie nicht.« Seine Stimme ist kaum mehr als ein Flüstern. »Er besitzt die Intelligenz, um – um aus vorliegenden Indizien Rückschlüsse zu ziehen –

»Was denn für Indizien? Es gibt kein Schiff, das er finden könnte. Remedy hat sogar die Raumstation in die Luft gejagt, wo das Schiff vor Anker lag. Dann haben wir ein Tor durchquert, von dessen Existenz niemand in der Galaxie weiß, ein Tor, das Sie mit einer Art Verzerrungsfeld verborgen haben müssen, und jetzt befinden wir uns auf dem Weg zu einem Planeten, der so geheim gehalten wurde, dass Abel niemals davon gehört haben kann.« Sie beugt sich näher, jedes Wort so scharf wie eine Messerspitze. »Sie haben versagt. Abel lebt.«

»Das bedeutet, dass Sie sterben.« Doch Mansfields Drohung hat ihr Gift verloren. Er ist am Ende, mit seiner Sterblichkeit konfrontiert wie wahrscheinlich noch nie zuvor. Nun fordert der Tod doch sein Recht von ihm – und zwar schon bald.

»Wenn ich sterbe, dann um Genesis und Abel zu retten. Das ist für mich in Ordnung.«

Noemi geht weg von ihm, zwischen hohen Stapeln von Mech-Tanks hindurch, und erwartet halb, jeden Moment den heißen Schmerz in ihrem Arm zu spüren. Wenn die Ampulle bricht, wird das Gift in ihren Körper eindringen, und das war's dann. Doch Gillian Shearer arbeitet unverdrossen an ihrem Terminal und lässt sich von der seltsamen Atmosphäre um sie herum nicht ablenken. Offenbar wird Noemis Tod noch warten müssen.

Aus der Gepäckaufbewahrung haben sie unter anderem auch ein tragbares Unterhaltungsgerät mitgenommen. Delphine hat es auf ihren Schoß gestellt und tippt nun eifrig auf den Bildschirm. Sie sollte vielleicht einmal ihre Prioritäten überdenken. Aber sie ist die einzige Passagierin, die Noemi noch freundlich behandelt, also hat ihr fehlender Durchblick vielleicht auch etwas Gutes. Noemi tritt zu ihr und sieht auf den Bildschirm, der eine Liste von Holos zeigt, mindestens die Hälfte davon mit Han Zhi in der Hauptrolle. »Du willst dir … ein nettes Holo ansehen«, sagt sie langsam. »Jetzt. Bei all dem, was hier los ist.«

»Nein, wo denkst du hin. Schau mal, ich hatte eine Idee.« Delphine deutet auf den oberen Teil des Bildschirms, auf eine Leiste, in der ANDERE UNTERHALTUNGSOPTIONEN steht. »Remedy hat alle wichtigen Systeme abgeschaltet, richtig? Unterhaltung ist nicht wichtig, deswegen haben wir noch Zugang dazu. Diese tragbaren Geräte sind nach wie vor mit dem Computer verbunden. Und eine der Optionen der Unterhaltungskanäle ist FLUGVERLAUF. Wenn wir also hier reingehen –« Sie tippt ein paarmal auf den Bildschirm und ruft das Diagramm eines Sternensystems auf, auf dem die *Osiris* unmittelbar vor dem Planeten Haven zu sehen ist. Ein kleines Fenster an der Seite enthält die Ansicht vom Hauptschirm auf der Brücke. Es zeigt eine weiß-blaue Welt umgeben von vielen Monden, die von Sekunde zu Sekunde größer wird.

»Das ist brillant, Delphine«, sagt Noemi ganz ehrlich. Nur weil man von dieser Frau noch nie verlangt hat, ihren Verstand einzusetzen, heißt das nicht, dass sie keinen besitzt. Noemis Bewunderung weicht Bestürzung, als ihr der Bildschirminhalt bewusst wird. »Wie viele Monde hat Haven eigentlich?«

»Fünfzehn! Und alle auf einer ziemlich nahen Umlaufbahn, einige davon sind fast so groß wie der Mond der Erde.« Delphine klatscht in die Hände. »Wird der Nachthimmel nicht wundervoll aussehen?«

»Ja«, sagt Noemi abwesend. Sie ist jetzt wieder ganz die Pilotin, schätzt bereits die Schwerkraft ab und berechnet Vektoren.

Das Knifflige an einem Planeten mit vielen Satelliten ist – besonders wenn sie so groß sind und den Planeten so nah umkreisen –, dass ein Pilot bei der Landung die Gravitationsströmungen miteinkalkulieren muss. Das ist machbar, aber schwierig, und je größer das Schiff, desto schwieriger wird es. Schon mit ihrem Sternenjäger wäre die Landung für Noemi ein hartes Stück Arbeit. Und bei einem solchen Monstrum wie der *Osiris* …

»Shearer!«, ruft Noemi quer durch den Raum. »Wer soll eigentlich dieses Schiff landen?« *Bitte, lass es die ursprüngliche Besatzung sein. Remedy hat sie wahrscheinlich am Leben gelassen; sie können das packen …*

Über die Schulter entgegnet Gillian: »Für diese Aufgabe hatten sie eigens einen Item programmiert. Ist das so wichtig?« Offenbar zählt die Navigation des Schiffs nicht zu Gillian Shearers Hauptsorgen.

Ein Ruck geht durch die *Osiris* und Noemi zieht scharf den Atem ein. »Es wird bald ziemlich wichtig werden.«

»Was ist los?« Delphine blickt zwischen Noemi und dem Bildschirm hin und her. Die weiße Oberfläche von Haven wird immer größer, bis überhaupt keine Sterne mehr zu sehen sind.

Die Menschen schreien auf, als das Schiff unter ihnen schlingert. Noemi brüllt: »Haben wir Zugang zu irgendwelchen Stabilisatoren? Zu Kraftfeldern?«

Endlich erregt das Rütteln Mansfields Aufmerksamkeit. »Die Tanks sind natürlich mit Notfall-Kraftfeldern ausgestattet …«

»Wie können wir sie nutzen, um uns zu schützen?«

Gillian hat es begriffen. Sie stürzt zu ihrem Vater und zieht den Schwebestuhl zurück an die Wand. »Gehen Sie zu den Tanks. Jeder soll sich an einem der Gerüste festhalten!«

Noemi gehorcht dieser Frau, wie sie hofft, zum letzten Mal. Auf den Fersen hockend fragt Delphine: »Wird es eine raue Landung geben?«

»Das kann man wohl sagen.«

Genauer gesagt werden sie mit ziemlicher Sicherheit eine Bruchlandung machen.

Am Fuß dieser Säule aus Tanks haben sich bereits zahlreiche Menschen versammelt, deshalb klettert Noemi flink an der Halterung hinauf. Ausgelöst durch die Turbulenzen baut sich flackernd ein Antigravitationsfeld auf und schließt sie alle in eine rote Blase. Das ist gut; durch das Kraftfeld wird der Abstand zum Boden irrelevant. Delphine macht sich hinter ihr an den Aufstieg, wobei sie sich fast in ihrem Kaftan verheddert. Als sie beinahe oben sind, klammert Noemi sich fest wie ein Kind an ein Klettergerüst. Das Kraftfeld überall um sie herum prickelt leicht auf ihrer Haut. Wenn es einen Ruck gibt, wird das Kraftfeld sehr viel intensiver werden, aber damit wird sie sich dann befassen, wenn es so weit ist.

Also sehr bald. Von hier aus kann sie noch die Konsole sehen, an der Delphine auf dem Boden gearbeitet hat. Jetzt ist der Bildschirm nur noch weiß.

Die *Osiris* ruckelt gewaltig. Instinktiv verstärkt Noemi ihren Griff, doch sie spürt, wie sich das Kraftfeld nun fast schmerzhaft um sie schließt. Inzwischen befinden sie sich so nah an der Planetenoberfläche, dass die künstliche Schwerkraft abgeschaltet wurde. Das ist eine Standardfunktion in einem Schiff, normalerweise um Energie zu sparen, aber in diesem Fall endet es vielleicht tödlich. Ohne interne Schwerkraft könnten alle an Bord bereits bei diesem ruckartigen Sinkflug erschlagen werden.

»Kreiseln wir?«, kreischt Delphine. »Es fühlt sich an, als würden wir kreiseln!«

Schwer zu sagen, was es ist – das Schwindelgefühl könnte reine Panik sein, oder es sind die Auswirkungen der Schwerkraftabschaltung, die man im Schutz des Kraftfelds nur in abgeschwächter Form spürt. Anscheinend gilt Letzteres: Pralinenschachteln und seidene Negligees, stylische Schuhe und Koffer mit Monogramm, alles wirbelt durcheinander wie die Glasstücke in einem Kaleidoskop.

Wir schlagen auf, denkt Noemi. *Wir schlagen hart auf …*

Der erste Aufprall ist der schlimmste. Noemi wird so heftig nach vorne geschleudert, dass ihr Nacken gestaucht wird und ihre Unterarme gegen das Gerüst krachen, und das Kraftfeld um sie herum fühlt sich an, als würde es sie entzweireißen. Gegenstände fallen gegen die Tanks, treffen Passagiere, donnern gegen Metall und Knochen. Während Schreie durch die Luft gellen, brüllt Gillian, wenn auch zu spät: »Festhalten!«

Der zweite Aufprall bringt die Hauptbeleuchtung zum Erliegen, sodass nur noch orangefarbene Notbeleuchtung funktioniert. Dann ein dritter Aufprall. Ein vierter. *Wir hüpfen über den Boden wie ein Kieselstein übers Wasser*, denkt Noemi. Selbst die besten Hüpfsteine gehen irgendwann unter.

Die *Osiris* trifft auf etwas – einen Felsen, einen Grat, das lässt sich nicht sagen – und schlittert seitwärts, bis sie schließlich anfängt, zu rollen. Noemi schließt die Augen und hält sich fest, während sie sich immer wieder überschlagen, wobei Gegenstände in alle Richtungen fliegen. Etwas Schweres innerhalb ihres Kraftfelds streift sie seitlich am Kopf und sie spürt die Hitze und das Blut an ihrer Schläfe. Es gibt kein

Oben und Unten mehr, nur ein schreckliches, schwindelerregendes Rasen, das nie mehr zu enden scheint.

Endlich macht das Schiff einen letzten Überschlag und bleibt liegen – auf dem Kopf.

Noemi keucht auf, als sie auf das hinunterblickt, was einmal die Decke des Tankraums war, jetzt aber der Boden ist. Sie klammert sich an das Gerüst, nur zum Teil unterstützt durch das Kraftfeld, das nicht mehr voll arbeitet; manche der Felder scheinen ganz ausgefallen zu sein. Das Terminal, an dem Gillian gearbeitet hat, hängt nutzlos von der Decke. Unten liegt ein blutender Haufen benommener Menschen, kaputter Maschinen und zerfledderten Gepäcks. Die Hauptbeleuchtung geht flackernd an und wieder aus, wahrscheinlich endgültig. In der gedämpften orangefarbenen Notbeleuchtung wirkt das Durcheinander unten noch surrealer und monströser.

Dieses Schiff wird nie wieder fliegen, denkt Noemi. *Wir sitzen hier fest.*

Für immer.

16

Abel hatte damit gerechnet, dass die Sicherheitskräfte der Erde den Vorfall in der Nähe von Proteus rasch untersuchen würden. Das Ausmaß dieser Untersuchung jedoch hatte er unterschätzt.

»Haben die denn jedes einzelne Schiff geschickt, dass die Erde je gesehen hat?«, grummelt Virginia von ihrem Platz an der Steuerung aus. Sie hält die *Persephone* dicht an Halimede, einem von Neptuns äußeren Monden. Ihr leuchtend orangefarbener Overall bildet einen Farbklecks auf der ansonsten abgedunkelten Brücke.

»Du übertreibst, um einen Witz zu machen«, sagt Abel, »aber der Suchtrupp ist tatsächlich viel größer, als ich erwartet hätte, selbst wenn man die Dimension des Remedy-Angriffs bedenkt.«

Zu seiner Überraschung lacht Virginia. »Du kapierst es immer noch nicht, Abel. Wenn Remedy einen Vagabunden-Konvoi angegriffen hätte, würden hier ungefähr eineinhalb Aufklärer Nachforschungen anstellen. Bei einem Luxusschiff mit Burton Mansfield an Bord dagegen? Die Erde wird nicht aufgeben, bis sie der Sache auf den Grund gekommen ist, da kannst du Gift drauf nehmen.«

»Ich verstehe dein Argument. Und dennoch wird hier keine umfassende Untersuchung durchgeführt.«

Das bringt ihm ein verwirrtes Stirnrunzeln von Virginia ein. »Was meinst du damit?«

Abel erweitert das relevante Gebiet auf dem Sichtschirm und zeigt die von ihm berechneten Vektoren als grün schimmernde Linien auf dem Sternenfeld. »Es lässt sich ganz leicht herausfinden, in welche Richtung die *Osiris* geflogen ist. Sobald diese Schiffe das Gebiet scannen, müsste ihnen die Anomalie im Kuipergürtel auffallen. Wenn sie wirklich auf der Suche nach den Passagieren wären, würden sie die *Osiris* verfolgen und nicht bloß Informationen über den Remedy-Angriff sammeln.«

»Oh, Mann, du hast recht. Warum machen sie das nicht?« Virginia verzieht das Gesicht, als hätte der Suchtrupp sie gerade persönlich beleidigt.

»Ich vermute mal, sie haben den Befehl erhalten, es nicht zu tun. Warum sie diesen Befehl erhalten haben und von wem, kann ich nur raten.«

In aller Regel vermeidet Abel es, ohne triftigen Grund Vermutungen anzustellen. Annahmen können nützliche mentale Abkürzungen sein, aber auch gefährliche Logiklücken verschleiern. Und doch fällt es ihm schwer, seine Schlussfolgerungen zu verwerfen:

1. Bei der entdeckten Anomalie muss es sich tatsächlich um ein Tor handeln.
2. Dieses Tor wurde als Passage zu einer anderen bewohn-

baren Welt, einer Raumstation oder einem anderen Ort errichtet, wo eine große Anzahl Menschen leben kann.

3. Von dem, was sich auf der anderen Seite des Tors verbirgt, wissen nur die Mächtigen. Einige von ihnen befanden sich an Bord der *Osiris*, als sie verschwand – schon allein Mansfields Anwesenheit ist ein Beweis dafür –, andere jedoch nicht. Manche der Zurückgelassenen haben gewiss vor, der *Osiris* zu folgen.

Die eingeschränkte Suche lässt für Abel nur einen Schluss zu: Die Angst, die diese ominösen »anderen« um ihre vorausgereisten Freunde und Familien haben, ist nicht so groß wie ihr Bedürfnis, das Geheimnis zu bewahren.

Menschen bezeichnen Mechs oft (und fälschlicherweise) als »kaltblütig«, als unfähig, Zuneigung zu empfinden. Abel hat den Eindruck, auf Menschen träfe dieses Attribut viel eher zu. Mechs sind nicht in der Lage, etwas für andere zu empfinden; Menschen dagegen schon. Doch oft sind ihnen die anderen einfach egal.

Die *Persephone* bleibt an Ort und Stelle, bis sie sich durch die Rotation des Planetensystems unbemerkt dem verborgenen Tor nähern kann. Sobald sie sich in Sichtweite des Verzerrungsfelds befinden, keucht Virginia auf. Abel ist zunächst verwirrt, da er nichts Besonderes sieht, nur den dunklen, sternenübersäten Weltraum.

Dann fällt es ihm ein: *Verzerrungsfelder sollen elektronische Sensoren täuschen. Nicht das menschliche Auge.*

Rasch beschränkt Abel seine Optik auf menschliche Frequenzen, um dasselbe zu sehen wie Virginia – und da ist es.

»Hier haben wir also unser Tor«, sagt sie.

»Ja.« Aber es ist anders als alle Tore, die Abel kennt.

Die meisten Tore sind massiv gebaut und so gut wie unzerstörbar, weithin leuchtende Sinnbilder der Macht. Dieses Tor hat ähnliche Dimensionen wie die anderen, doch wäre da nicht das verräterische Schimmern in seinem Zentrum, könnte man leicht annehmen, es wäre noch gar nicht fertig. Es fehlen die Metallverblendungen, um das Innenleben des Tors langfristig zu schützen, sodass die Paneele und Schaltkreise bloß liegen.

»Sie bauen noch daran«, mutmaßt Virginia.

»Möglich. Oder dieses Tor soll gar nicht übermäßig lange halten.« Als sie ihm einen beunruhigten Blick zuwirft, fügt er hinzu: »Relativ gesehen. Es dürfte fünfzig bis fünfundsiebzig Jahre funktionsfähig bleiben, aber das ist immer noch weniger als bei den anderen Toren.«

»Warum haben sie sich damit aufgehalten, so ein hingestümpertes Tor zu bauen? Auf diese Art und Weise werden sie in einigen Generationen vom Rest des Planetenrings abgeschnitten sein.«

Abel nickt. »Vermutlich ist genau das die Absicht dahinter.«

Virginia wird ganz still, als ihr dämmert, was Abel schon beim ersten Blick auf das Tor begriffen hat: Was immer auf der anderen Seite ist, es wird keine dauerhafte Erweiterung des Planetenrings darstellen, keine zukünftige Heimat der Menschheit. Welche Welt oder Raumstation dort auch wartet – sie wird nur einigen wenigen Auserwählten offenstehen, und das nur für kurze Zeit. Dann wird der Zugang abgeriegelt.

Auf der anderen Seite dieses Tors liegt etwas äußerst Kostbares.

Sie verfallen in Schweigen. Erst als sie nur noch wenige Minuten von dem provisorischen Tor entfernt sind und seine chaotisch wirkende Konstruktion den kuppelförmigen Sichtschirm füllt, sagt Abel: »Ich muss da hin, du aber nicht.« Auf Cray hat Virginia ihre Beweggründe aufrichtig und leidenschaftlich dargelegt, doch falls sie ihre Meinung angesichts der vielen Schiffe in der Nähe geändert hätte, würde er es ihr nicht übel nehmen. »Wenn es dir lieber wäre, könnte ich dich bei einer der Stationen auf dem Saturn absetzen …«

»Vergiss es.« Sie schüttelt den Kopf, wie um sich wachzurütteln, und beugt sich mit frischer Konzentration über ihre Konsole. »Andere Leute würden es vielleicht über sich bringen, umzukehren, ohne zu wissen, was auf der anderen Seite ist, aber ich? Virginia liebt Geheimnisse. So bin ich einfach, damit habe ich mich abgefunden.«

Abel hat gelernt, sich nicht von ihren flapsigen Bemerkungen täuschen zu lassen. »Du bist wirklich eine treue Freundin.«

»Noch eine rührselige Bemerkung und ich programmiere dich im Schlaf um. Dann singst du zu jeder vollen Stunde ›God Save the Queen‹!«

»Das meinst du nicht ernst.« Er wartet auf ihre Antwort und fragt dann vorsichtig nach: »… oder?«

»Wenn du es zu weit treibst, wirst du's schon sehen, Roboterjunge.«

Die Stunden ihrer Reise verlaufen ereignislos. Obwohl das Tor so seltsam aussieht, ist die Durchquerung nicht anders als bei jedem anderen Tor im Ring. Abel und Virginia bleiben stumm, bis ihre Sensoren die neue Welt orten. Virginia holt sie auf den Sichtschirm.

»Wunderschön«, murmelt Virginia, während sie die schneebedeckte Oberfläche des unbekannten Planeten betrachten. Ihre Stimme ist sanfter als gewöhnlich, viel weicher. »Er erinnert mich sehr an … als ich klein war, bevor ich nach Cray kam, sind wir manchmal rauf in den Norden gefahren und haben meine Großeltern oben in den Rocky Mountains besucht. Der Schnee lag einen Meter hoch, so weit das Auge reichte.«

Abel hat sich bereits mit dem Orbit des Planeten vertraut gemacht, sein wahrscheinliches Klima berechnet und überlegt, wie der Himmel von seiner Oberfläche aus aussehen könnte. Seine fünfzehn Monde werden eine Landung erschweren, doch dafür dürfte ihr vom Schnee reflektiertes Licht die Nacht erhellen. »Dort ist jetzt Sommer.«

»Echt? Wie viel Schnee liegt dann im Winter? Nein, du brauchst nicht darauf zu antworten.«

»Sein Orbit und seine Rotation lassen nur minimale Unterschiede zwischen den Jahreszeiten vermuten«, fährt Abel fort. »Meiner Schätzung nach schwankt die Durchschnittstemperatur um weniger als zwei Grad Celsius im Jahr.«

Es ist die kälteste bewohnbare Welt, die je entdeckt wurde. Auch Stronghold ist kalt, aber verglichen mit diesem Planeten warm – genau wie auf der Erde der Süden Skandinaviens milder ist als der Norden Alaskas. Auf Strongholds trockener Oberfläche schneit es extrem selten. Die Atmosphäre hier ist feucht genug für Blizzards und starke Fröste. Obwohl die Meere, die Abel sieht, kleiner sind als die auf der Erde, sind sie immer noch groß genug, um für ausreichend Feuchtigkeit zu sorgen. In diesen Meeren leben höchstwahrscheinlich Fische, und Bäume, die sich an die Kälte angepasst haben, könnten selbst in einem schneereichen Frühling Früchte tragen.

Aber all diese Pracht bedeutet nichts, denn etwas Entscheidendes können sie nicht sehen. »Entdeckst du irgendwo die *Osiris*?«, fragt Abel. »Meine Sensoren haben noch nichts bemerkt.«

»Meine auch nicht – obwohl wir ja wissen, dass sie hier gewesen sein muss.« Virginia drückt auf eine Taste ihrer Konsole, woraufhin verschwommene orangefarbene Linien auf dem Sternenfeld vor ihnen auftauchen und die weiße Oberfläche des neuen Planeten überziehen. Die Ionisationsspuren markieren den Weg der *Osiris*. »Sieht so aus, als wären sie gelandet, mitsamt Terroristen an Bord.«

»Meinst du, wir sollten die Oberfläche scannen?« Abel hütet sich, Virginia Befehle zu erteilen. Anders als Harriet oder Zayan ist sie nicht seine Angestellte, und ihr Ego ist so stark, dass es manchmal die Oberhand über ihr gutes Herz gewinnt. Da er selbst ein gesundes Ego besitzt, begreift Abel, wie unangenehm das werden könnte.

Virginia akzeptiert den Vorschlag so rasch, wie sie einen Befehl verweigert hätte. Wenige Augenblicke später erscheint die *Osiris* auf dem Schirm – oder das, was noch von ihr übrig ist.

»Ach du Schande«, entfährt es Virginia, als sie das Bild näher heranzoomt. »Aber – auf mich wirkt es so, als könnte es Überlebende geben. Oder?«

»Ja, ich denke auch.«

Abel fühlt sich seltsam zweigeteilt. Einerseits führt er die nötigen Berechnungen durch, entwirft ein Szenario, in dem der Pilot der *Osiris* die Anziehungskraft so vieler verschiedener Monde gleichzeitig falsch eingeschätzt hat, und ist zufrieden, für dieses Rätsel eine logische Lösung gefunden zu haben. Andererseits jedoch hat er das Gefühl, man hätte ihn ein oder zwei Stunden unter Wasser getaucht, so lange es seine kybernetische Lunge eben aushielt, und als würde sein Körper nun genauso verzweifelt nach Atem ringen wie der eines Menschen.

Halte durch, Noemi, denkt er. *Halte durch.*

Er schickt Mansfield in Gedanken zwar nicht dieselbe Botschaft, aber die oberste Direktive sorgt dafür, dass er auch nach seinem Schöpfer Ausschau halten wird.

»Ich geh runter und durchkämme die Umgebung. Ich suche nach Noemi, nach Überlebenden.« Mansfield erwähnt er nicht.

»Halt, halt, warte mal!« Virginia wirbelt auf ihrem Stuhl zu ihm herum. »Was heißt hier ›ich‹? Nur zur Erinnerung: Wir sind ein Team!«

»Alle Überlebenden, ob sie nun zu Remedy oder den Passagieren gehören, werden bestimmt verzweifelt auf ein unversehrtes Raumschiff warten. Die *Persephone* sollte die ganze Zeit mit einem Piloten an Bord im Orbit bleiben, damit niemand sie stehlen kann.«

Virginia verschränkt die Arme vor der Brust. »Warum hältst du dann nicht hier die Stellung und ich gehe runter?«

»Weil ich dir körperlich überlegen bin, auch bei extrem niedrigen Temperaturen funktionsfähig bleibe, stärker motiviert bin und eine größere mentale Kapazität besitze als du.«

Nachdem ihn Virginia lange und ausdruckslos angestarrt hat, meint sie: »Du hast wirklich null Taktgefühl.«

»Ich verstehe den Sinn. Aber ich bevorzuge Ehrlichkeit.« Er hatte gedacht, Virginia als Kybernetik-Ass könnte mit diesen simplen Wahrheiten umgehen. Doch eventuell sind hier Zwischentöne gefragt. »Natürlich bist du ausgesprochen intelligent, jedenfalls soweit das mit einem menschlichen Gehirn möglich ist.«

»Bemüh dich nicht, Kumpel. Du bist und bleibst eine absolute Niete in Sachen Takt.« Ihre Stimmung hat sich gebessert, aber sie hat nach wie vor Bedenken. »Was ist, wenn sie dich angreifen? Ein Alleingang ist gefährlich, Abel!«

»Die gesamte Mission ist gefährlich. Die relative Erhöhung des Risikos durch das Verlassen des Schiffs ist irrelevant.«

Schließlich seufzt Virginia. »Na gut.« Als Abel aufsteht, fügt sie jedoch hinzu: »Aber ich werde jede deiner Bewegungen mitverfolgen!«

»Nichts anderes habe ich erwartet.«

Einige Minuten später öffnet sich die Tür der Landebucht und Abel schraubt sich mit Virginias Korsaren in einem weiten Bogen nach unten. Die Schwerkraft der Monde zerrt an ihm, es kommt ihm vor, als wäre er einem Dutzend Spinnen ins Netz gegangen, die nun auf ihren seidenen Fäden auf ihn zukrabbeln. Trotzdem schafft er es, das Schiff auf stabilem Kurs zu halten. Bald füllt der schneebedeckte Planet Abels Sichtfeld aus.

Sogar aus großer Entfernung ist die *Osiris* nicht zu übersehen. Ihre Hülle aus Gold und Terrakotta leuchtet vor dem unberührten Schnee. Obwohl das Schiff bei seinem Absturz eine kilometerlange Schneise aus abgebrochenen Bäumen und aufgewühlter Erde hinterlassen hat, scheint es von hier aus einigermaßen intakt zu sein. Abel korrigiert seine Beurteilung des Absturzes. Falls die interne Stoßdämpfung und die künstliche Schwerkrafterzeugung funktionsfähig geblieben sind, ist die Wahrscheinlichkeit hoch, dass die überwiegende Mehrzahl der Passagiere überlebt hat.

Noemi lebt. Wahrscheinlich. Und sie ist stark genug, einfallsreich genug, um so etwas zu überstehen …

Er schiebt den Gedanken weg. Nicht einmal die Hoffnung darf nun seine Konzentration stören. Jetzt muss er erst einmal herausfinden, wie er am besten in das Wrack der *Osiris* hineinkommt.

Abel bringt den Korsaren näher heran, stößt im Sturzflug nieder, bis er beinahe die Baumkronen und die Kämme der sanft gewellten Hügel streift. Die Nadelbäume hier tragen dunkelblaue Nadeln statt grüne, gleichen jedoch ansonsten den Kiefern auf der Erde. Nicht weit entfernt ragt ein spektakulärer Gebirgszug in den fahlen Himmel. Bald wird die untergehende Sonne die Silhouette der Gipfel nachzeichnen. An einem Berg in der Nähe stürzt ein Wasserfall in die Tiefe, die Eisschicht, die seine Fallkante umrahmt, hat den satinierten Schimmer von Strandglas. Man kann den Lauf des Flusses bis zu einem großen See verfolgen, der an eine weite Ebene grenzt. Sie ist vermutlich der geplante Standort für die erste menschliche Siedlung; Abels Sensoren melden ein größeres Gebilde, allerdings keine Anzeichen menschlichen Lebens, weswegen eine Untersuchung warten kann. Während sich in den Meeren dieses Planeten eine Vielzahl von Tieren tummelt, gibt es relativ wenige landlebende Arten, und den Himmel bevölkern nur blassgraue Schwärme von etwas, das an

Beutelfledermäuse erinnert. Alles an diesem Planeten wirkt schön und freundlich. Abel versteht, warum Menschen hofften, hier siedeln zu können, und bereit waren, dafür auch die allgegenwärtige Kälte in Kauf zu nehmen.

Er versteht allerdings nicht, wie sie alle Warnzeichen missachten konnten. Denn nun, da er sich in der Atmosphäre befindet und eigene Messungen vornimmt …

Das kann nicht für den gesamten Planeten gelten, überlegt er. Die Toxizität muss örtlich begrenzt sein, hervorgerufen durch eine noch unbekannte Quelle. Sonst hätten die Menschen niemals den Versuch unternommen, diese Welt zu besiedeln. Bestimmt ist er gerade über ein Gebiet geflogen, das eine Ausnahme darstellt, eines, das weiterer Forschungen bedarf.

Und Abel hat vor, es zu erforschen – später. Im Moment muss er sich auf die *Osiris* konzentrieren und darauf, was oder wen er darin finden wird.

Er landet den Korsaren hinter einem Hügelkamm ungefähr zwei Kilometer von der Absturzstelle. Obwohl er Noemi gern wissen lassen würde, dass er zu ihr unterwegs ist, wird er kaum jemandem an Bord willkommen sein, am wenigsten den Angreifern von Remedy. Burton Mansfield dagegen würde sich freuen – und dann sofort versuchen, seine brillante Schöpfung gefangen zu nehmen. Abel muss so lang wie möglich unentdeckt bleiben. Er zieht seinen weißen, hyperwarmen Parka an, befestigt das Holster mit seinem Blaster am Gürtel und macht sich auf den Weg, just als die Sonne zu sinken beginnt.

Das Gelände ist schwierig, Felsen und gefährlich lockeres Geröll verbergen sich unter der Schneedecke. Die *Osiris* liegt am Rand eines breiten Plateaus, an einem Steilabfall – und sobald Abel die Landschaft genauer unter die Lupe nehmen kann, wird ihm bewusst, dass unter dem Schnee womöglich auch tiefe Spalten lauern. Vorsichtig setzt er Fuß vor Fuß, überprüft genau, wohin er tritt.

Die Absturzstelle befindet sich nahe am Äquator des Planeten, was bedeutet, dass die Nacht rasch hereinbricht. Der Himmel wird jedoch von fünf Monden erhellt, deren Licht auf dem Schnee glitzert. Aufgrund der auf der *Persephone* ermittelten Umlaufbahnen weiß Abel, dass in jeder Nacht des Jahres mindestens drei Monde gleichzeitig zu sehen sind. Nachts ist es hier selten wirklich dunkel.

Für zukünftige Siedler könnte das von Vorteil sein – für Abel allerdings erhöht es die Gefahr, entdeckt zu werden.

Geduckt bahnt er sich seinen Weg. Als er das Schiff erreicht, korrigiert er seinen Eindruck von dessen Zustand noch einmal. Die Ausrüstung wird vermutlich schwer beschädigt oder zumindest unbrauchbar sein, weil das Schiff auf dem Kopf steht – was fest im Fußboden verankert ist, hängt nun von der Decke. Dazu gehören Krankenhausgeräte, Biobetten und alles, was man für die Pflege eines alten, kranken Mannes benötigt.

Knapp oberhalb der Schneeschicht entdeckt Abel eine Luftschleuse. Er probiert aus, ob sie sich automatisch öffnet, aber der Mechanismus ist kaputt. Also drückt er mit ganzer Kraft dagegen, bis er die Versiegelung so weit gelöst hat, dass er die Tür Zentimeter für Zentimeter aufstemmen kann. Selbst für ihn ist es ein anstrengendes Unterfangen. Sobald der Spalt breit genug ist, zwängt er sich hindurch, wobei er seine visuellen Sensoren auf die im Innern herrschende Dunkelheit einstellt. Der Boden unter seinen Füßen neigt sich stark nach rechts und ist gewölbt, schließlich war er einmal die Decke.

Kein Alarm meldet sein Eindringen. Daraus folgert er, während er auf die Innentür der Luftschleuse zugeht, dass vermutlich das Alarmsystem außer Betrieb ist. Dieser Bereich des Schiffs dürfte in der Nähe des Hauptmaschinenraums liegen, der nicht mehr benutzbar ist und somit höchstwahrscheinlich keine Priorität für Remedy darstellt. Vielleicht kann er sich unbemerkt ins Schiff schleichen. Die Schalttafel zum Betätigen der Luftschleusentür liegt nun so weit oben, dass er springen muss, aber wenigstens funktioniert sie noch. Sobald sich die Tür öffnet, strömt abgestandene Luft zu ihm herein. Vorsichtig schlüpft er hindurch …

… und entdeckt ein kleines Häufchen Menschen am Ende des Korridors, die ihre Waffen direkt auf ihn richten.

0,17 Sekunden, bevor ihn ein Blasterstrahl getroffen hätte, zieht sich Abel hinter die Tür zurück. Mit der Waffe in der Hand wägt er ab, ob er zurück durch die Luftschleuse fliehen und einen anderen Eingang suchen soll – doch nein, jetzt sind sie gewarnt und werden auf der Hut sein. Stattdessen feuert er, ohne die Absicht, jemanden zu töten, aber er schießt so haarscharf daneben, dass sie wissen, er könnte es.

Jemand ruft: »Sie haben Captain Fouda gehört! Alle Passagiere sollen sich sofort ergeben!«

Also gehören diese Leute zu Remedy. »Ich bin kein Passagier«, ruft er zurück.

Eine andere Person schreit: »Sie sind keiner von uns!«

»Das habe ich auch nie behauptet. Allerdings bin ich auch kein Passagier.«

Stille. Ihre Verwirrung ist in Abels Augen verständlich.

Aber wie kann er ihnen sein Anliegen am besten erklären? Wenn sie Krieg gegen die Passagiere führen, werden sie jemandem, der gekommen ist, um einen davon zu retten, nicht über den Weg trauen.

Eine dritte Stimme ruft: »Identifizieren Sie sich!«

Und diese Stimme kommt ihm irgendwie bekannt vor.

17

Als Noemi ihren Kopf von einer Seite zur anderen bewegt, zuckt sie zusammen, doch es scheint nichts verletzt zu sein. Es tut nur weh. Auch die Schnittwunde an ihrer Schläfe ist nicht tief. Noemi lässt sich auf den Boden (ehemals die Decke) gleiten, unter ihren silberfarbenen Stiefeln knirschen Metallstücke und Trümmerteile. »Sind Sie alle so weit okay?«

Auf die meisten trifft das wohl zu. Delphine wimmert, ebenso wie einige andere Passagiere, die wie Noemi Platzwunden und Prellungen abbekommen haben. Die Menschen hängen an den Gestellen der Tanks wie Regentropfen an einem Spinnennetz. Sie sind geschockt, aber nicht ernsthaft verletzt. Mansfield ist mit seinem Stuhl gegen die Wand gekippt; er liegt darin wie eine Marionette, deren Fäden durchgeschnitten wurden, die Glieder abgespreizt und schlaff, doch er atmet. Die Kraftfelder um die Tanks haben ihnen allen das Leben gerettet.

Auch die Brücke war wahrscheinlich durch Notfall-Kraftfelder geschützt. Aber der Rest des Schiffs nicht. »Wahrscheinlich sind einige Remedy-Mitglieder bei dem Absturz ums

Leben gekommen«, sagt Noemi. »Vielleicht sogar viele von ihnen. Das bedeutet, sie sind geschwächt. Wenn wir uns am Riemen reißen und da rausgehen –«

»Uns am Riemen reißen?« Vinh klingt beinahe hysterisch. »Nach dem, was gerade passiert ist? Haben Sie denn überhaupt kein Herz?«

»Ich meine ja nur – das ist vermutlich unsere beste Chance.« Noemi überprüft mehrmals ihren Blaster. Ihre Hände zittern immer noch, aber sie wird zielen können. »Remedy muss sich bestimmt auch erst wieder sortieren. Vielleicht können wir sie überrumpeln.«

Ein tiefer Klagelaut lässt alle zusammenfahren. Er stammt von der einst so unerschütterlichen Gillian Shearer, der Tränen über die Wangen strömen. Sie versucht zu einem der Tanks hochzuklettern, an dem sie sich vorhin zu schaffen gemacht hat. Er ist zerbrochen und pinkfarbener Glibber tritt an den Seiten aus. Auf der Kontrolltafel blinkt ein ungefähr faustgroßer diamantförmiger Oktaeder in einem seltsamen Muster.

»Simon«, schluchzt Gillian. »Oh Gott, Simon, nein.«

Der Name ihres verstorbenen Kindes. Gillian muss einen schweren Schlag auf den Kopf erlitten haben, sodass sie nicht mehr weiß, wo sie sich befindet – oder eine zeitweise Gedächtnisstörung ist abgeklungen und sie hat sich wieder an ihren Verlust erinnert. Peinlich berührt schaut Noemi weg – bis sie plötzlich Glas bersten hört.

Sie sieht nach oben. In der düsteren Frachtbucht mit ihrer trüben orangefarbenen Notbeleuchtung wirkt es zunächst so, als würde der lecke Tank von sich aus splittern. Dann kann Noemi in der Dunkelheit eine Form darin ausmachen.

Eine schemenhafte, kleine menschliche Hand drückt gegen die Tankwand und …

Mit einem lauten Krachen gibt die Seitenwand des Tanks nach. Wasserfallartig ergießt sich Flüssigkeit heraus, durchnässt Gillian und bespritzt alles um sie herum. Der Schwall bringt die Gestalt eines menschlichen Jungen zum Vorschein, der dumpf auf dem Boden aufschlägt. Mit großen Augen sieht Noemi zu, wie er sich auf Hände und Knie aufzurappeln versucht; er schafft es nicht, vielleicht weil alles nass und rutschig ist, vielleicht aber auch, weil er erst noch lernen muss, seine Bewegungen zu koordinieren.

Das ist kein kleiner Junge, dämmert es Noemi. *Das ist ein Mech…*

Der Mech hebt den Kopf. Langes rotes Haar fällt ihm auf die Schultern, er ist tropfnass und splitternackt. Seine Gesichtszüge sind noch nicht richtig ausgeformt; sie haben etwas Schwammiges, etwas von einem Fötus, obwohl er so groß ist wie ein sechs- oder siebenjähriges Kind.

Trotzdem erkennt man auf den ersten Blick, dass er große Angst hat.

Gillian schiebt sich das nasse Haar aus dem Gesicht und nähert sich dem kauernden Mech. »Alles ist gut«, beschwichtigt sie ihn und versucht zu lächeln. »Es tut mir leid, dass es so schnell gehen musste – alles wird gut –«

»Mummy?«, sagt der Mech mit zittriger Kinderstimme.

Oh mein Gott. Es ist ihr Sohn.

Ihr toter Sohn.

Mansfield hatte immer vorgehabt, seine Seele in Abels Körper zu verpflanzen und auf diese Weise unsterblich zu werden. Das bedeutet, er muss ein Verfahren entwickelt haben, um seine Seele zu konservieren oder zu speichern – ein vollständiges menschliches Bewusstsein. Und doch war Noemi nie in den Sinn gekommen, dass er dieses Wissen einsetzen könnte, um jemand anders als sich selbst zu retten, ganz zu schweigen von seinem eigenen Enkel.

Sie blickt wieder nach oben und sieht, dass der Oktaeder dunkel geworden ist.

»Ja, Simon, das stimmt. Ich bin's, Mummy.« Gillians Lächeln besänftigt Noemis Zorn auf diese Frau ein wenig. Niemanden könnte ein so unverhüllter Schmerz unberührt lassen. »Wir wollten dich erst viel später aufwecken. Es tut mir so leid. Etwas ist schiefgegangen, aber keine Sorge. Ich bin da, Großvater ist da, und wir werden uns um dich kümmern. Wir werden alles in Ordnung bringen.«

»Meine Gedanken sind so laut.« Simon schlägt sich gegen den Kopf. Zwischen seinen Fingern sitzen kleine Schwimmhäute. »Mach, dass sie aufhören.«

»Das kommt davon, dass du jetzt anders bist, aber wir können dir dabei helfen, mit all diesen Gedanken umzugehen.« Zögernd geht Gillian auf ihn zu. Das nackte, zitternde Kind, das vor ihr steht, hat wohl nur wenig Ähnlichkeit mit ihrem verstorbenen Sohn, doch sie streckt die Hand aus, wie sie es auch früher gemacht hätte. »Komm her und lass Mummy dir hel–«

»Nein, nein, nein!«, heult Simon. »Ich will nicht!«

Mansfield stemmt sich mit einem Arm hoch. Noemi erwartet, dass auch er Simon beruhigt, aber stattdessen wendet er sich an seine Tochter. »Das Ding ist verpfuscht.«

Gillian schüttelt wild den Kopf. »Nein. Es hat funktioniert. Das ist *Simon*. Verstehst du das denn nicht?«

Simon presst seine winzigen Hände mit den Schwimmhäuten gegen den Kopf. »Da drin ist so viel Geplapper, aber es sind keine Wörter.«

Noemis Wissen über Abel hilft ihr, zu verstehen, was in Simons Kopf vorgehen muss. »Das ist deine Programmierung«, sagt sie sanft und geht langsam und gebückt auf ihn zu, damit sie nicht größer ist als das Kind. »In dir drin gibt es viele, viele Informationen, die du verwenden kannst.«

»Ich komme schon klar, vielen Dank.« Gillians Tonfall ist frostig und schneidend.

Vermutlich hat Noemi gerade eine Grenze überschritten. Aber wo liegen die Grenzen in einer Situation wie dieser? Sie weiß nur, dass sie etwas … jemanden vor sich sieht, der nicht viel anders ist, als Abel bei seinem Erwachen gewesen sein muss. Dieser Gedanke zerreißt ihr das Herz und weckt in ihr den Wunsch, alles in ihrer Macht Stehende für dieses Kind zu tun.

Doch vielleicht gibt es nichts, was man tun kann, denn Mansfield krächzt: »Gilly, du musst dich davon verabschieden.«

Seine Tochter beachtet ihn nicht, sondern kriecht ein Stück näher an den zitternden Mech heran – ihr Kind. »Liebling, komm zu Mummy. Ich bringe das alles in Ordnung, du wirst schon sehen.«

Schwankend steht Simon auf. Er hat Mühe, das Gleichgewicht zu halten. Gillian erstarrt. Niemand im Raum gibt einen Laut von sich. Er geht einen Schritt auf seine Mutter zu, dann noch einen, und dann rennt er, so schnell er kann, zu ihr hin …

… mit Mech-Geschwindigkeit, was zu schnell ist. Er prallt

so heftig gegen Gillian, dass sie nach hinten fliegt, gegen einen zerbrochenen Tank kracht und zu Boden sackt.

Beim Anblick seiner gestürzten Mutter fängt Simon an zu schreien – ein rauer, gequälter Laut – und rennt weinend davon. Die Tür befindet sich nun hoch über ihren Köpfen, bündig mit der jetzigen Decke, und steht halb offen. Simon springt nach oben, schiebt sich durch den Spalt und verschwindet im Wrack, wie ein wildes Tier auf der Flucht.

Nach einer langen Stille, in der sich niemand regt, sagt Vinh: »Was zum Teufel …?«

Noemi hätte es nicht besser formulieren können.

Sie stürzt zu Gillian, die in einer Pfütze rosafarbener Tankflüssigkeit liegt. Obwohl die Wucht des Aufpralls gereicht hätte, um ihr die Knochen zu brechen oder sie k. o. zu schlagen, ist Gillian nur etwas benommen. Noemi kniet neben ihr nieder. Sie möchte ihr, wenn möglich, helfen, aber Gillian dreht den Kopf weg. »Warum erzählen Sie es den anderen nicht, Miss Vidal? Erzählen Sie ihnen, was wir getan haben.« Ihre Stimme klingt eigenartig, es ist schwer zu ermessen, was sie damit meint. Fühlt sich Gillian schuldig und möchte, dass Noemi sie für ihre Tat verurteilt? Oder ist sie stolz auf ihre Macht, eine Person wieder zum Leben erweckt zu haben, egal, wie fehlerbehaftet das Ergebnis auch sein mag?

Noemi spricht leise und hält sich an die Fakten. »Was Sie für Ihren Vater tun wollten – seine Seele bewahren, bevor Sie sie in Abels Körper verpflanzen würden –, haben Sie mit Ihrem Sohn gemacht, als er gestorben ist. Sie haben einen neuen Körper für ihn geschaffen, einen wie den von Abel.«

Gillian lacht auf, ein heiserer, hysterischer Laut. »Modell Eins A ist längst veraltet. Mein Vater braucht ihn nur noch zur Überbrückung, bis wir die nächste Mech-Generation hergestellt haben.«

»Die nächste Generation?«, fragt Noemi.

»Organische Mechs. Aber sie sind so viel mehr. Wir nennen sie Inheritors.« Vorsichtig setzt sich Gillian auf. Als sie sich vorsichtig an den Kopf fasst, zuckt sie zusammen. »Das ist der Markenname, den sich unsere Marketing-Experten ausgedacht haben.«

»Inheritors?« Delphine tritt näher, ihr tränenverschmiertes Gesicht ist verwirrt.

»Das geht Sie nichts an«, zischt Mansfield. Er hat es geschafft, seinen Schwebestuhl wieder in die Waagrechte zu bringen, obwohl ihn das den letzten Rest seiner Kräfte gekostet haben muss. »Sie alle, fort mit Ihnen.«

Hastig ziehen sich die anderen Passagiere an das andere Ende des Raums zurück und zählen dort ihre Wunden. Noemi rührt sich nicht von der Stelle. Offensichtlich erwarten das Mansfield und Gillian auch gar nicht; sie weiß bereits zu viel.

»Wir brauchen noch mehr Zeit, um die Technologie zu vervollkommnen.« Sie macht die allgemein gebräuchliche Handbewegung für *langsam.* »Viel mehr Zeit. Ich wollte Simons Bewusstsein eigentlich erst übertragen, wenn alles doppelt und dreifach überprüft und auch ein kompletter zusätzlicher Sicherungsdatensatz angelegt ist, aber dann hat der Tank beim Absturz Risse bekommen, und ich konnte kein vollständiges genetisches Backup von seinem Knochenmark mehr erstellen. Ich musste etwas unternehmen.« Ihre Unterlippe zittert. »Jetzt ist er da draußen. Er hat bestimmt furchtbare Angst, und jeden Augenblick könnte er Remedy in die Hände fallen.«

Sie haben eine Seele in den Körper eines Mechs verpflanzt. Sie haben es tatsächlich geschafft. Noemi ist nicht so zornig wie sonst, wenn sie drohen, Abel dieser Prozedur zu unterziehen. Der Mech, den Gillian für Simon gezüchtet hat, war noch nicht fertig ausgebildet; er hatte noch keine eigene Seele, die ersetzt worden wäre. Das bloße Wissen jedoch, dass es möglich ist – dass sie es Abel wirklich hätten antun können, wenn diese Entführung Noemi nicht für immer von Abel getrennt hätte –, jagt ihr einen Schauer über den Rücken. »Also ging es nicht nur um Burton Mansfield. Sie wollten die ganze Familie unsterblich machen.«

»Wir hätten dieses Wissen letztendlich mit dem gesamten Universum geteilt.« Gillian hat sich wieder gefasst. »Wir hatten vor, unsere abschließenden Experimente hier auf Haven durchzuführen. Mein Vater hätte sich in aller Ruhe an seinen neuen Körper gewöhnen können, ohne dass jemand unbequeme Fragen gestellt hätte. Hier gibt es nicht dieselben … sagen wir, strengen Auflagen wie auf der Erde. Von Haven aus hätten wir die Neuigkeit verkündet, dass Inheritors für die größten Geister der Galaxie zur Verfügung stehen – hätten den Besten und Intelligentesten Unsterblichkeit in Aussicht gestellt. Nun ist alles ruiniert, genau wie dieses verdammte Schiff.«

Noemi schwirrt der Kopf ob dieser Möglichkeiten. »Wenn Sie andere, ähm, Inheritors schaffen können, warum wollen Sie dann unbedingt Abel wiederhaben? Warum soll er geopfert werden?«

Jetzt schaltet sich Mansfield ein. »Um das Bewusstsein übertragen zu können, muss eine genetische Verbindung bestehen«, krächzt er heiser. »Wir wissen noch nicht, warum genau – jeder Körper sollte gleich gut funktionieren –, aber wir haben es im Labor an die zwanzigmal getestet.«

Zwanzig Seelen, die Experimenten zum Opfer fielen. Burton Mansfields Angst vor dem Tod zum Opfer fielen.

»Und es hat sich herausgestellt«, fährt er fort, »dass man junges genetisches Material braucht, um Inheritors zu züchten. Abel ist einer – zwar nur die primitive Urform des Inheritors, aber immerhin. Ich habe ihn im Alter von neunundvierzig entwickelt, und er war schon beim ersten Versuch perfekt. Also habe ich mich erst darum gekümmert, einen zweiten zu bauen, als Abel verschollen war. Doch zu diesem Zeitpunkt war ich schon zu alt und mein Erbgut nicht mehr in optimalem Zustand. Ehrlich gesagt ist es fast ein Wunder, dass ich ihn mit neunundvierzig überhaupt noch hinbekommen habe – die übliche Altersgrenze für so etwas liegt eher bei vierzig. Also ist er meine einzige Chance.« Seine Stimme bricht. »War meine einzige Chance. Das ist nun vorbei.«

Noemis Mitgefühl ist gleich null.

Er fasst sich wieder. »Du hast es überstürzt, Gillian«, rügt er seine Tochter. »In diesem Geschäft braucht man Nerven. Man darf nicht in Panik geraten, wenn etwas schiefgeht.«

Gillian lässt den Kopf hängen, beschämt, weil sie für unzureichend befunden wurde. Noemi kann nicht fassen, dass Mansfield solche Worte für das Handeln seiner Tochter findet, die Angst um die Seele seines Enkels hat.

Mansfield holt tief Luft und hustet. »Hol Simon zurück. Kopiere die Daten noch einmal und entnimm Knochenmark. Dann kannst du mit der jetzigen Version machen, was du willst.«

»Ja, Vater.« Nachdem Gillian nun wieder ein Ziel vor

Augen hat, hebt sie den Kopf und strafft die Schultern. Mansfield hat ihr die Erlaubnis gegeben, diese Kopie ihres Sohns als etwas Nicht-Menschliches zu betrachten. Doch ist die Sache damit für sie tatsächlich erledigt?

Noemi wendet sich mit gesenkter Stimme an Gillian. »Mir ist klar, dass es gerade ungünstig ist, aber wir müssen uns um die Sicherung unseres Stützpunkts kümmern. Vielleicht gibt es ein paar örtlich begrenzte Notfall-Kraftfelder, die wir nutzen könnten, um diesen Bereich hier abzuriegeln. Und durch die Kraftfelder würde auch Simon in unserer Nähe bleiben und wäre vor Remedy sicher.«

In Gillians Gesicht spiegelt sich Hoffnung. Ganz gleich, was ihr Vater gesagt hat, sie glaubt immer noch ein Stück weit daran, dass Simon vielleicht gerettet werden kann. »Ja, das machen wir. Wir sollten sofort anfangen.«

Einige der Passagiere haben sich bereits wieder von den Schrecken erholt und sind voller Tatendrang; diese wenigen sind zäher, als ihr privilegiertes Leben vermuten ließe. Sie sind bereit, sich um einen Anführer zu scharen, sobald sie einen finden – und irgendwie ist dieser Anführer Noemi.

»Abel könnte es immer noch schaffen«, murmelt Mansfield. »Er ist clever genug. Und neugierig genug.«

Noemi schüttelt den Kopf.

»Das würden Sie wohl gerne glauben. Aber Abel hat ein Schicksal«, sagt Mansfield, wieder ganz die Ruhe selbst. Es ist zum Verrücktwerden. »Ich weiß es. Ich habe sein Schicksal bestimmt, es mit seiner DNA verwoben. Sein Schicksal ist in jede Haarsträhne und jede Hautzelle eingeprägt. Es steht bereits fest. Am Ende wird er immer zu mir zurückkehren.«

»Genauso, wie er auch immer Ihren Befehlen gehorcht?«

Der letzte direkte Befehl von Mansfield an Abel lautete, Noemi in die Brust zu schießen. Doch sie ist immer noch gesund und munter.

»Wenn er nicht meinetwegen kommt«, entgegnet Mansfield, »dann Ihretwegen.«

»Er kommt nicht.« Nicht einmal Abel könnte ihren Spuren hierher folgen.

»Miss Vidal«, ächzt Mansfield, »Sie haben die Hoffnung aufgegeben. Ich nicht.«

»Dann tun Sie es mal lieber.« Sie sagt es schonungslos, ebenso zu sich selbst wie zu ihm.

Gillian legt die Hand auf Mansfields Stirn. »Bitte überanstrenge dich nicht, Vater.«

»Mir geht's gut.« Seine vom Alter trüb gewordenen Augen fixieren den zerbrochenen Tank. »Wo sind bloß meine Sachen? Ich hätte sie gern bei mir, wenn – ich hätte sie gern hier.«

Sachen, denkt Noemi. *Nicht Menschen. Ich frage mich, ob Sie überhaupt schon einmal jemanden geliebt haben.* Er hebt nicht einmal den Blick zu seiner Tochter.

Nichts von Noemis Gedanken ahnend, fährt er fort: »Ich hätte das Kahlo-Gemälde mitnehmen sollen. Abel hätte sich gefreut, es noch einmal zu Gesicht zu bekommen. Es hat ihm immer so gut gefallen.«

Obwohl er weiß, dass Abel ein Kunstwerk liebt – obwohl er bei ihm eine so intelligente, menschliche, lebendige Regung erlebt hat –, will er Abel immer noch benutzen und das, was ihn ausmacht, wie ein Stück Müll entsorgen.

Manchmal zweifelt Noemi an der Lehre der Zweiten Katholischen Kirche; sie ist immer noch dabei, ihren eigenen

Glauben zu finden. Während sie jedoch auf Mansfield hinunterblickt, wird ihr klar, dass zumindest eins von den Dingen, die ihre Kirche lehrt, wahrhaftig stimmt: Es gibt Schlimmeres als den Tod. Nämlich ein Leben ohne die Fähigkeit, zu lieben.

Abel hätte Sie niemals retten können, denkt sie. *Aber hätten Sie ihn als das gesehen, was er ist, hätten Sie sich vielleicht selbst retten können.*

Noemi schwärmt mit den anderen Passagieren aus. Sie tun, was sie können, um ihren Bereich wieder zu sichern. Einige Kraftfelder funktionieren noch und können aktiviert werden, um verschiedene Korridore abzuriegeln; außerdem deponiert Noemi ein paar selbst gebastelte Brandsätze an einigen Schlüsselstellen, darunter eine präparierte Tankuhr. Ihr fällt auf, dass die Passagiere sich immer in ihrer Nähe aufhalten. Vielleicht fürchten sie, dass sie bei der erstbesten Gelegenheit abhauen könnte.

Aber wo sollte sie schon hin? Zu Remedy? Bei Remedy hält man sie für eine Irre, die noch heute Morgen gedroht hat, sie alle in den Tod zu reißen –

– nein, gestern. Oder? Alles fließt ineinander. Stunde um Stunde hat das Adrenalin sie aufrecht gehalten, doch nun ist es verbraucht.

Geh einfach zurück zur Mech-Kammer, sagt sie sich. Simon muss wieder eingefangen werden, nur ist sie im Moment nicht in der Verfassung dazu. Verhandlungen mit Remedy stehen an, aber zuerst müssen sie den Kontakt herstellen; da die Bordkommunikationsanlage beschädigt, vielleicht sogar zerstört ist, wird das wohl noch eine Weile dauern. Wenn die Kraftfelder so lange halten, dass sie sich neu formieren können, werden sie vielleicht in der Lage sein, einen Schlachtplan zur Rückeroberung des Schiffs zu entwickeln …

Darüber kann sie später nachdenken, vorausgesetzt, sie bekommt jemals Gelegenheit dazu.

Noemi stolpert über etwas auf dem Boden (ehemals die Decke), und als sie nach unten schaut, sieht sie, dass es ein Kronleuchter ist. Oder war. Nun besteht er nur noch aus einem Haufen geschliffener Scherben unter ihren Füßen. *Wer stattet ein Raumschiff mit Kronleuchtern aus?*

Irritiert biegt sie um die Ecke, um wieder in die Frachtbucht zurückzukehren. Ein Stück entfernt kann sie eine kleine Ansammlung von Passagieren unter einer der Notbeleuchtungen ausmachen. Sie selbst ist im düsteren Korridor für die anderen unsichtbar. Einer von ihnen flüstert: »Wie lange wird das noch dauern?«

»Zwei Tage, höchstens«, antwortet Vinh. »So hat man es mir jedenfalls gesagt, vor der Behandlung.«

Behandlung? Und wie lange soll *was* noch dauern?

»Also müssen wir abwarten«, sagt der erste Sprecher. »Wie halten wir in der Zwischenzeit das Genesis-Mädchen davon ab, Remedy anzugreifen? Dieses Risiko sollten wir nicht eingehen.«

Vinh schüttelt den Kopf. »Ich glaube, über das Mädchen brauchen wir uns nicht mehr lange den Kopf zu zerbrechen.«

Noemi wusste, dass die Passagiere sie nicht besonders mochten. Aber ihr war nicht klar gewesen, dass sie mit ihrem baldigen Tod rechneten.

18

Abel hat nicht genügend Variablen zur Verfügung, um die Wahrscheinlichkeit dieser Möglichkeit auszurechnen. Ausgeschlossen ist es jedoch nicht.

»Identifizieren Sie sich!«, ruft dieselbe Stimme, die er gerade gehört hat, noch einmal.

Hinter einem großen Wrackteil kauernd, gleicht er die Klangfarbe und die Sprechweise mit seinen Gedächtnis-Datenbanken ab, überprüft alles ein zweites Mal und nickt dann. »Mein Name ist Abel«, ruft er. »Und deiner lautet Riko Watanabe.«

Schritte nähern sich – nur eine Person, von kleiner Statur. Einige Leute murmeln: »*Was machst du da?*«, und rufen: »*Komm zurück!*«, doch sie bleibt erst stehen, als sie den Kopf durch die Tür stecken kann. Trotz des Tarnanzugs und der Nachtsichtbrille ist sie für ihn leicht zu erkennen. Es ist tatsächlich Riko.

Sie hat sich nicht verändert; derselbe Kurzhaarschnitt wie beim letzten Mal, derselbe wachsame Blick. Man kann es kaum als freudiges Wiedersehen bezeichnen. Aber sie senkt ihr Blastergewehr, was in der momentanen Lage ein gutes Zeichen ist.

»Das ist Abel«, ruft sie ihren Mitstreitern von Remedy zu. »Der Mech, von dem ich euch erzählt habe, der mich aus dem Gefängnis befreit hat.« Nach einem winzigen Zögern fügt sie hinzu: »Er ist ein Freund.«

Abel hätte sie nicht unbedingt als Freundin bezeichnet; und er ist sich nicht sicher, ob er jemanden, der aus freien Stücken Terroranschläge begeht, überhaupt einen Freund nennen möchte.

Unter den gegenwärtigen Umständen jedoch kann er es sich nicht leisten, mit seinen Verbündeten wählerisch zu sein.

»Was machst du hier?«, fragt sie. »Wie um alles in der Welt hast du uns gefunden?«

»Ich bin Burton Mansfield gefolgt, der Noemi als Geisel genommen hat«, erwidert Abel. »Ich glaube, dass sie beide an Bord sind.« Es ist unmöglich zu sagen, ob sie den Absturz überlebt haben – doch er weigert sich, in dieser Hinsicht weiter zu spekulieren. Nicht, bevor er mehr Informationen hat. Er wird Noemi erst dann aufgeben, wenn es nicht mehr anders geht.

Riko nickt langsam. »Mansfield steht auf der Passagierliste, das stimmt, aber Noemi? Wie hat er es geschafft, sie als Geisel zu nehmen? War sie nicht nach Genesis zurückgekehrt?«

»Das ist, wie die Menschen sagen, eine ›lange Geschichte‹.« Abel riskiert es, aufzustehen. Die näher gekommenen Remedy-Mitglieder werden nervös und umklammern ihre Waffen fester, allerdings ohne auf ihn zu zielen. Anscheinend vertrauen sie Rikos Urteilsvermögen. Also fügt er hinzu: »Alles, worum ich euch bitte, ist die Möglichkeit, mich nach ihr umzuschauen.«

»Na gut«, sagt Riko. »Und dafür könnten wir ein bisschen Hilfe brauchen.«

»Was immer ich tun kann.«

Ob es Abel gefällt oder nicht, im Augenblick steht er auf der Seite von Remedy.

Schon beim ersten Blick auf die goldene Hülle empfand Abel die prunkvolle Ausstattung des Schiffs als pure Verschwendung, ja, als geradezu verabscheuungswürdig. Doch dass von dieser Pracht auch eine Gefahr ausgeht, erkennt er erst, als er Riko und ihrer Gruppe ins Innere folgt, durch endlose Räume und Korridore, die mit den scharfen Splittern von Kronleuchtern, Champagnergläsern und Buntglas übersät sind.

»Überleg dir mal, wie viele Menschen man mit dem Geld, das dieses Ding gekostet hat, hätte ernähren können«, meint Riko, als sie einen großen, geschliffenen Kristall mit dem Stiefel wegkickt. »Ein paar Dutzend? Hundert? Und wie viele Kronleuchter gibt es überhaupt auf diesem Schiff?«

»Ich habe bisher zu wenige Räume gesehen, um eine sachkundige Schätzung abgeben zu können.« Abel bleibt einen halben Meter hinter Riko, teilweise, weil sie die Führung übernommen hat, aber auch, weil er nicht das Misstrauen der anderen Remedy-Mitglieder wecken will. Sie folgen ihm in einem gebührenden Abstand von ungefähr dreieinhalb Metern und unterhalten sich leise. Das ist ihm ganz recht so. Auf einem abgestürzten Schiff, in einer isolierten Umgebung, wäre es taktisch unklug, Terroristen unnötigerweise zu provozieren.

Riko Watanabe ist so eine Terroristin. Das weiß er seit ihrer Beteiligung an dem Bombenanschlag auf das Orchideenfestival. Und doch fällt es ihm schwer, das mit dieser Person in Einklang zu bringen, die ihm gerade ein schmales, verunsichertes Lächeln schenkt; es macht ihm bewusst, wie jung sie noch ist, bestimmt nicht älter als einundzwanzig, zweiundzwanzig.

»Wir müssen dich Captain Fouda vorstellen«, sagt sie. »Ihm genau erklären, was du alles kannst. Deine Fähigkeiten könnten uns dabei helfen, einen Teil des Schiffs wieder in Betrieb zu nehmen. Ich meine, ich weiß, dass es nie mehr fliegen wird, aber wir könnten es als eine Art Unterschlupf einrichten.«

In Anbetracht der Schwere des Absturzes zweifelt Abel daran. »Als ich gelandet bin, fiel mir in einigen Kilometern Entfernung ein größeres Gebilde auf. Die sinnvollste Erklärung dafür ist, dass es als Behausung für die ersten Siedler gedacht ist. Deine Gruppe sollte ein Team hinschicken, das sich dort umsieht. Zweifellos würde es sich besser als langfristiger Unterschlupf eignen als das Wrack eines Raumschiffs.«

»War ja klar, dass hier schon fertige Häuser auf sie warten! Diese Mistkerle würden das Land niemals durch harte Arbeit urbar machen wie jeder normale Siedler.« Riko umklammert ihr Blastergewehr ein wenig fester. Abel ist froh, nicht im Fadenkreuz zu stehen. »Die Schicki-Micki-Passagiere der Columbian Corporation sind sich zu fein dafür, Gräben auszuheben oder in Containern zu überwintern. Nein, sie müssen allzeit von Luxus umgeben sein, bauen sich ein Luxusschiff, damit sie es bequem haben, bis alles zu ihrer

Zufriedenheit fertiggestellt ist. Es ist so was von lächerlich!« Sie deutet mit dem Kopf auf ein kunstvolles Wandgemälde, ein auf dem Kopf stehendes Porträt des Falkengotts Horus.

Ihre aufbrausende Art könnte zu Komplikationen führen. Abel bleibt ruhig. »Du hast völlig recht, für dieses Schiff wurden wertvolle Ressourcen verschwendet. Aber die *Osiris* ist zerstört. Wir sollten jetzt nach vorne schauen.«

Riko bleibt abrupt stehen. Der orangefarbene Schein der Notbeleuchtung fällt auf ihr strubbeliges schwarzes Haar und offenbart den nachdenklichen Ausdruck auf ihrem Gesicht. »Ich weiß, dass du recht hast, aber es ist schwer«, sagt sie schließlich. »Ich kämpfe gegen dieses Übel, seit ich zehn bin. Nach vorne zu schauen – das war bisher keine Option. Es ging immer nur darum, etwas einzureißen. Nie darum, etwas aufzubauen.«

»Neue Welten bieten neue Chancen.« Abel setzt seinen Weg durch die Korridore der *Osiris* fort und wie erwartet bleibt Riko bei ihm.

Wenn er so weit in ein unbekanntes Schiff vorgedrungen ist, hat er normalerweise längst einen groben Lageplan seiner Umgebung im Kopf. Die Form folgt der Funktion und die grundlegenden Strukturen in einer Raumstation oder auf einem Schiff entsprechen normalerweise einem bestimmten Grundmuster. Nicht so bei der *Osiris*. Ihre Korridore winden und krümmen sich auf völlig willkürliche Weise, eher wie die labyrinthischen Gassen einer uralten Stadt, nicht wie etwas, was auf dem Reißbrett entstanden ist. Zwar befinden sich in jedem Treppenschacht und an jedem Lift Übersichtspläne des Schiffs, aber ohne die Stromversorgung sind sie nicht beleuchtet und daher ebenso nutzlos wie die nicht funktionierenden Lifte und die Treppen, die von der Decke zu baumeln scheinen. Abel und Riko durchqueren ein auf dem Kopf stehendes Spa mit Saunalandschaft und Whirlpools, einen Ballsaal mit gefurchten Akustikfliesen, die vor dem Absturz den Schall eines Orchesters wirksam reflektiert hätten, auf denen das Laufen jedoch knifflig ist, und schließlich einen Bankettsaal, an dem lange, in allen Farben schillernde Tische an der Decke hängen.

All diese Pracht könnte Riko leicht wieder zu einer Tirade gegen Verschwendungssucht verleiten. Abel hält es für das Beste, sie abzulenken, indem er versucht, mehr Informationen für seine eigenen Zwecke einzuholen. »Seit du zehn warst?«

Riko, die immer noch auf die glänzenden Tische über ihnen starrt, hat ihn nicht verstanden. »Bitte?«

»Du hast erzählt, du würdest kämpfen, seit du zehn bist. Ich hätte nicht gedacht, dass Remedy so junge Rekruten aufnimmt.«

»Oh. Nein, das machen sie auch nicht. Das war – nur so dahingesagt.«

Abel denkt daran, was er über das menschliche Unterbewusstsein weiß. »Auch, was man nur so dahinsagt, bedeutet etwas.«

Riko geht ein paar Schritte weiter, zerbrochene Gläser knirschen unter ihren Stiefeln. Sie schüttelt den Kopf. »Ich war zehn, als ich zum ersten Mal eine Hungerrevolte auf Kismet erlebt habe. Man kann sich nicht vorstellen, dass ein paar Kilometer von einer Strandparty entfernt Menschen hungern, oder? Aber genau so war es. Während wir hungrig in unseren Betten lagen, hörten wir das Gelächter der Urlauber.«

»Kismet verbirgt diese Tatsache sehr gut.« Sogar Abel, der

sich keine Illusionen darüber macht, wie lieblos Menschen mit ihresgleichen umgehen, hatte nicht mitbekommen, dass auf Kismet Hunger herrschte.

»Es gibt genügend Fisch im Meer, den man essen kann, aber als Erstes müssen die Resortgäste versorgt werden.«

Sie starrt in die Ferne, taucht in die Vergangenheit ein. »Es wachsen tonnenweise Früchte, sowohl an den auf Kismet heimischen Bäumen als auch an den eingeführten – es gibt Kokosnüsse, Bananen oder Ananas –, und die Besucher sind ganz verrückt danach. Sie essen alles auf. Jede Destillerie in der Galaxie liefert nach Kismet, und wir haben es geschafft, aus unserer Glockenfrucht einen wunderbar süßen Wein zu keltern. Doch die Touristen haben uns alles weggetrunken. Jedes einzelne Glas. Quasi bis auf den letzten Tropfen. Tagein, tagaus haben wir Nahrungsmittel geerntet und sie abends den Gästen vorgesetzt, um selbst mit knurrendem Magen ins Bett zu gehen.«

»Das war sicher sehr schwer.« Hunger ist eine menschliche Erfahrung, die Abel nicht teilen kann. Allerdings hat er dabei wohl nichts versäumt.

»Eigentlich geht es uns auf Kismet nicht schlecht, zumindest besser als den Vagabunden oder den Arbeitern auf Stronghold. Aber verglichen mit den Menschen, die unsere Welt besuchten, uns das Beste wegaßen und wegtranken und sich den ganzen Tag an unseren Stränden aalten, während wir wie die Sklaven für ihr Wohlergehen schufteten, waren wir elend dran, und wir wussten es.« Riko lehnt sich an die Wand und plötzlich wirkt das Blastergewehr viel zu groß für ihre schmächtigen Arme und ihre zierliche Gestalt. Sie könnte ein kleines Mädchen sein, das Soldat spielt, würde sich Abel nicht an den Anblick der Leichen nach dem Bombenanschlag auf das Orchideenfestival erinnern. »Manchmal kochte der Zorn der Leute über. Dann gab es Unruhen. Streiks. Plünderungen. Daraufhin marschierten die Mechs auf und verhafteten oder töteten so viele Menschen, wie sie für nötig hielten, um die Ordnung wiederherzustellen. Ich habe Freunde von mir sterben sehen. Kannst du dir vorstellen, wie man sich dabei fühlt?«

Abel denkt an Noemi, wie sie delirierend auf dem Biobett lag, die Haut von einem dünnen weißen Spinnwebenmuster überzogen. »Ja«, sagt er zu Riko. »Das kann ich. Aber jetzt lass uns nach vorne schauen.«

Sie runzelt die Stirn, ihr ist bewusst, dass etwas an ihren Worten ihn bekümmert hat. Dennoch sagt sie nichts, wofür er ihr dankbar ist. Vielleicht ist Takt doch eine nützlichere Eigenschaft, als ihm klar war.

Nachdem sie die nächste Tür gesichert haben, drückt Riko eine andere in der Ecke des Raums auf. Dahinter befindet sich ganz undramatisch ein Badezimmer, nun auf den Kopf gestellt. Während Abel die Decke betrachtet, sagt er: »Fäkalien zu entsorgen, dürfte … zu einer Herausforderung werden.«

Riko späht über seine Schulter und stöhnt. »Scheiße.«

»Genau.«

Ein leises Knarren ein Stück den Korridor hinunter veranlasst Abel, seine akustischen Sensoren auf diesen Bereich auszurichten. Nachdem er das Geräusch noch zweimal gehört hat, ist er sicher. Er strafft die Schultern und bedeutet Riko mit einer Geste, was los ist. Sie selbst kann noch nicht wahrnehmen, was er bereits weiß: Jemand ist auf dem Weg zu ihnen.

Die anderen Mitglieder von Remedy sind weit zurückgefallen. Diese Person nähert sich von vorn.

Es könnte eine andere Remedy-Patrouille sein, mutmaßt Abel aufgrund von Rikos Reaktion. Sie ist auf der Hut, gerät aber nicht in Panik. Er lässt sie vorangehen, nimmt die Waffe in die Hand, hält sie jedoch noch nicht im Anschlag.

Inzwischen sind die Schritte auch für Menschen zu vernehmen und Rikos Augen weiten sich. Die Nähe dieses unbekannten Eindringlings beunruhigt Abel allerdings weniger als die Unregelmäßigkeit der Schritte; diese Person läuft nicht normal, sondern stolpert eher durch den Korridor. Eine Analyse der Schallwellen ergibt, dass dieses Individuum barfuß ist und sehr klein, möglicherweise sogar ein Kind.

Also kein Angreifer. Eher ein Passagier, der verletzt und noch benommen ist vom Absturz. Doch selbst ein eher kleiner Erwachsener, der verletzt, benommen und ängstlich ist, könnte feuern, wenn er erschreckt wird. Abel bleibt wachsam.

Eine Gestalt erscheint in der Tür, wegen der Notbeleuchtung im Rücken ist sie nur eine Silhouette. Das Individuum ist von männlichem Aussehen, ungefähr hundertfünfzehn Zentimeter groß, besitzt kindliche Proportionen, hat eine blasse Haut und langes Haar und ist unbekleidet. Abel unterbricht seine Analyse, als er den Geruch erkennt, der in der Luft hängt und den er mit den ersten Momenten seines Lebens verbindet – es ist der merkwürdig süßliche Geruch der Nährflüssigkeit in den Mech-Tanks.

Mit dem nächsten Schritt tritt die Gestalt aus dem Schatten. Es ist ein kleiner Junge, der etwas mit sich herumschleppt, wie ein Spielzeug. Es sieht aus wie die abgetrennte Hand eines Mechs. Mansfield hat also die Produktion von Mechs in

Kindergröße aufgenommen. Die Gesichtszüge des Mech-Jungen sind alles andere als wohlgeformt, wirken unausgereift. Dieser Mech war noch nicht fertig. Wie kommt es dann, dass er schon aufgeweckt wurde?

»Ich hab mich verlaufen«, sagt der Mech. In seiner Stimme hört Abel Emotionen, die er noch nie bei einem anderen Mech erlebt hat, nicht einmal bei sich selbst – schreckliche Angst, Qual, Verwirrung. »Ich weiß nicht, wo wir sind.«

»Wir sind auf einem Schiff namens *Osiris.*« Abel spricht leise und beschwichtigend. Ihm ist bewusst, dass Riko sie beide anstarrt, aber sie sagt nichts. »Kennst du deine Modellbezeichnung?«

»Ich weiß nicht, was das ist.« Der Mech lässt sich in einer Ecke auf den Boden fallen und rollt sich zusammen, ganz das erschöpfte Kind, das er zu sein scheint. Dabei drückt er die abgetrennte Hand gegen die Brust.

»Dein Name«, sagt Abel sanft. »Wie heißt du?«

»Ich heiße Simon Michael Shearer«, spult der Mech automatisch ab, als wäre er in der Schule aufgerufen worden. Seine Angst und seine Verwirrung sind offenkundig. »Warum sind diese Sachen in meinem Kopf? Da sind Gedanken, die ich nicht gedacht habe.«

Shearer. Gillians Nachname lautet jetzt Shearer. Vor einigen Monaten hat sie ihr Kind verloren. Abel verarbeitet diese Informationen und verknüpft sie mit dem, was er über Mansfields Besessenheit, unsterblich zu werden, weiß, und über die Hoffnungen, die dieser und Gillian in die organischen Mechs setzen. Und so kommt Abel zu einem Schluss, der die Situation radikal verändert: Dies kann nur Gillians Sohn sein, Mansfields Enkel. Nicht Burton Mansfield, sondern Simon ist das erste Individuum, dessen Bewusstsein in einem Mech-Körper wiedererweckt wurde.

Abel steht dem einzigen anderen Mech in der gesamten Galaxie gegenüber, der eine Seele besitzt. Solange Abel existiert, war er einzigartig – und er weiß besser als jeder andere, dass einzigartig zu sein in gewisser Weise bedeutet, allein zu sein.

Nun ist er nicht mehr allein.

Mitgefühl flutet seine emotionalen Schaltkreise und er streckt die Hand aus. »Alles ist gut«, sagt er sanft. »Du hast dich verändert, Simon. Und es dauert eine Weile, bis man sich an Veränderungen gewöhnt. Aber ich kann dir helfen.«

Simon zittert, er hat zu viel Angst, um Hoffnung zu schöpfen. »Kannst du machen, dass die ganzen komischen Gedanken in meinem Kopf weggehen?«

So muss sein kindlicher Verstand den Input von Daten interpretieren. Was unterscheidet ein menschliches Gehirn von dem eines Mechs? Welche Gefühle sind gleich und welche haben sich verändert? Abel brennt darauf, die Antworten auf diese Fragen zu erfahren, doch leider ist Simon noch nicht in der Verfassung dazu. »Wegmachen kann ich sie nicht«, sagt Abel, »aber ich kann dir helfen, sie zu verstehen. Sie zu sortieren.«

»Sie sollen weggehen!« Simon rappelt sich auf. Er ist den Tränen nahe. Abel tritt noch einen Schritt auf ihn zu, doch Simon weicht zurück, auf seinen pummeligen kindlichen Beinen schwankend. »Mach, dass sie aufhören!«

»Das würde ich ja gern.« Abel kann nichts weiter für dieses Kind tun, als für es da zu sein. Zumindest wird Simon niemals erleiden, was Abel erleiden musste; er wird niemals allein sein.

»Du hast gesagt, du kannst mir helfen!«, schreit Simon und hebt die abgetrennte Hand hoch, als wollte er sie nach Abel werfen. Es ist nicht gerade ein gefährliches Geschoss, aber die einzige Waffe, die dem kleinen Jungen zur Verfügung steht.

»Pass auf!« Riko stellt sich zwischen Simon und Abel, obwohl es unnötig ist, Abel zu beschützen. »Beruhige dich erst einmal und –«

Simon gibt Riko einen Schubs. Heftiger, als ein menschliches Kind es könnte. Sie fliegt durch den Raum und prallt hart gegen die Wand, bevor sie halb ohnmächtig auf dem Boden aufkommt.

Als er sieht, was er angerichtet hat, heult Simon gequält auf. Dieser Schrei geht Abel durch und durch. Das Kind begreift weder, was mit seinem Körper los ist, noch was in seinem Geist vorgeht. Seine Welt steht buchstäblich auf dem Kopf.

Bevor Abel ihn aufhalten kann, macht Simon kehrt und flieht in die Tiefen des Wracks.

Soll er die Verfolgung aufnehmen oder nicht? Abel muss hierbleiben. Riko ist im Moment die Einzige von Remedy, die zu ihm hält; wenn er ohne sie durch die *Osiris* streift, riskiert er, dass ihre Mitstreiter auf ihn feuern. Er will Simon unbedingt helfen, und das kann er nicht, wenn er zerstört oder nicht mehr funktionsfähig ist.

Abel möchte Simons Kummer lindern, doch das muss warten.

Stattdessen eilt er an Rikos Seite. Sie ringt nach Luft und ist benommen, aber unverletzt. Noch während er sie untersucht, spult sein Gehirn in Endlosschleife ab: *Ich bin nicht allein. Ich bin nicht mehr allein.*

Rushdi Fouda, Captain der Remedy-Kämpfer, trägt seinen Titel nur ehrenhalber. 3,2 Minuten, nachdem Abel den Mann kennengelernt hat, ist ihm klar, dass Fouda nie eine militärische Ausbildung genossen hat. Ihm gefällt eher die Vorstellung davon, das Kommando zu haben, als die Realität – und welche Vorstellung Fouda auch immer von Führung hatte, sie sah bestimmt nicht so aus: die Herrschaft über einige isolierte Bereiche eines abgestürzten Schiffs in einer unbekannten Welt. Die *Osiris* gleicht einer Stadt im Belagerungszustand, in der bestimmte Straßen und Viertel mühevoll gehalten werden, manche zerstört sind und einige mit dem Feind sympathisieren.

Außerdem ist Fouda nicht gerade begeistert davon, einen Mech in seine Reihen aufzunehmen.

»Ich habe Ihnen doch schon gesagt, Abel ist kein gewöhnlicher Mech«, beharrt Riko. Kurz legt sie die Hand an die Stirn und verzieht das Gesicht.

Obwohl Abel festgestellt hat, dass sie bei Simons Attacke keine Gehirnerschütterung erlitten hat, hat sie trotzdem seit ungefähr acht Minuten Kopfschmerzen. Er muss an die Zone mit den hohen Toxizitätswerten denken, die er auf seinem Weg zur Osiris durchquert hat; solchen Stoffen ausgesetzt zu sein, würde bei Menschen sicherlich innerhalb kürzester Zeit zu gesundheitlichen Schäden führen, und Kopfschmerzen könnten das erste Symptom sein. Da es allerdings allen anderen gut zu gehen scheint, vermutet Abel, dass die Gefahrenzone weit genug entfernt ist und die Luftfilter an Bord der *Osiris* immer noch funktionieren und einen ausreichenden

Schutz gegen eventuelle Giftstoffe in der näheren Umgebung bieten.

»Abel hat mich mithilfe von Ephraim Dunaway aus dem Gefängnis befreit«, fährt Riko fort.

»Dunaway«, höhnt Fouda. Er ist ein drahtiger Mann, dessen Sehnen sich unter der ledrigen Haut abzeichnen. Kaum sichtbare Linien ziehen sich über Gesicht und Hals. »Einer von den *Gemäßigten*. Dein guter Freund.«

»Wir haben versucht, Gemeinsamkeiten zu finden, das stimmt.« Rikos Wangen röten sich, sie ist verärgert. »Der Punkt ist, Abel und er haben mich rausgeholt.«

»Er ist ein Mech.« Fouda deutet auf Abel, als würde er auf Unrat hinweisen, der dringend entsorgt werden sollte. »Und das heißt im Endeffekt, dass er Burton Mansfields Kontrolle unterliegt.«

»Das stimmt nicht«, widerspricht Abel. Ihm ist wichtig, das selbst zu erklären. »Mansfield hat alles versucht, mich wieder in seinen Besitz zu bringen, aber er hat es nicht geschafft. Ich bin hier, um mehr über Mansfields Pläne herauszufinden und nach meiner Freundin Noemi zu suchen, die wahrscheinlich als Gefangene auf dieses Schiff gebracht wurde.«

Riko schaltet sich ein. »Noemi ist die Kämpferin, von der ich Ihnen erzählt habe! Das ist *die* Gelegenheit, uns eine Verbündete von Genesis zu sichern.«

Würde Noemi so einfach bei Remedy mitmachen, nach allem, was hier passiert ist? Zum Glück muss nicht Abel diese Frage beantworten. An Fouda gewandt sagt er: »Bitte lassen Sie mich nach ihr suchen und vielleicht auch nach Informationen, die Mansfield an Bord versteckt haben könnte.« *Und lassen Sie mich nach Mansfield sehen* – doch das ist etwas, was er nicht einmal sich selbst gegenüber eingestehen möchte.

Fouda schnaubt. »Soso, du stellst also gleich Forderungen! Nun, erst einmal haben wir Forderungen an dich.«

»Das ist einleuchtend.« Abel steht in Rührt-euch-Stellung, um Fouda von seinem Gehorsam zu überzeugen. Und er wird auch gehorchen, falls der Befehl nicht seiner Kernprogrammierung widerspricht; beispielsweise könnte er dabei behilflich sein, die Stromversorgung wiederherzustellen. Wenn er dafür an die Informationen gelangt, die er für Noemis Befreiung benötigt, ist es die Mühe wert. Doch er wird auf keinen Fall Unschuldige abschlachten.

Aber Fouda sagt: »Wir fangen klein an. Schauen wir doch erst mal, ob wir dir vertrauen können.« Dass Abel ganz wie ein Untergebener den Kopf senkt, besänftigt Fouda noch mehr. »Die Passagiere tun so, als wären sie Soldaten. Sie haben Kraftfelder eingerichtet und versperren uns damit den Zugang zu einigen Bereichen des Schiffs. Das werden wir nicht länger zulassen. Ein Mech wie du könnte doch sicher etwas Wirkungsvolles gegen sie unternehmen?«

»Ja.« Mit genügend Feuerkraft könnte Abel eine große Anzahl Menschen bezwingen, aber das erwähnt er lieber nicht. Fouda wird diese Information erst bekommen, wenn er entschieden hat, ob er Abel erlaubt, eine Waffe zu tragen, oder nicht.

»Gut.« Fouda nickt ihm zu. »Dann zeige ich dir mal, womit wir es zu tun haben.«

Er führt Abel einen Nebenkorridor entlang in einen Raum, der ein separater Kommandoraum gewesen sein muss. Überall auf ihrem Weg liegen zerstörte Mechs.

Dutzende. Vielleicht sogar Hunderte. Einige sind buchstäblich in Stücke gerissen worden – hier ein Arm, dort ein Rumpf –, sodass es schwer ist, sie zu zählen. Abel versucht es gar nicht erst. Mechs bluten wie Menschen und der metallische Geruch hängt schwer in der Luft. Blut ist an die Wand gespritzt und bildet Pfützen auf dem gewölbten Boden, der früher einmal die Decke war. Auch Kühlflüssigkeit ist ausgelaufen und malt milchig weiße Streifen in all das Rot; sie vermischt sich nicht mit Blut.

»Wir konnten nicht riskieren, dass Mansfield sie uns auf den Hals hetzt«, erklärt Fouda. Er entschuldigt sich nicht für dieses Massaker; er ist stolz darauf. »Die Charlies und Queens waren harte Gegner. Der Rest? Ein Kinderspiel.«

»Das kann ich mir vorstellen. Sie waren keine Kampfmodelle.«

Eine Nan liegt zu Abels Füßen, ihr versengtes Gesicht starrt ausdruckslos nach oben. Nans kümmern sich um Kinder und Senioren.

»Wie, hast du etwa Mitleid mit deinen Roboterkumpels?«, spottet Fouda.

»Nein.« Das hat Abel nicht. Besser als jeder Mensch kennt Abel den riesigen Unterschied zwischen normalen Mech-Gehirnen und seinen eigenen Fähigkeiten. Sie haben kein Ich-Bewusstsein; die Körper auf dem Boden waren nicht in demselben Sinne lebendig wie er. »Es ist nur ganz interessant, wie Menschen etwas behandeln, was keine Bedrohung für sie darstellt.«

Diese Antwort gefällt Fouda nicht. Die Unterhaltung ist beendet.

Nur ein Display in dem Kommandoraum funktioniert

noch, es zeigt den Grundriss der *Osiris* in dünnen, grün leuchtenden Linien. Abel fällt auf, dass niemand die 3-D-Grafik verändert hat, um den umgekehrten Zustand des Schiffs darzustellen, und gibt rasch den Befehl dafür ein.

Fouda scheint sich zu ärgern, dass er nicht selbst daran gedacht hat. Doch er deutet nur auf einige orange leuchtende Bereiche. »Hier, bei ihren Mech-Kammern und den Gepäckräumen, haben sie sich verkrochen. Und das Gelände durch Kraftfelder abgeriegelt.«

»Handelt es sich dabei um Standard-Kraftfelder?« Damit ist jedes Schiff für den Fall eines Hüllenbruchs reichlich bestückt. Auf Foudas Nicken hin sagt Abel: »Die lassen sich leicht aktivieren oder deaktivieren. Das kann nicht aus der Ferne durchgeführt werden, aber ein kleines Spezialeinsatzkommando könnte es schaffen – vorausgesetzt, Sie haben jemanden, der sich ausreichend mit dieser Technik auskennt.«

»Jetzt schon«, entgegnet Fouda. »Wir haben dich.«

Abels Lage erlaubt keinen Widerspruch.

Eine der Konsolen über ihren Köpfen blinkt, und der Remedy-Kämpfer, der sie von einer Leiter aus überwacht, sagt: »Da kommt noch eine Mech-Patrouille.«

Fouda macht ein finsteres Gesicht. »Noch mehr? Wie viele können denn noch übrig sein?«

»Höchstwahrscheinlich Tausende, bei einem Schiff dieser Größe«, bemerkt Abel. Niemand bedankt sich für diese Information.

»Ich kann es nicht mit Sicherheit sagen«, fährt das Remedy-Crewmitglied fort, »aber es sieht so aus, als – als würde die Mech-Patrouille einen der Hauptkorridore zwischen

Passagierbereich und Brücke freiräumen – Korridor Theta Sieben. Dann hätte sie freie Bahn, um uns anzugreifen.«

»Nur, dass der Weg direkt durch das Theater führt«, wirft Riko ein, und einige Leute lachen. Abel weiß nicht, warum, nachzufragen erscheint ihm jedoch zu diesem Zeitpunkt eher riskant als nutzbringend.

Auf Foudas Gesicht breitet sich ein Grinsen aus. »Dann werden wir ihnen eine richtige Show bieten, was? Wir werden die Mechs vernichten und jeden Passagier, der so dumm war, sich ihnen anzuschließen, gleich noch mit. Und diesmal werden wir Feuer mit Feuer bekämpfen.« Er wendet sich an Abel. »Wir schicken einen Mech, um Mechs zu töten.«

Wieder überlegt Abel, zu protestieren, und entscheidet sich dagegen. Er *will* nicht protestieren.

Auch wenn er Remedys Ideologie nicht teilt, ist er bereit, mit Waffengewalt gegen die Passagiere vorzugehen – denn es sind die Passagiere, die Noemi gefangen halten. Sogar jetzt noch ist sie Mansfields Geisel. Falls Burton Mansfield der durchaus verständlichen Annahme ist, dass Abel Haven nicht finden wird, braucht er Noemi nicht mehr. Sie ist somit in Lebensgefahr, und das Einzige, was zwischen ihr und Abel steht, sind ein paar Kraftfelder und eine Mech-Patrouille.

Beide werden bald ausgeschaltet sein.

Fouda fragt: »Schwörst du, uns zu helfen, Mech?«

Abel blickt ihm in die Augen. »Ja. Ich bin dabei.«

19

Noemi rennt über die Wiese *neben dem Krankenhaus, überall um sie herum liegen Tote. Sie muss aufpassen, dass sie nicht auf ihre geschwollenen Bäuche tritt oder über ihre ausgestreckten Arme stolpert. Ihre von Spinnwebenmustern überzogenen Gesichter starren blicklos zum Himmel, suchen nach dem Gott, der sie im Stich gelassen hat. Noemi wird von einem Gefühl der Verzweiflung erfasst – der Vergeblichkeit –, und dennoch muss sie weiterlaufen, weil es etwas gibt, was sie tun könnte, etwas Lebenswichtiges, was alles wiedergutmachen würde. Aber ihr fällt nicht ein, was das ist.*

Sie stolpert und fällt zu Boden, zwischen die Leichen. Ihre Abscheu verwandelt sich in Schock, als sie merkt, dass die Leiche neben ihr die von Esther ist. Warum ist Esther nicht auf ihrem Stern? Sie haben sie auf einen Stern gebracht, damit ihr immer warm ist, damit sie immer hell leuchtet.

Esther dreht den Kopf zu Noemi. Sie ist tot und lebendig zugleich, was irgendwie Sinn ergibt. Ihr Gesichtsausdruck ist so typisch Esther – mitfühlend und doch wissend, fast als würde sie gleich verkünden: Ich hab's dir ja gesagt.

Stattdessen flüstert sie: »Jetzt bist du dran.«

Mit einem Ruck erwacht Noemi, einige Sekunden orientierungslos, bis ihr wieder einfällt, wo sie sich befindet: Sie liegt auf einer Palette mit Abendkleidung und luxuriösen Kissen, im Frachtbereich eines Schiffswracks, auf dem die eine Hälfte der Menschen versucht, sie umzubringen, und die andere Hälfte etwas gegen sie im Schilde führt. Die wenigen Menschen in der gesamten Galaxie, denen etwas an ihr liegt, sind buchstäblich Milliarden Kilometer entfernt, während sie auf einem Planeten gestrandet ist, von dem so gut wie niemand in all den Welten überhaupt weiß.

Orientierungslos zu sein war besser.

Sie atmet durch die Nase ein und durch den Mund aus. Dies ist der erste ruhige Moment seit Tagen, ihre erste Gelegenheit, sich zu sammeln. Und wahrscheinlich die letzte, die sie in nächster Zeit bekommen wird. Vielleicht überhaupt die letzte. Noemi schließt die Augen und versucht zu meditieren.

Wogegen kämpfen Sie, Noemi Vidal?

Remedy, auch wenn ich zum Teil dieselben Ansichten vertrete. Die Passagiere, auch wenn ich mich mit ihnen verbündet habe. Gillian Shearer und Burton Mansfield. Meine Situation auf diesem Planeten –

Noemi hält inne. Sie sieht den Wald vor lauter Bäumen nicht mehr.

Ich kämpfe gegen meine eigene Machtlosigkeit.

Und wofür kämpfen Sie?

Mein Leben.

Nein, auch das ist nicht wahr. Noemi hat schon vor Langem akzeptiert, dass sie ihr Leben womöglich für die richtige Sache opfern muss. Genesis zu retten – Abel vor Mansfields

Machenschaften zu schützen –, diese beiden Dinge kombiniert sind es wert zu sterben. Also, warum ist sie dann noch am Leben?

Ich kämpfe für ein Leben in Freiheit. *Für die Möglichkeit, selbst entscheiden zu können, wie ich leben und wie ich sterben möchte.*

Sie ist sich nicht sicher, ob sie diese Macht jemals besaß. Hier, in diesem Wrack auf Haven, hat sie sie endlich – wenn auch nichts sonst.

Noemi setzt sich auf und sieht sich um. Die geborstenen Tanks schweben an den Wänden und hängen von der Decke, ihre Scheiben sind halb matt von den Resten des merkwürdigen, verstörend biologisch wirkenden Glibbers. In ein paar intakten Tanks über ihr sind die reglosen Silhouetten von Mechs zu erkennen; Noemi hat keine Ahnung, wann sie aufwachen werden, ob das überhaupt jemals der Fall sein wird. Andere Passagiere liegen in der Nähe in einem todesähnlichen Schlaf. Sie waren in der letzten Zeit – Noemi kann nicht sagen, wie viele Tage es waren, ob einer oder zwei – starken Strapazen ausgesetzt, haben sich vermutlich noch nie in ihrem Leben so verausgabt. Sie sind zu erschöpft, als dass sie die ungewohnte Umgebung um ihren Schlaf bringen würde, und auch die gelegentlichen dumpfen Klopfgeräusche und Vibrationen im Schiff, die von Remedys Verteidigungsbemühungen zeugen, wecken sie nicht auf.

Die Luft ist noch kälter geworden. Obwohl die Hülle der *Osiris* in diesem Teil des Schiffs den schlimmsten Winterfrost abgehalten hat, kriecht die Kälte allmählich herein. Wahrscheinlich wurde die Klimaanlage bei der Bruchlandung zerstört, und Noemi spekuliert, dass andere Teile der Schiffshülle massiv beschädigt wurden, sodass Wind und Wetter eindringen können. Sich kräftig die Hände reibend inspiziert sie den Haufen Kleider, den sie als Matratze benutzt hat. Vielleicht verbirgt sich etwas Brauchbares zwischen den Schichten. Eine weiße Jacke sieht vielversprechend aus; sie ist zu groß und hängt ihr von den Schultern, aber sie ist warm und wird ihren Zweck erfüllen.

»Noemi?« flüstert eine piepsige Stimme. Es ist Delphine, die sich am anderen Ende der Palette unter einem Pelzmantel zusammengerollt hat. »Wie geht's dir?«

»Ich hab Angst und bin wütend.« Und hungrig, aber das erwähnt Noemi nicht. Sie haben nur Petit Fours zu essen, und Noemi hat im Augenblick das Gefühl, nie wieder eines dieser Dinger hinunterwürgen zu können. »Ich mache mir Gedanken darüber, wie es jetzt weitergeht.«

»Wir warten, bis die Mechs kommen und uns retten«, sagt Delphine. »Vom Winterpalast. Sie müssen schon unterwegs sein.«

»Vom Winterpalast?«

Delphines Miene beginnt zu strahlen. »Unsere Siedlung. Mechs haben sie im Voraus für uns gebaut, damit alles fertig ist, wenn wir ankommen. Herrliche Suiten mit Blick auf die Berge – heiße Quellen und Dampfbäder – bestens ausgestattete Küchen mit vollen Vorratsschränken – Unterhaltungsbüchereien – ach, einfach alles. Wir bräuchten nur noch unsere Kleider und Dekosachen hinzubringen und könnten uns wie zu Hause fühlen.« Bei den letzten Worten klingt ihre Stimme wehmütig.

»Und gibt es dort noch andere Mechs?«, erkundigt sich Noemi.

Delphine runzelt die Stirn. »Natürlich. Bakers für die Küchen, Tares für das Medcenter, William- und Oboe-Modelle für Musik, Fox- und Peter-Modelle für – na ja, du weißt schon …«

»Wie viele?«

Nach einem Augenblick zuckt Delphine die Schultern. »Hunderte, schätze ich. Vielleicht sogar tausend. Jedenfalls genug, um mit Remedy fertigzuwerden. Sie werden bald hier sein und uns rausholen.«

Noemi nickt. Ihre Zweifel behält sie für sich. Man kann nicht wissen, ob diese Mechs überhaupt etwas von der Bruchlandung mitbekommen haben. Und falls ja, ob sie eine Rettungsmission starten. Eine solche Situation selbstständig einzuschätzen, einen Plan auszutüfteln und auszuführen – das erfordert ein Maß an Initiative, zu dem Mechs normalerweise nicht fähig sind. Wenn Mansfield sie nicht sehr spezifisch programmiert hat, sitzen diese Mechs immer noch im Winterpalast, lächeln ausdruckslos vor sich hin und warten mit unendlicher Geduld auf Gäste, die niemals kommen werden. Womöglich sitzen sie noch die nächsten dreihundert Jahre dort.

Trotzdem scheinen sich die Passagiere damit zufriedenzugeben, einfach untätig herumzusitzen.

»Alles in Ordnung?« Delphine stützt sich auf die Ellbogen. Ihr Haarknoten hat sich aufgelöst, sodass ihr krauses Haar sich wie eine weiche Wolke um ihr Gesicht legt. »Du hast aber kein Fieber, oder?«

»Glaub nicht. Schwer zu sagen. Wir sind alle so müde und zerschunden und schmutzig …« Noemi zieht eine Grimasse. Sie würde alles geben für eine Dusche.

»Hauptsache, du fühlst dich nicht krank.« Delphines Miene ist schwer zu deuten. Ihre Anteilnahme wirkt nicht gespielt, aber warum diese übertriebene Sorge um Noemis Gesundheit? Sie haben doch andere Probleme.

Sie wird durch Gillian Shearers Anblick abgelenkt, die zur Mitte des Raums geht, weg von der kleinen Palette, die nun als Burton Mansfields Krankenbett dient. Die Frau sieht Jahre älter aus als zu Beginn der Reise auf der *Osiris*; die Angst hat tiefe Höhlen in ihre Wangen gegraben. Ihre von dunklen Schatten umgebenen Augen suchen den Raum nach etwas ab, was sie nicht findet, aber Noemi merkt, dass ihr Blick einige Sekunden länger auf dem Daten-Oktaeder an Simons Tank verweilt. In diesem diamantförmigen Ding war einmal die Seele ihres Sohns gespeichert – und vielleicht ist immer noch eine Kopie davon darauf vorhanden.

Mansfield hat seiner Tochter gesagt, sie soll diesen Simon abschreiben und sich einen neuen machen. Scheint ganz so, als könnte sie sich mit dieser Vorstellung nicht anfreunden.

Eigentlich ist Mansfields Haltung die weniger überraschende. Noemi kann sich vorstellen, wie Darius Akide davon spricht, dass Abel sich leicht reproduzieren ließe, wie jede andere Maschine. So denken Menschen, bevor sie einen Mech mit einer Seele erlebt haben – oder in Mansfields Fall, bevor sie verstehen, was eine Seele wirklich ist. Vielleicht hat Gillian Shearer es verstanden.

Noemi steht von ihrer Palette auf und fährt sich mit der Hand durch das schwarze Haar, sortiert sich, so gut es geht. Delphine reißt die Augen auf, die universelle Mimik, um zu fragen: *Was machst du da?*, aber Noemi ignoriert es und durchquert den Raum, um ein Gespräch zu führen.

Erst nach mehreren Sekunden nimmt Gillian Notiz von ihr. Nie haben ihre gasflammenblauen Augen intensiver gewirkt, nie unheimlicher. »Sie sind also immer noch da.«

Wohin sollte ich gehen?, denkt Noemi, kann sich ihre Bemerkung jedoch verkneifen. »Die Columbian Corporation hat nicht eingeplant, dass etwas schieflaufen könnte, stimmt's?«

Ein Anflug von Ärger flackert über Gillians Gesicht. »Wenn die Corporation das Ganze mir überlassen hätte – oder meinem Vater –, hätten wir geeignete Maßnahmen ergreifen können. Wir hätten die Umgebung des Neptun ordentlich gesichert und Mech-Patrouillen an Bord installiert, um Eindringlinge abzuwehren. Ja, wir hätten Fail-Safe-Codes für den Fall eines drohenden Absturzes programmieren können. Aber nein. Die anderen verübelten meinem Vater seine Macht und seinen Einfluss. Sie genossen es, ihn überstimmen zu können, und taten es, nur weil sie es konnten. Der Weitblick meines Vaters – sein Genie – hätte uns alle gerettet.«

Noemi behält ihre Meinung für sich. »Wenn Sie sagen, ›die anderen‹ – wen genau meinen Sie damit?«

»Andere wichtige Persönlichkeiten aus Forschung, Politik und Handel«, sagt Gillian verträumt. »Die Crème de la Crème. Die Besten, die die Erde zu bieten hat.«

Noemi verschränkt die Arme. »Ich bezweifle, dass die besten aller lebenden Menschen diesen Planeten vor Millionen Bedürftigen verstecken würden.«

Das bringt Gillian nicht aus der Fassung. »Sie können sich nicht vorstellen, wie die Zukunft aussieht, die wir aufbauen werden. Das habe ich auch nicht erwartet.«

So gern Noemi dieser Frau ihre Meinung sagen würde, es gibt Wichtigeres. »Haben Sie Simon gefunden?«

Gillian erstarrt wie jemand, der in eine Glasscherbe getreten ist – sie zuckt vor Schmerz zusammen. »Nein.«

»Konnten Sie ermitteln, in welchem Teil des Schiffs er sich befindet?«

»Wir glauben, er ist vor einer Weile in Remedy-Territorium geraten.« Gillian presst die Lippen so fest aufeinander, dass sie weiß werden, was ihren Kummer so greifbar werden lässt, dass Noemi ein Echo davon tief in ihrem Brustkorb spüren kann. Mehr als um Gillian tut es ihr um Simon leid.

»Ich könnte mich auf die Suche nach ihm machen«, sagt Noemi leise.

»Ich bin durchaus in der Lage, selbst ein Team zusammenzustellen.« Gillian klingt barsch und sie sieht Noemi jetzt nicht mehr direkt an. »Sie spielen hier keine Rolle.«

»Doch, das tue ich. Ich bin hier die Einzige außer Ihnen, die versteht, dass Simon wirklich Ihr Sohn ist.«

Als Gillian sich jetzt zu Noemi dreht, ist ihre Miene gramerfüllt. »Ich kann – ich kann ihn noch einmal machen –«

»Schon möglich«, räumt Noemi ein. Sie kann nicht beurteilen, ob sich eine Seele immer wieder kopieren lässt – ob es dann wirklich noch eine Seele ist –, hält sich jedoch vorerst an das, was sich sicher weiß. »Das ändert nichts an der Tatsache, dass sich Simons Seele in *diesem* Körper befindet, oder? Er ist nur ein kleiner Junge, und er ist allein und hat Angst. Selbst wenn Sie einen neuen bauen können, ist es doch wichtig, was mit diesem Simon passiert. Es ist wichtig für ihn und auch für Sie.«

»Aber was kümmert Sie das?«, fragt Gillian. »Wollen Sie damit etwa einen Keil zwischen mich und meinen Vater treiben?«

Ja, zum Teil schon, doch das ändert nichts daran, dass Noemi etwas Richtiges gesagt hat. »Es kümmert mich, denn wenn ich Simon sehe, sehe ich Abel.«

»Abel ist anders. Abel ist für meinen Vater.«

In einem Anflug von Zorn erwidert Noemi: »Warum ist das etwas anderes?«

»Weil mein Vater anders ist!« Einige Menschen zucken im Schlaf und regen sich; Gillian schlägt sich die Hand vor den Mund, wie um damit ihre Gefühle in ihrem Inneren zu halten, wo niemand sie mitbekommt. »Die Columbian Corporation – diese Expedition – hat uns die Chance geboten, am Inheritor-Projekt zu forschen und das volle Potenzial dieser Idee auszuschöpfen. Haben Sie sich eigentlich jemals gefragt, wie sich die Galaxie verändern würde, wenn die Besten von uns länger leben würden? Letztendlich unsterblich wären? Wissenschaftliche Entdeckungen könnten beschleunigt werden. Kunstwerke könnten in größerem Rahmen geschaffen werden als jemals zuvor in der Geschichte der Menschheit. Die Fertigkeit eines betagten Meisterchirurgen könnte in junge, starke Hände übergehen. Das strategische Wissen eines Admirals, der vier Kriege überstanden hat, in einen Körper übertragen werden, der nie verwundet wurde. Was sage ich, Kriege würden womöglich für immer der Vergangenheit angehören, wenn die Verhandlungspartner auf beiden Seiten aus der Erfahrung vieler Kriege gelernt hätten, wie man ihren Ausbruch vermeidet. Haben Sie irgendetwas davon schon einmal bedacht? Haben Sie sich gefragt, was aus der Gesellschaft werden könnte, wenn die Mächtigen nicht mehr von Angst geleitet werden?«

»Nein«, sagt Noemi. »Wenn ich darüber nachdenke,

komme ich nicht weit. Ich bleibe an der Stelle stecken, wo es heißt ›die Besten von uns‹. Wer entscheidet, wer das ist?«

Gillian fährt mit der Hand durch die Luft und sagt: »Genug.«

Sie hat recht. Dieses Gespräch hilft Noemi bei ihrem Anliegen nicht weiter. Höchste Zeit, wieder auf das eigentliche Thema zurückzukommen. »Über eins sind wir uns doch einig: dass Simon wichtig ist. Er darf nicht einfach – weggeworfen werden, damit Sie noch einmal von vorn anfangen können.«

Gillian zuckt zusammen, doch sie antwortet stockend: »Mein Vater – er hat mir eindeutig zu verstehen gegeben, dass ich –«

»Sie müssen nicht gegen den Befehl Ihres Vaters handeln. Lassen Sie mich diejenige sein, die Simon sucht und ihn zurückholt. Dann können Sie ihn vielleicht wieder in Ordnung bringen.«

Gillian starrt sie so lange an, dass Noemi fürchtet, ihre Argumentation wäre nach hinten losgegangen. Wird man sie über eine Luftschleuse in den Schnee hinausbefördern? Fast hätte sie Lust, es darauf ankommen zu lassen.

Dann zieht Gillian einen kleinen Scanner heraus und reicht ihn Noemi. »Der Scanner ist auf Mechs geeicht. Einige funktionieren noch, wenigstens teilweise, und Remedy setzt vielleicht ein paar Tares oder Yokes ein, aber …«

»Das ist mir eine Hilfe.« Noemi nimmt ihn entgegen. »Danke.«

Anstatt einer Antwort widmet sich Gillian wieder ihrem Datenleser. Die Konsole, die vielleicht nützlicher wäre, baumelt von der Decke; im tiefen Dunkel der Nacht könnte sie ein Wasserspeier oder Geier sein, eine finstere, drohende Gestalt, die über ihnen lauert.

Die Grenzen zwischen den von den Passagieren und von Remedy verteidigten Zonen verschieben sich zuweilen mit dem An- und Ausgehen von Kraftfeldern. Wie alles andere auf der *Osiris* muss auch die Stromversorgung beschädigt worden sein. Noemi bewegt sich langsam, scannt jeden Raum, bevor sie ihn betritt, und streckt die Hand aus, um zu prüfen, ob die Luft sich besonders warm anfühlt oder mit statischer Elektrizität geladen ist; beides sind Anzeichen für ein Kraftfeld in diesem Bereich. Sie hat nicht vor, sich auf die falsche Seite einer Grenzlinie zu verirren.

Wäre vielleicht gar nicht so schlecht, denkt sie, während sie durch einen halb eingestürzten Korridor zum großen Ballsaal kriecht, wie ihr auf den Kopf gestellte Schilder mitteilen. *Ich könnte zu denen von Remedy gehen und sagen: Hey, ich bin von Genesis, sind wir hier nicht irgendwie auf derselben Seite? Bis auf die Tatsache, dass ich nicht an Terror glaube und …*

Noemi seufzt. Nein, jetzt die Seiten zu wechseln, ist keine gute Idee. Noemi ist bei keiner der beiden Parteien auf diesem Schiff besonders beliebt, aber bei den Passagieren weiß sie wenigstens, woran sie ist, und hat sich ein bisschen Wohlwollen erarbeitet. Wenn sie Simon finden kann, werden ihre Aktien vielleicht noch höher steigen.

Aber ihre Hauptmotivation liegt darin, nach jemandem zu suchen, der verängstigt und allein ist, einem Wesen, das Abel mehr ähnelt als wahrscheinlich jedes andere, dem sie jemals begegnen wird. Sie wird Abel nie wiedersehen, nie Gelegenheit haben, das Geheimnis seiner Existenz zu ergründen. Alles, was sie tun kann, ist, Simon in seinem Namen zu helfen.

Erfüllt von einer Welle der Traurigkeit, die ihr das Atmen schwer macht, verharrt sie auf der Stelle. Noemi hatte gedacht, sie hätte sich damit abgefunden, Abel nie mehr wiederzusehen. Ihr Abschied auf seinem Schiff war für sie etwas Endgültiges gewesen. Nichts, was in den letzten Tagen passiert ist, hat daran etwas geändert. Dieser kurze Kontakt über das Hologramm – selbst das war mehr, als sie je hätte erwarten dürfen. So erschreckend dieser Moment war, sie bewahrt ihn immer noch wie einen Schatz in ihrem Herzen. All die Hässlichkeit wurde durch diesen einen Anblick von Abels Gesicht in den Hintergrund gedrängt.

Wenn er sie gefunden hätte – sie gerettet hätte, und sie wieder zusammen gewesen wären …

Was hätte ich gefühlt?

Was wäre aus uns geworden?

Sie schiebt diese Gedanken weg. Es hat keinen Sinn, sich etwas zu wünschen, was nie sein kann, auch wenn es noch so … so schön gewesen wäre. Abel befindet sich am anderen Ende der Galaxie, für immer sicher vor Mansfield, und das ist Belohnung genug. Sie muss sich darauf konzentrieren, Simon zu finden und selbst am Leben zu bleiben.

Als sie die enge Passage durchquert hat, steht Noemi auf und wischt sich Staub und Schmutz von den Unterarmen und Knien. Sie verzieht das Gesicht, als sie merkt, dass ein Teil davon in den absurd tiefen Ausschnitt ihres Jumpsuits gerutscht ist. *Warum hat nur jemand ein so unpraktisches Kleidungsstück entworfen, ganz zu schweigen von …*

Eine Hand noch immer auf dem Wasserfallausschnitt ihres Jumpsuits hält Noemi inne, als sie ein schwaches elektronisches Piepen wahrnimmt. Sie zieht den Scanner aus ihrem behelfsmäßigen Utensiliengürtel und sieht ein rotes Blinklicht auf dem Display.

Ihrer militärischen Ausbildung folgend, legt sie sofort die Hand an den Blaster, doch dann hält sie inne. Wenn das Simon ist, ist er unbewaffnet. Man muss ihm als Freund entgegentreten.

Wenn es nicht Simon ist – na ja, alle anderen intakten Mechs sind wahrscheinlich keine Bedrohung.

»Simon?«, ruft sie leise, während sie einen Schritt vorwärts macht. Unter ihrem Stiefel knirschen irisierende Deckenplatten. »Simon, wir sind uns schon mal begegnet. Weißt du noch?«

Weiter vorne im Korridor rührt sich etwas und sie verharrt reglos. Ihre Augen machen die Gestalt eines kleinen Jungen aus, der auf dem Boden sitzt und mit etwas spielt. Als sie sich kriechend weiterbewegt, schaltet sich eine einzelne Notlampe ein; ihr orangefarbener Strahl fällt auf Simons Gesicht und zeigt dessen unfertige Züge; es sieht schlimmer aus, als Noemi es in Erinnerung hatte, obwohl sie nicht sagen könnte, warum. Der Kontrast zwischen dem ausdruckslosen, maskenhaften Gesicht und dem Kummer in seinen Augen macht den Anblick so schrecklich. Der Junge sitzt in einem makabren Haufen zerstörter Mechs, zwischen abgetrennten Köpfen und Gliedmaßen, die in dem gedämpften, unheimlichen Licht noch menschenähnlicher wirken.

Aber Simon macht einen stabileren Eindruck. Irgendwo hat er einen grauen Mech-Overall gefunden und ihn angezogen, dabei hat er in fast komischer Manier Ärmel und Beine aufgekrempelt. So hätte sich auch ein Kleinkind verhalten, und als er etwas sagt, klingt er nicht mehr so panisch. »Ich erinnere mich an dich.«

»Ich heiße Noemi. Deine Mom hat mich geschickt, um nach dir zu suchen.«

Daraufhin runzelt er die Stirn. »Mummy hat das mit mir gemacht.« Er tatscht sich einmal an die Seite seines Kopfs. »Sie hat die Stimmen hier reingetan.«

»Sie wollte nur, dass es dir besser geht, nachdem du krank warst«, sagt Noemi. Freundlicher kann sie es nicht ausdrücken. »Du hattest Spinnweben. Ich hatte das auch. Ich weiß, wie furchtbar es sich anfühlt.«

Es kümmert ihn nicht. Kleine Kinder vergessen, dass sie krank waren, wenn sie wieder gesund sind – obwohl *gesund* vielleicht kein passendes Adjektiv für Simons Zustand ist. »Es hilft, wenn ich mit den Stimmen spreche.«

»Okay«, sagt Noemi. Sie muss ihm einfach immer beipflichten, so lange, bis er sich ausreichend beruhigt hat, um mit ihr zu seiner Mutter zurückzukehren. »Was sagst du denn zu ihnen?«

»Ich sage ihnen, dass ich wütend bin. Dass ich auf die ganze Welt wütend bin. Sie wollen mir helfen.«

Als sie ein Geräusch hört, bekommt sie vor Schreck eine Gänsehaut. Noemi rollt sich in die nächste Ecke, zieht ihren Blaster, macht sich gefasst auf Remedy-Kämpfer …

… und erblickt stattdessen Mechs vor sich, über ein Dutzend davon. Sie stehen unbeteiligt da, offenbar alle auf Simons Befehl.

Nur ein Charlie ist vollkommen intakt. Alle anderen sind

schwer verstümmelt, zu Bruchstücken ihres früheren Selbsts geworden: Ein Zebra hat einen am Ellbogen abgerissenen Arm, bei einer Jig ist eine Gesichtshälfte verschmort, sodass der metallene Schädel freigelegt wurde, ein Peter humpelt auf Beinen, an denen kaum noch Fleisch hängt. Echtes Blut und helle Kühlflüssigkeit sind auf ihre leeren Gesichter und ihre zerrissene Kleidung gespritzt. Es sind nur Maschinen – nicht wie Simon, total anders als Abel –, aber das macht die Sache nicht besser. In gewisser Weise ist es sogar noch schlimmer. Für verwundete Menschen empfände Noemi Mitleid, doch diese verdrehten, grotesken Figuren rufen Entsetzen in ihr hervor. Alle Instinkte sagen ihr, dass hier etwas ganz und gar nicht stimmt.

Die abgerissene Haut, das Blut – das sind nur die Schäden, die sie sehen kann. Wie kaputt sind sie innerlich?

In Simons künstlichem Gesicht tut sich etwas, man sieht schnelle Zuckungen an seinen halb ausgeformten Augenbrauen und seinem zu schmalen Mund, bis er so etwas wie ein Lächeln zustande bringt. »Das sind meine Freunde«, sagt er mit brüchiger Stimme. Ihrem Klang fehlen einige Frequenzen, sodass seine Maschinenhaftigkeit allzu deutlich wird. »Sie spielen gerne Fangen. *Schau mal.*«

Wie auf Kommando stürzen sich alle gleichzeitig auf Noemi.

Es gibt kein Entrinnen. Sie wirft sich zurück in den eingestürzten Korridor und windet sich hindurch, so schnell sie kann. Nackte Metallfinger schließen sich um ihren Knöchel, ziehen sie zurück, und sie schreit. Mit einem Tritt hat sie den Mech abgeschüttelt, den Tunnel hinter sich gelassen, aber sie jagen ihr durch das Schiffswrack hinterher.

Los los los los los. Noemi rennt den Korridor entlang, springt über einen kaputten Kronleuchter, eine Hand am Blaster. Als sie an eine Ecke kommt, dreht sie sich um und feuert. Grüne Blasterstrahlen durchschneiden die Luft und erledigen einen Baker, doch die anderen Mechs laufen unbeirrt weiter, kennen nur ein Ziel.

Noemi rennt noch schneller, treibt sich bis ans Limit. Vor sich sieht sie ein umgedrehtes Schild, das zum Theater weist. *Okay, ein Theater, das ist ein großer Raum, vielleicht kann ich sie dort ein bisschen abhängen.*

Etwas Sichereres als das Theater ist nicht in Sicht.

Ein Blick über die Schulter zeigt ihr, dass die Mechs aufholen. Die verschiedenen Modelle sollten sich eigentlich unterschiedlich bewegen – das weiß Noemi aus den Schlachten –, aber so ist es nicht. Jeder einzelne Mech läuft genau gleich: mit Simons seltsamem, watschelndem Kindergetrippel.

Sie bewegen sich wie eine Person, denkt sie in all ihrer Angst. *Sie benehmen sich fast wie – wie eine Erweiterung von Simons Geist.*

20

Die Patrouille, die von Abel zum Theater geführt wird, ist nicht groß – nur sechs Remedy-Kämpfer, von denen fünf mit sichtlichem Unmut dem Kommando eines Mechs folgen. Die sechste von ihnen ist Riko. Abel hofft, dass sich ihr Vertrauen in Riko zumindest ein klitzekleines bisschen auf ihn überträgt.

Er muss die ganze Zeit an die Kraftfelder überall im Schiff denken, die womöglich mit Sprengfallen versehen sind. Jedes einzelne davon hindert Noemi daran, ihrer Geiselhaft zu entkommen. Sie würde versuchen zu fliehen, wenn sie könnte – er weiß noch, unter welch grausamen Bedingungen sie festgehalten wurde, in einem Kraftfeld hängend, und kann spüren, wie hilflos sie sich gefühlt haben muss – aber das würde sie nur in noch größere Gefahr bringen. Wenn sie auf das falsche Kraftfeld träfe –

Abel sieht es förmlich vor sich, dieses Horrorereignis, zu dem es vermutlich nie kommen wird: Noemi wird von einer Explosion zerfetzt, Haut und Knochen bersten.

Los, weiter, ermahnt er sich. *Es hilft Noemi nichts, wenn du dich mit negativen Gedanken herumschlägst.*

Während sie sich ihren Weg durch die schummrigen Korridore bahnen, die Waffen griffbereit, fragt Riko leise: »Du hast also mit Ephraim gesprochen?«

»Ja. Noemi hielt ihn für denjenigen, der Genesis gerade am ehesten helfen konnte.«

Riko senkt den Blick. »Und wie hat er – geht es Ephraim gut?«

»Er hat nichts Gegenteiliges angedeutet.« Abel durchforstet seine Gedächtnis-Datenbanken. Ephraims und Rikos Gesichtsausdruck, wenn sie über den anderen sprechen, ist nicht so, wie man es bei ehemaligen Kollegen oder auch Freunden erwarten würde. Er überprüft seine Hypothese, indem er ergänzt: »Ephraim wirkte unglücklich, als er von deiner Abreise sprach.«

Riko läuft rot an und Abel hat seine Bestätigung. Sie muss ihm vom Gesicht ablesen, dass er Bescheid weiß, denn sie fügt rasch hinzu: »Es hat nicht lang gehalten. Es konnte nicht halten. Wahrscheinlich wäre es besser nie dazu gekommen.«

»Ihr beiden seid wie Feuer und Wasser«, sagt Abel. »Als wir uns auf der Erde trennten, hatte ich den Eindruck, dass ihr euch nicht einmal besonders mochtet.«

Das bringt ihm einen Seitenblick von Riko ein. »Noemi ist eine Soldatin von Genesis. Du bist ein Mech von der Erde. Ich wette, ihr seid auch nicht von Anfang an aufeinander geflogen.«

Als Abel und Noemi sich kennenlernten, versuchten sie, sich gegenseitig umzubringen. »Eine berechtigte Annahme.«

»Ich bin einfach froh, dass ihm nichts passiert ist.« Ein Zucken geht über Rikos Gesicht und sie reibt sich die Schläfe. »Wenn ich an ihn denke, kriege ich Kopfweh.«

Lautes Geschepper hinter der Biegung des Korridors alarmiert Abel einen Sekundenbruchteil, bevor die Menschen es ebenfalls hören. Als er um die Kurve biegt, zückt er seinen Blaster …

Und stoppt. Die beschädigten Mechs vor ihm sind keine Kampf-Mechs. William-Modelle sind Musiker; Sugar-Modelle Köche. Offenbar gehören sie nicht zum Angriffsteam der Passagiere, aber was machen sie dann …

Die Faust der Sugar landet in Abels Bauch, bevor seine Sensoren die Bewegung erfasst haben. Er knallt gegen die Wand, sein Blaster fällt klappernd zu Boden; er ist völlig überrumpelt von der Stärke des Schlags. Verdutzt versucht er sich zu sammeln. Wie kann sich eine Sugar im Kampfmodus befinden? Darauf sollte sie nicht programmiert sein.

Doch jetzt hat es der William auf ihn abgesehen, er stürzt sich mit Karacho auf Abel. Diesmal kann Abel sich rechtzeitig ducken, aber seine Verwirrung wächst. Zivil-Mechs dürfen eigentlich nur Gewalt anwenden, um Menschen zu verteidigen – und auch dann sollte es nicht mehr als ein Schieben oder Rempeln sein –, doch die Sugar hat eine schwere Metallstange aus den Trümmern geborgen und scheint darauf aus zu sein, Abel in Stücke zu schlagen.

Sie holt aus. Abel fängt die Stange mit der offenen Handfläche ab, ohne auf den Schmerz zu achten, der ihm durch den Aufprall vom Handgelenk bis in die Schulter fährt. Er schließt die Faust um die Stange und zieht sie mit aller Kraft zurück; die Sugar lässt nicht los, was bedeutet, dass sie an die Decke geschleudert wird. Ihr Körper fällt auf den Boden und zuckt unkontrolliert. Erst jetzt sieht er, dass die gesamte hintere Hälfte ihres Schädels fehlt.

Nun greift erneut der William an, und Abel schwingt die Stange, um ihm damit auf die Hüfte zu schlagen, dabei bricht das Hüftgelenk; während der William fällt, drischt Abel auf seinen Kopf ein. Der William sackt neben die Sugar und bleibt reglos liegen.

»Mehr haben sie nicht zu bieten?«, fragt einer der Remedy-Kämpfer so angeberisch, als hätte er sich selbst am Kampf beteiligt. »Wenn das die einzigen Mechs sind, die die Passagiere auf Lager haben, sind sie erledigt.«

»Vielleicht.« Stirnrunzelnd wendet Abel sich von der Sugar und dem William ab und bückt sich, um seinen Blaster aufzuheben. »Aber die größere Gruppe von Mechs steht uns noch bevor.«

Laut Abels Messungen befindet sich die Mech-Patrouille in der Nähe, allerdings auf der anderen Seite des nahe gelegenen Theaters, etwa zwei Ebenen weiter unten. Er läuft noch schneller durch den Korridor und macht den anderen Zeichen, ihm zu folgen.

Ein flinker Sprung bringt ihn auf die Ebene der Bühnentür, und es gelingt ihm, sie mit beiden Händen aufzustemmen. Abel verharrt in der schmalen Öffnung; nur ein paar Notlampen knapp über dem jetzigen Boden beleuchten den dunklen Theatersaal. Er verschiebt die Frequenzen seiner visuellen Sensoren, um sich ein Bild der Lage zu machen. Die Bühne hängt über ihm, ein offener Raum mit altmodischen Samtvorhängen, die nach unten in Richtung der ehemaligen Decke wallen. Während die Theatersitze im Parkett etwa auf Kopfhöhe in geraden Reihen herunterragen, laufen die Balkone darunter auf jeder Ebene in gewölbten Bogen um den Raum; ihr Anblick erinnert Abel an eine Nautilusmuschel.

Die geschwungene Akustikdecke des Theaters ist zu einem schüsselartigen Boden geworden, der mehrere Meter nach unten führt.

Abel ist noch damit beschäftigt, die genaue Entfernung zum Boden abzuschätzen, als er eine Tür zuschlagen hört, dann einen dumpfen Aufprall – als würde jemand von einer der Türen zum Zuschauerraum auf einen der untersten Balkone fallen. Weitere Geräusche folgen, Schritte, die immer mehr werden: Die Mech-Patrouille ist in das Theater eingedrungen. Bald werden sie versuchen, sich zum Remedy-Territorium durchzuschlagen.

Abel hingegen hat vor, sich durch sie hindurchzuschlagen – und sich einen Weg zu Noemi zu bahnen.

Ohne zu warten, bis die Remedy-Mitglieder hinter ihm durch die Bühnentür geklettert sind, zieht er seinen Blaster, visiert seine Ziele an und eröffnet das Feuer.

Eine Tare ist trotz ihres stark beschädigten Kopfs immer noch irgendwie funktionstüchtig, als sie den Balkon umrundet: Ein Schuss, und sie sackt in einem Nebel aus Funken und Blut nach unten.

Ein vollkommen intakter, aber unbewaffneter Charlie läuft sehr schnell und zielstrebig – doch nicht auf den Ausgang auf der anderen Seite zu, wie man es vom Mitglied einer durchquerenden Mech-Patrouille erwarten würde: Abel feuert und erledigt auch ihn.

»Was ist da los?«, will Riko von unten wissen.

»Ich habe nicht mehr Daten als du.«

»Bedeutet das in Robotersprache: ›Woher soll ich das wissen?‹«

»Nein, auch wenn das eine berechtigte Frage ist.« Abel

richtet seine Aufmerksamkeit auf das Durcheinander von Mechs in der Dunkelheit unter ihm. Ihre Bewegungen ergeben keinen Sinn, wirken aber zu kontrolliert, um rein zufällig zu sein.

Sie versuchen gar nicht, zum Remedy-Territorium vorzudringen. Diese Mechs haben ein anderes Ziel.

Abel schwenkt das Visier seines schussbereiten Blasters auf die vorderste Spitze der Gruppe, lässt es über die ganze Mech-Spirale bis hin zu ihrem Ziel wandern.

Die Person, die da im Gegenlicht der Notbeleuchtung auftaucht, ist circa 1,68 Meter groß, von weiblichem Aussehen und hat kinnlanges schwarzes Haar. Ihre Statur – ihre Bewegungen – sogar die Art, wie sie läuft …

Abel geht alle Maße noch einmal durch, denn er muss sich absolut sicher sein. Er kann seinem eigenen sensorischen Input nicht trauen; bestimmt zeigt er ihm nur, was er unbedingt sehen möchte.

Aber jedes Detail passt.

Identifikation bestätigt.

Abel beugt sich durch die Tür und schreit: »*Noemi!*«

Sie hält einen Moment inne, ihre Miene ist unergründlich. Dieser Moment reicht den anderen Mechs beinahe, um sie einzuholen, doch sie setzt sich wieder in Bewegung und schreit dabei: »*Abel?*«

Innerhalb von 0,72 Sekunden hat er jede Rettungsmöglichkeit abgeschätzt und eine Entscheidung getroffen. Er springt von seinem Aussichtspunkt nach unten, und zwar in einem solchen Winkel, dass er sich unterwegs eine der goldenen Vorhangschnüre schnappen und das Ende mit hinunterziehen kann.

Leise und anmutig wie eine Katze landet er mit den Füßen auf dem geschwungenen Boden. Sofort hechtet Abel auf die nächste Ebene, wobei sich sein Weg mit Noemis kreuzt. Sie kommt auf ihn zu, erst nur ihr Schatten, dann sie selbst. Als sie sich in seine Arme wirft, stoßen sie so heftig zusammen, dass er fast den Halt verliert.

Sie ist hier. Sie ist hier bei mir. Das ist eine simple, grundlegende Tatsache, und doch muss Abel sie sich immer wieder vergegenwärtigen. Nach all den Monaten der Sehnsucht kann sein Bewusstsein ihre Anwesenheit noch nicht voll verarbeiten; er sollte später einen Selbstdiagnoselauf durchführen. Im Augenblick kann er sie nur festhalten.

Noemi keucht so scharf auf, dass Abel erst denkt, sie hat Schmerzen – aber sie schwingt ihren Blaster nach oben und feuert auf etwas hinter ihm. Als Abel sich umdreht, sieht er zwei Meter hinter ihnen einen King-Mech, der qualmend rückwärtsstolpert. Sie hat ihn zerstört, eine Sekunde bevor der King sie beide erledigt hätte. Abels Reaktion auf das Wiedersehen mit Noemi hat seine grundlegendsten Sicherheitsprotokolle außer Kraft gesetzt. Sie müssen den Hochrisikobereich verlassen, bevor seine Fehlfunktion sie noch mehr in Gefahr bringt.

»Halt dich an mir fest«, sagt er. Sie tut es. Er springt hinunter zu der Vorhangschnur und packt sie; Noemi braucht keine Aufforderung, um sich an seinen Rücken zu klammern. Das kennt sie schon. So schnell er kann, hangelt er sich hinauf, bringt sie beide außer Reichweite der seltsamen, demolierten Mechs.

Am oberen Ende der Vorhangschnur angekommen, schwingt Abel sich auf einen kleinen Balkon kaum einen Meter unterhalb der Remedy-Mitglieder. Erst fällt Noemi schwer atmend auf die Knie, als könnte auch sie ihren Augen nicht trauen. Doch als er sich zu ihr kauert, schmiegt sie sich eng an ihn – und endlich, endlich liegt er wieder in Noemis Armen.

Sie vergräbt ihr Gesicht in seiner Halsbeuge, was in ihm ein so vertrauensvolles, zärtliches Gefühl hervorruft, dass er an nichts anderes denken kann. Er zieht sie näher an sich und genießt ihre Gegenwart mit allen Sinnen. Das Glück dieses Augenblicks ist mehr, als er je zu hoffen gewagt hat.

»Abel«, flüstert Noemi und löst sich von ihm. In der Dunkelheit sind ihre Gesichter nah beieinander, und er erinnert sich wieder an ihren Kuss, als wäre es gestern gewesen. »Was machst du denn hier?«

»Dich zurückholen natürlich.«

»Du hättest nicht kommen sollen. Mansfield – wenn er merkt, dass du hier bist –« Sie hält inne. »Er liegt im Sterben. Es kann jeden Tag so weit sein. Jede Stunde. Er ist völlig verzweifelt.«

Schmerzhaft pocht seine oberste Direktive in ihm, befiehlt ihm, seinen Schöpfer zu retten, doch er ignoriert es. »Das Risiko, das ich eingegangen bin, war nichts im Vergleich zu der Gefahr, in der du schwebtest. Ich musste dich finden.«

Noemi lacht auf, obwohl ihr Tränen in die Augen treten. »Also hast du mir nichts, dir nichts ein verstecktes Raumschiff und ein verstecktes Tor und einen versteckten Planeten gefunden, als wäre das ein Kinderspiel?«

»Ich musste kommen«, entgegnet er. So einfach ist das für ihn.

Diesmal klingt ihr Lachen eher nach einem Schluchzen und sie umarmt ihn noch fester.

Abel fragt sich, ob er im Kampf beschädigt wurde, weil er immer noch nicht klar denken kann. Ihre Umarmung raubt ihm die Fähigkeit, sich auf irgendetwas anderes zu konzentrieren.

Vielleicht ist das auch nur eine Wirkung extremer Glückseligkeit. Vielleicht ist dies das menschliche Gefühl der Freude.

»Was ist denn da unten los?«, ruft Riko. Die irreale Blase um sie herum zerplatzt und er ist sich wieder der Gefährlichkeit ihrer Situation bewusst. Höchste Zeit, in den Normalbetrieb zurückzukehren.

»Ich habe Noemi gefunden«, ruft Abel ihr zu. »Wir müssen auf einem anderen Weg zurück zur Brücke, aber wir werden bald wieder zu euch stoßen.«

»Noemi? Hallo!«

»Riko?« Noemi lacht abgehackt, sie kann es nicht glauben. »Wir sind gleich da.«

Sie stehen auf. Noemi atmet schwer, ganz offensichtlich hat sie die Grenzen der menschlichen Belastbarkeit erreicht. In Abel erwacht der Beschützerinstinkt. »Wir müssen weg von diesem Planeten«, sagt er.

»Ach wirklich?« Ihr Lächeln ist noch schöner, als er es in Erinnerung hatte.

Zusammen suchen sie sich einen Weg von dem Balkon in einen anderen Korridor, der erheblich stärker in Mitleidenschaft gezogen ist als die meisten, durch die Abel bisher gekommen ist. Hier ist die Temperatur um 2,2 Grad niedriger, was auf einen Bruch in der Schiffshülle in nicht allzu weiter Entfernung hindeutet. Er korrigiert erneut seine Beurteilung des Wracks und geht nun davon aus, dass der am schwersten beschädigte Teil der *Osiris* ganz in der Nähe liegen muss. Diese Information ist immens wichtig, da sie Noemis Wohlergehen betrifft.

Für sie steht nicht die zunehmende Kälte, sondern etwas anderes im Fokus ihrer Aufmerksamkeit. »Genesis – Spinnweben – konntest du –«

»Ich habe Ephraim kontaktiert. Er arbeitet an der Beschaffung der Medikamente und versucht, so viele Mitglieder von Remedy wie möglich zum Mitmachen zu bewegen.« Abel bleibt stehen, um eine abgebrochene Strebe aus dem Weg zu räumen; Noemi duckt sich unter seinen nach oben gestreckten Armen hindurch. Noch mehr zerstörte Mechs liegen am Boden verstreut, aber er versucht sie zu ignorieren. »Harriet und Zayan helfen ihm dabei, wohlgesonnene Vagabunden für die Transporte zu gewinnen. Und einige Razers auf Cray suchen in ihren Biotechnologie-Labors nach dem modifizierten Spinnweben-Virus.«

Noemi blinzelt. »Das ist – oh mein Gott, das ist wundervoll.« Ihr Lächeln kehrt zurück. »Und Remedy macht tatsächlich mobil, um zu helfen?«

»Für eine Mobilisierung der Massen bräuchte Ephraim einen Alarmcode, den er nicht besitzt. Aber Captain Fouda hat einen, und er ist bereit, ihn mir zu geben, wenn ich ihm im Gegenzug helfe, das Schiff zu befrieden.«

»Er stellt Bedingungen? Er schachert mit dem Leben von Milliarden …« Sie reißt sich zusammen. »Okay. Wir machen es so, und dann fliegen wir zurück und erzählen der ganzen Galaxie von Haven. Sie haben versucht, Haven zu verstecken, aber wir werden sie nicht damit davonkommen lassen. Die Vagabunden, die Menschen auf Stronghold, sogar die Bürger der Erde – sie verdienen zu erfahren, dass diese Welt existiert.«

Eine Reihe von Berechnungen, die er mehrere Stunden lang nebenher ablaufen ließ, bedürfen nun der Erörterung. »Die Existenz von Haven hat das Potenzial, den Befreiungskrieg zu beeinflussen.«

»Das könnte *alles* verändern.« Offenbar hat Noemi dieselben Berechnungen angestellt und sie mit ihrer menschlichen Vorstellungskraft weitergesponnen. »Sicher, Haven ist ein kalter Planet, aber er ist bewohnbar und wunderschön. Hier könnten Millionen von Menschen leben, vielleicht sogar Milliarden! Wenn es ein neues Zuhause für die Menschheit gibt und die Galaxie davon erfährt, müssen sie Genesis nicht erobern. Dann könnten wir sogar Menschen aufnehmen, aber freiwillig – diejenigen, die sich für unsere Lebensweise entscheiden – oh, Abel, das könnte die Antwort auf alles sein.«

Er will sie darauf hinweisen, dass absolut nichts die Antwort auf alles sein kann. Die Erde muss diesen Planeten aus einem bestimmten Grund versteckt haben, den er aber bisher nicht ergründen konnte. Und außerdem, wenn es noch mehr giftige Areale gibt wie das, über das er auf dem Weg hierher geflogen ist, bedeutet dies, dass Haven nicht überall für Menschen bewohnbar ist.

Doch dann drückt Noemi ihn erneut an sich und er klassifiziert diese vernünftigen Einwände als irrelevant. Er möchte jede Empfindung, jede Emotion, jede Millisekunde speichern. Trotz all der Tragik und all des Schreckens um sie herum ist er wieder mit dem Mädchen, das er liebt, vereint, und nichts kann diese wundervolle Tatsache vollständig trüben.

Abel ist sich natürlich bewusst, dass Noemi ihn nicht liebt, zumindest nicht auf dieselbe Art, wie er sie liebt. Auch das ist irrelevant. Seinem Verständnis nach ist Liebe kein Geschäft; es ist etwas, was man freiwillig gibt. Die Freude besteht im Geben.

(Viele Unterhaltungsformate der Menschen scheinen das falsch darzustellen, aber ihr Informationsgehalt ist natürlich geringer als der von tatsächlichen Erfahrungen, und daher vernachlässigt er sie.)

Ein raschelndes Geräusch von oben, aus dem beschädigten, verbogenen Metall, reißt ihn aus seiner Versunkenheit. Noemi hört es auch, und sie treten einen Schritt voneinander zurück, als sie nach oben schauen.

Zu Abels riesiger Erleichterung ist die kleine Gestalt, die durch die Wrackteile auf sie herabblickt, Simon. Er ist noch immer am Leben, und er hat es sogar geschafft, sich Kleider zu besorgen. Das zeigt, dass er auf normale soziale Signale von Menschen reagiert, Simons Seele stellt sich also auf seinen neuen Körper ein. Sein … *Neffe* kann immer noch gerettet werden.

»Noemi«, sagt er, »das ist …«

»Ich weiß, wer das ist.« Jede Faser ihres Körpers ist angespannt. Als ihre Blicke sich begegnen, flüstert sie: »Mir ist klar, was das für dich bedeutet, aber Simon – ich glaube, mit ihm stimmt etwas nicht.«

Das ist eine Überreaktion auf Simons unfertiges Äußeres. Menschen lassen sich durch optische Reize manchmal allzu sehr beeinflussen. Abel nimmt ihre Hand, weil er sie trösten und ein Gespräch zwischen ihr und Simon herbeiführen will.

Doch dann kichert Simon, ein schrilles, seltsames Geräusch. »Kuckuck«, ruft er. »Kuckuck!«

Das allein ist für Abel kein Grund zur Beunruhigung. Aber er besitzt jetzt menschlichen Instinkt, und dieser Instinkt sagt ihm, dass Noemi vielleicht nicht ganz unrecht hat.

Er weiß noch nicht, was Simon ist, nur dass Simon nicht so ist, wie er sein sollte.

21

Noemis Magen zieht sich vor Angst zusammen, als Simon sich zu ihnen herunterfallen lässt. Von oben hört sie noch mehr raschelnde Geräusche; als sie hochblickt, sieht sie eine abgetrennte Mech-Hand, die wie eine Spinne über die Decke krabbelt. Simon spielt immer noch mit seinen Spielsachen.

Abel bemerkt es nicht. Das schiere Wunder, noch einen Mech, der so ist wie er, gefunden zu haben, muss alles Rationale in ihm verdrängt haben. Er streckt eine Hand zu Simon aus. »Anscheinend habt ihr beiden euch schon kennengelernt«, sagt Abel. »Wir sind Freunde, so wie du und ich Freunde sind.«

»Sie ist nicht meine Freundin. Ich mag sie nicht.« Simon klingt wie ein Spielplatztyrann. Noemi fragt sich, ob er selbst so war oder ob er sich daran erinnert, dass er immer vor solchen Kindern in Deckung gegangen ist. Man kann nicht beurteilen, wie er sich als kleiner Junge benommen hat und was er erlebt hat. Was von ihm übrig ist, ist weder menschlich noch Mech – und während Abel das Beste beider Welten in sich vereint, ist es bei Simon vielleicht das Schlechteste.

Dich machen nur seine Spielsachen so kirre, sagt Noemi sich. *Vielleicht lässt er sich wieder in Ordnung bringen. Wenn es überhaupt jemand kann, dann Abel.*

Doch sie starrt wie gebannt auf die Hand, die an der Wand auf sie zukrabbelt.

Abel indes lächelt. »Wenn man Noemi das erste Mal begegnet, kann sie grob und kratzbürstig sein. Du musst sie nur besser kennenlernen.«

»Abel«, sagt sie. Das Wort kommt hauchig und verhuscht heraus, als hätte ihr der Anblick Abels neben diesem Ding den Mut geraubt. »Du kennst Simon offensichtlich schon, aber ich weiß nicht, ob du verstehst, wer er ist …«

»Gillians Sohn und Mansfield Enkel.«

Noemi blinzelt. »Okay. Es ist nur so, Gillian will ihn zurückhaben, und Mansfield will, dass er deaktiviert wird.«

Abel dreht sich zu ihr und seine Miene schockiert sie zutiefst. Sie wusste nicht, dass er echten Zorn empfinden kann. »Deaktiviert?«

Vielleicht hat Burton Mansfield ausnahmsweise einmal recht? Aber nein. Sie kann Simon nicht so schnell verloren geben. »Er macht seltsame Sachen mit den kaputten Mechs. Es ist, als – als würde er sie kontrollieren.«

»Das sind meine Spielsachen«, sagt Simon. Er neigt den Kopf zur Seite wie ein neugieriger Hund. Nur sieht es weitaus weniger niedlich aus. »Sie mag meine Spielsachen nicht. Noemi jagt sie in die Luft.«

Abels Miene hellt sich auf, als wäre das irgendwie eine positive Wendung des Gesprächs. »Das Temperament meiner Freundin ist sehr wechselhaft. Aber ich habe herausgefunden, dass Güte ihr wahres Wesensmerkmal ist. Sie versteht, dass

Mechs wie wir nicht bloß Mechs sind. Dass wir mehr sind. Gar nicht so anders als Menschen …«

»Ich bin aber anders.« Simon stolpert rückwärts. Er bewegt sich in seinem neuen Körper immer noch unbeholfen. »Andere Menschen haben nicht dieses laute Geschrei im Kopf. Ich will, dass es aufhört. Warum hört es nicht auf?«

»Was du als ›Geschrei‹ wahrnimmst, sind wahrscheinlich deine Datenbanken, die dir Rohinformationen liefern.« Abels Lächeln geht Noemi zu Herzen. Er möchte unbedingt glauben, dass Simon so ist wie er. »Ich kann dir beibringen, wie du den Input deiner Datenbanken und den unablässigen sensorischen Input nach Priorität ordnest. Ich meine – ich kann dir beibringen, wie aus dem Schreien ein Flüstern wird. Dann macht dir das Zuhören nichts mehr aus.«

»Abel«, sagt Noemi leise. »Simon war derjenige, der mir im Theater die Mechs auf den Hals gehetzt hat.«

Damit dringt sie endlich zu ihm durch. Abel sieht sie an, die Stirn besorgt in Falten gelegt. »Das dürfte eigentlich nicht möglich sein.«

»Ich war's! Ich war's!« Der Knirps in dem schlecht beleuchteten Korridor lacht, als eine abgetrennte Hand auf ihn, seinen Meister, zukrabbelt – und irgendwie ist sein Lachen das Gruseligste an der ganzen Szene. »Meine Spielsachen sind meine Freunde. Meine *richtigen* Freunde. Sie machen alles, was ich ihnen sage. Sie helfen mir.«

Noemi klammert sich an den Ärmel von Abels dicker weißer Jacke. »Bitte, lass uns gehen.«

»Alles gut …« Abel verstummt, als die kaputten Mechs am Boden zu zucken beginnen.

So demoliert diese Mechs sind, sie versuchen, auf Simon

zu reagieren. Ein einzelner Arm kriecht auf sie zu, zieht sich mit seinen blutigen Metallfingern vorwärts. Eine Sugar rollt sich herum und tritt auf Noemis Füße ein. Noemi rettet sich durch einen Sprung zur Seite und zupft noch nachdrücklicher an Abels Ärmel. »Wir müssen hier raus, bevor er noch mehr davon holt.«

Über einen solchen technologischen Durchbruch möchte Abel natürlich sprechen. »Du kontrollierst die anderen Mechs? Per Fernsteuerung? Das ist ein bemerkenswerter Fortschritt, Simon. Kannst du erklären, mit welcher Methode du …«

»Nein!« Simon ballt die Hände zu Fäusten. »Sie gehören mir!«

Der Uncle auf dem Boden will Abels Bein packen, verfehlt es aber. Die Bewegung lenkt Noemi von der Sugar ab, die nach ihrem Blaster greift.

Sie schafft es gerade noch, den Blaster zurückziehen, und erledigt die Sugar mit einem einzigen Schuss. Während sich diese scheppernd in ihre Bestandteile auflöst, fällt die abgetrennte Hand auf Noemi, die Finger greifen in Noemis Haare. Auch wenn sie in ihren Schlachten schon viel erlebt hat, kann sie nicht umhin zu kreischen, als sie das Ding wegschlägt.

»Noemi?« Abel versucht gleichzeitig, sich um sie zu kümmern und einen halbierten George abzuwehren.

Noemi packt Abels Hand und läuft weg von Simon – und hofft, betet, dass Abel ihr bereitwillig folgt und sie nicht zurückhält.

Das tut er. Während sie sich weiter vom Theater entfernen, poltern ihre Schritte so laut, dass Noemi nicht sagen kann, ob sie von Mechs verfolgt werden. Wohin sie gehen, ist ihr egal, Hauptsache weg von hier.

Durch eine Doppeltür gelangen sie in eine ehemalige Küche. Abel schließt sorgfältig ab, bevor die Verfolger sie einholen können. Einige Sekunden stehen sie schweigend da. Schließlich kommt Noemi wieder zu Atem. »Was stimmt nicht mit ihm?«

Abels blaue Augen blicken sie so ernst an wie damals, vor über fünf Monaten, als er sich anbot, für Genesis zu sterben. »Simon ist einfach verwirrt und hat Angst.«

»Das dachte ich anfangs auch. Aber was er mit den anderen Mechs anstellt – wie er uns attackiert, seine menschliche Seite verleugnet – er ist gefährlich.«

Abels Miene ist schwer zu deuten. Noemi braucht ein paar Sekunden, um zu erkennen, dass er sich weigert, ihr zu glauben. »Ich gebe zu, dass Simon Probleme hat, aber man kann ihn doch nicht … ganz und gar abschreiben. Noch nicht. Das verstehst du nicht.«

»Vielleicht verstehe ich das wirklich nicht.«

»Es hat ja auch eine Weile gedauert, bis du mich verstanden hast, oder?«

»Ja, das stimmt.« Noemi ist überzeugt davon, dass das hier etwas ganz anderes ist, aber das können sie ein andermal besprechen.

Da wird ihr wieder bewusst: *Ich kann mit Abel reden. Er ist* hier. *Der Einzige in der ganzen Galaxie, der mich je vollkommen verstanden hat, der mich wirklich kennt – er ist hier.* Was bedeutet das für Noemi, für sie beide?

Sie weiß es nicht. Kann es nicht wissen, nicht jetzt, wo all das hier passiert. Noemi ist sich nur über eins sicher: dass sie sich noch nie so gefreut hat, jemanden zu sehen, wie jetzt Abel – und ihre Chancen, das alles zu überstehen, haben sich jetzt, wo sie wieder zusammen sind, mehr als verdoppelt.

»Wir sollten zur Brücke zurückkehren«, sagt Abel. »Sonst wird Fouda argwöhnen, dass ich Remedy untreu geworden bin, und Riko und die anderen werden sich Sorgen machen.«

»Und wir müssen uns diesen Alarmcode besorgen.« Sie versteht nicht so richtig, wie die Codes funktionieren – wie Remedy an sich funktioniert –, aber wenn Ephraim das so zu Abel gesagt hat, akzeptiert sie es. »Genesis läuft die Zeit davon.«

»Du sorgst dich viel mehr um deine Welt als um dein eigenes Überleben«, bemerkt Abel, als sie einen scherbenübersäten Korridor entlanggehen, der sie anscheinend auf indirektem Weg zur Brücke bringt. »Du warst schon immer selbstlos. Meine Programmierung stuft dies als eine deiner höchsten Tugenden ein – und mein Bewusstsein stimmt dem zu.«

Er wägt also beides gegeneinander ab? Interessant. Darüber müssen sie sich einmal unterhalten. »Dass ich meinen eigenen Planeten retten will, kann man wohl kaum als selbstlos bezeichnen. Immerhin ist das mein Zuhause. Dort sind so gut wie alle, die ich kenne.«

»Ich lebe jetzt seit über fünf Monaten unter Menschen und arbeite als Vagabund. Das hat mir viele neue Einblicke in die menschliche Natur vermittelt. Was du sagst, ist zwar logisch, aber ich habe festgestellt, dass die meisten Menschen lieber sich selbst retten und nicht an andere denken, wenn die Umstände schwierig werden. Du besitzt diesen Egoismus nicht.«

Noemi schüttelt den Kopf. Sie ist bestimmt nicht der beste Mensch, den sie kennt. Sie ist einer der verwirrtesten, zornigsten. »Ich glaube nicht, dass ich etwas Besonderes bin.«

»Das sehe ich anders.« Seine Augen begegnen ihren mit einer solchen Wärme, dass sie auf einmal ganz lebhaft an ihren einzigen Kuss zurückdenken muss.

Rot geworden sagt sie: »Ich wurde mein ganzes Leben lang darauf trainiert, Genesis zu schützen.«

Abel scheint seine Worte genau abzuwägen, bevor er erwidert: »Ich bin zu der Überzeugung gelangt, dass auch Menschen eine oberste Direktive haben. Einen Ruf, dem sie stets folgen, oder ein Ziel, das sie nie aufgeben können. Etwas, was immer stärker ist als alles andere. Bei mir ist es die Notwendigkeit, Burton Mansfield zu schützen. Bei dir ist es die Treue zu Genesis. Ob es nun eine Sache der Tugend ist, wie ich glaube, oder des Trainings, wie du meinst, ist unerheblich. Du bleibst immer dieselbe.«

»Du hast dich über deine oberste Direktive hinweggesetzt, um mein Leben zu retten. Ohne zu zögern.«

Darauf entgegnet er nur: »Vielleicht programmiere ich mir gerade eine neue oberste Direktive.«

Wieder errötet sie, aber sie ist nicht mehr ganz so verlegen wie zuvor. Es fühlt sich … angenehm an. Noemi umarmt ihn ganz fest, und eine kleine Weile ist es unwichtig, dass sie sich auf einem versteckten Planeten befinden, in einem abgestürzten, auf dem Kopf stehenden Raumschiff. Die fürchterlichen Notlagen, mit denen sie auf der *Osiris* und auch zu Hause auf Genesis fertigwerden müssen, sind nicht verschwunden, aber zumindest in diesem Moment ist alles genau so, wie es sein soll.

»Wo zum Teufel bist du gewesen?«, will Captain Fouda von Abel wissen. Seine wütende Grimasse erinnert Noemi an die auf Genesis heimischen Haie. Er lehnt sich im Kommandosessel zurück, den er eigens auf dem jetzigen Boden aufgestellt hat. »Kann ein Mech nicht schneller arbeiten?«

»Noemi!« Riko tritt aus einem Nebenraum der Brücke. Sie sieht mitgenommen aus – ihre Augen sind gerötet und sie ist blass –, aber das ist ja auch kein Wunder. Ihr Lächeln zumindest ist aufrichtig. »Wo wart ihr denn? Ich bin froh, dass euch nichts passiert ist.«

»Dann sind wir schon zwei«, antwortet Noemi, obwohl es fraglich ist, wie sicher sie sich fühlen kann, solange Gillian Shearers Giftampulle in ihrem Arm steckt.

Als Riko sie an sich drückt, erwidert sie die Umarmung. Die Begrüßung ist für Noemis Geschmack allzu herzlich; Noemi hat sich nie mit dem radikalen Flügel von Remedy versöhnt und die Ereignisse der vergangenen Tage haben sie in ihrer schlechten Meinung eher noch bestärkt. Doch als Noemi und Abel Riko kennenlernten, bewies sie ihnen gegenüber Mitgefühl – und auch Harriet und Zayan gegenüber. Da kann sie ihr wenigstens eine Umarmung gewähren.

Während Riko sich über das Wiedersehen freut, hat sich Foudas Stimmung anscheinend verdüstert. Er richtet sich in seinem Sessel auf. »Moment mal. Ich kenne Sie. Sie sind diejenige, die gedroht hat, die Schiffshülle zu durchschießen und uns alle umzubringen!«

»Nur weil Sie zuerst gedroht haben, mich zu töten.« Noemi verschränkt die Arme vor der Brust. »Ich werde mich nicht dafür entschuldigen, dass ich mich verteidigt habe. Nur deshalb bin ich noch am Leben.«

So wütend Fouda ist, scheint er einzusehen, dass sie nicht ganz unrecht hat. »Warum haben Sie diesen Schmarotzern geholfen? Die haben versucht, eine ganze Welt vor der Menschheit zu verstecken!«

Sie könnte antworten, dass sie sich ihre Verbündeten nicht aussuchen konnte, dass man der Gerechtigkeit am besten dient, indem man diese Welt mit anderen teilt, anstatt die vermeintlichen Diebe zu bestrafen, und vieles mehr. Bei Captain Fouda jedoch scheint die beste Verteidigung ein beherzter Angriff zu sein. »Auch Sie haben es nicht für nötig gehalten, den Rest der Galaxie zu informieren. Wollten Sie Haven für sich beanspruchen? Wenn ja, sind Sie nicht besser als die Passagiere.«

Und tatsächlich, Fouda errötet. »Wir wollten uns hier erst einmal niederlassen, damit die Erde diese Welt nie wieder verbergen kann.«

»Und natürlich haben Sie sich selbst als Führer des Planeten eingesetzt«, wirft Abel ein. »Die Gier nach Macht ist ein ganz normaler menschlicher Makel. In diesem Fall scheinen Sie beabsichtigt zu haben, Ihre Macht zum Wohl der Allgemeinheit einzusetzen … mehr oder weniger.«

Wir müssen uns bei Gelegenheit mal über Takt unterhalten, denkt Noemi. Aber die Verhandlungen mit Fouda sind jetzt wichtiger. »Der Alarmcode«, sagt sie. »Wir brauchen ihn, um Genesis zu retten.«

»Und Sie werden ihn bekommen.« Fouda nickt und strafft die Schultern, doch Noemi entgeht nicht ein Anflug von Beschämung in seiner Miene. »Sobald Sie beide uns dabei geholfen haben, das Schiff ganz unter unsere Kontrolle zu bringen. Die Passagiere haben die Hauptlandebucht eingenommen, wir verfügen also über keine Fahrzeuge, um zu ihrem Unterschlupf zu gelangen. Solange das so ist, sind wir machtlos.«

Sie ist überrascht, dass die Passagiere so klug waren, die Hauptlandebucht zu besetzen. »Sie nehmen einen ganzen Planeten in Geiselhaft?«

»Nein. Die Passagiere tun das. Wenn wir Haven befreit haben, werden wir mithelfen, Genesis zu retten – also sorgen Sie dafür, dass die Passagiere mitspielen.«

Fouda hat sich bemüht, Stolz in seine Stimme zu legen, doch das Gemurmel ringsum verrät, dass nicht alle Remedy-Mitglieder so empfinden. Viele runzeln die Stirn und verschränken die Arme, unzufrieden darüber, dass ihre tugendhafte Mission zu einem Machtspiel geworden ist.

Also, wie kann ich Genesis am besten retten?, überlegt Noemi. *Indem ich die Passagiere überwältige oder indem ich eine Meuterei gegen Captain Fouda anzettele? Die Meuterei würde wahrscheinlich länger dauern …*

Die Komm-Konsole am Kommandosessel summt. Fouda drückt eine Taste. »Ja?«

»Captain Fouda?« Gillian Shearers Stimme durchschneidet das statische Rauschen, als müsste sie dagegen ankämpfen, um sich Geltung zu verschaffen. *»Hier Shearer. Ich muss Sie sprechen.«*

»Wie sind Sie auf diese Frequenz gekommen?«, will Fouda wissen.

»Reines Ausschlussprinzip«, lautet Gillians Antwort. Sie klingt angespannt. *»Unsere Analyse bestimmter Sicherheitsdaten gibt mir außerdem Anlass zu der Vermutung, dass Sie im Besitz eines Mechs namens Abel sind. Er hat Ihnen vielleicht nicht gesagt, dass er ein Mech ist …«*

»Sie sind über meine wahre Natur im Bilde«, sagt Abel. Nach einer Pause fügt er hinzu: »Hallo, Gilly.«

So muss er sie genannt haben, als sie noch ein kleines Mädchen war. Der Gedanke, dass er sie damals gekannt hat – dass ihm etwas an ihr liegt … ist sehr seltsam für Noemi.

»*Ich* wusste, *dass du kommen würdest.*« Gillian schnappt nach Luft. *»Ich wusste, dass du nicht wegbleiben konntest, wenn Vater dich braucht. Er braucht dich jetzt mehr als je zuvor. Abel – er stirbt. Heute. Jetzt. Bitte, komm schnell.«*

Nicht einmal der nackte Schmerz in Gillian Shearers Stimme würde Noemi davon abhalten, sie zum Teufel zu schicken. Aber der Ausdruck in Abels Miene schon. Er ist nicht wütend. Nicht kühl.

Oh mein Gott, denkt Noemi. *Er will zu Mansfield.*

Das ist immer noch oberste Direktive.

22

Gefühle lösen bei Abel häufig dieselben körperlichen Reaktionen aus wie bei einem Menschen, obwohl er eigentlich so angelegt ist, dass er weniger intensiv empfindet. Das macht ihn stabiler und leistungsfähiger – so hat es Mansfield vor langer Zeit begründet. *Damit dein Körper nicht an deinen Geist gefesselt ist.*

Zumindest in diesem Punkt hatte Mansfield wohl recht. Denn als Abel die Angst in Gillians Stimme hört und weiß, dass sein Schöpfer nicht irgendwann in der Zukunft sterben wird, sondern jetzt, in diesem Moment – da zerreißt es ihn innerlich. Wäre er ein Mensch, würde er es wohl einfach nicht ertragen. Entweder das oder Mansfield hatte unrecht und Abel empfindet doch genauso stark wie ein Mensch. Seine Atemwege sind teilweise verengt; Geräusche scheinen von weit her zu kommen. Ihm sträuben sich die Haare, als wäre sein Leben in Gefahr und nicht Mansfields. Jede dieser körperlichen Reaktionen ermahnt Abel, dass er entweder sofort handeln muss oder für immer leiden wird.

Er bleibt stumm.

»*Abel?*« Die Verzweiflung in Gillians Stimme hallt in ihm nach. »*Bist du da? Kannst du mich hören?*«

»Ja, Gillian.« Die Worte kommen leiser heraus als beabsichtigt. Es ist, als hätte er sich in den Energiesparmodus heruntergefahren. Er wendet sich an Fouda. »Für dieses Gespräch benötige ich einen geschützten Kanal. Ich könnte es ins Vorzimmer legen, natürlich nur mit Ihrer Erlaubnis.«

Fouda in seinem schiefen, ramponierten, extra aufgestellten Kommandosessel versucht, streng zu blicken – was misslingt. Wo alle vorhergehenden Worte nichts ausrichten konnten, hat etwas in Abels Gesicht oder in Gillians Stimme Eindruck auf ihn gemacht. »Also gut.« Mit undurchdringlicher Miene deutet Fouda Richtung Vorzimmer. »Geh.«

Gillian, die den Wortwechsel gehört haben muss, sagt nichts. Nur das Geräusch ihres flachen, panischen Atems dringt durch die Kommunikationsanlage.

Als Abel in das Vorzimmer hastet, folgt Noemi ihm. Zweifellos hat sie gemerkt, dass er sie in seiner Nähe haben möchte. Er hatte sich so gewünscht, wieder ohne Worte verstanden zu werden, doch die Freude darüber nimmt er nur entfernt war, eher ein Wissen als ein Gefühl. Während er das Gespräch in den kleinen, düsteren Raum weiterschaltet, bückt sich Noemi und durchwühlt den am Boden liegenden Schutt. In seinen Augen eine etwas merkwürdige Weise, ihm eine gewisse Privatsphäre zu ermöglichen, aber er ist dankbar für die gute Absicht.

All das nimmt er nur mit Abstand wahr. Seine oberste Direktive erscheint ihm weit weg – die Trauer um seinen Vater überschattet sogar die Programmierung, die gewährleisten soll, dass Abel ihn nicht überlebt.

Gillian dauert die Stille zu lange. »*Abel? Kannst du mich hören?*«

»Ja.«

»*Dann komm zu uns, bitte.*«

»Ich fürchte, das ist nicht möglich.«

»*Du musst aber*«, beharrt Gillian. »*Hier geht es nicht nur um das Leben eines Einzelnen, sondern um den nächsten Schritt in der Entwicklung der Menschheit und der Mech-Technologie. Es geht um nichts Geringeres als die Unsterblichkeit. Begreifst du das denn nicht?*«

»Doch, jetzt schon.« Endlich sieht er alles mit bestechender Klarheit. Vielleicht erfüllen extreme emotionale Reaktionen ja einen geistigen Zweck: Gedanken und Absichten klären sich. Hinter sich hört er Noemi zischend ausatmen, vielleicht ungehalten wegen Gillians schwülstiger Ausdrucksweise, aber sie unterbricht ihn nicht.

»*Abel?*« Nun dringt Mansfields keuchende Stimme durch den Lautsprecher, so schwach, dass etwas in Abel zerspringt, etwas nicht Greifbares und dennoch sehr Reales. »*Mein Junge …*«

Er kann es nicht ertragen, den Schmerz in der Stimme seines Schöpfers zu hören und ihn dabei nicht ansehen zu können. Und er wird es auch nicht.

Wie fast alle schiffsinternen Systeme funktioniert die Hauptkommunikationsleitung seit dem Absturz nicht mehr. Zwar haben ihn die meisten Komponenten mit mutmaßlich geringfügigen Schäden überstanden, doch die zur Verfügung stehende Kapazität der Stromversorgung wurde für die Notbeleuchtung und die Temperaturerhaltung genutzt. Um die visuelle Kommunikation wiederherzustellen, braucht Abel nur eine alternative Energiequelle. Er hebt eine Hand und fährt mit dem Finger einen verborgenen Saum in seiner synthetischen Haut entlang; blutend platzt sie auf und gibt den Blick auf die innere Mechanik frei. Der Schmerz ist irrelevant. Aus der Skelettstruktur seines Handgelenks zieht er ein kleines Akkupack, eine Notstromversorgung, die er bisher nicht in Anspruch nehmen musste.

Mit roten, glitschigen Fingern schiebt Abel das Modul in den passenden Schlitz der Kommunikationskonsole. Augenblicklich beginnt der Holo-Schirm zu flackern und zu leuchten. Abel beugt sich zum Lautsprecher und spricht Burton Mansfield mit dem Namen an, den er vergessen wollte und doch nicht konnte: »Vater.«

Auf dem Bildschirm erscheint flimmernd das Bild eines Krankenlagers – kein Biobett in einem modern ausgestatteten Krankenhaus mit Tare-Pflegerinnen, sondern ein armseliger Stapel Decken auf dem Boden. Daneben kniet Gillian Shearer, umgeben von Instrumenten, an die sich Abel von seinen ersten bewussten Tagen im Labor erinnert. Und da liegt das, was von Burton Mansfield noch übrig ist. Er ist nicht mehr derselbe; obwohl Mansfield noch atmet und sich bewegt, ist etwas Wesentliches bereits unwiederbringlich verloren gegangen.

Gillian versucht zu lächeln, aber es wird nur eine Grimasse. »*Jetzt siehst du es mit eigenen Augen. Begreifst du nun, was getan werden muss?*«

»Besser als du«, entgegnet Abel.

»*Du musst herkommen! Du musst einfach. Auch wenn du deine oberste Direktive unterdrückst, um andere zu retten – du bringst es nicht fertig, wenn es nur um dich selbst geht.*«

Gillians Unterlippe zittert und eine über dreißig Jahre alte Erinnerung schiebt sich für Abel vor den gegenwärtigen visuellen Input: Wie sie ihm ihre kleine Hand hinstreckt, damit er sie verbindet, weil sie sich in der Schule geprügelt hat. Damals hatte sie ihm blind vertraut. Er war noch nicht reif genug gewesen, um sich zu fragen, ob er umgekehrt auch ihr trauen konnte.

»Sieht ganz so aus, als brächte ich es fertig«, sagt Abel.

Plötzlich weicht die Zerbrechlichkeit aus Gillians Zügen. Ihre Miene wirkt entschlossen, verdüstert sich. »*Ich wollte das nicht tun. Niemals, wirklich – das ist unter unserer Würde –, aber die Arbeit meines Vaters muss fortgeführt werden.*« Sie streckt den Arm aus. Trotz der verknitterten Kleidung und der schmutzigen Haare trägt sie ein kunstvoll mit Juwelen besetztes Armband. Das erscheint Abel lächerlich, bis er seine visuellen Sensoren auf Vergrößerung stellt und den Mechanismus in dem Armband bemerkt. »*Ich habe immer noch die Macht, Noemi Vidal zu töten.*«

»Nein«, keucht Noemi, nicht vor Entsetzen, sondern vor Schmerzen. »Nicht mehr.«

Als Abel sich umdreht, sieht er sie 1,4 Meter hinter sich stehen. Sie umfasst ihren blutüberströmten Arm. Zu ihren Füßen liegt das scharfkantige Stück Metall, mit dem sie sich den Arm aufgeschnitten hat; zwischen den Fingern hält sie eine erbsengroße, feucht glänzende Ampulle, ummantelt von einem mikroskopisch kleinen Mechanismus. Die Selbstbeherrschung, die nötig sein muss, um bei solch einer schmerzhaften Prozedur nicht laut aufzuschreien, versetzt Abel in Erstaunen, obwohl er weiß, wie tapfer Noemi ist. Nun bluten sie beide am linken Arm, sogar an fast derselben Stelle.

Diese Wunden sind der Preis dafür, für immer von Mansfield befreit zu sein.

Gillian wird blass und lässt die Hand sinken. Mit keinem Wort geht sie noch einmal auf ihre Drohung ein oder auf die Tatsache, dass ihr Noemi ein Schnippchen geschlagen hat. »*Du* musst *es tun*«, beharrt Gillian. »*Wenn nicht, warum bist du überhaupt hier? Doch bestimmt nicht nur wegen des Mädchens. All die Mühe. Du hast eine gesamte Galaxie durchquert, in dem Wissen, dass dein Leben verwirkt sein würde, wenn man dich erwischt! Niemals hättest du nach der* Osiris *und Haven geforscht, wenn du nicht begriffen hättest, was deine Bestimmung ist. Nur die oberste Direktive kann dich dazu veranlasst haben.*«

»Das habe ich auch geglaubt«, sagt Abel. »Bis jetzt. Ja, ich bin nicht nur wegen Noemi gekommen. Ich wollte herausfinden, was mit Vater geschehen ist. Ohne dieses Wissen hätte ich nicht weiterleben können. Natürlich habe ich angenommen, dass die oberste Direktive eine meiner Triebfedern war. Doch diese Annahme war falsch.«

Abel ist es nicht gewohnt, etwas ohne handfeste Beweise als Tatsache anzuerkennen; er kann nicht einmal sagen, wann genau ihm diese Tatsache bewusst wurde. Er weiß nur, dass er es weiß, und zwar so sicher wie alles andere, was er an Erfahrungen gesammelt hat oder was in seinen Gedächtnis-Datenbanken gespeichert ist.

Mansfield schnappt nach Luft. »*Abel?*«

»Ich bin hier, Vater«, antwortet Abel. »Aber nicht wegen der obersten Direktive. Mich hat der Teil von mir hierhergeführt, der sich daran erinnert hat, wie du mir zum ersten Mal *Casablanca* gezeigt und Capitain Renaults Witze erklärt hast. Wie du mich in den Garten geführt und gefragt hast, welche Sternbilder ich erkenne. Und wie glücklich du warst, als ich dir erzählt habe, dass ich jetzt träumen kann. Noemi bezeichnet es als meine Seele. Was immer es auch ist, dieser Teil von mir ist der Beweis für dein Genie – der Beweis, dass du eine künstliche Intelligenz schaffen konntest, die dem Menschen in nichts nachsteht. Und doch hast du für diese Seite meines Wesens keine Verwendung.«

Mansfield öffnet den Mund, um zu antworten, aber er bringt kein Wort hervor. Sein Atem ist flach und unregelmäßig geworden. Abel braucht seine ganze Willenskraft, um nicht den Ausschnitt des Holo-Schirms zu vergrößern, auf dem man die Anzeige der kleinen Geräte sehen kann, die Puls und Atmung messen. Deren Daten würden nur bestätigen, was Abel bereits weiß.

Mansfield Todesstunde ist gekommen. Jede Minute kann es so weit sein.

Gillian hat zu weinen begonnen. Eigentlich erwartet Abel, dass sie weiter um das Leben ihres Vaters fleht, doch stattdessen macht sie sich an einigen Instrumenten zu schaffen, die neben ihr aufgestapelt sind. Ihm fällt ein ungewöhnlicher Gegenstand auf – ein kleiner, leuchtender Oktaeder in Form eines geschliffenen Diamanten. Mit zitternder Hand steckt ihn Gillian in ein Gerät, mit dem ihr Vater über Dioden auf seiner Stirn verbunden ist.

Abel weiß, was das ist, es hat jedoch keinen Sinn, darauf einzugehen. Ihm bleibt nicht mehr viel Zeit für Worte und er muss sich an die wichtigen Dinge halten. »Ich liebe dich, Vater. Du liebst mich nicht, was wohl meine Gefühle ändern sollte, aber das tut es nicht. Ich liebe dich trotzdem.« Seine

Sicht verschwimmt. Zum zweiten Mal in seinem Leben muss Abel weinen. »Ich kann nichts dagegen tun.«

Noemi legt den Kopf an seinen Rücken und gibt ihm das bisschen Trost, das im Augenblick möglich ist.

Mansfield hustet. Vielleicht versucht er etwas zu sagen; vielleicht ist es nur ein Krampf. Doch selbst diese kleine Anstrengung ist zu viel für ihn. Ein tiefes Rasseln in Mansfields Brust erfüllt Abel mit Grauen; obwohl er dieses Geräusch noch nie gehört hat, weiß er, was es bedeutet. Gillian nimmt die Hand ihres Vaters, der sie jedoch ignoriert. Seine wässrigen Augen starren unverwandt auf den Bildschirm. Auf Abel. Ihn möchte Mansfield bei sich haben, nicht die weinende Tochter an seiner Seite.

Das macht die Gier mit den Menschen, denkt Abel. *Sie konzentrieren sich nur auf das, was sie niemals erreichen werden, und missachten dabei die Liebe, die man ihnen entgegenbringt.*

Das Rasseln verstummt. Mansfield atmet aus und nicht wieder ein. Seine weit geöffneten Augen werden blicklos. Obwohl es keinen rationalen Grund dafür gibt, wirkt sein Körper plötzlich kleiner und zerbrechlicher.

Burton Mansfield ist tot.

Noemi schlingt von hinten den unverletzten Arm um Abel. Er legt seine Hand auf ihre, sucht Trost in ihrer Berührung. Aber er kann nur auf den Vater starren, der ihn nie geliebt hat, kann sich nicht dem Mädchen zuwenden, das ihn liebt.

Er hatte immer gedacht, wenn Mansfields Tod ihn von der obersten Direktive befreite, würde er sich auch insgesamt frei fühlen. Doch dem ist nicht so. Was Abel für seinen Vater empfand – und empfindet –, wird immer von Bedeutung sein. Diese Last wird er tragen, solange er existiert.

Gillian bricht nicht weinend zusammen. Stattdessen birgt sie den kleinen diamantförmigen Datenträger in ihren Händen und drückt ihn ehrfürchtig gegen die Brust. Er verströmt weiches weißes Licht, das ihr Gesicht von unten beleuchtet. Dadurch wirkt sie fast wie ein anderer Mensch. »*Er ist nicht von uns gegangen*«, sagt sie mit erstickter Stimme. »*Ich habe ihn hier drin bewahrt. Und ich werde ihn wiederherstellen. Bald.*« Sie richtet ihre blauen Augen auf Abel, Trauer und Zorn verleihen ihrem Blick die alte Intensität.

»Dazu musst du mich erst einmal erwischen«, sagt Abel. Er ist überrascht, dass seine Stimme beinahe normal klingt. Ihm scheint, als müsste er sich grundlegend verändert haben, obwohl es natürlich keinen logischen Grund dafür gibt. »Und das schaffst du nicht.«

»*O doch.*« Gillian sagt es nicht aus Trotz. Sie ist sich sicher. Das sollte nicht sein. Hinter ihrer Drohung steckt mehr, etwas, was er nicht versteht und dringend ergründen muss. »*Ich habe schon einmal eine Seele übertragen. Ich kann es wieder tun.*«

Noemi tritt hinter Abel hervor. »Simon ist nicht – es tut mir leid, Gillian. Ich habe nach ihm gesucht. Ich habe mich an unsere Abmachung gehalten. Aber als wir ihn fanden, wurde er – wurde er wütend und komisch …«

»Wenn du möchtest, dass ich Simon unter meine Fittiche nehme«, wirft Abel ein, »dann mache ich es.« Als ihn Noemi mit offenkundiger Bestürzung anblickt, wird ihm klar, dass er möglichst bald mit ihr darüber sprechen muss. »Ich dürfte in der Lage sein, die Probleme, die beim Bewusstseinstransfer deines Sohns entstanden sind, zu beheben.«

Gillian schüttelt den Kopf. »*Ich brauche dein Mitleid nicht,*

Abel. Ich brauche dich. Und innerhalb eines Haven-Tags wirst du mir gehören.«

Der Holo-Schirm flackert und das Vorzimmer wird dunkel.

Durch den Tod seines Schöpfers sollte er sich wieder sicher fühlen. Stattdessen hat er das Gefühl, irreparabel beschädigt zu sein. Mansfield hätte vielleicht gewusst, was zu tun ist, aber nun kann Abel ihn nicht mehr fragen.

Als Erstes verarztet er Noemis Arm; sie wiederum hilft ihm, seine synthetische Haut wieder zu versiegeln. Sie sitzen in einem schmalen Gang und wischen sich gegenseitig das Blut ab. Remedy nutzt diesen Gang, der von der Brücke abzweigt, als eine Art Mannschaftsquartier. Mehrere Kämpfer ruhen sich hier aus, offenbar erschöpft von dem andauernden Belagerungszustand. Auch Noemi muss müde sein, dennoch macht sie sich mehr Sorgen um Abel als um sich selbst, was ihm nicht richtig erscheint. Sie selbst sollte Priorität haben.

»Bist du einigermaßen okay?«, murmelt sie, während sie nebeneinander auf dem Boden sitzen und sie seine Hand hält. Der weiße Verband an ihrem Arm bildet einen scharfen Kontrast zu der eher düsteren Umgebung.

»Ich bin funktionstüchtig.«

»Das ist nicht dasselbe wie okay.«

Abel lehnt den Kopf gegen ihre Schulter. »Nein. Aber es genügt.« Auch früher war er manchmal traurig, doch noch nie hat ihn jemand auf diese Weise getröstet. Allein dass sich jemand um ihn kümmert, besitzt eine nie geahnte emotionale Kraft. »Wir sollten über unsere langfristige Strategie reden.«

Sie drückt sanft seine Hand, zeigt ihm damit, dass sie weiß, er braucht diesen Plan auch, um sich abzulenken. »Zunächst mal benötigen wir eine kurzfristige Strategie.«

»Sehr guter Einwand.«

»Wenn Gillian Shearer dir jemanden auf den Hals hetzt …« Kopfschüttelnd bricht sie ab. »Die Passagiere besitzen weder ausreichend Waffen noch einen fundierten Schlachtplan, um Remedy zu besiegen, und sie scheinen einfach abwarten zu wollen, dass ihre diensteifrigen Mechs sie irgendwann finden. Allerdings hätte das inzwischen längst geschehen müssen. Also bist du in Sicherheit.«

»Sie haben irgendein As im Ärmel, von dem wir nichts wissen. Oder zumindest glaubt Gillian das. Aber auch wenn sie sich irrt, werden die Passagiere bald etwas unternehmen. Um mich zu fangen, werden sie versuchen, das Schiff zurückzuerobern.«

Sie zögert. »Was du über Simon gesagt hast – hast du das ehrlich gemeint?«

»Natürlich. Falls ich kann, muss ich ihm helfen.«

»Bist du denn sicher, dass du es kannst?« Noemi beißt sich auf die Unterlippe und platzt heraus: »Ich weiß, was er dir bedeutet, Abel. Er ist fast wie du. Nichts und niemand war dir je ähnlicher. Aber … du musst doch gemerkt haben, dass etwas mit ihm nicht stimmt.«

»Mir ist klar, dass er neu ist, ein Prototyp. Es war keine gute Entscheidung, für die erste Übertragung das Bewusstsein eines Kindes zu nehmen, zumal unter solch chaotischen Bedingungen. Aber er stellt einen Fortschritt in der Entwicklung der Mechs dar. Er ist der erste Inheritor. Ein Mech mit mehr organischen Komponenten – und, wie es scheint, mit der Fähigkeit, eine Seele zu beherbergen.«

Noemi nickt. »Ich weiß. Gillian Shearer hat davon gesprochen. Und hier sollte die Produktionsbasis für diese Mechs entstehen …« Wut flackert über ihr Gesicht. »Mansfield hätte mehr Mechs mit einem Bewusstsein gemacht. Es hat ihm nicht gereicht, dich für alle Zeiten in einen Mech-Körper einzusperren. Nein, er wollte es wieder und wieder tun – Tausende, Millionen Male …«

»Ich verstehe nicht«, sagt Abel. »Mich einsperren?«

»Es war falsch von Mansfield, dir eine menschliche Seele und einen Mech-Körper zu geben und dich dann so zu programmieren, dass du gezwungen warst, deinem Schöpfer zu gehorchen.«

»Das hast du schon einmal gesagt, aber ich dachte nicht, dass du es wörtlich meinst.« Die ganze Situation kommt ihm merkwürdig vor, als spräche sie in einer fremden Sprache mit ihm, die er nicht übersetzen kann. »Noemi – ja, ich bin wütend auf Mansfield wegen einiger Aspekte meiner Programmierung. Doch wie kann ich wütend sein, dass er mich geschaffen hat? Er hat meine Seele nicht eingesperrt. Er hat ihr zum Dasein verholfen.«

»Aber«, sie sucht nach Worten, findet jedoch nicht die richtigen, »dass du so leben musst, ist einfach nicht fair.«

»Wie sollte ich sonst leben? Mansfield konnte mir wohl kaum die Entscheidung überlassen, ob ich Mech oder Mensch sein will. Mein Wesen vereint Elemente von beiden. Ein Mech zu sein ist Teil meines Bewusstseins, Teil meines Ichs. Das will ich nicht ändern. Meinst du, ich *sollte* es wollen?«

»Wie, du möchtest gar nicht menschlich sein?«

»Was hätte es für einen Sinn, sich etwas Unmögliches zu wünschen? Außerdem bin ich schneller als Menschen. Klüger. Strapazierfähiger. Ich nutze all meine Fähigkeiten und genieße es. Warum sollte ich darauf verzichten wollen?«

»Das habe ich nicht gemeint«, protestiert sie. »Ich weiß nur, dass Mansfield dir das nicht hätte antun dürfen.«

»Er hätte mich gar nicht erst erschaffen sollen?«

»Dreh mir nicht immer die Worte im Mund herum!«

»Tu ich doch gar nicht.« Abel sieht sie an, wie er sie bei ihrem ersten Zusammentreffen angesehen hat, als sie Feinde waren, nur miteinander verbunden durch Noemis verzweifelte Notlage und eine Eigenart in Abels Programmierung. Damals hasste sie ihn. Und auch er mochte sie nicht. »Du bemitleidest mich für mein Dasein. Du hast mich verschont, weil du erkannt hast, dass ich eine Seele besitze, die es wert ist, gerettet zu werden, aber du denkst immer noch, dass mein Leben nicht genauso wertvoll ist wie deines.«

»Das ist nicht wahr.« Sie umschließt sein Gesicht mit den Händen. Ihre Haut ist rau und aufgeschürft, die Fingernägel sind abgebrochen und blutverkrustet. Der Kontrast zwischen den Kampfspuren an ihrem Körper und der Sanftheit in ihrem Blick lässt seine Wut verrauchen. Ihm kommt zu Bewusstsein, dass mindestens ein Dutzend Remedy-Kämpfer gleich neben ihnen schlafen; sie sollten eher draußen unterwegs sein und ihren Soldatenpflichten nachgehen, anstatt Zeugen dieses intimen Moments zwischen Noemi und ihm zu werden. »Abel, du hast mir erzählt, wie allein du dich fühlst. Dass es in der ganzen Galaxie niemanden gibt wie dich. War es richtig, dass Mansfield dir das angetan hat?«

»Nein. Aber wenn Simon gerettet werden kann – wenn die organischen Mechs sich als so hoch entwickelt erweisen, dass sie Seelen beherbergen können –, werde ich nicht mehr lange allein sein.«

Noemi zuckt zusammen, als hätte sie Schmerzen. »Vielleicht solltest du mal darüber nachdenken, ob du das nicht zu sehr willst?«

Dann denk du doch bitte über deine eigenen Vorurteile nach, Noemi. Kannst du ihn nicht einfach als einen kleinen Jungen sehen, der Hilfe braucht? Die Worte sind da, wollen ausgesprochen werden, aber Abel schweigt. Er möchte nicht mit Noemi streiten – nicht, wo sie in so großer Gefahr schweben. Außerdem kann er es ihr nicht verübeln, dass sie Angst hat. Der Schmerz über Mansfields Tod ist immer noch frisch und erschreckend stark – erst allmählich beginnt Abel zu ermessen, wie stark. Noemis Gegenwart ist sein einziger Trost. Er möchte sie nicht wegstoßen, das will er nie, aber ganz besonders jetzt nicht.

Doch sie liegt einfach furchtbar falsch.

Schritte im Gang lassen sie aufhorchen. Noemi nimmt ihre Hände von Abels Gesicht, als zwei Remedy-Mitglieder hereinkommen, die Riko von beiden Seiten stützen. Sie sieht noch bleicher aus als vorher und kann sich kaum auf den Beinen halten.

»Was ist passiert?« Noemi läuft zu Riko hinüber.

»Noch eine Kranke.« Einer der Remedy-Kämpfer reibt sich die Stirn, er scheint sich ebenfalls nicht wohlzufühlen. »Jemand muss sich mit Grippe angesteckt haben, bevor wir zu dieser Mission aufgebrochen sind. Das hat uns gerade noch gefehlt!«

Abel dreht sich zu den schlafenden Remedy-Soldaten um, mustert sie aufmerksam mit neuen Augen. Wenn er die Größe der Remedy-Truppe korrekt eingeschätzt hat, dann wird hier einem weit höheren Prozentsatz von Kämpfern als üblich gleichzeitig eine Pause gewährt. Als er seine akustischen Sensoren schärfer einstellt, fällt ihm auf, dass bei vielen Kämpfern die Atemfrequenz erhöht ist; ihr Körper bekommt nicht genug Sauerstoff.

Er erinnert sich an die Messungen, die er auf seinen Herflug vorgenommen hat. Die Höhe der Toxizität in dem einen Sektor waren für den menschlichen Organismus unverträglich. Eine längere Exposition würde die körperlichen Funktionen irreparabel schädigen. Der Tod würde innerhalb weniger Tage eintreten – wenn nicht sogar innerhalb von Stunden.

Rasch geht er zur nächstgelegenen Konsole und aktiviert so viele der noch funktionierenden Sensoren der *Osiris* wie möglich. Als er einen Scan durchführt, erkennt er, dass das Gebiet, über das er geflogen ist, keine Ausnahme darstellte. Die Toxizität erstreckt sich über ein riesiges Areal, möglicherweise über den gesamten Planeten.

Das bedeutet, jedes menschliche Wesen auf diesem Schiff wird sterben. Die Kämpfer von Remedy, die Passagiere – und Noemi.

23

Noch vor sieben Stunden dachte Noemi, zusammen mit einer Gruppe Terroristen, ihren verängstigten Geiseln und einem gemeingefährlichen, in einen Mech verwandelten Kind in einem abgestürzten, auf dem Kopf stehenden Raumschiff gestrandet zu sein, sei eine der gefährlichsten Situationen die sie je erlebt hat. Nun wünscht sie sich nur, es wäre wieder so einfach.

Denn sie ist – zum zweiten Mal innerhalb von zehn Tagen – mitten in eine Seuche hineingeraten.

Vorsichtig bahnt sie sich einen Weg über die schimmernden (Decken-)Fliesen des ehemaligen Speisesaals, der nun als behelfsmäßiges Lazarett dient. Die Notbeleuchtung auf Knöchelhöhe lässt die Fliesen glitzern und wirft bizarre Schatten in den düsteren Raum. Ungefähr zwei Dutzend Remedy-Kämpfer liegen auf den unterschiedlichsten Betten und Pritschen, alle bleich, zitternd und fiebrig. Worunter auch immer sie leiden, es ist nicht Spinnweben, wenn auch genauso heimtückisch. Die Kranken haben blutunterlaufene Augen, sie brabbeln vor sich hin und verlieren immer wieder das Bewusstsein. Manchmal sind sie völlig klar, dann wieder reden sie wirres Zeug von Explosionen oder Mechs oder sogar Drachen.

Sieht es auf Genesis im Augenblick genauso aus? Aber vielleicht hat Ephraim schon einen Vagabundenkonvoi mit lebensrettenden Medikamenten zu ihrer Welt geführt.

Oder vielleicht ist die Erde bereits einmarschiert, hat die wenigen Überlebenden getötet und Genesis erobert.

Im Gegensatz zu den meisten anderen Remedy-Kämpfern ist Rikos Zustand ziemlich stabil, zumindest bis jetzt. Sie hat sich auf dem Boden zusammengerollt wie ein Kind im Mutterleib und presst einen mit Gravuren verzierten silbernen Sektkühler an sich, der als Spuckeimer zweckentfremdet wurde. »Mir geht's gut«, murmelt sie wenig überzeugend. »Wirklich. Ich muss nur ein bisschen schlafen …«

»Da hast du recht.« Noemi streicht Riko über das kurze, strubbelige Haar und spürt dabei, wie feucht ihre Stirn ist. »Du brauchst Ruhe. Mach die Augen zu und schlaf, okay?«

Sie ist nicht unbedingt der fürsorgliche Typ. Als sie die Gatsons pflegte, kam sie sich bestenfalls unbeholfen vor, ihre etwas ungeschickten Bemühungen waren nur deswegen willkommen, weil es nichts Besseres gab. Heute – ist es überhaupt Tag oder Nacht? – greift sie auf die Erinnerungen zurück, wie Abel sich um sie gekümmert hat, als sie so schwer an Spinnweben erkrankt war. Es ist erstaunlich, wie viel natürlicher es sich anfühlt, jemanden zu umsorgen und sanft mit ihm umzugehen, wenn sie sich dabei in Abel hineinversetzt.

Vielleicht hätte sie die ganze Zeit nur jemanden gebraucht, der ihr erlaubt, ihre sanfte Seite zu zeigen. Ihr erlaubt, ihre Abwehrhaltung aufzugeben.

Abel arbeitet in den Überresten der Brücke daran, die wenigen unbeschädigten Systeme des Schiffs zumindest vorübergehend wiederherzustellen. Je mehr Remedy-Kämpfer krank werden, desto nervöser wird Captain Fouda. Die Kontrolle über die *Osiris* mit nur einem Bruchteil seiner Truppe zu behalten, wird schwierig werden – oder würde schwierig werden, falls die Passagiere zu einem Angriff in der Lage wären. Sicher geht es ihnen genauso schlecht wie den Kämpfern um Noemi herum. Fouda möchte so viele Kraftfelder und Verteidigungssysteme wie möglich automatisieren, daher konzentriert sich Abel darauf, eine zusätzliche Notstromversorgung aufzubauen.

Noemi und Abel müssen sich beide eine Weile an die Spielregeln von Remedy halten. Sobald sie die von Abel erwähnte langfristige Strategie entwickelt haben, werden sie einen Ausweg aus dieser Situation finden.

Als hätte er gespürt, dass Noemi an ihn gedacht hat, durchquert Captain Fouda den Raum, ohne auf die am Boden liegenden Patienten oder Medikamente zu achten. Unter seinen Stiefeln knirschen die empfindlichen pfauenblauen Fliesen. Dass er angesichts seiner Achtlosigkeit auf keinen Kranken tritt, ist wohl reiner Zufall. »Immer noch keiner aufgestanden?«, fragt er barsch, offenbar an alle gewandt. »Ist keiner hier, dem es besser geht?« Seine Stimme wird mit jedem Wort lauter. Nicht mehr lange, und er wird schreien und damit alle Patienten aufwecken und ihre Genesung noch weiter hinauszögern.

Also geht Noemi zu ihm hinüber und deutet auf die Ecke, in der die schwereren Fälle liegen. »Was es auch ist, es ist ernst. Die Leute anzuschreien, bringt nichts. Sie brauchen mindestens ein oder zwei Tage Bettruhe.« Oder viel länger, denkt sie im Stillen; einige haben so hohes Fieber, dass Krämpfe eingesetzt haben.

Fouda zieht ein finsteres Gesicht und tritt näher. »So viel Zeit haben wir nicht. Uns fehlen schon jetzt einsatzfähige Leute.« Dann macht er auf dem Absatz kehrt und stampft wütend davon, als könnte er allein durch seinen Zorn die Menschen heilen. Noemi will sich gerade ebenfalls abwenden, da fällt ihr Blick auf etwas in seinem Nacken, knapp über dem Kragen. Sie reckt sich und kneift die Augen zusammen, um besser sehen zu können.

Die blassen Linien auf seiner Haut sind zu unregelmäßig, um zu einem Tattoo zu gehören; sie gleichen den Narben in seinem Gesicht, stammen also wohl eher aus einer Schlacht. Und doch kommen ihr die Narben auf einmal seltsam vertraut vor …

Sie ähneln den weißen Linien auf Noemis Schulter, die nicht verschwinden wollen – die Narben, die sie von Spinnweben zurückbehalten hat. Auch er war daran erkrankt und hat es wie sie überlebt.

Wahrscheinlich sollte sie aufgrund dieser gemeinsamen Erfahrung mehr Mitgefühl mit ihm haben. Stattdessen wundert sie sich nur, wie jemand nach dieser schweren Erkrankung und diesen Schmerzen so unfähig sein kann, Anteilnahme für andere aufzubringen.

Wahrscheinlich genauso, wie man es vor sich rechtfertigen kann, mitten in einem Musikfestival eine Bombe zu zünden, denkt sie. *Man sieht die anderen nicht mehr als Menschen.*

Erst ein paar Stunden später bekommt Abel von Fouda frei. Noemi könnte auf die Minute genau sagen, wann, weil sie weiß, dass Abel unmittelbar danach zu ihr gekommen ist. »Wie fühlst du dich?« Er streckt die Hand nach ihrem Gesicht aus, hält dann jedoch inne; sie ertappt sich bei dem Wunsch, er wäre ein paar Zentimeter näher gekommen und hätte sie berührt.

»Mir geht's gut. Ich meine, ich bin erschöpft und habe Hunger und würde meinen linken Arm für eine Dusche geben, aber ich bin nicht krank.«

Sie hätte eigentlich mehr Erleichterung von seiner Seite erwartet. Stattdessen schaut er sich in der Krankenstation um, mustert der Reihe nach jeden Patienten und sagt: »Du müsstest aber krank sein.«

»Was?«

»Bei meinem Landeanflug auf Haven habe ich in der Luft hohe Toxizitätswerte gemessen. Sie machen menschliches Leben unmöglich – jedes uns bekannte Leben. Zuerst dachte ich, es wäre auf diesen Ort begrenzt. Meine aktuellen Scans lassen allerdings auf eine weit stärkere Ausbreitung schließen. Möglicherweise ist der gesamte Planet für den Menschen toxisch.«

»Was ist mit den Bäumen – und es muss auch Tiere geben …«

»Sie werden sich im Laufe der Evolution an diese Bedingungen angepasst haben«, meint Abel. »Das konnten die Menschen nicht.«

Nichts von alledem ergibt für Noemi einen Sinn. »Aber sie haben doch eine gigantische Expedition hierher unternommen! Die reichsten und mächtigsten Leute der Galaxie – sie haben sich die Mühe gemacht, den Winterpalast zu bauen und ihn mit Dienstboten-Mechs auszustatten. Das hätten sie nie im Leben getan, wenn sie gewusst hätten, dass der Planet so lebensfeindlich ist, sie haben doch bestimmt gleich zu Anfang jeden Zentimeter des Planeten abgescannt. Sonst hätten sie auch die *Osiris* gar nicht erst gebaut.«

Abel umfasst Noemis Handgelenk, den Daumen auf den zart durch die Haut schimmernden Adern. »Dein Puls ist normal. Du scheinst keine Atemprobleme zu haben –«

»Ich hab dir schon gesagt, mir geht's gut.«

»Das kann nicht sein«, entgegnet er kategorisch. »Vorher dachte ich, das Luftfilterungssystem des Schiffs würde effizient genug arbeiten, um die Menschen an Bord am Leben zu erhalten. Doch das ist offensichtlich nicht der Fall. Alle an Bord werden krank werden und sterben, es sei denn, sie kommen früh genug hier raus.«

»Wenn ich erkrankt wäre, wüsste ich das inzwischen. Riko hatte schon vor über einem Tag die ersten Anzeichen.«

Er runzelt die Stirn. »Die Passagiere haben noch gar nicht um Hilfe gebeten. Und auch Gillian zeigte keinerlei Vergiftungserscheinungen, als Va… als ich zuletzt mit ihr gesprochen habe.«

Ist Delphine Ondimba inzwischen genauso krank? Sie ist die einzige Passagierin, die Noemi mochte, die einzige, die es verdient, dass man sich um sie Sorgen macht. »Vielleicht war die Krankheit erst im Anflug. Es kann doch nicht sein, dass auf ein und demselben Schiff fast alle Remedy-Mitglieder krank werden, aber kein einziger Passagier.«

»Vielleicht«, überlegt Abel, »ist es mit der besseren Gesundheitsvorsorge zu erklären, zu der die Passagiere Zugang hatten. Sie konnten sich besser ernähren, hatten optimale Möglichkeiten, ihren Körper zu trainieren, und mussten keine schwere Arbeit verrichten – so wie auch du auf Genesis in einem sehr viel gesünderen Umfeld aufgewachsen bist.«

Noemi erinnert sich daran, dass Ephraim Dunaway ihre Herkunft erriet, weil sie »zu gesund« war, um von einem anderen Planeten als Genesis zu stammen. Wenn sie nur einen Arzt wie Ephraim hierhätten! »Das gilt übrigens nicht nur für mich. Ist dir aufgefallen, dass es Captain Fouda unverändert gut geht? Und einer Handvoll anderer Remedy-Kämpfer ebenso.«

»Das ist rätselhaft«, muss Abel einräumen. Sie kennt ihn, er hasst es, zugeben zu müssen, dass er etwas nicht weiß, genauso wie eine Katze es hasst, nass zu werden. Es wäre komisch, wäre die Lage nicht so verzweifelt. »Nun, ich würde trotzdem gern die Möglichkeit näher untersuchen, dass eine gute körperliche Verfassung einen Unterschied ausmacht. Denk doch nur dran, wie dir deine gute Konstitution geholfen hat, als du Spinnweben hattest.«

Spinnweben. Noemi spürt die weißen Linien auf ihrer Schulter kribbeln und denkt an die Narben in Foudas Gesicht. »Oh mein Gott!«

»Was denn?« Abel packt sie bei den Schultern. »Ist dir schwindlig? Wird dir schlecht?«

»Mit mir ist hundertprozentig alles in Ordnung«, beruhigt sie ihn. »Und ich glaube, ich weiß jetzt auch, warum.«

Es kostet einige Mühe, um zur eigentlichen Krankenstation

des Schiffs zu gelangen. Sie liegt nicht weit entfernt, doch da das Schiff auf dem Kopf steht, reichen die Türen nicht bis zum Fußboden; Abel muss also hinaufspringen und Noemi hindurchhelfen. Und dann hängen die Konsolen und Biobetten so weit über ihren Köpfen, dass sich Noemi fragt, warum sie überhaupt hierhergekommen sind, wenn sich das gesamte Equipment sowieso außerhalb ihrer Reichweite befindet.

Indessen baut Abel ein behelfsmäßiges Podest auf und arbeitet an den Konsolen genauso effizient, als wären sie richtig herum. Noemi steht am Fuß des Podests und stützt es, während er zugange ist. Ihr Kopf ist auf Höhe seiner Wade. Den grünlichen Schein des Monitors auf dem Gesicht, sagt er: »Hier gibt es Dateien über Spinnweben, aber sie sind gesperrt. Nur Burton Mansfield und Gillian Shearer haben Zugang.«

Das war's dann wohl. Dass Gillian ihnen hilft, können sie sich abschminken. Stöhnend legt Noemi den Kopf gegen Abels Bein. »So viel dazu.«

»Ich vermute, sie lassen sich mit einem einfachen DNA-Scan öffnen. Wenn ja, haben wir Glück.« Abel hält seine Hand vor einen Gewebe-Scanner. In dem trüben grünen Licht kann Noemi eine dunkle Substanz unter seinen Fingernägeln erkennen – sein Blut. Niemals wird sie vergessen, wie Abel sich buchstäblich zerrissen hat, nur um seinen unwürdigen Schöpfer noch einmal zu sehen.

Der Scanner blinkt und surrt und dann laufen Daten über den Bildschirm. Aus dieser Entfernung kann sie es nicht lesen, zumindest nicht verkehrt herum, aber sie muss unwillkürlich lächeln. »Du bist reingekommen, stimmt's?«

»Das Schiff kennt mich als Mansfield.« Überrascht weicht er zurück.

»Was denn? Was ist los?«

Langsam sagt Abel: »Sie hatten alle Spinnweben.«

»Wie?«

»Jeder auf diesem Schiff registrierte Passagier wurde vor der Abreise mit einer abgeschwächten Form des Spinnweben-Virus infiziert. Und zwar unter ärztlicher Aufsicht in einer Klinik. Sofort danach wurde er mit virenhemmenden Medikamenten behandelt. Unter solchen Bedingungen verläuft Spinnweben so gut wie nie tödlich.«

Alles passt zusammen. »Wir wussten, dass Spinnweben menschengemacht ist«, sagt Noemi. »Wir wussten, es wurde für einen bestimmten Zweck entwickelt, wir sind nur nicht draufgekommen, für welchen.«

»Wir haben immer noch keine Beweise«, gibt Abel zu bedenken, »aber ich glaube, wir verfolgen beide dieselbe Theorie.«

Was auch immer die Wissenschaftler von der Erde vorhatten, sie haben's vermasselt. Wenn es als Waffe gedacht war, so ist es jedenfalls aus den Labors entkommen und hat die eigene Bevölkerung befallen, bevor sie es gegen die von Genesis einsetzen konnten, sagte Ephraim Dunaway vor einigen Monaten auf Stronghold, als er ihnen das Wenige erzählte, das Remedy über das Spinnweben-Virus wusste. *Wenn bekannt würde, dass diese Krankheit von der Erde selbst verursacht wurde, würde es in allen Welten des Rings zu Massenunruhen kommen.*

»Spinnweben wurde nicht entwickelt, um Menschen zu schaden«, sagt Noemi. »Es wurde entwickelt, um Menschen zu *retten*.«

Abel nickt. »Bestimmt ist Haven schon vor einigen Jahrzehnten entdeckt worden. Die Regierung der Erde muss erkannt haben, dass es der perfekte Ersatz für Genesis wäre, abgesehen von diesem einen Umweltfaktor, der eine Gefahr für menschliches Leben darstellt. Also bemühten sie sich, ein Virus zu entwickeln, das die menschliche DNA verändert, nur so viel, dass man die Bedingungen dort aushält. In dieser Hinsicht macht Spinnweben genau das, was seine Schöpfer sich erhofften. Doch das Virus ist für den Menschen gefährlicher, als sie ahnten.«

»Viele Menschen, die Spinnweben bekommen, werden so krank, dass sie sterben.« Noemi schüttelt verwundert den Kopf. »Aber denen, die überleben … winkt eine neue Welt.«

»Ich beziffere die Wahrscheinlichkeit, dass diese Hypothese der Wahrheit entspricht, auf 92,6 Prozent.« Abel springt von dem Podest und landet neben Noemi, so leicht und geschmeidig, dass sie wieder einmal daran erinnert wird – er ist nun mal kein Mensch. »Auf dem Schiff gibt es einen Vorrat an Arzneimitteln gegen Spinnweben, inklusive abgeschwächter Erreger, die als Schutzimpfung funktionieren könnten …«

»Gott sei Dank«, sagt Noemi erleichtert. Auch wenn sie mit dem radikalen Flügel von Remedy ernsthaft Probleme hat, kann sie es nicht ertragen, Menschen sinnlos leiden und sterben zu sehen. »Wir können ihnen helfen.«

Abel schüttelt den Kopf. »Die Mittel werden nicht hier in der Krankenstation gelagert. Sie wurden als ›Gefahrengut‹ deklariert und befinden sich im selben Raum wie die Mech-Tanks, der momentan von den Passagieren kontrolliert wird.«

Das war der erste Ort, den sie ansteuerten, als Noemi ihnen sagte, sie müssten einen »wichtigen Bereich« auf dem Schiff kontrollieren. *Und ich war überzeugt, Gillian hätte uns aus rein egoistischen Gründen dorthin geführt*, denkt Noemi. *Aber sie wusste ganz genau, was sie tat. Sie handelte wie eine Soldatin im Einsatz. Und ich war diejenige, die der Situation nicht gewachsen war.*

»Wenn die Erde das Spinnweben-Virus entwickelt hat«, sagt sie langsam, »als ein Virus, das sich auf natürliche Weise verbreitet und einen hohen Ansteckungsgrad besitzt, sodass wirklich jeder es bekommt – dann hatte sie ursprünglich gar nicht vor, Haven zu verstecken. Sie wollte den Planeten mit der Galaxie teilen.«

Abel denkt darüber nach und nickt dann. »Scheint so. Letztendlich hat sich die Regierung der Erde entschieden, Haven geheim zu halten, wahrscheinlich vor allem weil sie die Wahrheit über Spinnweben verschleiern wollte.«

»Das kann nicht der einzige Grund sein. Haven der Menschheit vorzuenthalten – den Befreiungskrieg erneut anzufachen –« Noemi schnappt nach Luft. »Darum haben sie es getan, nicht wahr? Deshalb sind sie Jahrzehnte später zurückgekommen, obwohl wir schon dachten, sie hätten uns vergessen. Sie haben den Krieg beendet, als Haven entdeckt wurde. Und ihn von Neuem begonnen, als ihnen klar wurde, dass sie niemals die Wahrheit über diesen Planeten offenlegen konnten.«

»Ich kann die Wahrscheinlichkeit dieser Aussage nur mit 71,8 Prozent beziffern«, sagt Abel ernst.

»Du meinst – es ist wahrscheinlich. Nicht sicher, aber wahrscheinlich.«

Er nickt.

Noemi wird übel. Das hat nichts mit einer Krankheit zu tun, es liegt an der Erkenntnis, dass ihre Welt so leicht hätte gerettet werden können – doch irgendwo hatte irgendwer einfach zu viel zu verbergen.

Noemi fällt es schwer, in die provisorische Krankenstation zurückzukehren, jetzt, wo sie weiß, dass die Medikamente zum Greifen nah wären. Sie müssen Fouda in Kenntnis setzen, der die Passagiere bestimmt sofort angreifen will – dabei würde sich Noemi gern aus diesem Konflikt heraushalten. Aber noch schlimmer ist es für sie, von leidenden Menschen umgeben sein, die sie nicht retten kann; erst Genesis und nun das – allmählich fühlt sie sich wie ein Todesbote aus der Sagenwelt.

Bei ihrer Rückkehr erwartet sie eine schlimme Nachricht: Rikos Zustand hat sich rapide verschlechtert.

»Riko?« Gefolgt von Abel stürzt Noemi zu Rikos Lager. Riko wirkt so kaputt, so elend, dass sie kaum mehr Ähnlichkeit mit der energischen Frau im Sarong aufweist, die sie auf Kismets Mond kennengelernt haben. Sogar als Riko auf der Erde im Gefängnis saß, war ihre innere Stärke spürbar. Nun sieht sie aus wie ihr eigenes Gespenst. »Halte durch, bitte! Vielleicht gibt es eine Möglichkeit, dir zu helfen.«

»Wohl kaum«, krächzt Riko.

»Schsch. Du musst dich schonen.« Noemi sieht sich nach irgendetwas um, was Riko Erleichterung bringen könnte, und Abel reicht ihr einen feuchten, kalten Waschlappen, den jemand hergerichtet haben muss. Es ist nicht viel, aber besser als nichts, und so legt sie ihn Riko auf die glühend heiße Stirn.

»Sag mir eins«, flüstert Riko. Jedes Wort kostet sie Kraft.

Jede Bewegung. Doch sie umfasst Noemis Handgelenk. »Ihr Leute – ihr auf Genesis – ihr glaubt an Götter, oder?«

»Wir glauben …« Noemi unterbricht sich, bevor sie noch zu einer weitschweifigen Erklärung über die vielen verschiedenen Glaubensrichtungen auf Genesis ansetzt. »Ja, das tun wir.«

»Vorher – ich dachte, ich würde erleben, dass die Menschen frei sind – ich dachte, dann würde ich wissen, dass es das alles wert war.« Zweifel, von denen sich Riko bisher nie etwas anmerken ließ, sind in ihren Augen zu lesen. »Aber ich werde es nicht mehr erleben. Ich werde es nie erfahren.«

Noemi öffnet den Mund, um zu protestieren, um Riko zu versichern, dass sie gesund werden wird, doch ein Blick von Abel lässt sie schweigen. Auch wenn es eine Behandlungsmöglichkeit geben sollte, für Riko wird sie zu spät kommen.

»Was ist, wenn ich die ganze Zeit unrecht hatte?«, fährt Riko fort. »Was ist, wenn es keinen Ort für uns gibt? War dann alles umsonst?«

»Du hast nach deinen Überzeugungen gehandelt«, sagt Abel. »Du wolltest anderen helfen. Das ist etwas Wertvolles.« Er wechselt einen Blick mit Noemi. Sie weiß, dass er ebenso wie sie Remedys Terroranschläge für falsch hält. Aber was soll es nützen, eine Frau auf ihrem Sterbebett zu verdammen?

Noemi muss an Captain Baz' Worte denken, sie erscheinen ihr bedeutsamer als je zuvor. »Ich glaube, es zählt, wofür wir kämpfen. Wofür wir unser Leben opfern würden.«

Riko scheint aus diesen Worten genau den Trost zu ziehen, den sie braucht. Sie versucht zu lächeln. »Ja?«

»Ja.« Noemi streicht Riko einige Haarsträhnen aus der schweißnassen Stirn und nimmt ihre Hand.

Zuerst wird Rikos Griff fester, dann, ganz allmählich, schlaff. Ihr Atem verlangsamt sich. Plötzlich überflutet Noemi die Erinnerung an Esthers letzte Augenblicke und sie spürt einen Kloß im Hals. So sieht der Tod aus.

Laut Aussage von Ärzten fällt beim Sterben das Gehör als letzter Sinn aus. Noemi beugt sich zu Riko und flüstert ihr ins Ohr: »Alles ist gut. Wir sind bei dir. Alles in Ordnung.« Das ergibt zwar keinen Sinn, aber etwas Besseres fällt ihr nicht ein.

Offenbar hat sie erneut die richtigen Worte gefunden, denn Riko entspannt sich, atmet mit einem langen, unverkennbaren Rasseln aus und –

»Sie ist tot«, flüstert Noemi und dreht sich zu Abel. »Oder?«

»Die Grenze zwischen Leben und Tod ist in gewisser Weise fließend.« Nur Abel kann so etwas sagen und dabei mitfühlend klingen. »Rikos Herz und Lunge haben ihre Funktion eingestellt, aber auch wenn sie nicht mehr bei Bewusstsein ist, sendet ihr Gehirn noch eine Zeit lang Signale aus. In ihren letzten Momenten wurde ihr Körper mit Endorphinen überflutet, sozusagen als letzte Kraft- und Willensreserve. So entsteht ein euphorischer Rauschzustand, das Gehirn erzeugt jene Visionen und Bilder, die wir aus Berichten über Nahtoderlebnisse kennen.«

»Das ist die Meinung der Erde.« Noemi wischt sich die Augen. »Auf Genesis sehen wir das anders.«

Abel wird sich hüten, hier und jetzt mit ihr über die Existenz eines Himmels zu diskutieren. »Es ist interessant, Spekulationen anzustellen.«

Auch wenn Noemi an ein Leben nach dem Tod glaubt, weiß sie nicht, welche Art von Gericht auf der anderen Seite wartet. Sie weiß nur, dass Riko nun vor ihrem Richter kniet. Eine höhere Macht als Noemi wird entscheiden, ob Riko Strafe oder Barmherzigkeit zuteilwird. Also ist es in Ordnung, um das zu trauern, was hätte sein können.

Wenn die Erde Haven allen zugänglich gemacht hätte, denkt Noemi, *dann gäbe es so etwas wie Remedy nicht. Vielleicht wäre Riko eine Siedlerin geworden, die mit ganzer Kraft beim Aufbau der ersten Städte dieser neuen Welt mitgeholfen hätte.*

So viele Leben wären glücklicher verlaufen, hätte sich die Erde ihrer Verantwortung gestellt.

Die Lautsprecher der Bordkommunikation – erst kürzlich von Abel instandgesetzt – knistern. Gillian Shearers Stimme ertönt: »*Wenn wir mit unseren Vorhersagen richtigliegen, müssten die Mitglieder von Remedy inzwischen erfahren haben, warum diese Welt uns gehört und nicht ihnen. Sie können in dieser Umgebung nicht überleben – nicht ohne die Medikamente, über die wir verfügen.*«

Noemi und Abel sehen sich an. *Wir hatten recht*, denkt sie.

»*Wir sind bereit, über die Medikamente zu verhandeln*«, fährt Gillian fort. »*Sie bekommen, so viel sie brauchen. Nur müssen sie im Voraus dafür bezahlen.*«

Noemi ist sofort klar, was jetzt kommt. Vor Angst wird ihr ganz flau im Magen und ihr stockt der Atem.

Mit einer gewissen Befriedigung schließt Gillian: »*Übergeben Sie uns den Mech namens Abel, und zwar lebend.*«

24

Abel hat seinen Blaster gezogen, noch bevor Gillian den Satz beendet hat. Er streckt die Hand nach Noemi aus, aber sie ist schon aufgesprungen und hat ihre eigene Waffe gezückt. Sie sieht auf Riko Watanabes Leiche hinunter, und einen Moment lang denkt er, dass Noemi sich nicht durchringen kann, sie zu verlassen. In Gegenwart von Toten benehmen sich Menschen oft seltsam.

Stattdessen sagt Noemi nur ein einziges Wort: »Lauf!«

Er rennt zur Tür auf der anderen Seite, die zu einem stark beschädigten Korridor führt. Mit einem Satz ist er im Türrahmen und zieht Noemi mit hoch. Hinter ihnen ruft jemand heiser: »Er türmt!«

Sind Foudas Kämpfer bereits hinter ihm her? Irrelevant. Wenn nicht jetzt, dann werden sie es bald sein, und er und Noemi dürfen keine Zeit verlieren, indem sie zurückblicken.

Sie stürmen durch den langen, dunklen Korridor, Schutt knirscht unter ihren Füßen. Sogar die Notbeleuchtung ist hier teilweise ausgefallen, sodass nur in weiten Abständen ein orangefarbener Schein zu sehen ist.

Sie spurten durch einen Bereich, in dem es vor Kurzem noch gebrannt haben muss; die einst kunstvoll bemalten Wände sind rußgeschwärzt. Jeder Atemzug schmeckt nach Asche. In der Düsternis kann er Noemi kaum erkennen, manchmal erhascht er flüchtig das Glitzern ihres Jumpsuits. Mit ihrer begrenzten menschlichen Sehfähigkeit ist es für sie wahrscheinlich fast, als wäre sie blind.

»Was machen wir jetzt?«, fragt sie. »Buchstäblich jeder auf diesem Schiff ist hinter uns her. Es gibt keinen Ort, an dem wir sicher sind.«

»Wir müssen so schnell wie möglich die *Osiris* verlassen, und dann Haven. Der Korsar parkt ungefähr zwei Kilometer von hier …«

»Okay, super. Raus hier und nichts wie weg«, keucht Noemi. »Lass uns nach einer Luftschleuse suchen.«

In einer solchen Stresssituation kann selbst einer so erfahrenen Kämpferin wie Noemi ein taktischer Fehler unterlaufen. »Die Luftschleusen werden sie zuerst überprüfen. Ich glaube, nicht weit vom Theater entfernt ist ein Riss in der Hülle. Unsere Chancen stehen besser, wenn wir es durch diesen Riss versuchen und nicht durch die üblichen Ausgänge.«

Noemi ist so klug, nicht nach der Erfolgswahrscheinlichkeit zu fragen. »Dann los.«

Abel passt seine Laufgeschwindigkeit der Noemis an. Sobald sie auf übersichtlicherem Terrain sind, wird er sie einfach hochheben und tragen. »Wenn ich Havens Tageszyklus richtig berechnet habe, müsste es jetzt Nacht sein. Im Schutz der Dunkelheit sollten wir es zurück zum Korsaren schaffen.«

»Ohne einen einzigen Kratzer?«, witzelt Noemi. »Versprochen?«

»Wir können Kratzer abbekommen. Nur der Korsar muss auf alle Fälle unversehrt bleiben, sonst lässt uns Virginia auf dieser Seite des Tors sitzen und schnappt sich als Entschädigung die *Persephone.*« Es sollte ein Scherz sein, doch dieses Szenario liegt tatsächlich im Bereich des Möglichen.

»Warte mal.« Sie bleiben an einer scharfen Biegung stehen. Abel denkt, dass Noemi wieder zu Atem kommen will, aber sie hat eine Frage: »Virginia Redbird ist mit dir gekommen?«

»Du weißt doch, wie sehr sie Rätsel liebt.«

Sie lacht, offensichtlich freudig überrascht. Dann lehnt sie sich gegen die Wand, um Kraft für den weiteren Weg zu schöpfen. Obwohl Abel seine ganze Konzentration auf die Berechnung ihrer Fluchtroute richten sollte, registriert er, dass ihr Jumpsuit extrem tief ausgeschnitten ist und den Ansatz ihrer Brüste enthüllt, die sich in schnellem Rhythmus heben und senken. Das sollte irrelevant sein, ist es aber nicht.

Rasch denkt er sich eine Erklärung aus, warum er auf ihre Kleidung gestarrt hat. »Du bist nicht ausreichend gegen die Kälte geschützt.« Er deutet auf seinen weißen, hyperwarmen Parka. »Wenn wir draußen sind, gebe ich ihn dir.«

»Ich hatte eigentlich eine Jacke gefunden und dann dummerweise liegen gelassen. Wird dir denn nicht zu kalt?«

»Wie du weißt, kann ich es beträchtlich länger als ein Mensch in der Kälte aushalten, und bis zum Korsaren allemal.« Auf dem Rückflug zur *Persephone* wird es auch kalt sein, aber er dürfte nicht mehr als neunundzwanzig Minuten in Anspruch nehmen, je nachdem, wo im Orbit sich Virginia gerade befindet.

»Am besten berechne ich gleich mal unseren Weg zum

Korsaren«, sagt er schnell und richtet den Blick auf eine zerbrochene Lampenfassung anstatt auf Noemis Dekolleté. »Das sollte nur ein paar Sekunden dauern.«

Noemi sieht ihn von der Seite an. »Die *Persephone*? So nennst du das Schiff jetzt?«

»Ja. In der griechischen Mythologie ist Persephone die Frau von Hades und die Tochter von Demeter. Sie lebt abwechselnd in zwei verschiedenen Welten. In beiden Welten ist sie eine Göttin, aber zu keiner gehört sie wirklich.«

»... *Oh.*«

Als er sich ihr wieder zuwendet, sieht Abel an ihrem Blick, dass der Groschen gefallen ist. Er hat seine Gefühle offenbart. Wann wird er sich das endlich abgewöhnen? Liebe muss tiefer verborgen werden, als ihm bewusst war.

Mit leiser Stimme sagt Noemi: »Du hast das verstanden.«

Er weiß nicht genau, was er darauf antworten soll, daher meint er schlicht: »Ich kenne dich.«

Noemi schüttelt den Kopf – nicht, um ihm zu widersprechen, sondern vor Verwunderung. »Manchmal habe ich das Gefühl, ich hätte mein ganzes Leben auf jemanden gewartet, der mich wirklich sieht. Und das tust du, Abel. Wahrscheinlich bist du der Einzige, der mich je gesehen hat.«

»Jetzt weißt du, wie ich mich gefühlt habe, als du mir gesagt hast, ich hätte eine Seele.«

In dem düsteren Korridor treffen sich ihre Blicke, und Abel merkt, dass er den Atem anhält, was eigentlich gegen seine Natur ist. Und doch lässt sich dieser Impuls nicht unterdrücken.

»Weiter«, sagt Noemi abrupt. »Wir müssen weiter.«

»Genau.« Sie laufen los. Verwirrt bringt Abel seine Prioritäten wieder in die richtige Reihenfolge. Die Flucht muss ihr erstes und einziges Ziel sein.

Die Umgebungstemperatur fällt um ein volles Grad, dann wird es noch kühler. Sie nähern sich ihrem Ziel. Endlich kann er Licht am Ende eines langen Korridors erkennen, das eher bläulich schimmert, nicht orange wie die Notbeleuchtung. Als er sich den Sektor vergrößert, entdeckt er ein paar vereinzelte Schneeflocken.

3,6 Sekunden später sieht Noemi sie auch. »Das Loch in der Hülle. Wir sind fast da!«

Ein Kommentar erübrigt sich. Abel rennt schneller und überholt Noemi, um die Umgebung auszukundschaften. Mit jedem Meter wird es heller und kälter, bis er um die letzte Kurve biegt –

– und gerade noch rechtzeitig stehen bleibt. Vor ihm geht es hundert Meter in die Tiefe. Einen solchen Sturz würde auch Abel nicht überleben.

Er streckt den Arm aus und kann Noemi in letzter Sekunde stoppen. Sie keucht vor Schreck auf. »Oh mein Gott!«

Selbst für eine Soldatin von Genesis ist das nur eine Redewendung. Doch diese verheerende Zerstörung der Schiffshülle gemahnt tatsächlich an das Werk einer rachsüchtigen Gottheit. Die *Osiris* ist komplett entzweigebrochen – es ist eine annähernd vierzig Meter breite Kluft entstanden, die sich fast über die gesamte Länge des Schiffs zieht. Noemi und er können von ihrem Standort aus einen Querschnitt des Schiffs betrachten – jedes Deck bildet eine Schicht. Teile von Wänden, Böden und Kabeln hängen wirr herunter wie Kletterpflanzen. Über Abel und Noemi wölbt sich der von sechs Monden erhellte Nachthimmel von Haven; unterhalb, am Grund dieser künstlich entstandenen Schlucht, liegen frische Schneewehen.

»Wie genau sollen wir hier rauskommen?« Noemis Frage ist berechtigt. Was nun das obere Ende des Schiffs darstellt, liegt volle acht Meter über ihren Köpfen, und es gibt nichts, woran sie hinaufklettern könnten.

Abel beugt sich vor, untersucht die Trümmer und meint dann: »Zuerst müssen wir hier runter« – er zeigt auf eine Art Wasserfall aus nicht stromführenden Leitungen, die meisten so dick wie Noemis Knöchel – »auf eine Ebene ungefähr vierzehn Meter unter uns. Von dort halten wir uns seitlich bis zu diesem Ding.« Er deutet auf ein Metallgitter, das fast bis zur Decke reicht.

Sogar die tapfersten Menschen begeben sich ungern in extreme Höhen, vor allem unter solch unsicheren Bedingungen wie im Moment. Noemi wirkt blass, aber sie nickt. »Das sieht, hmm, machbar aus.«

»Ist es auch.« Zumindest glaubt er das. Um die Tragfähigkeit des Gitters wird er sich später kümmern.

Er zieht seinen weißen Parka aus und lässt Noemi hineinschlüpfen. In stillschweigendem Einverständnis macht sie sich bereit, als Erste zu gehen – bis sie irgendwo hinter sich einen dumpfen Schlag hören.

Abel dreht den Kopf, um sein Gehör besser auf das Geräusch einstellen zu können. Er macht zwei unterschiedliche Schrittmuster aus – in weiter Entfernung, aber sie bewegen sich in ihre Richtung.

»Sie haben uns gefunden«, flüstert Noemi.

»Noch nicht.« Er deutet auf die nach unten hängenden Kabel. »Du gehst besser allein.«

»*Was?*«

»Sie haben es nur auf mich abgesehen, Noemi. Ich kann mich eine Weile vor ihnen verstecken und später von der *Osiris* fliehen. Dann könnt du und Virginia mich holen.«

Sie schüttelt den Kopf. »Ich lasse dich nicht im Stich.«

Das ist für ihn zwar sehr erfreulich, aber strategisch unklug. »So oder so muss einer von uns zuerst gehen. Und es ist sinnvoller, wenn du es bist.«

Noemi zögert immer noch. »Und du schwörst, dass du nachkommst? So schnell du kannst?«

»Ich schwöre.« Für Menschen sind Schwüre wichtiger als für Mechs; Abel sieht keinen Sinn darin, etwas zu versprechen, was zukünftige Umstände eventuell unmöglich machen. Um Noemis willen jedoch möchte er versuchen, seinen Schwur zu halten.

Sie beginnt die Kabel hinunterzuklettern, hangelt sich von Griff zu Griff und stützt sich mit den Stiefeln an Vorsprüngen in der Wand ab. Er beobachtet sie, bis sie außer Sicht ist, und wirft erst dann einen Blick zurück.

Im Dunkeln erkennt er Bewegungen, eine stark beschädigte Tare, in deren leerer Augenhöhle der gelbliche Schein ihrer Hirnschaltkreise zu sehen ist, gefolgt von einer Oboe. Trotz ihrer zerfetzten linken Gliedmaßen humpelt sie unverdrossen auf ihn zu.

»Wir haben Gesellschaft«, sagt Abel, da Noemi noch nah genug ist, um ihn zu hören. »Einige von Simons … Spielkameraden.«

Sie erstarrt; er merkt es daran, dass sich die Kabel nicht mehr bewegen. »Können sie Simon verraten, dass wir hier sind?«

»Das haben sie schon.« Abel weiß es so sicher, als hätte er die Mechs selbst programmiert.

»Komm«, drängt sie. »Beeil dich. Mir nach!«

Ihnen steht ein Zusammentreffen mit Simon bevor. Während Noemi dies aufgrund ihrer – verständlichen, aber bedauerlichen – Ängste und Vorurteile möglichst vermeiden möchte, freut Abel sich auf diese Gelegenheit.

Seine Worte gegenüber Gillian waren ehrlich gemeint gewesen; er glaubt, dass er zu Simon durchdringen kann. Ihn beruhigen, beschwichtigen, vielleicht sogar reparieren kann. Solange er nicht vom Gegenteil überzeugt ist, muss Abel sich genauso bemühen, ihn zu retten, wie er es bei Noemi getan hat.

Sie ist die Erste, die daran geglaubt hat, dass ich eine Seele habe, denkt er. *Ich muss das für Simon sein.*

»Ich komme bald nach«, murmelt er.

»Verdammt noch mal, Abel –«

Er ignoriert Noemis Wut. Die Tare wankt näher, das halb zerstörte Gesicht sieht im Hellen noch schlimmer aus. Die instinktive menschliche Abscheu vor dem, was wie eine lebensbedrohliche Verletzung wirkt, teilt Abel nicht, aber dennoch ist etwas Unheimliches an der Tare: die schräge Haltung ihres Kopfs, die bloß liegenden, glimmenden Schaltkreise ihres mechanischen Gehirns. Als sie spricht, hört er, dass ihr Kehlkopf beschädigt ist; sie klingt eher wie eine frühere Sprachsoftware als wie ein Mech oder ein Mensch: »Simon sagt: stehen bleiben.«

»Hast du im Augenblick Kontakt zu ihm?« Vorhin schienen die Mechs sowohl miteinander als auch mit Simon verbunden zu sein, was bedeutet, dass sich Simon nicht im selben

Raum wie die Tare aufhalten muss, um durch sie zu sprechen. Abel geht einen Schritt auf sie zu, aber die Tare deutet auf ihn und stampft mit dem Fuß auf.

»*Nein!* Simon sagt: *stehen bleiben*!«

Endlich erinnert sich Abel an das Kinderspiel »Simon sagt«. Warum gerade dieser Name verwendet wird, weiß er nicht, doch natürlich ist es dadurch für ein Kind namens Simon besonders reizvoll. »Ich bleibe stehen. Siehst du? Spreche ich gerade mit Simon?«

»Viellei-h-eicht«, singt die Oboe, die ebenfalls näher schlurft. Aus den Wunden in ihrem Bein ragen blutige Drähte.

Von unten ruft Noemi: »Abel? Was ist jetzt?« Er wagt ihr nicht zu folgen; das Spiel verlangt, dass er sich nicht bewegt.

Simon ist nur ein verwirrtes Kind, das nicht begreift, was in seinem eigenen Gehirn vorgeht. Vielleicht ist Abel der Einzige, der ihm helfen kann, beherrscht er als Einziger die Sprache, die Simon so bald wie möglich lernen muss.

Die Tare und die Oboe nehmen Abel in die Mitte, er steht mit dem Rücken zum Abgrund und kann nun nicht mehr zur Seite ausweichen. Sie handeln nicht eigenständig; sie werden von Simon gesteuert, und dies erfordert ein Maß an Koordination, das weit über jegliche Standardprotokolle hinausgeht. Queens und Charlies führen entweder einprogrammierte militärische Abläufe durch oder reagieren selbstständig auf Kampfsituationen. Sie sind nicht zu beidem gleichzeitig in der Lage. Tare- und Oboe-Modellen fehlt die Fähigkeit zu strategischem Vorgehen – während das eine Aufgaben im medizinischen Bereich erledigt, ist das andere für Unterhaltung zuständig, üblicherweise in Form von Musik. Dass sie sich so verhalten wie jetzt, bedeutet, dass sie als eine Erweiterung von Simons Körper fungieren.

»Wie machst du das?« Abel blickt in die leere goldene Augenhöhle der Tare, in der Hoffnung, dass ihn Simon daraus ansieht. »Wie steuerst du die anderen?«

»Na ja«, sagt die Tare mit dem plötzlichen Ernst kleiner Kinder, »da gibt es einen Maschinen-Teil von mir und einen Ich-Teil. Ich muss den Ich-Teil vergessen und einfach Maschine sein. Dieser Teil macht viel mehr Spaß.«

Abel runzelt die Stirn. Vor gar nicht allzu langer Zeit hat Virginia etwas Ähnliches zu ihm gesagt, nämlich dass er sich öfter auf seine mechanische Seite besinnen sollte. Dabei hat er immer danach gestrebt, menschlicher zu werden. Er weiß nicht, ob sich das umkehren lässt.

Ein rutschendes Geräusch gefolgt von einem dumpfen Aufprall sagt ihm, dass Noemi auf der Ebene gelandet ist, von der aus sie möglicherweise entkommen kann. Obwohl er sich wünscht, dass sie die *Osiris* ohne ihn verlässt, begreift er doch, dass sie das niemals tun würde.

Die Tare wackelt näher und legt eine Hand auf Abels Brust. »Du bist wie ich, oder?«

»In vielerlei Hinsicht.« Abel lächelt beruhigend. »Wir beide stellen die Synthese aus Mensch und Maschine dar.«

Verwirrt weicht die Tare wieder zurück. Abel verflucht seine präzise Ausdrucksweise; *Synthese* ist ein zu schwieriges Wort für einen kleinen Jungen. »Du siehst nicht aus wie ich. Du siehst normal aus. Ich sehe nicht normal aus. Sondern irgendwie verkorkst.«

»Das lässt sich beheben. Alles, was nicht passt, kann man in Ordnung bringen. Du musst nur …«

Nur was? Abel merkt, dass er nicht weiß, was er sagen soll. Am logischsten wäre es, wenn Simon zu Gillian zurückkehren würde, die sich sowohl mit dem Mech-Körper als auch der innewohnenden Seele besser auskennt als jeder andere. Aber Gillian ist von ihrem üblichen Equipment abgeschnitten; sonst wäre Simon nicht in solcher Hast neu erschaffen worden und nicht so dürftig ausgefallen. Abel würde sich gern dem Projekt Simon widmen, ihm Rat und Freundschaft anbieten und mithilfe der ausgezeichneten wissenschaftlichen Labors auf Haven allmählich herausfinden, wie er tickt. Leider ist eine Zusammenarbeit mit Gillian völlig ausgeschlossen. Simon in Obhut zu nehmen würde im Endeffekt bedeuten, einen kleinen Jungen zu kidnappen. Und Abel weiß nicht, ob er sein Versprechen, ihm zu helfen, überhaupt einhalten könnte.

»Abel?« Sein scharfes Gehör vernimmt Noemis Flüstern, aber es erscheint ihm nicht ratsam, zu antworten.

Das Lächeln der Tare ist Simons Lächeln. »Du bist wie ich und du bist nicht wie ich. Wir sind gleich und wir sind verschieden.« Die Tare krallt sich mit der Hand in Abels T-Shirt. »Ich will sehen, was an dir anders ist.«

»Ich bin mir nicht sicher, ob du –«

»Doch! Ich nehme dich auseinander. Dann kann ich es sehen.«

Abel drückt den Unterarm der Tare weg und befreit seine Kleidung aus ihrem Griff. Er zapft die wenigen Texte über kindliche Psychologie in seinen Datenbanken an und sagt fest: »Nein.«

Die Oboe und die Tare greifen gleichzeitig nach ihm, und die Oboe schreit: »*Simon sagt!*«

Mit einer Handbewegung schiebt Abel die beiden zurück – aber nicht weit. Es sind Mechs, und auch wenn es keine Kampfmodelle sind, sind sie stärker als jeder menschliche Gegner. Als sie sich gemeinsam auf ihn stürzen, springt er, so hoch er kann, und erwischt die Kante über sich. Während er dort baumelt, machen auch die Tare und die Oboe einen Satz. Die Oboe schafft es nicht – ihr kaputtes Bein bringt sie aus dem Gleichgewicht, scheppernd sackt sie zu Boden und rollt in den Abgrund. Ein sich entfernendes, wiederholtes Krachen verrät, dass sie auf ihrem Weg nach unten in Stücke zerschellt.

Eine weniger, denkt er – die Tare ist ganz nah, durchbohrt ihn geradezu mit ihrem leeren Blick aus der golden leuchtenden Augenhöhle.

»Abel!«, brüllt Noemi. »Beweg endlich deinen Metallhintern hier runter!«

Mein Hintern ist aus Fleisch und Blut und so gestaltet, dass man ihn nicht nur gerne ansieht, sondern auch anfasst, würde er am liebsten darauf erwidern, aber das kann vermutlich warten.

Er lässt sich fallen, segelt an der Tare vorbei, bis er sich neben Noemi abfängt. Sie gibt einen halb erstickten Angstschrei von sich, bevor er sich aufrappelt, aber in dem Moment, in dem er neben ihr steht, hat sie sich so weit gefasst, dass sie sofort lossprinten kann.

Sie spurten an der gezackten Bruchkante des Schiffs entlang. Schneeflocken fangen sich in ihrem Haar und der tödliche Abgrund gähnt weniger als einen Meter zu ihrer Linken. Dank Abels scharfem Sehvermögen und seiner raschen Analysefähigkeit kann er die Bereiche, die sie durchqueren, erkennen – ein zerschlagenes türkisches Bad, verwüstete

Aufenthaltsräume, ein auf dem Kopf stehendes Schwimmbecken – jeweils die andere Hälfte dazu befindet sich auf der gegenüberliegenden Seite der Schlucht. Als sie an einer durchsichtigen Wand vorbeilaufen, die zwei Räume trennt, wirft sich eine Tare auf der anderen Seite mit solcher Geschwindigkeit und Wucht dagegen, dass ein Mensch bewusstlos werden würde. Noemi behält die Fassung und rennt weiter, ohne einen Blick zur Seite zu riskieren.

Nicht so Abel. Die Tare scharrt an dem durchsichtigen Material; niemals wird sie schaffen, es zu brechen, aber diese Information wurde einer Tare nicht einprogrammiert, und entweder weiß Simon das nicht oder es ist ihm egal.

Und es ist Simon, der all dies dirigiert. Es lässt sich nicht länger leugnen.

»Komm zurück!«, kreischt die Tare, Simons Worte aussprechend. »Komm zurück!«

Diese flehentliche Bitte geht Abel durch und durch, doch er kann das Risiko nicht eingehen. Er muss weiterlaufen.

Sie erreichen das Gitter, das er vorhin entdeckt hat, über das sie zur Oberseite des Schiffs klettern können. Keuchend bleibt Noemi stehen und hält sich den Arm. Die Schnittwunde muss immer noch stark schmerzen, doch sie sagt nur: »Schaffen wir es da hoch, bevor sie uns einholen?«

»Möglich.« Abel macht sich bereit. »Aber ich kann mit einer Hand klettern und mit der anderen schießen.«

»Ich wette, ich kann ebenfalls gleichzeitig klettern und schießen, wenn es drauf ankommt.« Sie blickt bereits nach oben; das Mondlicht fällt auf ihr Gesicht, als sie den Aufstieg beginnt. Abel folgt ihr, richtet sein Augenmerk sowohl auf Noemis Vorankommen (wird sie der verletzte Arm behindern?) als auch auf den Bereich unter ihnen (für den Fall, dass mehr von Simons »Spielzeugen« sie verfolgen sollten).

Sie sind nicht so schnell, wie Abel es gerne hätte. Es ist zweifellos vernünftig, dass Noemi mit ihren menschlichen Kräften haushält, aber er muss immer daran denken, dass Simon und seine Mechs jeden Moment auftauchen könnten, um ihr tödliches Spiel mit ihnen zu treiben.

Vielleicht kann ich trotzdem noch sinnvoll mit ihm kommunizieren, denkt Abel. *Wenn das Steuern anderer Mechs seinen Reiz für Simon verliert, wird er sich einen neuen Zeitvertreib suchen. Ich könnte alles, was er lernen muss, in Rätsel verpacken, die ihm vielleicht Spaß machen.* Noch hat er nicht die Absicht, diesen Jungen aufzugeben.

Doch *wie* steuert Simon die anderen Mechs eigentlich?

Ein entfernter Lichtschimmer am Rande von Abels peripherem Sehen erweckt seine Aufmerksamkeit – gerade noch rechtzeitig, um seine Sensoren darauf einzustellen und den Blaster in der zerstörten Hand eines Charlies zu erkennen. Die Waffe ist direkt auf sie beide gerichtet.

»Noemi!«, ruft er. Sie reagiert klug und hält sich an dem Metallgitter fest.

Auch Charlies besitzen Intelligenz. Der Blasterstrahl zielt nicht auf sie, sondern auf die Spitze des Gitters, an dem sie hochklettern. Und trifft. Abel spürt, wie das Metall erzittert und sich dann nach hinten neigt.

»Abel –« Noemi klammert sich noch fester. »Wir fallen!«

Hilflos muss er zusehen, wie das Gitter nachgibt, in den Abgrund zwischen den Schiffshälften kippt und ihn und Noemi mit in die Tiefe reißt.

25

Sie fallen rückwärts, immer schneller. Noemi kann sich nur weiterhin festklammern, was natürlich nicht verhindert, dass sie hinab in den offenen Schlund des zerschmetterten Schiffs stürzt. Sie macht sich auf das Schlimmste gefasst …

… als das Gitter abrupt zum Stillstand kommt. Das Beben der Stangen setzt sich bis in ihre Knochen fort, und bei dem Aufprall verliert sie beinahe den Halt, schafft es gerade noch, sich festzukrallen. Ihr Blaster purzelt allerdings hinunter, kurz blitzt er im Mondlicht auf, bevor er verschwindet.

Was war das denn jetzt? Sie sieht sich um, soweit es möglich ist, und stellt fest, dass das Metallgitter über diverse Kabel und einen verbogenen, aber nicht geborstenen Metallträger noch immer mit dem Schiff verbunden ist. Es schwankt gefährlich, was darauf hindeutet, dass es nicht mehr lange halten wird. Durch den Sturz befindet sich das ganze Gebilde nun nicht mehr parallel zur aufgerissenen Schiffsflanke, sondern steht im rechten Winkel dazu – es streckt sich quer über die tiefe Kluft, ist aber nicht annähernd lang genug, um bis zur anderen Seite zu reichen.

»Noemi«, ruft Abel. Offenbar bewegt er sich auf sie zu, weil das gesamte Gitter zittert; sie verstärkt ihren Griff und versucht ihre schmerzenden Muskeln zu ignorieren. »Alles in Ordnung?«

»Ich bin nicht heruntergefallen, falls du das meinst. Aber nichts ist in Ordnung. Nicht mal annähernd.«

Schau nicht runter, sagt sie sich. *Hangle dich einfach zu dieser Seite des Schiffs zurück. Wie auf dem Klettergerüst!*

Das Klettergerüst hat sie noch nie gemocht.

Abel ist auf dem Weg zu ihr, was beruhigend wäre, würde das Metallgitter nicht bei jeder Bewegung, die einer von ihnen macht, ruckeln und schwanken. Als sie besonders heftig absacken, bricht Noemi ihre eigene Regel und sieht hinunter. Sie bereut es sofort. Der Boden dieser Spalte liegt viel zu weit unten; der Riss im Wrack erinnert an eine tiefe Felsschlucht, nur dass er zerklüfteter, hässlicher, tödlicher ist. Noemi starrt auf das Durcheinander aus scharfen Trümmerteilen und Schnee unter ihr, wissend, dass sie jede Sekunde darin landen könnte. Und wenn sie fallen, möchte sie sich dabei an Abel festhalten. Vielleicht hilft ihr das, den schnellen Luftzug um sie herum zu ertragen. Die Kälte und das Entsetzen. Sie wird sich an Abel klammern bis zum bitteren Ende.

»Ich bezweifle, dass Simons Mechs uns hierher folgen werden«, sagt Abel. »Er kann sie nicht fein genug steuern, um einen von ihnen zu uns rüberzubringen.«

»Du irrst dich.« Zu jedem anderen Zeitpunkt wäre sie stolz darauf, Abel endlich einmal einen Schritt voraus zu sein. Jetzt würde sie sich am liebsten übergeben. »Er wird keinen der großen Mechs auf uns hetzen, aber die – die abgetrennten Dinger, die Hände und Arme, könnte er schicken.«

Ein Schlag einer mechanischen Faust auf ihre Handknöchel würde genügen, um sie in den Tod stürzen zu lassen.

»Stimmt.«

»Du könntest aber auf sie schießen. Uns Deckung geben. Du bist doch stark genug, um dich mit einer Hand festzuhalten, oder? Und mit der anderen den Blaster abzufeuern.«

»Natürlich bin ich stark genug, um mich mit einer Hand festzuhalten.« Er klingt fast beleidigt. »Nur hat sich mein Blaster genau wie deiner während des Sturzes selbstständig gemacht.«

»Na, großartig.«

Endlich ist Abel auf ihrer Seite angekommen und schlingt einen Arm unter sie, um ihr Gewicht zu stützen. In dem Versuch, ermutigend zu klingen, schiebt er noch nach: »Vielleicht warten die Mechs einfach ab, ob wir es zurück zu dieser Seite des Schiffs schaffen, um uns dann gefangen zu nehmen oder zu töten.«

»Fantastisch.« Noemi keucht von der Anstrengung, sich festzuklammern, selbst mit Abels Hilfe. »Ich glaube nicht, dass dieses Gitter noch lange hält. Erst recht nicht, wenn wir uns noch mehr bewegen.«

»Stimmt.«

Einen Moment hängen sie schweigend da. Noemi hebt den Blick von der Kluft unter sich hinauf zu den leuchtenden Monden an Havens Himmel. Das könnte das letzte Mal sein, dass sie Schönheit sieht, über etwas Staunen empfindet. Kalte Böen peitschen um sie herum und Eiskristalle legen sich auf ihre Wangen und Augenwimpern. Trotz der Kälte schwitzen ihre Handflächen vor Angst. *Oh, toll, rutschige Hände haben mir jetzt gerade noch gefehlt.*

»Der Versuch, über das Gitter zurückzuklettern, könnte sich als übermäßig gefährlich, wenn nicht gar unmöglich erweisen«, sagt Abel.

»Ja, aber was sollen wir sonst tun?«

»Möglicherweise schaffe ich es, auf die andere Seite des Schiffs zu springen. Und du könntest dich an mir festhalten.«

Noemi reckt den Hals, um in das gähnende Loch ringsum zu spähen. Sie kann nicht abschätzen, wie weit entfernt die andere Seite genau ist – aber es ist weit. »Nicht einmal du kannst so weit springen, wenn du auch noch mein Gewicht tragen musst … oder?«

Abel nimmt sich einen Augenblick Zeit, bevor er antwortet: »Das werden wir dann sehen.«

»Nicht sehr beruhigend.«

»Leider ist das, was einen beruhigt, nicht immer zutreffend.«

Sie schluckt schwer. »Du würdest dich mehr mit den Armen abstoßen und hinüberschwingen. Nicht richtig springen.«

»Das Verb beschreibt es nicht ganz präzise, aber ich dachte, es würde ermutigender klingen.«

»Das war so, bis du es erklärt hast!«

»Du wolltest es wissen«, meint Abel entschuldigend.

»Okay.« Ein starker Windstoß lässt das Gitter erzittern. Es wird ihr Gewicht nicht mehr lange aushalten. Sie holt tief Luft und reißt sich zusammen, so gut sie kann, dann dreht sie das Gesicht zu Abel. Sie sind so nah beieinander, dass sich fast ihre Nasen berühren. »Na gut. Ich weiß, dass wir das tun müssen. Auch wenn es mir nicht gefällt.«

»Mir gefällt es auch nicht besonders«, gibt Abel zu, »aber

in dieser Situation ist die beste Lösung nicht unbedingt eine gute Lösung.«

»Du hast wirklich null Talent, einen zu beruhigen.«

Er zieht einen Mundwinkel zu einem halben Lächeln nach oben, bleibt jedoch nach Mech-Art absolut konzentriert. »Unsere erste Schwierigkeit wird darin bestehen, dein Gewicht auf meinem Rücken richtig auszubalancieren.« Umgeben von Windböen, die sie mit Eis überziehen, versucht Noemi verzweifelt, einen besseren Ausweg zu finden, *irgendeinen* Ausweg, und fragt sich, wie sie es nur geschafft hat, sich überhaupt in eine solche Lage zu bringen.

»Halt still«, fordert sie ihn auf, und er wappnet sich, wird noch unnachgiebiger als das Metall, an dem sie hängen. Noemi ruft sich ihre Grundausbildung ins Gedächtnis. Sie mussten auf Gurtbändern, auf Netzen aus dicken Seilen, sogar auf Bäume klettern. Immer war sie eine der Besten ihrer Staffel. Wenn sie es damals geschafft hat, schafft sie es auch jetzt.

Beweg deinen Arm da rüber OGOTTOGOTT okay, das ging gut GOTT STEH MIR BEI halt dich an ihm fest RICHTIG FEST –

»Okay«, japst sie, während sie die Arme um Abels Hals und die Beine um seine Hüfte schlingt. Sie baumelt an seinem Rücken wie ein Faultier an einem Ast. »Okay, okay. Ich hab's.«

Mit leicht erstickter Stimme entgegnet er: »Du hast Glück, dass ich nicht so viel Atem brauche wie ein Mensch.«

»Ich weiß, du könntest wahrscheinlich den ganzen Tag hier hängen, und das ist ja auch toll für dich und so, aber würdest du jetzt bitte endlich springen?«

»Ich muss mich erst vorbereiten.« Verblüffend flink schwingt er sich über den Rand des Gitters, sodass er nun darauf kauert, anstatt daran herabzuhängen. Das Wissen, dass er sich zwischen ihr und dem tiefen Riss unter ihnen befindet, wirkt auf Noemi absurd beruhigend – bis das Metallgitter unheimlich zu knarzen anfängt und Vibrationen durch ihre Körper schickt. Sie haben nicht mehr lange. Das spürt auch Abel. »Bist du bereit?«

Noemi verstärkt ihren Griff. »Los.«

Er springt mit solcher Kraft ab, dass Noemi der Atem wegbleibt. Einen schrecklichen, surrealen Moment lang ist es, als würden sie fliegen – die andere Seite scheint unerreichbar weit entfernt, dann rast sie auf sie zu, knallt in sie hinein. Noemi wird schwindlig, als sie auf die Kante eines massiven Metallbodens prallen, und zwar ziemlich heftig.

Abel gelingt es, sich daran festzuhalten, und er verhindert, dass sie abstürzen. Einen schrecklichen Moment lang hängt sie da und schwingt hin und her wie ein Pendel, dann schleudert er sie über sich hinweg.

Er lässt sie los – ein grässliches Gefühl –, und Noemi landet auf einer schroffen, rauen Struktur.

Sie kommt hart auf, schmeckt Blut, kriecht jedoch sofort an die Kante, um ihm zu helfen. Aus irgendeinem Grund hievt er sich nicht hoch. Da merkt sie, dass eines seiner Handgelenke stark verbogen ist. Er muss sich beim Sprung verletzt haben; er hat sich das Handgelenk ruiniert, um sie zu retten, und nun kann er sich selbst nicht mehr retten.

Noemi beugt sich vor, um seinen heilen Arm zu packen. »Komm«, flüstert sie. »Ich zieh dich rauf.«

Abel schüttelt den Kopf. »Ich bin zu schwer für dich.«

»Ich habe Kraft. Schau, ich kann meine Füße einstemmen.«

»Mein linker Knöchel ist angeknackst.« Er muss schwerer gegen die Wand geprallt sein, als sie dachte. »Ich kann mich nicht hochdrücken. Du müsstest mein ganzes Gewicht ziehen. Das ist zu gefährlich.«

»Und was nun? Lässt du dich einfach in den Tod fallen?«

»… Ich denke, du kannst entkommen und allein Kontakt mit Virginia aufnehmen.« Immer noch sorgt er sich ausschließlich um sie, nicht um sich selbst.

»Hör mir zu.« Noemi packt seinen Arm mit aller Kraft und beugt sich so nah zu ihm, dass er keine andere Wahl hat, als ihr in die Augen zu sehen. »Jetzt hilf mir lieber mal. Sonst fällst du runter und reißt mich mit. Ich werde dich nämlich nicht loslassen, Abel. Ich werde dich *niemals loslassen.*«

Abel zögert, aber nur einen Augenblick. »Auf drei.«

Stumm zählen sie, nicken bei jeder Zahl – und dann zieht Noemi, so kräftig sie kann, und zerrt Abel mit. Es gelingt ihm, seinen lädierten Unterarm auf die Kante zu legen, was sehr schmerzhaft sein muss, doch dadurch wird er leicht genug, dass sie ihn ganz nach oben bugsieren kann. Dann plumpsen sie nebeneinander auf den Boden, verletzt und gestrandet – aber am Leben.

Von Ferne hört sie, wie das Metallgitter nachgibt, klappernd gegen die Seiten des Risses prallt und schließlich unten aufschlägt. *Noch neunzig Sekunden,* denkt sie, *und wir wären mit zertrümmert worden.*

Als sie wieder zu Atem kommen, nehmen Abel und sie ihre Umgebung in Augenschein. »Warte mal, was ist das?«, keucht sie. Sie sind von massivem Metall umgeben, ohne irgendwelche Türen darin. »Eine Art Speichertank?«

»Möglich.« Er bleibt einige Augenblicke länger ausgestreckt liegen als sie. »Da es keinen direkten Weg gibt, um diesen Ort zu verlassen, müssen wir uns eine Fluchtmöglichkeit überlegen, sobald – sobald wir dazu in der Lage sind.«

Gegenwärtig sind sie das nicht. Noemi hat sich bei der rauen Landung eine Seite des Gesichts schlimm aufgeschürft und ein scharfkantiges Metallstück hat ihre Schläfe aufgeritzt. Außerdem blutet die Wunde an ihrem Arm, die sie sich selbst zugefügt hat, nun wieder stärker, aber sie sorgt sich weniger um sich selbst als um Abel. Er schafft es, mit der heilen Hand aus einem Stück Polsterung einen provisorischen Verband für den Knöchel zu basteln, aber er zuckt jedes Mal zusammen, wenn er versucht, das andere Handgelenk zu bewegen.

»Mein Handgelenk ist schwerer beeinträchtigt als mein Knöchel«, berichtet er so ruhig, als würde er von jemand anderem reden. »Die Selbstreparatur wäre einfacher, wenn ich nicht das Akkupack entfernt hätte, um mit Mansfield zu sprechen. Nur weil ich es dreißig Jahre lang nicht gebraucht hatte, dachte ich, es wäre überflüssig. So ein Verhalten nennen die Menschen wohl Hybris.«

Noemi hat keine Instrumente, die es ihr erlauben würden, ihn zu reparieren, selbst wenn sie wüsste, wie. »Das sieht nicht gut aus.«

»Die beschädigten Komponenten sind organisch. Selbst ohne das Akkupack kann ich mich innerhalb von ein paar Stunden reparieren, wenn ich mich in den Regenerationsmodus versetze.«

Sie nickt. »Bis dahin ist es schon fast Morgen, aber immer noch dunkel, oder? Wir können unbemerkt von hier verschwinden.«

»Wir legen uns einen Plan zurecht, sobald wir die Situation besser einschätzen können«, sagt Abel. Er redet wohl mehr mit sich selbst als mit ihr, vermutet sie. »Jetzt sollten wir uns erst einmal ausruhen.«

»Ist der Regenerationsmodus wie schlafen?« Noemi gefällt die Vorstellung nicht besonders, Stunden in diesem eisigen Tank zu verbringen, ohne mit jemandem sprechen zu können, aber wenn Abel das braucht, wird sie klarkommen. Vielleicht döst sie ja auch ein. Normalerweise könnte sie nie im Leben an einem so kalten, unwirtlichen Ort schlafen, doch jetzt ist sie so erschöpft, dass es ihr möglich erscheint.

»Korrekt. Aber die Übergangsphase dauert mehrere Minuten.«

Abel versucht es sich bequem zu machen, obwohl es sicher wenige Orte in der ganzen Galaxie gibt, die unbequemer sind als ein eiskalter Metalltank voller Trümmer. Noemi lässt ihn einen Platz wählen, wo er auf der Seite liegen kann, dann schmiegt sie sich von hinten an seinen Rücken und legt einen Arm um ihn, während sie den anderen als Kissen benutzt. Sobald sie ihn berührt, wird Abel ganz ruhig.

»Du musst dich warm halten«, sagt sie. »Ohne den Parka wäre ich schon erfroren.«

»Auch mit Parka würdest du innerhalb von vierzig Stunden an Unterkühlung sterben. Ich würde wenig später in einen Schlafzustand fallen und zum Aufwachen einen kompletten Reboot benötigen.«

»So lange bleiben wir hier auch nicht.«

Entweder sind sie bis dahin in Sicherheit oder sie sind tot.

Abel verstummt. Als sie schon denkt, dass sein Regenerationszyklus bereits begonnen hat, bricht er das Schweigen.

»Du erzählst mir gar nicht, wie schlecht ich darin bin, dich zu beruhigen.«

»... Das scheint dir vorhin nicht besonders gefallen zu haben.«

»Menschen sind besser darin, mithilfe von Humor Anspannungen zu lösen.«

»*Waaaaas?*« Sie zieht das Wort übertrieben in die Länge; wenn Abel gerne geneckt wird, soll er es haben. »Der größte aller Mechs hat soeben zugegeben, dass Menschen irgendwas besser können?«

»Noch. Vielleicht werde ich ja mit der Zeit besser.«

»Ja, vielleicht.« Noemi drückt ihn an sich und legt ihre Stirn an die Stelle zwischen seinen Schulterblättern. Er ist nicht so warm wie ein Mensch, aber sie hofft, ihre Körperwärme reicht für sie beide.

Sie hätten einander verlieren können. Zwischen ihr und Abel ist so vieles ungesagt – und über so vieles ist sie sich unsicher.

Doch es gibt eins, was sie unbedingt loswerden muss, und zwar so schnell wie möglich. »Hör mal, wegen vorhin – was ich gesagt habe, als wir uns über Simon und die Inheritors unterhalten haben – es tut mir leid, wenn ich dich verletzt habe.«

»Ich weiß nicht, ob ›verletzt‹ das richtige Wort ist«, sagt Abel. Einen Augenblick später fügt er hinzu: »Es passt einigermaßen.«

»Du bist nicht ›weniger wert‹ als ich oder andere Menschen. Ich hab dir doch mal gesagt, dass du menschlicher bist als dein Schöpfer, weißt du noch?«

»Inzwischen wissen wir, dass das nicht schwierig ist.«

Sie schließt die Augen, konzentriert sich darauf, die richtigen Worte zu finden. »Du tust mir nicht leid, weil du ein Mech bist.«

»Trotzdem, ich tue dir leid.«

Normalerweise würde Noemi sich in einer solchen Situation jetzt entfernen. Würde ihm Zeit zum Nachdenken geben; würde sich klügere, bessere Worte zurechtlegen. Es wäre alles viel einfacher. Doch sie haben nur diese Stunde. »Es tat mir leid, dass du so allein bist. Das ist alles.«

»Wenn es noch mehr Inheritors gäbe, wäre ich nicht allein. Aber du sagtest, ihre Erschaffung wäre eine Sünde.«

»Denk mal drüber nach, Abel. Diese Inheritors – man würde sie durch die gesamte Galaxie jagen. Mansfield hat nie beabsichtigt, sie nur für sich selbst oder seine Familie zu reservieren, und Gillian Shearer – sie glaubt, ihre Rolle im Universum bestünde darin, den Tod zu überwinden. Jeder Mensch, der Angst vor dem Tod hat, also jeder Mensch überhaupt, würde versuchen, einen in seinen Besitz zu bringen. Die Inheritors wären ihr Leben lang auf der Flucht. Als Einzelner kannst du dich verstecken, aber eine ganze Population von Mechs wie du? Die Nachricht würde sich verbreiten. Und danach wärt ihr keine Sekunde eures Lebens mehr vor Nachstellungen sicher.«

»… Ist das dein Einwand?«

»Glaubst du nicht, dass das passieren würde?«

»Nein. Du hättest recht, wenn es keine Schutzmechanismen gäbe. Aber« – Abels Hand schließt sich um ihre – »Menschen können auch jederzeit sterben, durch Krankheit oder Unfall oder sogar Mord. Deswegen hören sie noch lange nicht auf, Kinder zu bekommen.«

Setzt er die Inheritors jetzt schon mit Kindern gleich? Das fühlt sich für Noemi total falsch an, auch wenn sie nicht genau sagen kann, warum. Aber sie hält sich zurück, möchte Abel nicht erneut verletzen. »Das lässt sich nicht vergleichen. Die Seelen der Inheritors würden einzig zu dem Zweck geschaffen, zerstört zu werden. Ihre Körper leben weiter, um als Gefäße für die Reichen und Mächtigen zu dienen, aber die Inheritors selbst – ihr innerstes Wesen – stirbt. Menschen werden nicht nur geschaffen, um zu sterben.«

»Das würde eure Bibel, glaube ich, nicht so sehen.«

Sie blinzelt erstaunt. Plötzlich bekommt sie ein ganz neues Bild von dem Problem – der Effekt ist ähnlich wie bei dieser Zeichnung, bei der man anstatt einer Vase auf einmal zwei Gesichter sieht. Jede Existenz ist endlich; warum sollte eine weniger wert sein als eine andere?

Die Absicht des Schöpfers zählt, denkt sie, doch sie wird dieses Thema noch tiefer ergründen müssen.

Behutsam fährt Abel fort. »Du glaubst immer noch, dass Mechs dazu da sind, den Menschen dienen. Für dich sind sie … zweitrangig. Das ist eine nachvollziehbare Reaktion, schließlich bin ich im Moment einer von nur zwei Mechs, die eine eigenständige Existenz haben.« Er wendet sein Gesicht zu dem Riss des Wracks hin, und sie weiß, dass er an Simon denkt, der sich in diesem Schiff aufhält, nur halb fertig, ängstlich und wütend. »Aber es muss nicht immer so bleiben. Stell dir doch bloß das Potenzial vor.«

»Das werde ich«, verspricht Noemi. »Tust du dann auch etwas für mich?«

»Natürlich.«

»Bitte behalte die Möglichkeit im Auge, dass mit Simon

etwas nicht stimmen könnte. Ich weiß, dass du Mitleid mit ihm hast. Das habe ich auch. Als ich das erste Mal mit ihm sprach, stellte ich mir vor, das wärst du, als du noch ganz neu warst, und keiner hätte dir erklärt, was du bist. Doch Gillian hat den Prozess überstürzt, mit einem ahnungslosen kleinen Kind. Das ist gründlich schiefgegangen, und ich weiß nicht, ob du es wieder in Ordnung bringen kannst. Simons ›Spielchen‹ hätten uns fast umgebracht. Könnten es immer noch. Ich habe einfach Angst, dass – dass dein Wunsch nach einem Bruder so übermächtig ist, dass du alle Warnhinweise ignorierst, bis es zu spät ist.«

In der langen Pause, die darauf folgt, verflucht Noemi sich für jedes Wort, bis Abel schließlich sagt: »Du könntest recht haben. Nicht mit den Inheritors, aber mit Simon. Er ist … instabil.« Das zuzugeben, kostet Abel Überwindung. Sie schlingt die Arme um seine Taille, gibt ihm das bisschen Trost, das sie ihm geben kann, und er fährt fort: »Als ich durch seine Mechs mit ihm gesprochen habe, habe ich seine Mutter erwähnt. Ich dachte, er würde natürlich zu ihr zurückkehren wollen. Aber Simon empfand nichts. Er liebte sie nicht mehr. Ich weiß, wenn ich keine Liebe mehr empfinden könnte, wäre ich irreparabel kaputt. Das ist bei Simon vielleicht auch der Fall. Ich kann ihn nicht im Stich lassen, bis ich sicher bin – aber ich beabsichtige, der Sache auf den Grund zu gehen. Und ich werde künftig vorsichtiger sein.«

»Okay. Mehr verlange ich nicht.«

Als Abel wieder etwas sagt, kommen die Worte langsamer heraus. »Der Regenerationszyklus wird gleich beginnen.«

»Träumst du, während du regenerierst? Oder nur wenn du schläfst?«

»Ich habe noch nie während eines Regenerationszyklus geträumt«, antwortet er benommen. »Aber es gibt keinen Grund, warum ich es nicht irgendwann können sollte.«

Sie drückt ihn noch einmal an sich. »Dann wünsche ich dir schöne Träume.«

Abel rührt sich, als wollte er sich zu ihr drehen und sie ansehen, doch dann sackt sein Kopf auf den Boden und sein Körper wird schlaff. Die Regeneration hat eingesetzt.

Noemi steht noch unter Strom von der knappen Verfolgungsjagd und sie hat auch schon bei angenehmeren Bedingungen zu schlafen versucht als bei Eiseskälte in einem mit Trümmern übersäten Tank. Trotzdem glaubt sie, ein oder zwei Stunden dösen zu können, sobald sich das Adrenalin abgebaut hat, denn sie ist sehr erschöpft. Vielleicht träumt sie ja selbst etwas Schönes.

Solange Abel bei ihr ist, fühlt sie sich sicher. Was im Augenblick eine totale Illusion ist, aber sie nimmt, was sie kriegen kann.

Wieder schmiegt sie den Kopf an seinen Rücken, spürt zufrieden das Heben und Senken seiner Atemzüge – sie sind langsamer als die eines Menschen, sogar im Schlaf, aber trotzdem tröstlich. Dieser kleine Trost ist kostbar für sie. Eine wunderschöne und seltene Erfahrung.

Noemi hat sich nie gefragt, was sie eigentlich für Abel empfindet. Als er ihr seine Liebe gestand, blieb ihnen nicht einmal mehr eine gemeinsame Stunde. In den vergangenen Monaten hat sie oft über das Wesen seiner Liebe nachgedacht, ob es dieselbe Art Liebe ist wie bei einem Menschen. Doch es hatte keinen Sinn gehabt, sich über ihre eigenen Gefühle klar zu werden, da sie ja überzeugt war, ihn nie mehr wiederzusehen.

Aber als sie ihn jetzt umschlingt – Sehnsucht und Verlangen spürt, obwohl er bei ihr ist –, kommt sie ins Grübeln.

Sie erinnert sich noch an Abels Worte bei ihrem Abschied am Genesis-Tor: *Dich zu verlieren schmerzt mehr, als mein Leben zu opfern. Bedeutet das, dass meine Gefühle mehr sind als eine Imitation? Dass ich dich wahrhaftig liebe?*

Ich denke schon, antwortete sie darauf.

Das erscheint ihr jetzt noch wahrer als damals.

Sie schließt die Augen und schmiegt sich eng an ihn. Wenigstens für diesen Augenblick wird sie so tun, als wäre alles in Ordnung. Als bestünde die ganze Welt nur aus ihnen beiden, wie sie hier nebeneinanderliegen.

26

Das Bewusstsein, dass der Regenerationszyklus beendet ist, ähnelt dem Zustand des Aufwachens. Als Abel die Augen öffnet, ist es fast vollständig dunkel; zu dieser Nachtzeit sind nur wenige von Havens Monden sichtbar, und es müssen kleinere, weiter entfernte sein. Er stellt seine visuellen Sensoren so gut wie möglich darauf ein, dann dreht er sein Handgelenk. Es ist zwar noch ein bisschen steif, aber beweglich genug für ihre unmittelbaren Bedürfnisse. Der Knöchel fühlt sich fast wieder normal an.

Noemi neben ihm schläft tief und fest. Immer noch hat sie den Arm um seine Taille geschlungen, obwohl ihre Hand schlaff geworden ist. Abel gönnt sich ein paar Augenblicke, um ihre Nähe zu genießen, und bedeckt ihre Hand mit seiner. Hoffentlich ist das nicht unangemessen. Sie rührt sich leicht, kuschelt sich im Schlaf an seinen Rücken, und er entdeckt, dass Liebe ein körperliches Gefühl sein kann, eine Art schmelzende Wärme in seiner Brust.

Selbst wenn sie ihn nicht wiederliebt, ist dieses Gefühl allein schon Belohnung genug.

Aber er darf sich durch solche Gedanken nicht von der dringenden Notwendigkeit zur Flucht ablenken lassen. Er justiert seinen auditiven Input so, dass er einen möglichst breiten Frequenzbereich hören kann. Sein Hörvermögen ist nicht unbedingt tausendmal besser als das von Menschen, doch die zusätzliche Hörschärfe, die er besitzt, könnte entscheidend sein. Das Tosen des Winds überdeckt so ziemlich alle Geräusche, die von außerhalb des Tanks kommen könnten. Trotzdem glaubt er, dass er irgendetwas wahrnehmen würde, wenn Simons Mechs sie auf diese Seite des Schiffs verfolgt hätten. Und auf alle Fälle würde er es hören, wenn Remedy-Kämpfer sich hierher duchgeschlagen hätten, in der Hoffnung, das auf ihn ausgesetzte Kopfgeld in Form von Medikamenten zu kassieren.

Abel und Noemi sind allein. Sie werden ihre Chance auf Flucht bekommen.

Er lässt Noemi noch sechsundzwanzig Minuten schlafen. Sie konnte sich in den letzten Tagen bestimmt nicht genug ausruhen, selbst für einen jungen Menschen in körperlicher Bestform. Doch als die Temperatur noch stärker sinkt, wird ihm klar, dass sie aufbrechen müssen, bevor die Kälte trotz des Parkas lebensgefährlich für Noemi wird. »Noemi?«, flüstert er. Lauter zu sprechen wäre effektiver, aber Menschen mögen lieber sanft geweckt werden. »Aufstehen, Noemi.«

»Mmf.« Sie rührt sich, dann stöhnt sie auf. »Ich habe gehofft, das mit dem Tank wäre bloß ein Albtraum.«

»So viel Glück haben wir nicht. Wir müssen los.«

»Geht das? Bist du wieder in Ordnung?« Noemi setzt sich auf und berührt seinen Arm. Zweifellos begutachtet sie nur seine Verletzung, doch der Körperkontakt wirkt auf Abel ähnlich wie eine Hitzewallung oder ein Stromschlag. Es ist noch kein Verlangen, aber es könnte dazu werden. Spüren Menschen die Anziehung in so unpassenden Momenten? Wohl nicht. Es muss sich um eine Art Fehlfunktion handeln. Aber im Gegensatz zu allen anderen Fehlfunktionen gefällt es Abel.

Er antwortet nur: »Ich sollte in der Lage sein, an dieser Seite des Wracks bis zum Boden hinunterzuklettern, was uns die beste Fluchtroute bietet. Natürlich nur unter der Voraussetzung, dass die erforderlichen Griffmöglichkeiten vorhanden sind. Und was ist mit dir? Wie würdest du deine Kletterstärke einschätzen?«

»Ich weiß nicht so recht. Normalerweise bin ich ziemlich gut, aber jetzt –« Noemi reibt sich die Hände; sie sind rot vor Kälte und bestimmt taub.

Sofort sagt Abel: »Warum klammerst du dich nicht wieder an meinen Rücken, während ich klettere?«

»Du sollst dich nicht schon wieder wegen mir in Gefahr bringen. Das ist zu viel Gewicht für deinen Knöchel und dein Handgelenk –«

»Nein.« Es ist beinahe zu viel, liegt aber noch innerhalb vertretbarer Parameter. »Beide sind fast wieder normal funktionsfähig. Außerdem kannst du dich ohne Handschuhe nicht richtig an den Griffen festhalten. Es geht nicht anders.«

Ihr Stirnrunzeln sagt ihm, dass ihr das nicht gefällt, doch sie nickt. »Ich habe überlegt – wenn wir Virginias Korsaren erreichen und damit zu deinem Schiff zurückkehren, könnten wir doch von dort aus mit Fouda Kontakt aufnehmen. Und ihm vielleicht etwas anderes für den Alarmcode anbieten.«

»Ich möchte Simon nicht hierlassen.«

Noemi schweigt und er erwartet weitere Einwände gegen seine Arbeit mit Simon. Stattdessen antwortet sie: »Auf dem Schiff hätten wir mehr Ressourcen zur Verfügung. Mansfields Originalbaupläne von Mechs, solche Sachen. Wir könnten uns wieder sortieren und Simon holen.«

»Ein ausgezeichneter Plan.« Seine Brauchbarkeit basiert weitgehend auf der Tatsache, dass er die einzige auch nur entfernt machbare Option ist, aber Abel empfindet das Bedürfnis, Unterstützung zu signalisieren, solange ein Einvernehmen zwischen ihnen noch möglich ist. Seine und Noemis Bedürfnisse werden bald in Konflikt geraten. Ihr wird daran liegen, Genesis so schnell wie möglich zu helfen – was verständlich ist –, während er weiß, dass es zur Katastrophe kommen könnte, wenn er Simon noch länger sich selbst überlässt. Zum richtigen Zeitpunkt wird er seine Argumente vorbringen. »Der Marsch zum Korsaren wird schwierig werden – von hier aus sind es ungefähr zwei Kilometer, aber über schwieriges Terrain und durch tiefen Schnee.«

Sie zuckt die Schultern. »Entweder schaffen wir es oder ich bleibe auf der Strecke.«

Abel ist versucht, ihre Aussage zu korrigieren, da er nicht die Absicht hat, ohne sie weiterzugehen. Doch auch dies ist etwas, was erst später zur Sprache kommen sollte, wenn es so weit ist, was hoffentlich nie der Fall sein wird.

Die Kletterpartie das aufgerissene Schiff hinunter dürfte sich leichter gestalten, als Abel gedacht hätte. Spitze Metallstangen ragen in unterschiedlichen Winkeln heraus und bieten den benötigten Halt für Hände und Füße. Dummerweise sind die meisten davon mit Eis überzogen und eine glitschige Oberfläche kann Abel nicht sehr gut kompensieren.

Auch Abel könnte ein Paar Handschuhe gebrauchen.

Rasch berechnet er Verhältnisse und Wahrscheinlichkeiten und kommt zu dem Schluss, dass seine Chance, unversehrt auf den Boden zu gelangen, groß genug ist, um es zu versuchen. Doch sie erscheint ihm nicht groß genug, um Noemi in Gefahr zu bringen. Was sie betrifft, ist ihm ein breiterer Sicherheitsspielraum lieber. »Ich bin nicht sicher, ob ich es schaffen kann.«

»Oh-oh.« Noemi reibt sich den Kopf. »Wenn du zugibst, dass du an deine Grenzen stößt, muss es sehr schlimm sein.«

»Erfolgreich zum Boden zu klettern ist nicht unmöglich. Nur … geringfügig weniger wahrscheinlich als die Alternative.« Dies ist definitiv der richtige Zeitpunkt, um die genauen Prozentzahlen für sich zu behalten.

Sie stößt den Atem aus, dann meint sie: »Tja, einen anderen Weg gibt es nicht. Wie auch immer unsere Chancen stehen, wir müssen es versuchen.«

Von der Logik her weiß Abel das natürlich, trotzdem will er Einwände anbringen. Vielleicht könnte er allein fliehen und dann mit Hilfe zu ihr zurückkommen – aber was für Hilfe, und wann? Aller Voraussicht nach würde er mindestens einen ganzen Tag brauchen, um zurückzukehren, und bis dahin wäre Noemi vermutlich erfroren.

»Abel?« Sie sieht ihm fest ins Auge. »Ich vertraue dir. Ich bin bereit, es zu versuchen. Und wenn ich noch länger hier herumsitze und mich vor dem Abstieg fürchte, drehe ich durch.«

»Na schön«, sagt er. »Packen wir's.«

Sie finden einen Weg, seinen Gürtel zu verlängern und einmal durch die Schärpe ihres Jumpsuits zu schlingen. Das ist ein jämmerlich schwacher Auffanggurt, aber mehr können sie aus den ihnen zur Verfügung stehenden Mitteln nicht machen. Abel stellt sich an die Kante des Tanks und wartet, bis Noemi auf seinem Rücken Halt und Gleichgewicht gefunden hat. »Fertig?«

Ihre Hände verstärken den Griff um seine Schultern. »Fertig.«

Er beugt sich vor, fasst an den Rand des Tanks und schwingt sich hinunter, sodass sein Körper über die Seite hängt. Für die Dauer von 0,4 Sekunden verweigert ihm das eisige Metall den Halt, doch dann gelingt es Abel, sich festzuklammern. Zusammen baumeln er und Noemi von der Kante, sie eng an seinen Rücken gepresst, und unter ihnen klafft der Abgrund.

»Ogottogottogottogott«, flüstert Noemi. »Bitte sag mir, dass das der schlimme Teil war.«

»War es tatsächlich.« Ihr Risiko zu sterben ist immer noch viel zu hoch, aber nachdem der erste Schritt geschafft ist, hat sich ihre Überlebenschance auf fast sechzig zu vierzig verbessert.

Abel klettert langsam, nimmt sich Zeit, sucht sich möglichst sichere Stellen zum Festhalten. Bei jeder Bewegung pocht sein Handgelenk, was unwichtig ist, solange sein Griff stark bleibt. In dieser Phase kann Noemi wenig beitragen, aber sie hält vollkommen still, was den meisten Menschen nicht gelingen würde. So kommt er nicht aus dem Gleichgewicht. Mit jedem Meter, den sie hinuntersteigen, wird ein eventueller Sturz weniger gefährlich und ihre Überlebenschancen verbessern sich.

Nach elf Minuten und vierzehn Sekunden erreichen sie den Boden. Sie kommen gemeinsam auf und stolpern dann einige Schritte rückwärts, bevor sie in den knirschenden, nassen Schnee fallen. Noemis Atem geht schnell und flach, als würde sie gleich in Tränen ausbrechen; Abel würde sie beruhigen, wenn er selbst genug Luft zum Sprechen hätte.

Das muss der Zustand sein, den Menschen als »Erschöpfung« bezeichnen. Er gefällt ihm nicht.

Schließlich sagt Noemi sehr leise: »Danke, Abel.«

»Gern geschehen.«

»Wir müssen los. Kannst du laufen?«

Sein Knöchel und sein Handgelenk schmerzen von der anstrengenden Kletterpartie, doch wie Noemi vorhin gesagt hat – entweder schaffen sie es oder sie bleiben auf der Strecke. Also kommt er neben ihr auf die Füße, wischt sich die Eiskristalle von den Kleidern …

… und entdeckt die Gestalt, die hinter einem schneebedeckten Trümmerhaufen hervorlugt.

»Abel!«, schreit Noemi und zieht ihn zur Seite, kurz bevor ein Blasterstrahl über ihnen durch die Luft zischt. Wenn ihre Reflexe schneller sind als seine, ist er müder, als er dachte. Sie liegen halb in einer Schneewehe vergraben, der Schnee ist ihr einziger Schutz. »War das Remedy?«

»Nein – die einäugige Tare. Eine von Simons Mechs. Und wir sind unbewaffnet.«

Die Situation ist sogar noch schlimmer. Im selben Augenblick übermittelt die Tare nämlich, gleichsam als Teil von Simons Verstand, ihren Standort den restlichen Mechs. In wenigen Minuten werden die anderen bei ihnen sein.

Abel hat Noemi sicher auf den Boden gebracht, nur damit sie jetzt beide hier sterben.

Noemi sieht sich hektisch um, ihr kinnlanges Haar flattert

im Wind, bevor sie einen großen Stein nimmt und ihn auf ihren Angreifer schleudert. Die Tare hat sich weggedreht, sodass nur die leere Augenhöhle zu ihnen zeigt und sie den Stein nicht kommen sieht – und als er sie trifft, sackt sie sofort zu Boden, bewusstlos oder außer Betrieb.

»Unbewaffnet, von wegen.« Noemi rappelt sich auf und zieht Abel mit sich. Sie scheint begriffen zu haben, dass er nicht optimal funktioniert. Von ihrem Parka fällt der Schnee ab, doch an seinen Kleidern hängt er in dicken, kalten Klumpen. »Zurück ins Schiff«, fordert sie ihn auf.

Er muss dagegen protestieren. Sie haben sich gerade mit Mühe lebend aus der *Osiris* gerettet, und sowohl die Passagiere als auch die Remedy-Mitglieder werden sich beim ersten Anblick auf Abel stürzen. Außerdem muss Simon erst noch zur Vernunft gebracht werden. Noemi wird in Gefahr sein, solange sie sich in Abels Nähe befindet. »Das hält uns nur auf, wir wollen doch zur *Persephone.*«

»Du bist nicht in Form, Abel. Und wenn du nicht topfit bist, erreichen wir Virginias Korsaren nie im Leben.« Sie zählt die Punkte an ihren roten, rissigen Fingern ab. »Aber wenn wir nicht zu Virginia hinauffliegen können, muss sie eben zu uns herunterkommen. Auf der *Osiris* gibt es bestimmt irgendeine Möglichkeit, Kontakt zu ihr aufzunehmen. Oder wir schlagen uns zur Hauptlandebucht durch und nehmen ein kleineres Schiff, falls es dort noch eins gibt, das raumtüchtig ist. Wie dem auch sei, wir werden uns da drin besser helfen können als hier draußen.«

»Einverstanden.« Es ist riskant, doch das wäre auch jede andere Handlungsoption. Er stiefelt durch den Schnee zu der gefallenen Tare und nimmt ihren Blaster. Wenn er Noemi erneut in Gefahr bringen muss, wird er zumindest in der Lage sein, sich zu verteidigen. Unter den Trümmern erspäht er einen zweiten Blaster und wirft ihn Noemi zu, die sehr gut darin ist, sich selbst zu verteidigen. Auch aufs Angreifen versteht sie sich, was ihre Gegner auf diesem Schiff bald zu spüren bekommen werden.

Und wenn er Simon wiedersieht, was dann?

Diese Frage wird er beantworten, wenn es nötig ist, und nicht vorher. »Gehen wir.«

Die Stelle, an der sie die *Osiris* betreten, liegt gar nicht so weit von der Luftschleuse entfernt, durch die Abel sich ursprünglich Zugang verschafft hat. Bei der Erinnerung daran, wie Riko ihn hier begrüßt hat, lächelnd und hocherfreut, empfindet er einen seltsamen Schmerz. Sie konnte ja nicht ahnen, dass sie nur noch drei Tage leben würde.

Konzentriere dich auf relevante Fakten, ermahnt er sich. *Damals gehörte dieser Bereich zum Remedy-Territorium. Aber Remedy hat nicht mehr genügend Kräfte, um so viel Raum zu kontrollieren. Hier dürfte es sicher sein.*

»Wo befindet sich die nächste Kommunikationsstation, mit der wir Kontakt mit Virginia aufnehmen können?«

»Angesichts der erschöpften Energiereserven des Schiffs müssen wir uns wahrscheinlich bis in die Nähe der Brücke durchschlagen, um eine funktionierende Komm-Konsole zu finden. Das ginge zwar, aber dabei würden wir vermutlich Remedy-Mitgliedern über den Weg laufen.« Die natürlich alles tun werden, um Abel einzufangen und ihn an Gillian auszuliefern, um im Gegenzug die Medikamente zur Rettung ihrer noch lebenden Kameraden zu erhalten.

Sie nickt. »Und die Hauptlandebucht?« Während sie sich vorsichtig einen Weg durch das Innere des Schiffs bahnen, bemerken sie, dass inzwischen sogar die Notbeleuchtung nachlässt. Abel stellt seine visuellen Sensoren auf Infrarot um, sodass Noemi zu einem warmen Schein neben ihm wird.

»Sie liegt ungefähr die halbe Länge des Schiffs von uns entfernt – aber näher als die Brücke.«

Sie stöhnt. »Na dann mal los.«

In einem Korridor, der ihnen am sichersten und am besten beleuchtet erscheint, kommen sie gut voran. Sie gehen nur und laufen nicht, um einerseits möglichst leise zu sein, andererseits Noemi nicht übermäßig zu strapazieren. Das denkt Abel zumindest, bis ihm klar wird, dass ausnahmsweise einmal Noemi das Tempo verlangsamt, um sich an ihn anzupassen. Vielleicht macht sie sich Sorgen wegen seines Knöchels. Es ist ein merkwürdig angenehmes Gefühl, dass sich jemand Sorgen um ihn macht.

Einige seiner Funktionen sind noch voll leistungsfähig, unter anderem sein Mech-Sehvermögen. Fünfzehn Meter vor der Landebucht bleibt er mitten im Schritt stehen und streckt den Arm aus, um Noemi Einhalt zu gebieten. Als sie sich verwundert zu ihm dreht, sagt er leise: »Druckempfindlicher Sprengkörper in null Komma einundvierzig Meter Entfernung.«

»Woher weißt du …«

»Ich bin jetzt auf Infrarot-Frequenzen. Sonst hätte ich ihn nicht entdeckt. Offenbar wurde im Boden des Korridors ein Draht versenkt.«

»Remedy hat *den Boden vermint?*« Noemi tritt einen Schritt zurück und Abel tut es ihr nach. Um ein Haar hätten sie dieses Ding aktiviert. Wenn er dessen Sprengkraft richtig ermittelt hat, hätte die Explosion sie beide zerfetzt. »Es muss Remedy gewesen sein – den Passagieren fehlt das nötige Know-how dazu, und Simon ebenfalls.«

»Stimmt. Sie müssen es getan haben, als ihre Leute krank wurden. Da sie keine Kräfte mehr für Patrouillen hatten, haben sie sich auf Minen verlegt.«

»Tja, dann müssen wir eben einen Korridor finden, der nicht vermint ist.«

Das stellt sich als schwierig heraus. Jetzt wo Abel weiß, wo er nach den Sprengfallen suchen muss, kann er mit seinem Sehvermögen auch Bereiche durchkämmen, die menschlichen Augen verborgen bleiben. Die Remedy-Minen sind tief im Bauch des Schiffs deponiert, sodass es unmöglich ist, von einem Teil des Schiffs zu einem anderen zu gelangen. »Es muss mindestens eine sichere Route zur Landebucht geben«, sagt er mehr zu sich selbst, als zum fünften Mal der Durchgang versperrt ist. »Das ist der taktisch wichtigste Bereich der *Osiris*. Sie würden sich nicht selbst davon abschneiden.«

»Aber um dorthin zu gelangen, würden wir unweigerlich Remedy-Territorium durchqueren, sodass sie dich ins Visier nehmen können.« Noemi lehnt sich gegen eine Wand. »Merkst du, was das ist?«

»Eine Falle.« Das war ja eigentlich zu erwarten.

»Nein, wenigstens zielt sie nicht auf uns ab. Selbst wenn jedes Remedy-Mitglied tot umfallen würde, könnten die Passagiere die Oberfläche dieses Planeten nicht verlassen. Nicht jetzt und auch nicht später. Fouda weiß, dass er auf verlorenem Posten steht. Also sorgt er dafür, dass die Passagiere mit ihnen sterben, selbst wenn das bedeutet, dass sie alle verhungern.«

In der Geschichte gibt es viele Beispiele für menschliche Bosheit, daher sollte Abel nicht schockiert sein. Trotzdem ist ihm unbegreiflich, wie jemand so kühl kalkulieren kann.

Er stellt allerdings seinerseits Kalkulationen an. »Womöglich hat Fouda auch die Landebucht vermint.«

»Das würde ich ihm schon zutrauen«, stimmt Noemi ihm zu.

»Vielleicht sollten wir doch versuchen, uns zur Brücke durchzuschlagen. Remedys Kräfte sind geschwächt. Es bestehen gute Aussichten, dass wir dort an eine Kommunikationskonsole gelangen.«

»Nein.« Noemi strafft die Schultern. »Wir müssen die Passagiere befreien.«

»Ich habe nicht vor, sie im Stich zu lassen. Wir werden Hilfe schicken, sobald wir das Erd-System erreicht haben.« Einige der Patrouillenschiffe, die den Neptun und seine Monde umkreisen, wissen zweifellos von der *Osiris* und wären in der Lage, eine Rettungsmission zu starten. »Und was Simon betrifft – ich werde Kontakt zu ihm aufnehmen, sobald wir eine Kommunikationskonsole haben.«

Noemi verschränkt die Arme vor der Brust. »Was bringt dich darauf, dass er dir zuhören wird?«

»Ich habe darüber nachgedacht, womit ich ihn motivieren könnte. Er ist im Kern ein kleiner Junge. Also habe ich überlegt, ihm eine Fahrt in einem neuen Raumschiff in Aussicht zu stellen. Wo er auf dem Kommandosessel sitzen darf. Das könnte doch klappen, oder?«

Ihr Ton wird sanfter. »Schon möglich. Aber wenn er da oben verrücktspielt …«

»Dagegen kann ich Vorkehrungen treffen.« Abel hat das bereits berücksichtigt. »Ich würde auf keinen Fall zulassen, dass er dich in Gefahr bringt. Oder Virginia.« Er hofft, Virginia wird niemals erfahren, dass er diesen Nachsatz hinzufügen musste.

»Okay. Ich vertraue dir.« Sie sagt es so, als müsste sie mehr sich selbst überzeugen als ihn.

»Natürlich müssen wir etwas für die Passagiere und Remedy-Mitglieder tun, bevor wir gehen. Ihr Leben ist in Gefahr.«

Noemi zögert. Zunächst diente ihre Flucht nur dem Ziel, einer gefährlichen Situation zu entkommen; allerdings kann Abel seine Programmierung nicht abstellen, und sie zwingt ihn dazu, menschliches Leben zu schützen, wenn möglich … solange er keine gegenteiligen Anweisungen von Burton Mansfield erhält, doch der ist jetzt kein Faktor mehr. Abel vermutet, dass Noemis Glaube ähnlich funktioniert – er erinnert sie daran, dass andere Schutz brauchen.

»Du weißt, wie sehr ich mich danach sehne, diesen Planeten zu verlassen, um Genesis zu helfen«, beginnt sie, »aber, nein, du hast recht. Wie können die Leute hier nicht ihrem Schicksal überlassen. Sie haben nicht tonnenweise Lebensmittel – nur Champagner und Petit Fours, und die waren fast alle, als ich gegangen bin. Die Kraftfelder brauchen bestimmt den Rest der Energiereserven auf; bald wird die Klimaanlage ausfallen. Die Passagiere werden erfrieren, bevor wir Hilfe schicken können.«

Die Leidenschaft in Noemis Stimme weckt etwas in Abel –

eine Entschlossenheit, die über seine Programmierung hinausgeht. Diese Leidenschaft ist ebenso ein Teil von ihr wie ihr Blut und ihre Knochen.

Leise sagt er: »Du wirst immer eine Soldatin von Genesis bleiben.«

Noemi nickt. Sogar in diesem schummrigen Korridor kann er das Glitzern von Tränen in ihren Augen sehen. »Glaubst du, es besteht irgendeine Hoffnung, dass Fouda den Code rausrückt? Oder wird er meinen Planeten sterben lassen?«

»Ich weiß es nicht.«

Es gibt eins, was Abel tun könnte, eine letzte drastische Maßnahme, durch die sie an den Code gelangen würden. Er könnte sich selbst an Fouda ausliefern im Austausch gegen den für Genesis so wichtigen Code – dann könnte Fouda ihn gegen Gillians Medizin eintauschen.

Gillian Shearer würde Abel schließlich doch noch in die Hände bekommen. Seine Seele wäre verwirkt und sein Körper würde letzten Endes mit Haut und Haaren Mansfield gehören. Er würde seine oberste Direktive erfüllen.

Die bloße Tatsache, dass Noemi es nicht selbst vorgeschlagen hat, ist ein Beleg dafür, wie viel ihr die Beziehung zu ihm bedeuten muss. Er hat schon einmal angeboten, für Genesis zu sterben, aber sie weist diesen Vorschlag jetzt genauso heftig zurück wie damals. Trotzdem, wenn es um das Leben von Milliarden von Menschen geht …

Abel weigert sich, diesen Gedanken weiterzuverfolgen. Er glaubt fest daran, dass sie allein hier herauskommen werden, weil er nämlich an Noemi glaubt. Das ist der einzige Glaube, den er braucht.

27

Normalerweise würde Noemi solche technischen Arbeiten Abel überlassen. Nicht, weil sie sich selbst nicht damit auskennt, sondern weil sie schätzt, dass jemand, der zum Teil selbst eine Maschine ist, hier auf alle Fälle im Vorteil ist.

Doch jetzt kniet sie vor der nächstgelegenen Kommunikationskonsole, stemmt sie auf und späht mit ihrer kleinen Notfalllampe hinein. Sie übernimmt diese Arbeit, damit Abel Kräfte sparen kann. Die Flucht von der anderen Seite des Schiffs hat ihn fast umgebracht, das ist Noemi klarer als ihm. Auf ihrem Weg durch die Korridore ist Abel langsam gegangen und mit einem kaum wahrnehmbaren Humpeln. Ein solches Verhalten bei ihm beweist, dass er richtig beschädigt ist.

Und ein weiterer Beweis: Er überlässt ihr ohne Murren und ohne eine Bemerkung diese Aufgabe.

Noemi weiß nicht, wie sie Abel wiederherstellen kann, aber sie will ihn zumindest schonen. Sie kann ihn nicht durch das ganze Schiff schleppen, daher müssen sie das Ganze an Ort und Stelle abwickeln.

Die Kommunikationskonsole, die ihnen zur Verfügung steht, ist nicht vollständig geladen, aber Noemi hat sie notdürftig zum Laufen gebracht. Sie muss nur ein paar Nachrichten übermitteln – genauer gesagt, ein paar Deals aushandeln.

Wenn sie es richtig anstellt, werden sowohl Captain Fouda als auch Gillian Shearer ausnahmsweise einmal nach *ihren* Regeln spielen müssen.

»Okay, ich werde gleich Kontakt mit dem Hauptquartier der Passagiere aufnehmen.« Noemi blickt zu Abel. »Bist du bereit?«

Abel nickt und sie stellt die Verbindung her.

Knisternd hallt ihre Stimme durch den Korridor: »Noemi Vidal von Genesis ruft Gillian Shearer.« Die Pause fühlt sich länger an, als sie ist.

Die Passagiere müssen auf eine Botschaft von Fouda gewartet haben, denn fast augenblicklich kommt eine Antwort. *»Wo ist Abel?«*, will Gillian wissen. Ihre Stimme dringt durch den kleinen Lautsprecher in Noemis Hand; die Vibration fühlt sich an, als würde sie Gillian in ihrer Handfläche halten. *»Existiert er noch? Oder hat Remedy ihn zerstört?«* Ganz offenbar fürchtet sie sich davor, wozu Remedy aus Boshaftigkeit imstande wäre.

»Abel geht es gut«, entgegnet Noemi. »Und mir auch. Danke der Nachfrage.«

Gillian geht nicht darauf ein. *»Ich möchte direkt mit Abel sprechen.«*

Abel kniet sich neben Noemi und beugt sich zur Konsole, die einen goldenen Schein auf sie beide wirft. »Ich bin hier, Gillian«, meldet er sich.

»Du kommst nicht zurück zu Vater, oder?« Gillians Stimme bricht. Sie scheint zwischen Lachen und Weinen zu schwanken, Noemi sieht sie förmlich vor sich, wie sie sagt: *»Habt ihr beiden mich nur angerufen, um mich zu quälen?«*

»Nein«, antwortet er. »Ich wollte dir mitteilen, dass Simon noch am Leben ist, auch wenn er extreme mentale und physische Fehlfunktionen aufweist. Er schart andere Mechs um sich und kontrolliert sie irgendwie. Simon ist für alle auf diesem Schiff gefährlich – auch für dich – und für sich selbst. Trotzdem glaube ich immer noch, dass ich ihm helfen kann.«

»Du setzt also das Leben eines kleinen Kindes als Druckmittel in Verhandlungen ein«, gibt Gillian scharf zurück.

Noemi mischt sich ein. »Und Sie setzen Dutzende von Menschenleben als Druckmittel ein, also seien Sie lieber still, Dr. Shearer.«

»Ich werde Simon in jedem Fall helfen«, sagt Abel leise. »Wenn ich kann.«

»Dann geht es hier gar nicht um Simon ...«

»Sie sind bestimmt klug genug gewesen, die Hauptkorridore zu kontrollieren, daher wissen Sie vermutlich, dass Remedy Sie alle auf diesem Schiff gefangen hält«, fährt Noemi erneut dazwischen. »Wenn die Mechs vom Winterpalast zur Ihrer Rettung kommen würden, wären sie längst hier. Ohne unsere Hilfe werden Sie verhungern oder erfrieren – aber wir sind bereit, Ihnen zu helfen. Falls Sie ein paar Bedingungen akzeptieren.«

»Bedingungen.« Ist das Wut in Gillians Stimme? Resignation? *»Natürlich.«*

»Es ist ganz simpel«, sagt Noemi. »Erstens: Sie werden Abel von nun an in Ruhe lassen. Keine Mech-Verfolger mehr, keine Geiselnahmen. Sie schenken ihm die Freiheit. Ihr Vater hatte seine Zeit, also lassen Sie nun Abel seine haben.«

Eine von Abels Händen schmiegt sich um ihr Handgelenk, eine sanfte Berührung, die Noemi ein halbes Lächeln entlockt.

»*Was noch?*«, fragt Gillian brüsk zurück.

»Zweitens: Sie verschonen die überlebenden Remedy-Mitglieder. Erst einmal geben Sie ihnen die notwendigen Medikamente. Dann bringen Sie sie zum Winterpalast, teilen Ihre Vorräte mit Ihnen, lassen sie mithelfen, diese Welt aufzubauen. Diejenigen, die die Spinnweben-Erkrankung überstanden haben, sind genauso gut an Haven angepasst wie Sie.«

»*Woher wissen Sie –*« Gillian unterbricht sich, doch zu spät.

»Diese Leute brauchen ebenso dringend ein neues Zuhause wie Sie«, fährt Noemi fort. »Sicher, manche von ihnen haben schreckliche Dinge getan, aber Sie und Ihre Kumpane haben im Grunde versucht, *einen Planeten zu stehlen*, Sie sind also auch nicht viel besser. Die Remedy-Mitglieder sind an harte Arbeit gewöhnt und sie verfügen über Fertigkeiten, die Ihren Passagieren fehlen. Sie gäben gute Siedler für eine neue Welt ab.«

Im Hintergrund, über das Knistern der Lautsprecher hinweg, hört Noemi Delphine rufen: »*Wir brauchen jemand, der Schneeschuhe machen kann!*«, und sie muss sich auf die Lippe beißen, um nicht loszulachen.

Schließlich gibt Gillian nach. »*Gut. Das können wir machen. Aber Simon – Abel, was wirst du mit Simon anfangen? Ich habe immer wieder nach ihm gerufen …*«

»Ich werde ihm helfen, seine mentalen und emotionalen

Prozesse zu stabilisieren«, erwidert Abel. »Ich bin nicht sicher, ob man ihn jetzt noch zurück in einen Züchtungstank legen kann oder ob seine Gedächtnismuster durch den Transfer verfälscht wurden – hier spielen viele Faktoren mit. Er hat seine Existenz als Mensch begonnen, in dieser Beziehung unterscheidet sich seine Erfahrung radikal von meiner, aber wir ähneln uns trotzdem in einem grundlegenden Punkt: Wir sind die einzigen beiden Mechs in der gesamten Galaxie, die zugleich … Individuen sind. Wenn ihn überhaupt jemand verstehen kann, dann ich.«

»Niemand versteht ein Kind so gut wie seine Mutter«, lautet Gillians Antwort.

Das kann Noemi auf keinen Fall so stehen lassen. »Oder wie ein Vater? Tja, tut mir leid, aber Ihr Vater hat Ihnen gesagt, Sie sollen Simon auf den Müll werfen und sich einen neuen bauen, als wäre das keine große Sache. Auf mich wirkt das, als hätte Ihr Dad Sie nicht im Geringsten verstanden.«

Es tritt Schweigen ein. Bei dem Gedanken daran, dass Mansfield Simon einfach so hat fallen lassen, weiten sich Abels Augen, auch wenn Noemi ihm bereits davon erzählt hat. Abels Schmerz ist immer noch spürbar. Vielleicht hört man einfach nie auf, an die zu glauben, die man einmal geliebt hat.

Noemi beschließt, aus Barmherzigkeit das Thema zu wechseln. »Okay, wir haben einen Deal. Bleiben Sie, wo Sie sind, bis wir die Deaktivierung der Minen bestätigen.«

Gillians trockene Antwort: *»Keine Sorge. Wir haben nicht vor, es selbst auszuprobieren.«*

»Dann verschwenden wir nicht noch mehr Funkleistung. Vidal Ende.« Per Daumenbewegung bringt sie die Bordkommunikation zum Verstummen, dann gibt sie Abel mit einem Nicken zu verstehen, das Signal zu ändern. Jetzt funkt sie nicht mehr die Passagiere an, sondern die Brücke. »Captain Fouda?«

Erst nach mehreren Sekunden erfolgt die Antwort. *»Vidal von Genesis.«* Foudas Stimme ist heiser, er klingt, als stünde er unter Schock. *»Immer noch am Leben.«*

»Bis jetzt schon. Wir müssen uns unterhalten.«

»Wir brauchen Ihren Mech.« Von seiner Widerstandshaltung ist nichts mehr zu spüren. Noemi hört nur noch Verzweiflung. *»Es stehen Menschenleben auf dem Spiel …«*

»Wir haben mit den Passagieren verhandelt«, erklärt Noemi. »Sie geben Ihnen die Medizin, die Sie brauchen, wenn Sie im Gegenzug so viele Minen wie möglich deaktivieren – und mir den Alarmcode für Remedy aushändigen.«

Sie erwartet, dass Fouda Einwände erhebt oder sich stur stellt, doch diese Zeiten sind vorbei. *»Wir haben kaum noch Leute. Die Minen – ich bin nicht sicher, wie weit wir kommen.«*

»Entschärfen Sie so viele wie möglich«, wiederholt Noemi und korrigiert ihre Erwartungen. »Abel und ich werden auch ein paar übernehmen. Aber jetzt brauche ich diesen Alarmcode.«

»Gamma vier acht sieben Delta My Delta fünf fünf eins acht Zeta sechs Pi Phi Sigma drei …«

Auf die Kolonne aus Zahlen und Buchstaben ist sie nicht vorbereitet; Fouda muss sie auswendig gelernt haben und nun spult er sie mit seinem letzten Rest mentaler Kraft ab. *Ich kann das nicht aufnehmen! Das kann ich nie im Leben im Kopf behalten!* Kurzzeitig verfällt Noemi in Panik, bis ihr klar wird, dass Abel sich alles gemerkt hat.

Als Fouda fertig ist, fragt er: *»Wie lange wird es dauern? Wir brauchen die Medizin sofort.«*

»Abel und ich müssen als Beweis unseres guten Willens wenigstens eine Mine entschärfen«, antwortet Noemi. »Sobald das erledigt ist, werden wir Ihnen Passagiere zu Hilfe schicken. Okay?«

»Okay.« Foudas resigniertem Ton ist zu entnehmen, dass er es als Niederlage betrachtet, auch wenn er damit die wenigen Menschen rettet, die ihm geblieben sind. *»Fouda Ende.«*

Der kleine Lichtschein zwischen Abel und Noemi erlischt. Doch ihre Augen haben sich inzwischen so gut an die schummrige Beleuchtung gewöhnt, dass sie seine Miene erkennen kann – eine Mischung aus Nachdenklichkeit und Unsicherheit. »Was hast du, Abel?«

»Du hast für alle etwas herausgeholt außer für dich selbst.« Er schüttelt bedächtig den Kopf. »Du bist außergewöhnlich.«

»Ich habe für dich etwas herausgeholt. Das zählt.«

Abels Hand streicht über ihren Arm, legt sich um ihren Nacken. So, wie er sich zu ihr beugt, will er sie anscheinend küssen. Bei dieser Erkenntnis fängt ihr Herz wie wild zu klopfen an …

… doch er lässt die Hand sinken und zieht sich zurück. »Entschuldige.«

Es ist nicht zu leugnen: Noemi fühlt sich betrogen. »Wofür?«

»Dafür, dass ich meinen romantischen Gefühlen nachgegeben habe.« Abel sagt es so leichthin, als hätte er die Funktionsweise eines Magnettriebwerks erläutert. »Ich erwarte nicht, dass du sie erwiderst. Doch mein impulsives Handeln war dir vielleicht peinlich. Dieser Fehler wird mir nicht noch einmal passieren.«

Stockend entgegnet Noemi: »Oh, Abel – das ist völlig falsch …«

»Was meinst du damit?«

Sie findet keine Worte. Worte sind nicht wichtig. Nichts ist wichtig außer der Wahrheit, die ihr erst in diesem Moment klar wird.

Noemi schlingt die Arme um Abel und legt ihre Lippen auf seine. Als sie ihn küsst, erstarrt er; zunächst denkt sie, sie hätte etwas falsch verstanden. Doch dann umarmt er sie, zieht sie an sich, erwidert den Kuss. Sie gibt sich ganz hin, öffnet seinen Mund mit ihren Lippen.

Bei ihrem ersten Kuss schwebte sie mitten in der Luft. Jetzt hält die Schwerkraft sie fest am Boden, aber irgendwie fühlt es sich genauso an wie damals; ihr ist, als würde sie innerlich fliegen.

Nein, besser. Das letzte Mal hat sie Abel einen Abschiedskuss gegeben. Es war ein Ende. Nun ist es ein Anfang.

Als ihre Lippen sich voneinander lösen, atmet Noemi schwer. Abels Miene wirkt eher verwirrt und argwöhnisch als freudig erregt.

»Wir sollten uns nicht von unseren Gefühlen davontragen lassen. Nicht mitten in einer so ernsten Lage.«

Das könnte von Captain Baz stammen. Ein typischer Satz aus ihrer militärischen Ausbildung. Noemi war ihre militärische Ausbildung noch nie so egal wie jetzt.

Doch Abel fährt fort: »Aber wie ihr Menschen zu sagen pflegt: zum Teufel damit.« Und er küsst sie noch einmal.

Diesmal dauert der Kuss länger, viel länger. Das ganze Universum scheint nur noch aus ihrer kleinen Ecke auf der *Osiris* zu bestehen – ihrem Fleckchen dieser neuen Welt. Noemi streicht mit den Fingern durch sein blondes Haar, schmiegt sich an ihn, damit er durch seine Brust ihren Herzschlag spüren kann; vielleicht empfindet er ihn dann wie seinen eigenen. Er hat ja kein Herz und keinen Puls. Sie teilt beides mit ihm.

Schließlich beendet Abel den Kuss und schließt sie noch fester in seine Arme. Noemi vergräbt ihr Gesicht an seiner Schulter.

Zaghaft fragt er: »Ist es schlechter Stil, wenn ich um eine beziehungstechnische Klarstellung bitte?«

Sie lacht in seinen Armen. »Keine Ahnung. Ist mir auch egal. Frag einfach!«

»Würdest du sagen, dass du in mich verliebt bist, oder geht es dir lediglich um ein Liebesabenteuer?« Wie ernst er klingt, wie unsicher. »Beide Alternativen sind vollkommen akzeptabel. Ich würde es einfach gern wissen.«

»Wahrscheinlich? Vielleicht?« Noemi ist noch viel verwirrter als Abel. Sie weiß nur, dass sie es keine Sekunde länger ausgehalten hätte, ihn nicht zu küssen. »Als ich zurück auf Genesis war, passte mein altes Leben nicht mehr zu mir. Zum Teil lag das daran, dass wir Esther verloren hatten, zum Teil aber auch daran, dass ich ein Paria war …«

»Ein Paria?«

»Ist jetzt nicht so wichtig. Mein Leben passte vor allem deshalb nicht mehr zu mir, weil ich mich auf dieser Reise verändert hatte. Ich hatte eine ganz neue Vorstellung davon, wer ich sein wollte und welche Art von Person ich gernhaben könnte. Niemand verstand das, aber du würdest es verstehen, das wusste ich. Ich wünschte mir, du wärst da, würdest mich unterstützen und ich könnte mit dir sprechen. Ich stellte mir vor, was du zu allem sagen würdest, und ich wollte deine Meinung hören. Selbst wenn du einen deiner langen Monologe halten oder arrogant sein würdest! Das war mir egal.«

»Es ist keine Arroganz, wenn ich meine Fähigkeiten realistisch als überlegen einstufe«, antwortet Abel, »denn das sind sie in der Regel.« War ja klar, dass er das nicht auf sich sitzen lassen konnte. Doch sie hat angefangen zu lächeln, und er auch.

»Ich habe mich nicht auf unserer Reise in dich verliebt«, fährt sie fort. »Ich weiß nicht, ob ich im Augenblick in dich verliebt bin. Aber du bist wahrscheinlich die beste Person, die ich je gekannt habe. Du liegst mir mehr am Herzen als jeder andere in der gesamten Galaxie. Ich weiß nicht, wie das alles weitergehen soll, falls es überhaupt weitergeht. Alles, was ich weiß, ist, dass du der Einzige bist, ohne den ich mir mein Leben nicht vorstellen kann.«

Noemi hat eigentlich nie das Gefühl, die richtigen Worte zu finden, aber jetzt ausnahmsweise einmal schon. Wie Abel zu strahlen beginnt, wie hoffnungsvoll er wirkt – sie kann es nicht total vermasselt haben.

Er küsst sie noch einmal, doch als sich ihre Lippen voneinander lösen, hebt er mahnend einen Finger. »… Wir sollten wahrscheinlich etwas wegen der Minen unternehmen.«

»Klar. Die Sprengfallen.« Sie zieht sich von ihm zurück und schüttelt den Kopf, um sich zu fassen. »Gute Idee.«

Zuerst nehmen sie sich einen der größten intakten Korridore des Schiffs vor, den sowohl Remedy als auch die Passagiere am ehesten benötigen werden.

Während der militärischen Ausbildung auf Genesis beschäftigen sich die Kadetten ausführlich mit Raum- und Planetenminen. Noemi hat sich in dieses Thema mehr hineingekniet als alle anderen. Ihre letzte Erinnerung an ihre Familie ist der Moment, bevor sie über einen Sprengkörper fuhren, der einer Mine gar nicht so unähnlich war; Bomben zu entschärfen ist für sie daher, wie einen Feind zu besiegen. Sie sieht die Diagramme so deutlich vor sich wie damals auf dem Bildschirm in der Militärakademie. »Okay«, sagt sie, als sie an einem Ende des Korridors stehen. »Ich krieche in den Versorgungstunnel und seh mir das Ding mal an. Wenn ich die Mine entschärfen kann, super. Wenn sie zu knifflig ist oder ich Werkzeug brauche, das ich nicht habe, nehmen wir uns den nächsten Korridor vor.«

»Ich sollte derjenige sein, der das Risiko eingeht«, wendet Abel ein. Das hat sie schon erwartet.

Noemi umfasst seine Hände. »Ich habe schon viel mit Minen gearbeitet. Ich weiß, was ich tue. Du bist erschöpft und außerdem stärker angeschlagen, als du dir anmerken lässt.«

»Mein Handgelenk ist wieder voll beweglich.«

»Schon möglich. Trotzdem solltest du das hier mir überlassen.« Sie ringt um Worte. »Es stört mich nicht, wenn du mehr übernimmst, weil du wirklich kräftiger bist, als ein Mensch jemals sein kann. Deine Datenspeicher enthalten mehr Informationen, als ein Gehirn jemals aufnehmen könnte. Das heißt aber nicht, dass du automatisch immer derjenige sein musst, der sein Leben riskiert.« Noemi führt seine Hand an ihre Lippen und küsst sie. Seine Haut ist ziemlich abgeschürft von der Kletterpartie in der vereisten Kluft. »Dein Leben ist genauso wichtig wie das eines Menschen, Abel. Vergiss das nicht.«

»Nicht wie deins. Nicht für mich.« Er schüttelt den Kopf. »Du bist meine Priorität.«

»Und du meine.«

Sie merkt ihm an, dass er noch weiterargumentieren will, doch er blickt auf seine lädierten Hände. Wenn die Gefühle ihn nicht überzeugen können, dann reine Logik. Und tatsächlich, nach ein paar Sekunden nickt er. »Wenn du auf irgendwelche Schwierigkeiten stößt ...«

»Rufe ich dich.«

»Und wenn du auch nur im Geringsten unsicher bist ...«

»Dann rufe ich dich.«

Diesmal küsst Abel ihre Hand, dann lässt er sie gehen.

Noemi schiebt sich in die schmale Öffnung des Versorgungstunnels und stoppt nach ein paar Metern, um noch einmal die wenigen Werkzeuge zu überprüfen, die sie mitgenommen hat, und eine Nachtsichtbrille aufzusetzen. In den Korridoren kam sie zurecht, aber hier unten herrscht fast pechschwarze Dunkelheit. Die Schäden des Absturzes sind nicht zu übersehen, nackt und bloß ragen überall verbogene Stahlträger und abgebrochene Streben der *Osiris* hervor. Wenn sie die unnützen Wandmalereien und Vergoldungen betrachtete und über die zerstörte Pracht trat, sah Noemi nur die Verschwendung. Jetzt, da sie sich im Bauch dieses Dings befindet und erkennt, was für eine rohe Kraft darin steckt, wird ihr bewusst, wie außergewöhnlich dieses Schiff wirklich war.

Dieses Raumschiff sollte ein Vehikel der Wiederauferstehung sein, denkt sie. *Wären die Gier der Passagiere und der Zorn von Remedy nicht gewesen, hätte dieses Schiff einen ganzen Planeten voller Siedler zum nächsten Zuhause der Menschheit bringen können. Es wäre eine Wiedergeburt im wahren Wortsinn gewesen.*

In der grün gefärbten Welt, die ihr die Nachtsichtbrille zeigt, entdeckt Noemi die Mine fast sofort. Ihre Drähte verlaufen in sämtliche Richtungen, wie bei einem der siebenarmigen Tintenfische, die in den Ozeanen von Genesis heimisch sind. Bei einer Mine ist das allerdings nicht von Belang. Wenn man den Zündmechanismus entschärft hat, sind damit alle Stolperdrähte deaktiviert.

Vom Tunnel aus beugt sie sich zur Mine. Er ist kaum hoch genug zum Stehen; Fouda muss jemand Kleinen hier heruntergeschickt haben. Trotzdem kann sie sich ein bisschen zurücklehnen, sich mit der Schulter an der Wand abstützen, um sicheren Halt zu haben.

Sie legt ihre Brille ab und schaltet wieder ihre kleine Lampe ein, um die Farbe der Drähte und der Etiketten zu erkennen. Das Muster kennt sie aus ihrer Ausbildung. Bei der Mine handelt es sich um ein ziemlich primitives Modell, deren Entschärfung quasi idiotensicher ist.

Mit grimmigem Lächeln nimmt Noemi das nächstgelegene Notbordwerkzeug zur Hand und macht sich an die Arbeit.

Was würde Captain Baz jetzt wohl über sie denken? Sie wäre wahrscheinlich stolz – vorausgesetzt, sie ist nicht wütend auf Noemi, weil sie so lange braucht, um Genesis zu helfen. Und was Darius Akide betrifft …

Was war das für ein Geräusch?

Sie duckt sich und zieht ihre Werkzeuge aus der Mine, während sie in den dunklen Tunnel späht. Es ist unmöglich, etwas zu erkennen, aber sie weiß, dass sie sich das schabende Geräusch nicht eingebildet hat. Rasch setzt sie die Nachtsichtbrille wieder auf und blickt …

… dem lächelnden Simon ins Gesicht.

»Kuckuck!«, flüstert er.

28

Abel akzeptiert Noemis Entscheidung, die Mine allein zu entschärfen. Zwar erwägt er, ihr in einigem Abstand zu folgen, verwirft dieses Vorhaben jedoch fast augenblicklich wieder; falls er sie im falschen Moment ablenkt, bringt er sie in Gefahr. Und wenn sie das Gefühl hätte, er würde ihr nicht zutrauen, etwas durchaus im Rahmen ihrer Fähigkeiten Liegendes zu bewältigen … dann könnte es für *ihn* gefährlich werden.

Außerdem hatte sie recht. Als er endlich still sitzt und sich einfach nur ausruhen darf, merkt er, wie stark sich seine Reaktionszeit verlangsamt hat. Er hat seine Regenerationsfähigkeit bis zum Anschlag ausgereizt; er wird erst dann wieder ganz gesund werden, wenn er sich Ruhe gönnt. Noemi hat das bereits vor ihm erkannt.

Meine Programmierung räumt den Problemen der Menschen Priorität ein. Es ist ganz natürlich, dass ich Noemi etwas abnehmen möchte. Aber vielleicht veranlasst eine emotionale Bindung Menschen, ebenso zu handeln.

Und wieder erfüllt ihn der Gedanke mit Staunen, dass

Noemi tatsächlich eine emotionale Bindung zu ihm aufgebaut hat – dass sie sich ein Leben ohne ihn nicht vorstellen kann –

Irgendwo unter sich hört er Metall knirschen. Als er sein Gehör darauf einstellt, erkennt er, dass das Geräusch von direkt unter ihm kommt. Zudem vernimmt er das Schlurfen von Schritten.

Dort sollte Noemi gar nicht sein. Da ist die Mine nicht. Noemi müsste sich einige Meter weiter vorne befinden …

… wo sich die Schritte hinbewegen.

Abel springt auf und eilt in den nächstgelegenen Korridor. *Genau darum sollten Menschen niemals Pläne machen!*, sagt er sich zum wiederholten Mal.

Die nächste Luke liegt nur einen Meter entfernt. Problemlos schlüpft er hindurch, lässt sich hinunter und eilt geräuschlos durch den Versorgungstunnel. Mithilfe seiner Infrarot-Sicht macht er eine kleine menschliche Gestalt aus – leicht schwammige Konturen, schwankende Schritte – ja, es ist Simon. Die Bestätigung bekommt er eine Sekunde später auf schaurige Weise. »Wie funktionierst du?«, hört er Simons Stimme.

»Was meinst du damit?« Noemi klingt ruhig und fest.

»Du bist nicht wie ich und Abel«, sagt Simon. »Du bist nur ein Mensch. Ich verstehe nicht, wie Leute wie du funktionieren.«

»Ich wette, die Antwort darauf findest du in deinen Datenbanken«, antwortet sie geduldig. »Und ich wette, Abel wird dir gerne zeigen, wie du die Information abrufst. Ja, ich bin mir sicher, dass er das macht.«

In Abels Angst um sie mischt sich leidenschaftlicher Stolz.

»Komm, wir gehen ihn zusammen suchen«, fährt sie fort. »Er möchte dir helfen, das kann ich dir versprechen.«

Noemi traut Simon nicht. Sie hat Angst vor ihm. Doch um Abels willen behandelt sie ihn freundlich und versucht, ihm Hoffnung zu geben. Er muss Simon ihr gegenüber nicht mehr verteidigen … und kann ihn deswegen klarer sehen als zuvor: der unbeholfene Gang, obwohl sich sein Bewusstsein inzwischen an die grundlegenden Parameter seines neuen Körpers gewöhnt haben müsste. Die immer stärker hängenden Schultern, als wäre seine innere Struktur nicht genügend ausgehärtet, um ihm Halt zu verleihen. Die aufgeschürfte Haut, die beim Verlassen des Tanks bestimmt weicher war als die eines Säuglings und nun wund gescheuert ist und nicht abheilen will.

»Die Stimmen in mir drin sagen so viele verschiedene Sachen.« Simons Stimme ist brüchig, ihr fehlen mehrere Frequenzen. »Eine von ihnen sagt, so wie du atmest und das Geräusch, das ich aus deinem Bauch höre, bedeuten, dass du müde und hungrig bist. Diese Stimme möchte, dass ich dich in die Krankenstation bringe. Ich weiß zwar nicht, was eine Krankenstation ist, aber ich soll dich hinbringen.«

Tare-Programmierung, erkennt Abel. Gillian hat nicht nur versucht, ihren Sohn zurückzuholen; sie hat versucht, ihn mit Abels Wissen und Fähigkeiten auszustatten. Das ist misslungen. Es war zu viel für einen Mech im Kindesalter.

»Eine andere Stimme sagt«, fährt Simon fort, »dass du ein Feind bist und dass ich einen Feind töten kann, wenn er Schwäche zeigt. Ich warte, bis du abgelenkt bist, und dann schlitze ich dir die Kehle auf.«

Das stammt wohl von einem Charlie.

»Ich würde lieber zur Krankenstation gehen«, sagt Noemi mit unbewegter Miene. »Hören wir doch auf diese Stimme.«

»Nein. Denn du *bist* ja ein Feind, oder? Du hast zu Abel gesagt, er soll mir nicht helfen.«

»Ich hatte Angst. Ich hab's nicht verstanden. So machen wir Fehler. Mach du jetzt keinen Fehler, Simon.« Sie verlagert ihr Gewicht von einem Bein aufs andere, und Abel wird klar, dass sie nach einem Ausweg sucht. Doch es bietet sich keiner an.

Über ihnen befindet sich die Mine, Stolperdrähte ziehen sich im Dreißig-Grad-Winkel über die Unterseite des Korridors. In Abels Infrarot-Sicht leuchtet die kleine Sprengvorrichtung in der Mitte wie ein roter Edelstein. Anhand von Größe und Material schätzt er ihre Sprengkraft ein; vermutlich konnte Remedy einen Sprengsatz dieser Größenordnung kurzfristig beschaffen. Dann wendet er seine Aufmerksamkeit wieder Simon zu.

Es tut mir leid, denkt er. *Du hättest mein Bruder sein können. Aber bei dir wollten sie etwas erzwingen. Sie waren zu ungeduldig. Du hast etwas Besseres verdient.*

Er legt den Finger auf den Abzug seines Blasters.

Abel hat eigentlich vor, Simon eine Warnung zuzurufen, ihm eine Chance zur Flucht zu geben. Schließlich wäre es das Beste, Gillian die letzte Entscheidung über sein Ende zu überlassen. Doch als er den Mund öffnet, schwankt Simon einen Schritt weiter auf Noemi zu und sagt: »Ich weiß. Erst töte ich dich und *dann* bringe ich dich zur Krankenstation.«

Mit diesen Worten richtet Simon seinerseits einen Blaster auf Noemi. Er muss ihn einem zerstörten Kampf-Mech abgenommen haben, wie jedes kleine Kind versteht er noch nicht den Unterschied zwischen einer echten Waffe und einem Spielzeug. Der Blaster ist zu groß für seine kleine

Hand, aber er weiß, wie man damit schießt. Wieder die Charlie-Programmierung.

Abel rennt auf Simon zu und reißt ihn um. Aber er bleibt nicht stehen. Er packt Noemi um die Taille und läuft weiter. Unter der Wucht seines Griffs stößt sie laut den Atem aus, klammert sich jedoch an ihm fest, während er in Höchstgeschwindigkeit durch den Versorgungstunnel rast.

Immer noch nach Atem ringend, keucht sie: »Er steht auf – er zielt –«

»Schieß auf mein Kommando auf die Mine.« Abel bleibt abrupt stehen und lässt Noemi los. Sie reagiert so schnell wie ein Mech und landet in Feuerstellung, den Blaster im Anschlag. »Jetzt!«

Sie feuert. 0,13 Sekunden danach greift Abel nach der Kante der Metallverkleidung unter ihnen, rollt sich damit über Noemi und wickelt sie beide in diesen provisorischen Schutzschild ein.

Gleißendes Licht, heller als die Sonne der Erde, zwingt Abel, seinen visuellen Input für einen Moment abzuschalten; eine Welle heißer, komprimierter Luft trifft auf den Metallschild, verformt ihn und nimmt Abel den Atem. Vor Schmerzen gibt Noemi einen zischenden Laut von sich, rührt sich aber erst 1,9 Sekunden später, als sie beide das Feuer riechen.

»Lauf«, sagt sie und schiebt Abel aus der Metallhülle. Er sieht, dass ihr Handrücken verbrannt ist, doch sie dürfen sich nicht aufhalten, müssen fort von dem brennenden Explosionsbereich – und von dem, was von Simon Shearer übrig geblieben ist.

Keiner von ihnen kann richtig schnell rennen, dabei fangen die Kabel und Wände um sie herum bereits Feuer. Das

Flammenmeer tobt knapp hinter ihnen, breitet sich schneller im Tunnel aus, als Abel erwartet hat. Vor ihnen ist es stockfinster, hinter ihnen lodert es gleißend hell.

»Versorgungsluke?«, keucht sie.

Statt einer Antwort schubst Abel sie zur Seite, sodass sie gegen die Leiter stößt. Noemi springt hinauf, er folgt ihr auf den Fersen und schiebt sie, obwohl sie sich beeilt, zusätzlich von unten an – heiße Luft leckt an seinen Füßen, die Hitze um sie herum wird unerträglich –

Noemi hievt sich durch die Luke und bricht auf einem mit Asche bedeckten, gekrümmten Korridor zusammen. Auch hier züngeln Flammen, aber es muss einer der wenigen Bereiche der *Osiris* sein, wo der Brandschutz funktioniert. Obwohl die Sprinkleranlage aus dem Boden spritzt statt von der Decke, reicht es aus, um den Brand unter Kontrolle zu halten. Bald wird er gelöscht sein.

Simon Shearer ist zum zweiten Mal gestorben. Abel fragt sich, wie oft dieses Kind wiederauferstehen wird und wie viele dieser Versionen mangelhaft sein werden.

Es gibt nur eine schlimmere Strafe als den Tod: immer und immer wieder sterben zu müssen.

Simons Schicksal beschäftigt Abel so sehr, dass Noemi ihn schon halb zur Landebucht geführt hat, bis er es registriert. Aber das liegt vielleicht auch an seiner Erschöpfung, die er in einer Notsituation verdrängen kann, die sich ansonsten jedoch hartnäckig zu halten scheint.

»Gleich haben wir es geschafft.« Sie springt auf eine Bruchkante, schwingt sich auf die andere Seite und wartet, bis er ihr gefolgt ist. »Sobald wir ein Schiff finden, sind wir frei.«

»Wir müssen Gillian erzählen, was passiert ist.« Warum fühlt er sich dieser Familie immer noch verpflichtet? Warum sind ihm ihre Gefühle immer noch wichtig? »Sie muss erfahren, dass wir einen Weg freigeräumt haben, aber vor allem muss ich ihr das mit Simon sagen.«

Er kann sie nicht vergebens auf ihren Sohn warten lassen.

»Wir erzählen es ihr, sobald wir von der *Osiris* runter und in Sicherheit sind«, korrigiert Noemi. »Sonst wird sie dir alle verfügbaren Kräfte auf den Hals hetzen.«

Er bezweifelt, dass Gillian über so etwas wie eine Angriffstruppe verfügt, andererseits bräuchte es im Moment wirklich nicht viel, um ihn zu überwältigen. Obwohl sich Noemi besser hält – erstaunlich für einen Menschen –, zeigt auch sie Anzeichen von Erschöpfung. Sofortige Flucht ist die beste Vorgehensweise.

Die Landebucht sieht eher nach einer unaufgeräumten Spielzeugkiste aus als nach dem funktionstüchtigen Dock eines Raumschiffs. Zwar haben Kraftfelder einige der kleineren Schiffe während des Absturzes verankert, doch der Rest hat sich losgerissen. In manchen Bereichen türmen sich die Trümmer bis zu sechs Meter hoch. Abel schätzt, dass sich jeder Mensch, der sich während des Absturzes in der Landebucht aufhielt, sofort tot war.

»Tja.« Noemi seufzt. »Sieht so aus, als müsste Mansfield uns ein letztes Mal sein Schiff überlassen.«

Sein Blick folgt ihrer Handbewegung in Richtung eines weißen, halbrunden Schiffs in einer Ecke, das nahezu unversehrt ist. »Ja, das ist genau sein Geschmack«, sagt Abel leise.

Sie spürt, was in ihm vorgeht – die Trauer um seinen Vater und Schöpfer –, doch sie streicht nur kurz über seine Hand und wird dann sofort wieder sachlich. »Er ist es uns schuldig, finde –«

»Simon sagt: stehen bleiben.«

Noemi fährt zusammen. Abel wirbelt herum und entdeckt eine Queen, bei der unterhalb der Taille kaum noch Haut und Fleisch vorhanden ist. Dadurch wirkt ihr Unterleib seltsam entblößt, was genauso abstoßend ist wie ihr ungerichteter Blick. Sie steht inmitten eines Trümmerhaufens; in ihrem ramponierten Zustand fügte sie sich perfekt in diese Umgebung ein.

»Simon ist fort«, sagt Noemi langsam und streckt abwehrend die Hand aus, als wollte sie Abel und sich schützen. »Er ist nicht mehr da.«

Das Queen-Modell wiederholt: »Simon sagt: stehen bleiben.«

Abel geht im Kopf die wahrscheinlichsten Befehle und Szenarien durch. »Womöglich lauteten seine letzten Anweisungen, uns an Ort und Stelle festzuhalten, bis er sich persönlich mit uns befassen kann.«

»Und diese Anweisungen« – Noemi schluckt schwer – »lassen sich nur durch Simon zurücknehmen, der allerdings tot ist und somit dafür ausscheidet. Richtig?«

»Genau.«

»Dann haben wir ein Problem.«

Von hoch über ihnen, zwischen aufgerollten Treibstoffschläuchen und Brennstoffzellen, ruft ein King: »Simon sagt: *stehen bleiben*!«

»Bestätigt«, sagt Abel. »Wir haben ein Problem.«

Noemi schüttelt den Kopf, um ihn klar zu bekommen. »Auf mein Kommando – *lauf*!«

Mit Höchstgeschwindigkeit rast er auf Mansfields Schiff zu – oder mit der ihm momentan möglichen Höchstgeschwindigkeit, die nicht besonders schnell ist. Abel läuft dieses Mal Noemi voraus, denn das Schiff startklar zu machen ist der wirkungsvollste Weg, um sie zu schützen. Von überall aus den Haufen mit Metallschrott um sie herum kriechen und schwanken Mechs oder Teile von Mechs quietschend auf sie zu. Und sie kennen nur noch ein Ziel: Abel und Noemi zu verfolgen.

Den Bruchteil einer Sekunde verspürt Abel Abscheu – vor Mechs, vor diesen Dingern, zu denen er gehört –, aber er schiebt dieses Gefühl energisch beiseite und springt in das Schiff.

Dessen vornehmes Inneres bietet definitiv die Art von Luxus, mit der sich Mansfield gern umgibt – umgeben hat. Während Abel bereits Treibstoff und Energie prüft, eilt Noemi herein und läuft direkt zur Navigationskonsole. Sie drückt die Taste für die Tür, deren beide Hälften zugleiten –

– doch nur ein Stück. Der Oberkörper eines Yoke-Modells drängt sich in den Spalt, ein blutiger Arm rudert in der Luft.

»Schüttle sie ab!«, ruft Noemi Abel zu, während sie die Triebwerke startet. Das Schiff hebt sich ruckartig vom Boden und steht schwankend in der Luft. »Schauen wir mal, ob das automatische Tor der Landebucht noch funktioniert.«

»Indem du direkt darauf zufliegst?«

»Hast du eine bessere Idee?«

»Leider nicht.«

Als das Schiff herumschwenkt und beschleunigt, tritt er nach der Yoke, um sie nach draußen zu befördern. Yokes besitzen Bärenkräfte und diese bewegt sich keinen Zentimeter vom Fleck. Die Tür zwängt sie ein, was ihr zusätzlich Halt gibt. Und Abel kann seinen Blaster nicht einsetzen, ohne das Schiff zu beschädigen.

Schließlich reißt er einen Stuhl aus seiner Verankerung und schlägt damit mehrmals auf die Yoke ein, bis sie herunterfällt – genau in dem Moment, in dem er das Knirschen des Landebuchttors hört und er und Noemi vom Dunkel ins Morgenlicht fliegen. Kalte, frische Luft weht durch die immer noch offene Tür ins Schiff, und Abel begrüßt die Kälte. Endlich sind sie der *Osiris* entkommen.

Die Erleichterung wäre größer, wenn sich der Eingang zum Schiff schließen würde.

»Komm schon«, murmelt Noemi und hämmert immer wieder auf die Taste. »Komm schon.«

Abel greift in die Tür und versucht sie zuzuziehen, aber die Yoke hat sie beschädigt. Wenn sich die Tür nicht schließen lässt, kann das Schiff die Atmosphäre von Haven nicht verlassen. Dann müssen er und Noemi beim Korsaren landen und umsteigen. »Unsere Flucht könnte vereitelt werden.«

»Es kommt noch schlimmer.« Noemi deutet auf den Sichtschirm. Er zeigt eine Handvoll verbeulter Schiffe, die ebenfalls die Landebucht verlassen haben, zweifelsohne von Mechs gesteuert, die immer noch stumpfsinnig auf Simons Geheiß handeln. Wie lange werden diese Mechs sie jagen? Tage? Wochen? Man kann nicht wissen, wie stark die Mechs an Simons Befehle gebunden sind, bevor man es ausprobiert. Den Korsaren mit so vielen Feinden im Schlepptau anzusteuern, ist ein riskantes Unterfangen; es ist vielleicht sogar unmöglich.

Durch den Türspalt nimmt Abel eine Art roten Blitz war. Noemi keucht auf und er wendet sich wieder dem Schirm zu. Ein anderes Raumschiff ist in die Atmosphäre eingetreten und attackiert die Verfolger … nicht mit Waffen, sondern mit Schürflasern.

Grinsend geht er zur Kommunikationskonsole, aktiviert das Signal und sagt: »Dein Timing ist perfekt.«

»*Glaubt mir, dafür werde ich auf ewig Captain sein!*«, ruft Virginia triumphierend, und Noemi lacht laut auf vor Freude.

29

Sofort nachdem Noemi Mansfields Schiff zu Boden gebracht hat, springt sie mit einem Satz in den tiefen Schnee. Die Kälte kann ihr nichts mehr anhaben. Am Himmel funkelt ein vertrautes tropfenförmiges Raumschiff, das rasch näher kommt. »Die *Persephone*, hm?«

»Die *Persephone*«, bestätigt Abel. Steif und umständlich klettert er aus Mansfields Schiff. Es ist, als könnte Noemi seine Schmerzen fast körperlich spüren – eine merkwürdige Empfindsamkeit der Nerven –, und sie beschließt, ihm so bald wie möglich einen längeren Regenerationszyklus zu verordnen.

Auch wenn sie sich wirklich um seinen Gesundheitszustand sorgt, tut es doch ganz gut, zur Abwechslung mal diejenige zu sein, die sich kümmert.

Die *Persephone* stoppt ungefähr einen halben Kilometer entfernt und schwebt einen Moment auf der Stelle.

Ein knirschendes, metallisches Geräusch in der Ferne lässt sie beide zusammenzucken, aber dann erkennt Noemi den schwachen Schimmer des Traktorstrahls. Kurz darauf erhebt sich etwas glänzend Rotes in die Luft – der Korsar, der zweifellos immer noch an der Stelle stand, wo Abel ihn geparkt hatte. Die Landebucht der *Persephone* öffnet sich und nimmt ihn auf, dann gleitet das Schiff rasch zu Noemi und Abel hinunter. Es setzt in einem Wirbel aus Schnee auf, während sich die Tür auffächert. Noemi packt Abel bei der Hand und gemeinsam eilen sie an Bord.

»Ich bin wieder da!« Sich im Kreis drehend nimmt sie die Landebucht in Augenschein. »Ich habe es tatsächlich zurückgeschafft. Das hätte ich nie gedacht.«

Das Schiff hebt wieder ab, die Tür der Landebucht schiebt sich zu. Abel klappt einen Notsitz aus und sinkt darauf nieder. »Willkommen zurück.«

Es fühlt sich eher so an, als hätte er gesagt: *Willkommen zu Hause.*

Als die Innentür zum Korridor aufgleitet, steht Virginia Redbird in ihrem orangefarbenen Overall vor ihnen, ein breites Lächeln im Gesicht. Sie kommt hüpfend auf sie zu. »Noemi!«

»*Virginia!* Du hast's geschafft! Du hast uns gerettet!«

»Wie immer«, meint Virginia und schließt Noemi fest in die Arme. »Ich will ganz ehrlich sein – ich bin ununterbrochen um den Planeten gekreist und ziemlich nervös geworden, weil sich unser Roboterjunge einfach nicht gemeldet hat. Da hab ich mir gedacht, es wird Zeit, mal nach dem Rechten zu sehen. Und tatsächlich, ihr habt ganz schön in der Klemme gesteckt! Ihr hättet abstürzen können und was weiß ich noch alles. Also war klar, ihr braucht mich – aber das kenne ich ja schon.«

»Du hattest recht.« Noemi lässt sich gegen die Wand sacken. Sie ist so erleichtert, es scheint, als wäre ihr eine schwere Last abgenommen worden, die sie schon viel zu lange getragen hat.

Virginias Lächeln verblasst ein wenig. »Geht es euch gut?«

»Wir brauchen Wärme, Ruhe und Essen«, sagt Abel. »Mehr Regenerationszeit. Dann erholen wir uns schon wieder.«

»Dann ist ja alles in Ordnung – oh, verdammt, nein.« Mit großen Augen macht Virginia einen unsicheren Schritt auf den Korsaren zu. Als Noemi ihn genauer in Augenschein nimmt, erschrickt sie; seine Oberfläche ist aufgrund unzähliger Blastersalven ziemlich ramponiert. »Wie ist das denn passiert?«

»Höchstwahrscheinlich«, sagt Abel, »haben die Mechs, die hinter uns her waren, ihn gefunden und zu zerstören versucht, damit er uns nicht als Fluchtfahrzeug dienen kann.«

»Simon sagt: stehen bleiben«, murmelt Noemi.

»Zum Glück waren ihre Waffen nicht stark genug, um den Korsaren komplett zu demolieren«, fügt Abel hilfreich hinzu. »Sie haben ihn nur stark beschädigt.«

Null Talent, einen zu beruhigen, denkt Noemi, als sie Virginia die Hand auf die Schulter legt. »Äh – es tut uns sehr leid –«

»Ist schon in Ordnung«, sagt Virginia mit schwacher Stimme. »Ihr seid meine Freunde und ihr seid wichtiger als mein Korsar. Immer. Aber ich – ich brauche ein bisschen, um, na ja, wild um mich zu schlagen und den Saurier rauszulassen. Gebt mir eine Minute, okay?«

Noemi rätselt, was genau Virginia meint, bis diese anfängt, sich die Haare zu raufen und schrille Schreie auszustoßen, die in der Tat an einen Not leidenden Saurier erinnern, zumindest, wie Noemi sich das vorstellt.

Ich sollte sie wohl besser in Ruhe lassen, beschließt sie. Außerdem gibt es jemand anders, um den sie sich kümmern muss.

»Du«, sagt Noemi zu Abel, als sie sich über ihn beugt, um seinen Arm über ihre Schultern zu legen. »Krankenstation. Jetzt.«

»Zuerst müssen wir ein letztes Mal die *Osiris* kontaktieren.«

Ihr wird schwer ums Herz, als sie begreift, was das bedeutet – aber er hat recht. Sie müssen diese Nachricht überbringen.

»*Abel?*« Aus der Kommunikationsanlage der Brücke dringt knisternd Gillians Stimme. »*Unsere Instrumente haben vor Kurzem eine Explosion registriert – warst du dafür verantwortlich? Bitte antworte!*«

»Ja, das waren wir«, bestätigt Noemi.

Gillian beachtet sie gar nicht. »*Und Simon? Hast du Simon schon gefunden?*«

Noemi richtet ihre dunklen Augen auf Abel, fragt ihn wortlos, ob er es selbst erzählen will oder ob es zu schmerzhaft für ihn ist. Er hebt den Kopf, und tut, was er für seine Pflicht hält. »Gillian, es tut mir wirklich sehr leid. Simon ist von uns gegangen.«

Es folgt ein langes Schweigen. Dann sagt Gillian mit rauer Stimme: »*Du hast ihn getötet.*«

»Wir hatten keine andere Wahl. Sein Körper und auch sein Geist waren irreparabel beschädigt, und er wurde zu einer

Bedrohung für andere. Aber ich kann dir versichern – es ging schnell.«

Für Gillian Shearer ist das kein Trost. »*Du hast mich angelogen. Du hast* gelogen! *Du hast meinen Sohn getötet. Unsere Abmachung gilt nicht mehr, Abel. Du kannst sicher sein, dass wir dich finden!*«

»Wir haben den Planeten bereits verlassen«, wirft Noemi ein. Sie würde es Gillian gern genüsslich unter die Nase reiben, doch Abel ist noch nicht fertig.

Er schaut zur Decke – vielleicht stellt er sich Gillians Gesicht vor – und fährt fort: »Gib deine Arbeit an den Inheritors nicht auf. Das Projekt ist noch nicht reif für Simon oder deinen Vater oder für die Bewusstseinsübertragung irgendeines anderen Menschen. Aber du bist fast so weit. Irgendwann in naher Zukunft wird es mehr Mechs geben wie mich. Doch wir sind mehr als nur Gefäße für ein menschliches Bewusstsein. Wir sind – eine neue Spezies. Ganz eigene Wesen. Eines Tages wirst du das erkennen. Wenn Simon dich sonst nichts lehren konnte, dann vielleicht wenigstens das.«

»*Wage es bloß nicht, mir etwas über meinen Sohn zu predigen, du –*« Gillians Stimme bricht ab. Die Verbindung ist tot.

Noemi dreht sich zu Abel. Er steht hinter seinem Kommandosessel, die Hände auf die Lehne gestützt, und wirkt müder und ausgelaugter, als sie ihn je erlebt hat.

»Es hat dich viel gekostet«, sagt Noemi. »Simon für mich zu opfern.«

»Ich hätte dich auf jeden Fall beschützt. Aber nicht ich habe ihn geopfert. Simon wurde zum Opfer, als seine Mutter und sein Großvater beschlossen, mit seiner Seele zu experimentieren, anstatt ihn gehen zu lassen.«

Die moralische Dimension dessen, was sie nun weiß – was es bedeutet, dass es andere Mechs mit einem eigenen Bewusstsein geben wird, ob sie existieren sollten, ob man sie beschützen kann –, das ist etwas, worüber sie meditieren muss. Während sich ihr von der Flucht hochgejagter Adrenalinpegel langsam wieder normalisiert, wird der Gedanke an eine Rückkehr nach Genesis umso dringlicher. Hier und jetzt hat jedoch etwas anderes Vorrang. »Wir müssen dich in die Krankenstation bringen. Dort gibt es Möglichkeiten, Mechs wiederherzustellen, oder? Schließlich bestehst du teilweise aus organischem Material.«

»Im Moment wäre meinen vorrangigen medizinischen Bedürfnissen eher mit einem Werkzeugkasten gedient als mit irgendetwas aus der Krankenstation.«

»Dann geh dich mal reparieren.« Noemi packt ihn bei den Schultern und schiebt ihn Richtung Tür. »Und schau, dass du etwas Schlaf abbekommst.«

»Auch du solltest dich ausruhen«, ermahnt er sie.

Bis sie das Haven-Tor erreichen, wird es noch Stunden dauern. Virginia trauert nach wie vor um ihren Korsaren. Und Noemi braucht ihre Kraft für das, was vor ihr liegt. »Wenn ich mich hinlege, legst du dich dann auch hin?«

Abel, der wohl mit Widerspruch gerechnet hatte, nickt.

»Und wage ja nicht, weniger als sieben Stunden zu schlafen«, sagt sie und droht mit dem Finger.

»Ganz wie du befiehlst«, erwidert Abel. Seine Stimme ist so sanft, dass sie sich unwillkürlich vorstellt, unter welchen Umständen er so etwas noch sagen könnte. Mit hochroten Wangen deutet sie auf seine Kabine und er geht gehorsam hinein und, wie sie hofft, sofort zu Bett.

Noemi gönnt sich eine himmlische, ausgiebige Dusche und schlüpft ins Bett, in derselben Kabine wie bei ihrem letzten Aufenthalt. Ihre Erschöpfung löscht alle Gedanken aus und lässt sie in einen tiefen Schlaf sinken. Als sie Stunden später erwacht, hat sie das Gefühl, aus einer völlig anderen, bisher unbekannten Sphäre ihres Geistes zurückzukehren.

Zum Glück finden sich hier immer noch ein paar von Captain Gee vor langer Zeit zurückgelassene Kleidungsstücke, und sie kann etwas Frisches anziehen, ein einfaches schwarzes T-Shirt und eine Cargohose. Sie geht zur Brücke, um mit Virginia zu reden, aber die ist nicht da. Abel dagegen schon.

Ihre Augen werden schmal. »Du hast gesagt, du würdest dich hinlegen und schlafen.«

»Hab ich auch getan. Ich bin nur zweiundzwanzig Minuten und zwölf Sekunden vor dir angekommen.«

»Tust du deswegen so superpräzise, damit es nicht so klingt, als würdest du lügen?«

»Ich bin immer präzise«, erwidert Abel steif. Noemi ist erleichtert darüber, wie viel besser er aussieht. Neue rosige Haut bedeckt seine vorher verletzten Hände und er bewegt sich mit seiner üblichen Energie. Auch wenn er nicht hundertprozentig wieder der Alte ist, so ist er doch auf dem Weg der Genesung.

Nun muss sie Genesis dieselbe Chance geben.

Erst als es nur noch wenige Minuten bis zum Haven-Tor sind, gesellt sich Virginia wieder zu ihnen auf die Brücke. Zwar sind ihre Augen noch rot gerändert – *sie hängt wirklich sehr an ihrem Korsaren*, denkt Noemi –, doch ganz offensichtlich hat sie ihre gute Laune wiedergefunden. »Okay«, sagt sie. »Ich hab den Saurier rausgelassen. Wie ist die Lage?«

Abel sitzt wieder in seinem Kommandosessel. »Noch sechs Minuten und zehn Sekunden bis zum Tor.«

»Ich übernehme die Navigation, aber wenn du an die Ops-Konsole willst –«, Noemi deutet auf die zweite wichtige Station auf der Brücke. »Und das mit dem Korsaren tut mir wirklich sehr leid, Virginia.«

»Er lässt sich reparieren. Klar, es wird eine Weile dauern, aber im Grunde ist es gut, ein Projekt zu haben. Projekte machen Spaß.« Virginia sagt es mit echter Begeisterung, bevor sie Noemi einen Seitenblick zuwirft. »Ich erwarte natürlich, dass ihr mir helft.«

»Selbstverständlich. Ich habe über die Jahre gelernt, meinen Sternenjäger selbst zu reparieren. Dein Korsar sollte nicht viel anders sein.«

Virginia hebt eine Augenbraue. »Und ich dachte, die Leute von Genesis würden nur … Sprossen ziehen oder beten oder Haferkleie essen, was ihr eben cool findet.«

»Nicht nur Haferkleie«, protestiert Noemi und muss lachen.

Der düstere, unfertige Zustand des Haven-Tors wirkt Furcht einflößend, aber Noemi ist einfach nur froh, diese Welt verlassen zu können. Nachdem das Licht um sie herum sich gekrümmt und gebogen hat, befinden sie sich wieder im Erd-System. Abel holt sofort den Neptun auf den Sichtschirm; eine Handvoll Schiffe patrouilliert um Proteus, untersucht zweifelsohne immer noch, was mit der *Osiris* geschehen ist, zeigt jedoch kein Interesse an ihnen.

»Wir sind frei«, sagt Noemi. »Jetzt versuchen wir's mit dem Alarmcode. Rufen Remedy. Mal sehen, ob sie antworten.«

Abel geht auf die Kommunikationskonsole zu, aber Virginia hebt die Hand. »Eine Sekunde noch. Ich will erst noch einen Suchvorgang starten.«

»Ist das jetzt der richtige Zeitpunkt?«, fragt Noemi verblüfft.

»Der richtige Zeitpunkt, um rauszukriegen, ob Ludwig den Bauplan für das neue, genmanipulierte Spinnweben-Virus stehlen konnte, das für den Angriff auf deinen Planeten verwendet wurde, damit Remedy anhand dieser Informationen ein Gegenmittel entwickeln kann?« Virginia hebt die Augenbrauen. »Ähm, *ja*.«

»Was ist, wenn er es nicht geschafft hat?«

Abel überlegt. »Angesichts der Begabung der Razers, buchstäblich jede gewünschte Information oder jedes gewünschte Material in die Hände zu bekommen, und zwar normalerweise, ohne geschnappt zu werden, sage ich voraus, dass ihre Bemühungen erfolgreich waren oder bald sein werden. Hindernisse sind für einen Razer ein Fremdwort – darin würde mir Virginia sicher zustimmen.«

Virginia arbeitet konzentriert, die Zunge im Mundwinkel. »In Ordnung, und jetzt?«

»Jetzt senden wir den Alarmcode«, sagt Noemi. »Er wird allen Remedy-Mitgliedern signalisieren, dass sie unserer Aufforderung Folge leisten und ihre Kräfte bündeln sollen.«

»Oh, wir rufen also die Terroristen?« Virginias Lächeln ist gewollt künstlich. »Das wird bestimmt spaßig.«

»Nicht jedes Remedy-Mitglied ist gleich ein Terrorist. Selbst einige von denen, die es sind …« Noemi muss daran denken, wie Riko auf der *Osiris* am Boden lag und sich fragte, wogegen und wofür sie gekämpft hatte. Auf solche Fragen möchte man am Ende seines Lebens gerne eine Antwort. »… sie hatten es schwer. Und wenn sie Genesis retten, dann haben sie einiges wiedergutgemacht, würde ich meinen.«

Virginia wirkt nicht überzeugt, überlässt allerdings die Konsole Abel, der sich den Alarmcode eingeprägt hat. Während er mit der Eingabe beginnt, sagt er: »Danach schicke ich gleich eine zweite Nachricht an Ephraim. Er ist der Einzige von Remedy, dem jeder von uns vertraut.«

Der Gedanke, Ephraim Dunaway tatsächlich wiederzusehen, trifft Noemi unerwartet. Ihr werden von Neuem die vielen Facetten ihrer Freiheit auf dieser Seite des Genesis-Tors bewusst, jetzt, wo sie die Muße hat, darüber nachzudenken. *Es gibt so viele Leute, mit denen ich sprechen will. So viele Orte, die ich besuchen will.*

Aber erst einmal ist Genesis dran.

Innerhalb von Minuten kommt die erste Antwort. Noemi möchte jubeln. »Remedy?«

»Gewissermaßen«, erwidert Abel und verbindet zum Hauptschirm. Und da sind sie, überlebensgroß, Ephraim, Harriet und Zayan, alle zusammen auf der Brücke eines kleinen Raumschiffs, alle mit einem breiten Lächeln im Gesicht.

»Du hast sie gefunden!«, ruft Harriet und winkt. »Hallo, Noemi!«

»Hi.« Noemi bringt das Wort kaum heraus; vor Freude, diese verloren geglaubten Freunde wiederzusehen, hat sie einen dicken Kloß im Hals. Den Rest der Galaxie als freier Mensch statt als Gefangene zu bereisen, verschafft ihr ein wunderbares Hochgefühl. Kein Wunder, dass sie solche Schwierigkeiten hatte, ihre Erlebnisse im Planetenring einfach zu vergessen und nach vorne zu schauen. Wer würde schon gern ein Universum vergessen, das so viel größer und abenteuerlicher und reicher an Möglichkeiten ist?

»Ich bin froh, dass es dir gut geht, Genesis-Mädchen«, sagt Ephraim. »Es tut mir leid, aber ich bin an keinen Alarmcode gekommen …«

»Wir haben uns selbst einen besorgt.« Abel klingt sehr zufrieden mit sich, doch der Blick, den er Noemi zuwirft, zeigt ihr, dass er auch auf sie stolz ist. »Wir haben ihn schon rausgeschickt. Hoffentlich werden die Remedy-Schiffe bald antworten.«

Die drei auf dem Sichtschirm sehen sich mit einer Mischung aus Staunen und Belustigung an. »Das ist ja alles schön und gut«, meint Zayan, »aber auch wir haben ein paar Schiffe aufgetan.«

Noemi runzelt die Stirn. »Was meinst du damit?«

»Wir haben die Vagabunden gerufen, und sie sind gekommen. Sie haben medizinisches Personal und Medikamente mitgebracht – und, na ja, sich selbst.« Harriet streckt die Hand aus und tritt zur Seite, damit die Besatzung der *Persephone* sieht, was sich auf dem anderen Schirm tut. Eine Schiffsflotille schwebt dort im Weltraum – nein, eine ganze Flotte. Sind es Dutzende von Schiffen oder mehr als hundert?

Langsam steht Noemi auf. »Sie sind gekommen«, murmelt sie. »Ihr habt ihnen erzählt, was die Erde Genesis angetan hat, und die Vagabunden haben sich erhoben.«

Ephraim nickt befriedigt. »Die Kettenreaktion hat gerade erst begonnen.«

30

Die Vagabundenflotte hat sich in der Nähe des Planetoiden Pluto versammelt, an einem Ort, der Abels uneingeschränkte Zustimmung findet. Er bietet mehrere Vorteile: abgeschiedene Lage, kaum Beachtung seitens der Erde und, an dieser Stelle in Plutos Orbit, keine allzu große Entfernung vom Genesis-Tor. Es ist ein idealer Platz für ein Versteck und ein noch besserer Ausgangspunkt für ihre Mission.

Obwohl Abel die Größe der Flotte vom Bild auf dem Sichtschirm ableiten konnte, ist deren Anblick in natura noch viel beeindruckender. Mehr als hundert Vagabundenschiffe kreuzen in lockerer Formation, alle individuell in leuchtenden Farben bemalt. Ein kurzer Scan zeigt einen Erzschlepper mit keltischen Knoten in lebhaftem Grün; ein etwas kleineres Schiff trägt indianische Muster in Schwarz, Beige, Rot und Türkis und ein Mini-Kreuzer gleicht durch seinen Anstrich einer Schildkröte. Viele dieser Schiffe sind klein, sogar kleiner als die *Persephone*, andere dagegen erreichen eine stattliche Größe; außerdem entdeckt Abel einige Transporter, die mit reichlich Waffen bestückt wurden.

Auch Noemi fällt die Bewaffnung auf. »Ganz schön viel Feuerkraft«, sagt sie auf ihrem Platz neben ihm auf der Brücke. »Diese Umrüstungen sehen nicht neu aus. Die wurden nicht eigens vorgenommen, um Genesis zu helfen.«

»Wohl kaum.« Abel ist bewusst, dass seine Stimme eine Klangfärbung angenommen hat, die Menschen *trocken* nennen. »Die meisten Vagabunden verdienen sich ihr Geld mit ehrlicher Arbeit, aber es gibt Banden, deren Mitglieder sich selbst als Freibeuter bezeichnen. Sie erhalten von irgendwelchen dubiosen Behörden auf Kolonie-Welten vage formulierte Genehmigungen, die ihnen angeblich das Recht einräumen, andere Schiffe aufzuspüren und nicht autorisierte Fracht ›zurückzufordern‹.«

Noemis Augen weiten sich. »Moment – du meinst, sie sind *Piraten*?«

»Einige würden sie wohl so nennen. Für andere wiederum sind sie Helden, weil sie der Vorherrschaft der Erde trotzen.«

»Und wie würdest du sie nennen?«, fragt Noemi.

»Das hängt vom jeweiligen Schiff ab. Diese hier gehören anscheinend zum Krall-Konsortium, der größten organisierten ›Freihandels‹-Vereinigung – sie sind für ihre wilden Raubzüge bekannt, bringen allerdings niemanden um.«

»Also Diebe, aber keine Mörder.« Sie sieht zur Decke, vielleicht hinauf zu Gott. »Vermutlich können wir im Hinblick auf unsere Verbündeten derzeit nicht wählerisch sein.«

In Abels Augen ist Noemis Philosophie der Akzeptanz nur sinnvoll, da nun auch Remedy-Schiffe eintreffen. Sie sind nicht so verschiedenartig wie der bunt zusammengewürfelte Vagabundenhaufen; es handelt sich überwiegend um alte Truppentransporter von der Erde oder Lazarettschiffe, eines ist sogar ein umgerüstetes Damokles-Schiff. Remedy bevorzugt ehemalige Kampfschiffe, auch wenn deren letzte Schlacht nach ihrem Äußeren zu schließen schon einige Jahre zurückliegen dürfte. Womöglich haben die Remedy-Kämpfer überhaupt noch nie an einem größeren Gefecht teilgenommen. Aber sie sind hier, weil sie kämpfen wollen – die Auseinandersetzung suchen, die ihren Status als Terroristen beenden und sie zu einer echten Armee machen wird.

Virginia ist fast die ganze Zeit an ihrer Konsole geblieben und wartet auf das versprochene Datenpaket der Razers – falls sie an die Informationen herangekommen sind, was Abel inzwischen bezweifelt. Menschen klammern sich immer sehr lang an ihre Hoffnungen. Er glaubt, Virginia habe der Unterhaltung gar nicht zugehört, bis sie einwirft: »Ihr fragt euch, mit wem ihr euch da verbündet? Es gibt ein weitaus größeres Problem.«

Abel versteht nicht sofort, was sie meint, doch Noemi muss bereits über diesen Punkt nachgedacht haben. »Bisher hat niemand das Kommando.«

Virginia blickt mit einem seltsamen Lächeln auf. »Das solltet ihr möglichst schnell lösen. Sonst wird es das Schiff mit den größten Geschützen für euch tun.« Ein Licht blinkt auf ihrer Konsole und sie klatscht in die Hände. »Oh Ludwig, du absolut brillantes Superhirn!«

Noemi eilt an Virginias Seite. »Die neue Form von Spinnweben – hast du sie?« Staunend starren sie auf den Bildschirm, als könnten sie allein vom Anblick der viralen Struktur bereits ein Heilmittel ableiten, wozu nicht einmal Abel imstande wäre, aber manchmal bewundern Menschen eben gern den Beweis für ihre Leistungen.

Er hingegen konzentriert sich auf das Problem, auf das Virginia hingewiesen hat. »Wir sollten ein Treffen mit allen Befehlshabern einberufen, sowohl von den Remedy-Schiffen als auch von der Vagabundenflotte.« Er versteht zwar nicht immer die Zwischentöne des menschlichen politischen Denkens und empfindet es als unlogisch, aber schließlich wurden ihm die Grundlagen militärischer Taktik einprogrammiert. »Mit Ephraim, Harriet und Zayan als Unterstützung müssten wir genügend Autorität besitzen. Danach …«

Noemi beendet den Satz für ihn. »… werden wir weitersehen.«

Die nächste Stunde bringt ein fröhliches Wiedersehen – Harriet und Zayan eilen auf die Brücke der *Persephone* und freuen sich, endlich wieder zu Hause zu sein; Ephraim schließt erst Noemi und dann Virginia in die Arme und hebt sie schwungvoll in die Höhe –, doch Abels Gedanken sind hauptsächlich auf das bevorstehende Treffen und die eventuell drohende Schlacht gerichtet. Nach der nervösen Energie zu urteilen, die seine Freunde ausstrahlen, machen auch sie sich Sorgen. Alle paar Minuten treffen weitere Remedy-Schiffe ein, was in gewisser Weise ermutigend ist. Dies ist wirklich eine potenzielle Kriegsflotte, eine, die sogar der Erde zu denken geben wird.

Wenn sie interne Machtkämpfe vermeiden, so überlegt er, dann könnten sie in den nächsten Tagen den Lauf der Geschichte ihrer Galaxie verändern.

Abel und Noemi hätten die Versammlung gern an Bord

der *Persephone* abgehalten, doch sie ist nicht annähernd groß genug, um die mehr als hundert Remedy-Anführer und Vagabundenpiloten zu beherbergen. Daher machen sich alle zum größten Schiff der Flotte auf, der *Katara*, dem Flaggschiff des Krall-Konsortiums. (Zumindest hat die *Persephone* das exklusive Anrecht erhalten, direkt an der *Katara* festzumachen; die meisten Befehlshaber müssen mit einem Einsitzer anreisen.)

»Warum halten wir nicht einfach eine virtuelle Konferenz ab?« Virginia scheint sich nicht wohlzufühlen, wenn keine Technik im Spiel ist. »Müssen sich unbedingt alle im selben Raum aufhalten?«

Harriet nickt entschieden. »Die Kommunikationsleitungen können gehackt werden. Eine Voice-Nachricht kann man fälschen. Früher war es für die Vagabunden manchmal schwer, Wahrheit und Lüge voneinander zu unterscheiden. Eine Unterhaltung von Mensch zu Mensch – das ist etwas Handfestes. Kein Vagabund würde so etwas Wichtiges auf andere Weise verhandeln.«

Mit einem Schulterzucken meint Virginia: »Falls wir in Schwierigkeiten geraten, haben wir ja den krassesten Mech der Galaxie, um uns rauszuhauen.«

Abel erstarrt, doch seine Freunde haben es nicht richtig mitbekommen. »Was für Schwierigkeiten?« Harriet verschränkt die Arme. »Du hältst wohl alle Vagabunden für Kriminelle, was? Gerade ihr verhätschelten Nerds von Cray –«

»Hey«, geht Noemi dazwischen. »Könnten wir bitte einen Stellvertreterkrieg zwischen den verschiedenen Planeten auf unserer Brücke vermeiden? Die Erde legt es darauf an, Misstrauen unter uns zu säen. Wir sollten es besser wissen.«

Die anderen nicken, aber Zayan sieht plötzlich verwirrt aus. »Moment mal. Wir haben einen Mech, der uns raushaut? Wo denn?«

Virginia schlägt sich die Hand vor den Mund. Ephraim, der den Zusammenhang nicht begreift, deutet geradewegs auf Abel. Harriet und Zayan bekommen große Augen. Abels lang gehütetes Geheimnis ist aufgeflogen.

»Ich hätte es euch längst sagen sollen«, räumt er ein. »Ich bin ein spezieller Prototyp des verstorbenen Burton Mansfield, mit Fähigkeiten und einer Intelligenz, die über das Niveau der momentan produzierten Mechs hinausgehen.« Früher hätte er »der existierenden Mechs« gesagt, doch Gillians weiterführende Experimente lassen ihm das fraglich erscheinen.

Zayan starrt ihn an. »Du bist ein Mech? Du?«

Nach einer Weile fängt Harriet an zu lachen. »Du nimmst uns auf den Arm, oder?«

»Er sagt die Wahrheit.« Noemi, die neben Abel steht, legt eine Hand auf seinen Arm. »Deswegen ist er nicht weniger eine Person als ihr oder ich.«

»Aber das ergibt keinen Sinn«, sagt Zayan und schüttelt den Kopf. »Du kannst kein Mech sein. Du benimmst dich nicht wie einer – außer dass du echt super kopfrechnen kannst und dass du sehr stark bist und … oh mein Gott, du bist ein Mech!«

»Mechs mit einer vollständigen eigenen Persönlichkeit sind selten«, erklärt Abel. »Obwohl ich im Augenblick sicherlich einzigartig bin, rechne ich damit, dass es bald mehr Mechs wie mich geben wird. Ich habe natürlich vollstes Verständnis, falls ihr Zeit braucht, um euch an diesen Gedanken zu gewöhnen – aber ich hoffe, dass ihr mir als Crew-Mitglieder und auch als Freunde erhalten bleibt.«

Zayan und Harriet sehen sich verwirrt an, und zwar so lange, dass Abel sich fragt, ob sie womöglich bei der nächstbesten Gelegenheit fluchtartig das Schiff verlassen werden. Doch dann nickt Harriet langsam. »Du bist ein guter Captain. Das ist die Hauptsache. Mit dem Rest kommen wir dann schon klar.«

»Wir bleiben dir erhalten«, bekräftigt Zayan. Er besiegelt es nicht mit Handschlag, sondern macht sich einfach wieder an die Arbeit, der beste Beweis dafür, dass die beiden beabsichtigen, auf der *Persephone* zu bleiben – und sich damit auseinanderzusetzen, was oder wer Abel wirklich ist.

In den nächsten 4,9 Minuten sind sie mit dem Andockmanöver beschäftigt. Während Zayan das Schiff auf die riesige Landebucht der *Katara* zusteuert, bekommt Abel dank seines feinen Gehörs die leise Unterhaltung zwischen Ephraim und Noemi mit, in der sie ihm von Riko Watanabes Schicksal erzählt.

»Es hätte nicht so enden müssen«, sagt er leise, mehr zu sich selbst als zu Noemi. »Ich habe versucht, sie zu überzeugen, dass es auch andere Formen des Kampfs gibt. Andere Lebensweisen. Sie wollte nicht zuhören. Nein – das stimmt nicht. Riko hat zugehört, aber sie hat nicht verstanden, was ich meinte, nicht wirklich.«

Das wäre ein gutes Stichwort für Noemi, um von Rikos Zweifeln in ihrer Todesstunde zu erzählen. Doch sie tut es nicht. Stattdessen sagt sie nur: »Sie hat nicht lange gelitten und ist tapfer in den Tod gegangen.«

Soweit Abel mit seinem peripheren Sehen wahrnehmen

kann, ist diese Information für Ephraim ein Trost. Hätte er von Rikos Zweifeln erfahren, hätte das womöglich den gegenteiligen Effekt gehabt. War Noemi nun gütig oder unehrlich? Die zwei Dinge sind gar nicht so unterschiedlich, wie Abel oft dachte.

Die *Katara* ist ähnlich geformt wie ihr Namenspatron, das Katar, ein antiker Faustdolch aus Südasien. Der lange, spitze Bug geht in ein breites, rechtwinkliges Heck über. Für ein Vagabundenschiff ist die Bemalung eher bescheiden. Nur ein paar schwarze und braune Streifen an den Seiten zieren die Hülle in dunklem Gold. Ihre Erhabenheit liegt in ihrer Dimension, die noch offensichtlicher wird, als die *Persephone* in die Landebucht fliegt. Allein diese ist größer als das durchschnittliche Raumdock eines Planeten, größer als alles, was Abel auf einem Schiff erwartet hätte.

Der Sitzungssaal ist kaum kleiner. Es scheint ein Frachtraum zu sein, mit einem Steg hoch über dem Boden. Während sich die Mehrheit der Anwesenden unten versammelt, hat eine Handvoll Personen oben Platz genommen. Es werden wohl diejenigen sein, die ihren Machtanspruch geltend machen wollen. Abel, Noemi und Ephraim wechseln einen Blick und klettern dann die Leiter hoch, um ihren eigenen Platz in diesem Machtgefüge zu behaupten.

Allein an ihrer Körpersprache kann Abel sofort ablesen, wer der Captain ist, noch bevor sie sich einander vorgestellt haben: eine Frau von nordeuropäischer Abstammung mit einem fliehendem Kinn, schulterlangen blonden Haaren und ungewöhnlich weit auseinanderstehenden grünen Augen. Sie scheint sie als ebenbürtig anzuerkennen – oder ihnen zumindest das Recht zuzugestehen, sie anzusprechen.

»Dagmar Krall«, sagt sie. »Captain der *Katara*, Chefin des Krall-Konsortiums. Und … Ihre Gastgeberin.«

»Dagmar Krall ist jedem Vagabunden ein Begriff«, erwidert Abel, ein wohlüberlegter Satz, der schmeichelhafter klingt, als er gemeint ist. Er hat Respekt vor der Klugheit dieser Frau, aber ihm ist bewusst, dass sie auch äußerst unangenehm werden kann. »Ich bin Abel, Captain der *Persephone*, und dies ist Noemi Vidal, eine Soldatin von Genesis und hauptverantwortlich dafür, dass wir uns hier versammelt haben.«

Krall nickt und verlangt mit einer Handbewegung nach einem Mikrofon. Noemi beugt sich zu Abel. »Was meinst du mit ›hauptverantwortlich‹? Du hast Ephraim und Remedy kontaktiert. Harriet und Zayan haben die Vagabunden eingeschaltet – ich war die ganze Zeit entweder in einem Kraftfeld oder einem Schiffswrack gefangen.«

»Während deiner Gefangenschaft hast du die wenigen Minuten, in denen du kommunizieren konntest, genutzt, um Hilfe für Genesis zu organisieren«, wendet Abel ein. »Du warst sogar bereit, dein Leben zu opfern. Alles, was danach geschah, ist eine Folge deines Handelns in diesem Moment. Wir anderen haben unseren Beitrag geleistet, aber du bist diejenige, die alles in Gang gesetzt hat.«

Seine Geste umfasst die Menge unterhalb und die Raumschiffflotte um sie herum.

»Hört und gehorcht!«, ruft Dagmar Krall ins Mikrofon. Dabei handelt es sich um den Standardgruß eines Captains im Konsortium, und es ist nicht so harsch gemeint, wie es zunächst klingt. Erwartungsvolles Schweigen tritt ein. »Diese Versammlung ist eine Reaktion auf die biologische Kriegsführung gegen Genesis. Jahrzehntelang – inzwischen fast ein Jahrhundert – haben wir die Ungerechtigkeit und Tyrannei der Erde hingenommen, doch nun ist das Maß voll. Ein solches Verbrechen darf nicht ungesühnt bleiben. Sonst wird es niemals Sicherheit, niemals Freiheit für uns geben.«

Ihre Rede wühlt die Zuhörer auf. Krall ist eine brillante Rhetorikerin. Allerdings vergisst Abel darüber nicht, dass sich Krall bisher nicht unbedingt als Beschützerin unschuldiger Opfer erwiesen hat. Ihr Hass auf die Erde ist echt, aber sie wäre nicht hier, wenn für sie nicht auch etwas dabei herausspringen würde.

»Welche Beweise haben wir, dass das alles stimmt?«, ruft jemand von unten.

Krall hält Noemi das Mikrofon hin, die nicht zögert. »Ich bin eine Soldatin von Genesis. Ich wurde durch das Tor geschickt, um meiner Welt zu helfen. Dass dies das Werk der Erde ist, hat Burton Mansfield selbst kurz vor seinem Tod bestätigt.«

So leise, dass selbst Abel es kaum hören kann, murmelt jemand auf dem Steg: »Wann ist er denn gestorben? Ich dachte, er wäre schon längst tot …«

»Wenn Sie nach handfesten Beweisen fragen«, fährt Noemi fort, »nein, die kann ich Ihnen im Moment nicht bieten. Genesis hat mich gesandt, um mit den Leuten von der Erde zu verhandeln, die nur allzu gut wussten, was sie uns angetan hatten; ich konnte nicht ahnen, dass ich es womöglich irgendwann beweisen müssen würde. Sie müssen nur das Genesis-Tor durchqueren – entweder mit ein paar Aufklärern oder mit der ganzen Flotte –, dann bekommen Sie alle Beweise, die Sie brauchen.«

Ein anderer ruft: »Warum sollten wir Ihnen glauben?«

Zu Abels Überraschung übernimmt Krall wieder das Mikrofon. »Warum nicht? Wir haben nichts zu verlieren, wenn wir uns vor Ort überzeugen, aber alles zu gewinnen. Seit wann drehen Vagabunden Däumchen und wollen sich erst nach allen Seiten hin absichern, bevor sie aktiv werden? Auf diese Weise wird der Himmel nie unser sein.« Einige Leute strecken die geballte Faust nach oben, offensichtlich ist »der Himmel ist unser« ein Schlachtruf der Vagabunden, ihre Art, stolz zu ihrer Obdachlosigkeit zu stehen. Mit normaler Stimme fährt Krall fort: »Außerdem haben einige meiner Captains in den letzten Monaten immer wieder Gerüchte gehört. Es hieß, die Erde werde einen entscheidenden Schritt unternehmen, um den Krieg mit Genesis zu beenden. Die Bevölkerung von Genesis mit Spinnweben zu infizieren, klingt für mich ganz nach diesem Schritt. Ich glaube Vidal. Und Remedy tut das auch.« Dabei nickt sie Ephraim Dunaway zu.

Ephraim setzt eine verwunderte Miene auf, als ihm bewusst wird, dass er plötzlich zum Sprecher seiner gesamten führerlosen Truppe geworden ist. Doch auch er zögert nicht. »Mit einem Flug nach Genesis können wir uns die Beweise holen, die dafür sorgen werden, dass sich die anderen Kolonie-Welten endgültig gegen die Erde auflehnen. Das ist die Reise durch ein Tor wert, meinen Sie nicht?«

Zustimmendes Gemurmel hebt an. Besorgnis verwandelt sich in Begeisterung. Zunächst findet es Abel seltsam, dass sich die Versammelten so leicht überzeugen lassen, aber dann erkennt er: *Nur die, die glaubten, an dem Bericht könnte etwas Wahres dran sein, sind überhaupt zu dem Treffen erschienen.*

Die Zweifler werden sich natürlich von einem möglichen Aufstand fernhalten.

Noemi gibt Ephraim einen Wink, ihr das Mikrofon wieder zu reichen, was er mit einem Ausdruck der Erleichterung tut. »Wir haben nicht viel Zeit. Den Menschen auf Genesis ging es bereits sehr schlecht, als ich aufgebrochen bin – das war vor fünf, nein, sechs Tagen? Ich war inzwischen auf so vielen Planeten, dass ich den Überblick verloren habe.« Einige Leute lachen wissend; Vagabunden kennen dieses Problem nur allzu gut. »Mein Planet ist geschwächt, und die Erde weiß das. Sicher wird sie in spätestens einer oder zwei Wochen einmarschieren. Wir können es uns nicht leisten, weiter abzuwarten.«

Krall greift wieder nach dem Mikrofon. »Je länger wir hierbleiben, desto wahrscheinlicher wird es, dass die Erde uns aufspürt. Mein Konsortium steht an der Seite von Genesis. Wer noch?«

Jubel erfüllt den Raum. Noemi lächelt Abel zu, sie ist in Hochstimmung. Er kann es ihr nachfühlen, aber ihm ist nicht entgangen, dass sich Dagmar Krall soeben als Anführerin positioniert hat. Solange sie jedoch vorhat, Genesis zu helfen, wird er sich nicht beschweren.

Eine andere Stimme übertönt den abebbenden Applaus. »Eine Flotte dieser Größe wird sich kaum auf das Genesis-Tor zubewegen können, ohne dass die Erde es mitbekommt. Was soll sie davon abhalten, uns zu verfolgen und uns von der Durchquerung des Tors abzuhalten?«

Noemi tritt nach vorne. »Wir werden dafür sorgen, dass sie sich mit ihren eigenen Problemen beschäftigen muss. Wir werden das größte Geheimnis der Erde öffentlich machen.«

Crews versammeln sich. Waffen werden überprüft. Triebwerke werden in den Überlastungsmodus gejagt. Die *Katara* sendet ein Signal aus und innerhalb von 2,1 Sekunden rast jedes Schiff der neuen Flotte direkt auf das Genesis-Tor zu.

Kurz nachdem das Tor in Sichtweite gekommen ist, schlägt Virginia Alarm: »Die Verteidigungssysteme der Erde in der Nähe des Mars scheinen aufzuwachen.«

»Dann geben wir ihnen etwas, das sie richtig wach macht.« Abel nickt Noemi zu, die zur Kommunikationskonsole eilt. Er tippt den Code ein, mit dem sie sich in die gesamtgalaktische Kommunikation einschalten können. Dann gibt er Noemi ein Zeichen.

Zeit für einen Wandel in der Galaxie.

»Bürger der Erde und ihrer verbündeten Kolonie-Welten«, beginnt Noemi. »Hier spricht Noemi Vidal vom Planeten Genesis. Die Wahrheit über die Spinnweben-Ausbrüche – auf Genesis und in der gesamten Galaxie – hat man Ihnen verheimlicht. Angehängt an diese Audionachricht erhalten Sie Dateien, die sowohl den Ursprung dieser Krankheit als auch die Methode enthüllen, mit der die Erde die Seuche nach Genesis gebracht hat – ein Akt biologischer Kriegsführung, was nach den Gesetzen der Erde und allen pangalaktischen Abkommen verboten ist.«

All diese Informationen stammen von den Razers. Eine der Dateien liefert den Bauplan des neuen, »verbesserten« Spinnweben-Virus, das auf Genesis freigesetzt wurde. Eine andere enthält alles, was Remedys gemäßigter Flügel über Spinnweben zusammengetragen hat.

Noemi fährt fort: »Ihre Regierungen werden versuchen Ihnen weiszumachen, dass diese Dateien Fälschungen sind – deswegen sollten Sie sich auch die Dateien anschauen, in denen es um den Standort eines weiteren Tors im Sonnensystem der Erde geht. Es handelt sich um ein geheimes Tor, das zum Planeten Haven führt, einer ebenfalls geheim gehaltenen bewohnbaren Welt. Dort ist es gefährlich, und zwar aus mehreren Gründen; die meisten Menschen können auf diesem Planeten nicht überleben. Doch es gibt Wege, ihn irgendwann für Milliarden von Menschen sicher zu machen, Wege, die die Erde vor uns verborgen hat. Sehen Sie sich dieses Tor an, und Sie werden wissen, dass die Erde Sie belogen hat. Sehen Sie Haven an, und Sie werden begreifen, warum die Erde Spinnweben ursprünglich erschaffen hat. Dann werden Sie erkennen, dass ich die Wahrheit sage – über Haven, über Spinnweben und über Genesis. Die Erde ist für all das verantwortlich. Sie hat ganz bewusst etwas Grausames getan. Aber wir können den Schaden wiedergutmachen. Wir können uns die Welten, die uns gehören, zurückholen. Das gelingt allerdings nur, wenn wir gemeinsam handeln.«

Abel schaltet die Kommunikationsanlage ab. »Das Datenpaket ist vollständig raus.«

»Das war's.« Noemi lehnt sich auf ihrem Stuhl zurück, fast in einer Art Schockzustand. »Meint ihr, sie werden mir glauben?«

»Viele wohl nicht«, sagt Virginia unbekümmert. »Aber einige werden recherchieren. Die Neugierigen, Leute, die der Erde noch nie getraut haben, und sogar Leute, denen einfach langweilig ist. Es müssen gar nicht viele unseren Hinweisen folgen, damit sich die Nachricht verbreitet. Glaubt mir, die

Mächtigen der Erde machen sich gerade kollektiv in die Hose.«

Abel kennt diesen umgangssprachlichen Ausdruck, es sich jedoch bildlich vorzustellen ist … befremdlich.

Über die Lautsprecher ertönt die Stimme von Dagmar Krall. »*Vorbereitung für den Eintritt ins Tor auf unser Zeichen.*« Das spezifische, den Bruchteil einer Sekunde dauernde Zeitfenster für die *Persephone* erscheint in grünen Ziffern auf dem gewaltigen kuppelförmigen Sichtschirm; aus Respekt vor Noemis Status als Soldatin von Genesis darf ihr Schiff als eines der ersten das Tor durchqueren. Abel gibt die Daten selbst an der Navigationskonsole ein.

»Auf geht's«, sagt er, die Hand an der Konsole. »Fertig?«

Ephraim nickt. Virginia streckt beidc Daumen nach oben. Doch alle Blicke richten sich auf Noemi. Sie reckt das Kinn und sagt: »Fertig.«

Das Signal von der *Katara* wird übermittelt. Abel lässt die *Persephone* nach vorne schießen. Das schimmernde Rund im Zentrum des Tors spiegelt die Tropfenform seines Schiffs, während sie immer näher kommen, dann bricht das Licht. Linien zerfallen. Die Wirklichkeit splittert sich auf und setzt sich erneut zusammen. Andere Vagabundenschiffe tauchen neben ihnen auf, einige flitzen voraus. In weiter Ferne leuchtet der winzige Punkt, der ihr Ziel darstellt; Abel zoomt ihn heran. Ein Planet in zarten Grüntönen, umrahmt von weißen Schleierwolken.

»Genesis«, flüstert Ephraim. »Nie hätte ich gedacht, dass ich das einmal zu Gesicht bekommen würde.«

Auch Abel nicht. Er stellt fest, dass Noemi die erste Person ist, die ihren Fuß auf jede bewohnte Welt in der Galaxie gesetzt hat: Genesis, Kismet, Cray, Stronghold, die Erde und Haven. In wenigen Stunden wird er die zweite sein. Der Kreis hat sich geschlossen, nun haben sie beide den gesamten Ring bereist.

Als er zu Noemi hinübersieht, ist ihr Gesicht ernst. »Ich musste diese Botschaft senden, aber – damit haben wir uns verraten. Jetzt ist die Erde in Zugzwang. Früher oder später wird sie zuschlagen.«

»Sie hätte sowieso zugeschlagen«, sagt er.

»Und nun eher früher als später.« Sie schließt die Augen, wie zum Gebet.

31

ZU HAUSE.

Genesis wird auf dem Sichtschirm immer größer, wie eine sich öffnende Blüte. Die riesigen grünen Kontinente nehmen Gestalt an – die Östliche Halbinsel, die Fernen Südinseln, all die Orte, die sie als Kind in der Schule gelernt hat. Sie scheinen vor ihren Augen zu flimmern, doch das liegt vielleicht daran, dass sie die Tränen wegblinzelt. *Ich dachte, ich würde mein Zuhause nie mehr wiedersehen.*

All das Unglück, das sie hier erlebt hat, kann ihrer Liebe zu ihrer Welt nichts anhaben.

»Genesis-Schiffe im Anflug«, verkündet Zayan. Dann runzelt er die Stirn. »Aber nur zehn oder elf.«

Eine größere Patrouille können sie in ihrem geschwächten Zustand wohl nicht zusammentrommeln. Als Noemi sich zur Komm-Konsole begibt, empfindet sie Mitleid mit ihrem angeschlagenen Planeten, der seinen Stolz verloren hat. »Genesis-Patrouille! Hier spricht Noemi Vidal. Erbitte Landeerlaubnis.«

Ausgerechnet Deirdre O'Farrell antwortet fassungslos: »*Vidal?*«

»Ja, die Freude ist ganz meinerseits.« Die Patrouille bricht die Verbindung ab – wahrscheinlich eher vor Verwirrung und nicht etwa, weil man Noemi solches Vertrauen schenken würde, oder vielleicht auch vor Staunen über den Anblick der riesigen Flotte, die nun auftaucht. Noemi hat sich vor Monaten den Code für Darius Akides Amtsräume in der Ältestenhalle gemerkt und kann ihn jetzt mühelos eintippen. Doch als sie Akide das letzte Mal sah, lag er siechend in einem Krankenhausbett. Kann es sein, dass er inzwischen im Koma liegt? Oder gar tot ist? »Noemi Vidal an Darius Akide. Dringend. Oberste Priorität.«

Nach weniger als einer Minute ertönt Akides Stimme im Lautsprecher. *»Vidal. Gott sei Dank. Wir dachten schon, Sie wären tot. Hat es so lange gedauert, bis die Erde unsere Kapitulation angenommen hat?«*

»Oh.« Ihre ursprüngliche Mission hatte sie fast vergessen. »Also, es war so: Es ergab sich nie eine Gelegenheit, die Kapitulation anzubieten, aber ich bringe antivirale Medikamente mit, haufenweise Ärzte und eine ganze Flotte, um Genesis zu verteidigen, während wir den Wiederaufbau beginnen.«

Die daraufhin einsetzende Pause dauert so lange, dass sie sich schon fragt, ob er in Ohnmacht gefallen ist. Schließlich sagt Akide ganz und gar nicht im Ton eines erhabenen Ältesten: *»Moment mal, was sagen Sie da?«*

So verängstigt und überdreht Noemi ist, kann sie ein Lächeln nicht unterdrücken. »Gern geschehen.«

Innerhalb einer Stunde ist die gesamte Flotte im Orbit von Genesis eingetroffen, bis auf eine starke Patrouille, die in der Nähe des Tors bleibt und dort Wache hält. Noemi bereitet die *Persephone* zur Landung vor.

Das silberne, tropfenförmige Schiff stößt durch die Wolkendecke und kommt oberhalb der runden Gebäude aus Marmor und Naturstein heraus. Zwei Lazarettschiffe von Remedy folgen unmittelbar dahinter; der Planet braucht so schnell wie möglich Hilfe, aber wenn alle Schiffe gleichzeitig landen würden, bräche Panik aus. Der Wind, den sie beim Aufsetzen erzeugen, peitscht die mächtigen Weiden am Flussufer so stark, dass ihre Zweige aus dem Wasser gewirbelt werden. Nach dem blassrosa Himmel zu urteilen ist es früher Morgen, trotzdem sind bereits Menschen unterwegs. Noemi sieht, wie sie die Kapuzen ihrer Gewänder festhalten und ängstlich und staunend zum Himmel blicken.

Während sich die Schiffe dem Tempel nähern, erschaudert Noemi bei dem Gedanken, dem Ältestenrat erneut gegenüberzutreten. Sie hat ihre Befugnisse überschritten, und zwar ziemlich weit. Aber was hätte sie sonst tun sollen?

Außerdem ist sie gerade dabei, ihre Welt zu retten. Das sollte zu ihren Gunsten sprechen.

Die riesige Eichentür der Ältestenhalle schwingt bei Noemis Berührung auf. Mit ausgreifenden Schritten eilt sie durch die Halle, ohne auch nur einen Seitenblick auf die Menschen zu werfen, die sie gespannt anstarren. Neben ihr marschieren Abel, Ephraim, Virginia, Dagmar Krall und ein halbes Dutzend Remedy-Ärzte; dahinter folgen etwa zehn Remedy-Wachen, die jedoch ihre Waffen im Holster lassen.

Noemi verlangsamt ihren Schritt erst, als sie vor der Tür

der Ratskammer stehen. Zwei Wachtposten in zeremoniellen safrangelben Umhängen sehen von ihr zueinander und wieder zu ihr, bevor sie die Tür öffnen, um alle einzulassen.

Nur fünf Älteste sind versammelt, darunter die drei, die sie aus dem Krankenhaus kennt. Dank guter Pflege sind sie genesen; selbst in einer so egalitären Welt wie Genesis erhalten die Ältesten eine bessere Behandlung als der Durchschnittsbürger. Auch Darius Akide ist anwesend, seine Miene wirkt mehr oder weniger neutral, bis er erkennt, wer neben ihr hergeht.

Abel lächelt ihn an. »Hallo, Dr. Akide. Es freut mich, Sie endlich kennenzulernen.«

»Modell Eins A«, flüstert Akide. Zweifellos hat ihn die Ähnlichkeit mit dem jungen Burton Mansfield auf die richtige Spur gebracht. »Lieber Gott.«

»Eins A ist meine Modellbezeichnung, aber nennen Sie mich bitte Abel. Professor Mansfield hat mir viel von Ihrer Arbeit erzählt; wie ich gehört habe, haben Sie sogar mitgeholfen, mich zu konstruieren. Wir sollten uns irgendwann einmal die Zeit nehmen, ausführlich darüber zu sprechen.«

Akide blinzelt, doch nach wenigen Minuten strahlt er wieder die gewohnte heitere Ruhe eines Ältesten aus. »Und das sind unsere Ärzte? Das sind unsere neuen Krieger?«

»So ist es«, antwortet Dagmar Krall. »Jeder Feind der Erde ist mein Freund – vorausgesetzt natürlich, Sie sind nicht zu stolz, um unsere Hilfe anzunehmen.«

Auf diese Stichelei hin verdüstert sich Akides Miene. Auch Noemi gefällt die Bemerkung nicht, doch sie wird die Vagabundenflotte nicht wegen so einer Kleinigkeit wegschicken. Akide gewiss auch nicht – doch es dauert eine ganze Weile, ehe er antwortet.

Noemi hält den Atem an, bis Akide endlich sagt: »Einverstanden.«

Und damit ist das Überleben von Genesis gesichert.

Das denkt Noemi zumindest zu diesem Zeitpunkt. Während in den nächsten Stunden die Ärzteteams auf dem ganzen Planeten ausschwärmen, erkennt sie, wie desolat die Situation ist.

Als Noemi Genesis verließ, grassierte dort eine Seuche, und es herrschte Panik. Bei ihrer Rückkehr herrschen Trauer und Schock. In manchen Städten musste man Hunderte in Massengräbern beerdigen. Da die normalen Datenverwaltungs- und Kommunikationssysteme nicht mehr funktionieren, müssen die Teams von Stadt zu Stadt ziehen, um die Kranken ausfindig zu machen und zu behandeln – mancherorts von Haus zu Haus. Es zeichnet sich bereits ab, dass die neuen Medikamente gut anschlagen; Ephraim ist optimistisch, dass sie mit den Informationen der Razers über das neue Spinnweben-Virus innerhalb weniger Tage ein noch wirksameres Medikament entwickeln können. Trotzdem ist die Zahl der Todesopfer auf Genesis horrend. Nichts von dem, was Noemi getan hat, kann daran etwas ändern.

Zurück bei den Gatsons trifft sie Mr Gatson an, der schwach ist, sich jedoch auf dem Weg der Besserung befindet. Er weiß nichts über den Verbleib von Mrs Gatson. Niemand weiß etwas. Es lässt sich nicht ermitteln, ob es an den chaotischen Zuständen in überlasteten Krankenhäusern liegt oder daran, dass Mrs Gatson inmitten von Fremden starb und anonym beerdigt wurde. Noemi verspricht ihm, Nachforschungen anzustellen. Mr Gatson nickt nur. Sein Blick geht in die Ferne, und er drückt zwar kurz ihre Hand, heißt sie aber nicht zu Hause willkommen.

Kontinuierlich überprüft sie die Distanz-Sensormeldungen. Es ist nichts weiter durch das Tor eingedrungen – bis jetzt. Die Vagabundenflotte bleibt auch einen Tag nach ihrer Ankunft unbehelligt. Als Noemi zu einer militärischen Anhörung vorgeladen wird, vermutet sie, dass man mehr darüber erfahren will, wie es zu dieser merkwürdigen Allianz kam und wie sich die Entdeckung von Haven auf den Befreiungskrieg auswirken könnte.

Doch ihre Vorgesetzten wollen über etwas ganz anderes sprechen.

»Gar nicht in Uniform, Vidal?«, sagt Kaminski, genau derselbe, der nach ihrer letzten Reise durch den Planetenring ihr Ankläger war. Sein Hals ist fast so dick wie sein Kopf, und die Venen treten hervor, als wären sie ständig vor Wut geschwollen. Natürlich ist er kerngesund; vielleicht wird man immun, wenn man ein kompletter Arsch ist. »Können Sie Ihrem Commander nicht einmal ein Mindestmaß an Respekt entgegenbringen?«

Noemi gibt ihm keine Antwort. Sie wendet sich ausschließlich an Jasmine Baz, die auch diesmal anwesend ist, offenbar um sie zu verteidigen. »Die Uniform ist während meiner Mission verloren gegangen. Ich würde Ihnen gegenüber niemals respektlos sein, Captain Baz. Bitte glauben Sie mir.«

Kaminski erträgt es nicht, ignoriert zu werden. »Sie setzen sich über die höchsten Entscheidungen des Ältestenrats hinweg, handeln ausschließlich nach Ihrem eigenen Ermessen, und das nennen Sie Respekt?«

»*Darum* geht es hier?« Noemi steht vor Staunen der Mund offen. Mit Mühe findet sie die Sprache wieder. »Sie machen mir den Prozess? Ich dachte, Sie wollten nur von mir wissen, wie ich es geschafft habe, die Flotte zusammenzustellen!«

»Was in meinen Augen eine sehr gute Frage ist.« Baz klingt weder trotzig noch wütend, nur müde. Vielleicht war sie auch krank, aber falls ja, sind die Linien des Spinnweben-Ausschlags unter ihrer Uniform oder ihrem Kopftuch verborgen. »Wenn der Ältestenrat Fragen an Vidal hat, sollte er diese direkt mit ihr klären.«

»Befehlsverweigerung gegenüber unserer Regierung ist ein Militärverbrechen. Und durch das Militärgericht zu ahnden«, zischt Kaminski.

»Was für eine Befehlsverweigerung?«, protestiert Noemi.

Kaminski grinst hämisch; offenbar denkt er, dass er sie dieses Mal zu fassen bekommt. »Sie wurden beauftragt, den Behörden der Erde die Kapitulation anzubieten. Offensichtlich haben Sie den Auftrag nicht ausgeführt.«

»Ja, weil ich ganz offensichtlich gekidnappt wurde.« Sie zügelt sich. Sarkasmus ziemt sich nicht für eine Offizierin. »Es war mir unmöglich, die Kapitulation anzubieten, während ich mich in Burton Mansfields Gewalt befand und auch während ich auf Haven gestrandet war.«

»Und danach?«, bohrt Kaminski weiter. »Haben Sie die Regierung der Erde nach Ihrer Rückkehr ins Erd-System kontaktiert?«

»Ich – nein, habe ich nicht.« Es fällt ihr mit jeder Sekunde schwerer, sich zu beherrschen. »Zu diesem Zeitpunkt war es mir gelungen, Hilfe zu organisieren. Eine ganze Flotte. Das hat die Lage verändert …«

»Also haben Sie eine einsame Entscheidung getroffen!«, versetzt Kaminski. »Ganz allein, ohne Rücksprache mit dem Ältestenrat oder anderen Genesis-Behörden, haben Sie entschieden, dass sich die Situation hinreichend geändert hatte, um alle Befehle ignorieren zu können. Und dadurch haben Sie nicht nur einen Krieg fortgesetzt, der eigentlich beendet werden sollte, sondern ihn sogar noch eskaliert.«

Das ist mehr, als Noemi ertragen kann. »Ich habe den Krieg eskaliert, indem ich uns eine echte Chance verschafft habe, ihn zu gewinnen! Ist Ihnen eigentlich die Kriegsflotte am Himmel schon aufgefallen? Haben Sie von den lebensrettenden Medikamenten gehört, die wir für die Kranken mitgebracht haben?«

Schließlich schaltet Baz sich ein. »Hier liefert Vidal ein verdammt gutes Argument, Kaminski. Als sie in das Erd-System zurückkehrte, hatte sich die Situation bereits radikal verändert. Wir gewähren unseren Offizieren bei ihren Missionen einen gewissen Ermessensspielraum. Sie hat ihren ausgenutzt. Als Ergebnis könnte Genesis anstatt der sicheren Niederlage nun eine echte Siegeschance haben.«

Schweigen senkt sich über die enge Steinkammer, in der das Tribunal abgehalten wird. Die grüne Flagge von Genesis hängt als Banner hoch oben an der Wand hinter dem Podest, auf dem Kaminski, Baz und ein Beamter mit ausdrucksloser Miene sitzen. Er muss der Richter in diesem Prozess sein, von dem Noemi nicht wusste, dass er ihr drohen würde. Sie steht in Habachtstellung vor ihnen, unsicher, wie das alles ausgehen wird.

»Ich möchte mich vor diesem Gericht für Lieutenant Vidal verwenden«, fährt Captain Baz fort, wieder im offiziellen

Tonfall. »Eine Darstellung der Ereignisse zeigt, dass sie ihre Mission mit der gebührenden Sorgfalt ausgeführt hat, trotz erheblicher Schwierigkeiten und Gefahren für sich selbst und einen Kameraden …«

»Einen Kameraden?« Kaminskis Venen pochen sichtbar. Noemi überlegt, ob es tatsächlich möglich wäre, dass sein Kopf vor Wut platzt. Würde die Genugtuung stärker sein als der Ekel? »Sprechen Sie hier von einem *Mech*, Captain?«

Baz' stahlharter Blick könnte Granit schneiden. »Wenn Sie bereit sind, alle Medikamente zurückzugeben, die dieser Mech mitgebracht hat, können Sie ihn verhöhnen, Kaminski. Aber wenn Sie von irgendetwas, was dieser Mech getan hat, profitieren, wäre es vielleicht angebracht, ihn als *Abel* zu bezeichnen. War Ihr Ehemann nicht einer der Ersten, die im Krankenhaus damit behandelt wurden?« Kaminskis Mund öffnet und schließt sich wie der eines Fischs auf dem Trockenen, und Baz macht ihn mit einem schmalen Lächeln mundtot, bevor sie sich wieder an den Richter wendet. »Wenn man die Gesamtheit der Umstände berücksichtigt, muss Lieutenant Vidals Verhalten nicht nur als angemessen gelten, sondern als heldenhaft. Ich beantrage, die Anklagen gegen sie unverzüglich fallen zu lassen, da es in diesem Fall am gerechtesten wäre.«

Der Richter mit der ausdruckslosen Miene ergreift das Wort: »Vidal hat sich über ein von der Regierung dieses Planeten beschlossenes Kapitulationsangebot hinweggesetzt. Sie hat ohne Erlaubnis gehandelt, was einen schweren Akt von Befehlsverweigerung darstellt. Das darf nicht ungesühnt bleiben.«

Damit hat Captain Baz offenbar gerechnet. »Dann schlage

ich vor, dass wir ihr einfach erlauben, mit sofortiger Wirkung aus dem Dienst auszuscheiden. Künftig wird sie nie wieder den Streitkräften von Genesis angehören. Wie ich Vidal kenne, ist das Strafe genug. Und auf diese Art wäre sie frei.«

Nie wieder wird Noemi das sein, was sie ausgemacht hat.

Als sie zum ersten Mal mit ihrem Sternenjäger ins All flog – zum ersten Mal die Atmosphäre verließ und hinaus auf die Sterne blickte, die ihr Ziel waren – fühlte sie sich so stolz wie nie zuvor in ihrem Leben. Vielleicht stolzer, als sie es je sein wird. Sie schließt fest die Augen, zwingt sich, nicht zu weinen. Baz würde das nicht vorschlagen, wenn sie eine andere, schlimmere Strafe nicht für möglich hielte. Mehr Gnade kann Noemi nicht erwarten, und sie ist klug genug, das nicht wegzuwerfen.

Aber es schmerzt.

Als sie die Augen wieder öffnet, um dem Richter ins Gesicht zu sehen, weiß sie, dass ihr Schicksal besiegelt ist.

Später erledigt Noemi in Captain Baz' Büro die notwendigen Formalitäten und sagt: »Danke, dass Sie mich verteidigt haben, Captain.«

Baz lehnt sich in ihrem Sessel zurück, als hätte sie sonst gar kein Bett; die Erschöpfung hat dunkle Schatten unter ihre Augen gemalt. »Sie sind eine gute Soldatin, Noemi. Das Problem ist nur – Sie kämpfen immer Ihre eigenen Schlachten. Nicht unbedingt unsere.«

»Ich wollte immer nur Genesis beschützen.« Darf sie jetzt etwas anderes wollen? Jetzt, wo sie die Freiheit hat, über ihr eigenes Schicksal zu bestimmen – wofür wird sie sich entscheiden?

Wogegen kämpfen Sie, Noemi Vidal? Und wofür kämpfen Sie?

»Sie haben das Richtige getan, und ich bin nicht die Einzige, die das weiß.« Seufzend blickt Baz auf den Bildschirm des Datenlesers, der aufleuchtet, als die letzten Formulare verarbeitet werden. Damit ist es endgültig, Noemi ist frei. »Glauben Sie mir, ich bin froh, dass wir auf derselben Seite stehen. Möge Allah jedem beistehen, der Ihnen in die Quere kommt. Was haben Sie jetzt vor?«

Zum ersten Mal in ihrem Leben hat Noemi Wahlmöglichkeiten – Dutzende. Es sollte sich wie eine Befreiung anfühlen. Stattdessen erfüllt es sie mit Horror.

»Ich weiß es nicht«, murmelt sie. »Ich habe nicht die leiseste Ahnung.«

Die Freiheit, zu wählen, ist auch die Freiheit, zu versagen.

32

»Glaubst du, dass die Bemerkung deines Captains über dich als Kompliment gemeint war?«, fragt Abel, als er eine Stunde nach Noemis Verhandlung mit ihr und ihren Freunden am Fluss spazieren geht. In der Umgebung hält sich nur eine Handvoll Menschen auf; der ansonsten belebte Marktplatz ist ruhig. Die Ankunft von Remedy und der Vagabundenflotte durch das Genesis-Tor liegt noch nicht lange zurück. Obwohl es nun Medikamente für die Schwerkranken gibt, wird ihre Genesung mehr als ein paar Tage dauern – es werden Wochen, wenn nicht gar Monate sein.

Die Mehrzahl der Schaulustigen wirkt eher erschöpft als krank. Viele starren die Neuankömmlinge aus fremden Welten und den berühmt-berüchtigten Mech mit offenem Mund an, dennoch empfindet Abel ihre Blicke nicht als unfreundlich … zumindest nicht bei allen.

»Ich hoffe, es war ein Kompliment«, entgegnet Noemi. Sie wirkt niedergeschlagen, energielos. Die Entlassung aus der Armee muss ihr ebenso nahegehen wie ihm Mansfields Tod. Die Autoritäten, die ihr Leben bestimmt haben, gibt es nicht mehr; die plötzliche Freiheit ist ebenso schön wie verwirrend. »Wie würdest du es auffassen?«

Vielleicht ist hier Humor hilfreich. »Wenn die Bemerkung mir gälte? Angesichts meiner überlegenen Stärke, Intelligenz und Reflexe wäre es für eine gläubige Person tatsächlich ratsam, um göttlichen Beistand zu bitten. Ohne Gottes Hilfe hätte sie wenig Chancen gegen mich.«

»Mansfield hat dir keine Bescheidenheit einprogrammiert, oder?« Ihre dunklen Augen funkeln, als sie ein Lachen unterdrückt. Seine Ablenkungsstrategie war erfolgreich.

Also macht Abel weiter, indem er übertrieben die Schultern zuckt. »Wozu auch?«

Sie blickt zum Himmel hinauf und schüttelt scheinbar indigniert den Kopf, doch er spürt ihre Zuneigung.

Er ergänzt: »Aber wenn ich die Bemerkung auf dich beziehe … wäre meine Analyse, glaube ich, dieselbe.«

»Was?«, neckt sie ihn. »Willst du damit etwa sagen, dass ich genauso hart im Nehmen bin wie der größte Mech aller Zeiten?«

»… du bist nah dran.«

»Nah dran?« Noemi hebt eine Augenbraue. »Ich werde meine Stärke wohl unter Beweis stellen müssen.«

»Darauf freue ich mich schon«, entgegnet er.

»Eigentlich dachte ich, dass es hier öde ist«, meint Virginia. Ihr ausgebeulter orangefarbener Overall ist frisch gewaschen und an seinem Kragen prangt nun die grüne Flagge von Genesis. Virginia läuft mit den anderen einige Schritte hinter Noemi und Abel und betrachtet voller Staunen diese neue, fremdartige Welt. »Ihr wisst schon, nur Tugendhaftigkeit und gerade Linien und alles graubraun.«

»Warum graubraun?« Ephraim, der nach seiner ersten Krankenhausschicht in Goshen von sich behauptete, er sei »zu müde zum Schlafen«, schlendert neben Virginia her. Nach den harten Bedingungen auf Stronghold muss Genesis für ihn noch überraschender sein. Sein Blick wandert von einem Detail zum nächsten, er nimmt alles in sich auf. »Ist an Graubraun etwas besonders Tugendhaftes?«

Virginia zuckt die Schultern. »Nö, es ist einfach nur langweilig, wie meistens auch die Tugend. Anders gesagt, kein Vergleich mit dem hier.«

Sie bleibt abrupt stehen und breitet die Arme aus, lässt die ganze Aussicht auf sich wirken: den sich windenden Fluss, der in der Morgensonne glitzert, die gepflasterten Wege, die Buden mit ihren leuchtend bunten Baldachinen. Die Szenerie wirkt vornehm und idyllisch, vollkommene Schönheit und Harmonie, wie es sie in der Galaxie kaum ein zweites Mal gibt.

»So habe ich mir Kismet ausgemalt, bevor ich das erste Mal hingeflogen bin«, bemerkt Harriet. Als Zeichen der Solidarität mit dem Volk von Genesis hat sie sich grüne Bänder ins Haar geflochten.

Zayan lehnt sich an das Holzgeländer der kleinen Brücke, die sie gerade überqueren, und seufzt. »Nicht einmal Kismet habe ich mir so schön vorgestellt. Diese Art zu leben, dachte ich, gab es nur früher, oder im Märchen.« Virginia, der man eher zutrauen würde, dass sie sich über ein derart überschwängliches Lob lustig macht, nickt nur. Genesis hat es selbst in so angeschlagenem Zustand noch geschafft, ihr ihren Zynismus zu nehmen.

Kein Wunder, dass sie für das hier gekämpft haben, sinniert

Abel. *Kein Wunder, dass die Erde diesen Planeten unbedingt haben wollte. Doch wenn die Erde ihn in die Hände bekommen hätte, wäre seine Schönheit zerstört worden – rasch und für immer.*

»Tschuldigung«, sagt eine Piepsstimme. Abel sieht ein Kind vor sich, dem Aussehen nach männlich, Alter etwa vier Jahre. Der kleine Junge trägt eine weite Hose und ein Hemd, anscheinend die für Kinder hier übliche Kluft. Er tritt einen Schritt zurück, als hätte er Angst vor seiner eigenen Courage bekommen, doch er bringt heraus: »Bist du der gute Mech?«

Kennt man ihn hier so? Abel muss aufpassen, was er antwortet. Die Eltern des Jungen stehen nur ein paar Schritte entfernt und machen große Augen über den Wagemut ihres Sohns. Abel kniet sich auf ein Bein, damit er mit dem Jungen auf Augenhöhe ist, und wählt seine Worte so, dass dieser sie vielleicht verstehen kann. »Ich bin der Mech, der die Medizin hierhergebracht hat, ja.«

»Wie heißt du?«

»Abel. Und du?«

»Ich heiße Tangaroa.« Das ist ein Maori-Name, was angesichts der Tattoos, die sein Vater im Gesicht trägt, nicht verwundert. »Du siehst gar nicht aus wie eine Maschine.«

»Ich fühle mich auch nicht wie eine«, entgegnet Abel. Aufgrund der Informationen zum Thema Kinderpsychologie in seinen Datenbanken weiß er, dass er die Erklärungen einfach halten muss. Bei Simon hat es nicht funktioniert – aber Simon war auch kein richtiges Kind, sondern nur ein Rudiment davon. Die kindliche Neugier, die Möglichkeit, Tag für Tag zu wachsen und zu lernen – all das hat man Simon Shearer geraubt und es hat erheblich zu seiner Zerstörung beigetragen. Es fällt Abel ganz leicht, behutsam mit dem Jungen zu sprechen, und irgendwie mindert es ein bisschen seine Schuldgefühle, weil er Simon nicht retten konnte. »Das liegt daran, dass ich nicht komplett mechanisch bin. Ich bin zum Teil auch menschlich.«

»Welche Teile von dir sind menschlich?« Mit großen braunen Augen studiert Tangaroa aufmerksam Abels Gesicht. »Ist es die Nase?«

Abel lacht. »Da, schau selbst nach.« Er beugt sich ein wenig vor und senkt den Kopf. Der Junge wird die Aufforderung schon verstehen. Wie erwartet legt Tangaroa seine Hand auf Abels Nase und lacht vergnügt. Seine Eltern hinter ihm schmunzeln. Andere Passanten sind stehen geblieben, um sich das kleine Schauspiel anzusehen, und Noemi strahlt. Abel überkommt das sichere Gefühl, dass alles gut wird.

»Wenn du mich fragst, ist diese Nase definitiv übermenschlich«, meint Virginia. »Ich weiß, dass du zu objektiv bist, um deswegen beleidigt zu sein, Abel, aber du hast einen ganz schönen Zinken.«

»Genau wie mein Schöpfer.« Mansfields Züge leben in Abel weiter.

Mit neu erwachtem Interesse blickt Tangaroa erst zu Virginia, dann zu Noemi, dann zu Ephraim hoch. »Seid ihr auch Mechs?«

»Nö«, antwortet Ephraim. »Zu hundert Prozent Mensch. Aber ich stamme von einem anderen Planeten. Hast du schon einmal von Stronghold gehört?« Tangaroa nickt eifrig. Offenbar sind die anderen Welten des Planetenrings gerade Thema im Kindergarten.

»Wir kommen von der Erde«, klinkt Harriet sich ein und

nimmt Zayans Hand. »Aber wir leben als Vagabunden und reisen durch die ganze Galaxie.«

»Und ich bin von Cray.« Dann runzelt Virginia die Stirn. »Ich meine, ich wurde auf der Erde geboren, habe allerdings fast mein ganzes Leben auf Cray verbracht.«

Eine Frau, ein paar Jahre älter als Noemi, fragt zögernd: »Besteht Cray wirklich nur aus einem riesigen Supercomputer?«

»Im Grunde schon!«, entgegnet Virginia fröhlich.

Allmählich versammeln sich die wenigen Leute am Fluss alle bei ihnen und wollen mehr über Cray und Stronghold und den Rest der großen Galaxie erfahren. Ephraim geht ganz darin auf, die tiefen Erzminen seines Planeten zu schildern, während Virginia es sichtlich genießt, vom Geheimlabor der Razers zu berichten. Abel selbst erzählt von dem neu entdeckten Planeten Haven mit seinen blauen Nadelbäumen und den Wolken von Fledermäusen und davon, was dort wohl jetzt passieren mag. Gewiss akzeptieren nicht alle hier Versammelten Abel als ebenbürtig ... aber er sieht Anzeichen dafür, dass eine solche Akzeptanz möglich wäre. Auch einige Remedy-Mitglieder sind unter den Leuten, und er weiß, dass Vagabunden an Häfen überall auf dem Planeten angedockt haben. Genesis ist noch zu angeschlagen, um weit in die Zukunft zu blicken, und die Erde stellt immer noch eine reale Gefahr dar, aber er merkt schon jetzt, dass sich der Planet nie wieder so abkapseln wird wie bisher. Andere Menschen werden den Weg hierher finden; sie werden Genesis formen und von Genesis geformt werden.

Könnte das auch für jemanden gelten, der kein Mensch ist?

Abel wirft einen Blick hinüber zu Noemi, die ihre Traurigkeit ganz vergessen hat. Man hat ihn für heute Abend zu einem Treffen gebeten, um einige Fragen zu beantworten, doch jetzt kann er auch selbst eine stellen.

Vielleicht liegt seine Zukunft nicht draußen bei den Sternen. Vielleicht wird sie genau hier stattfinden.

Darius Akides Amtsräume werden ausschließlich natürlich belüftet und vorwiegend durch Sonnenlicht beleuchtet. Die Sparsamkeit hat Abel erwartet; die Schönheit überrascht ihn.

Als er eine entsprechende Bemerkung macht, schüttelt Akide den Kopf. »Das ist einer der Unterschiede zwischen Mechs und Menschen. Wo ihr Effizienz seht, sind wir in der Lage, mehr zu sehen.«

Abel fühlt sich nicht angegriffen. Wie er von seiner ersten Reise mit Noemi weiß, brauchen Menschen Zeit, um ihn voll und ganz akzeptieren. »Bei näherer Betrachtung ergibt es durchaus Sinn. Selbst in der reinen Mathematik sind die ›schönen‹ Gleichungen auch diejenigen, die am ehesten aufgehen. Schönheit ist nicht nur eine Wahrnehmung; sie ist auch ein Zeichen von Einfachheit und Kraft.«

Akide kneift halb die Augen zu, sagt jedoch nichts darauf. Von seinem Schreibtisch aus mustert er Abel, was diesem die Möglichkeit gibt, ihn ebenfalls zu mustern. Die Bilder in Abels Gedächtnis-Datenbanken zeigen diesen Mann mit Anfang zwanzig, als er Burton Mansfields Schützling und Freund war. Auf einem Holo hält Akide die vier Monate alte Gillian auf dem Arm. Einige von Darius Akides Theorien sind tief in Abels Programmierung und in seinen innersten

Strukturen verankert. Vielleicht sollte er Ehrfurcht empfinden, weil er hier einem Mann gegenübersteht, der im Grunde sein Mitschöpfer ist.

Das tut er nicht. Diese Ehrfurcht – die von der obersten Direktive diktierte Ergebenheit – hat Mansfield sich allein vorbehalten.

Daher sieht Abel einen ganz normalen Mann im späten mittleren Lebensalter vor sich, von afrikanischer Abstammung und durchschnittlicher Körpergröße (genau lässt es sich nicht sagen, solange er sitzt). Man merkt ihm an, dass er vor Kurzem krank war, er hat blutunterlaufene Augen, aschfahle Haut und weist eine verzögerte Reaktionszeit auf. Trotzdem ist er wieder auf seinem Posten und hilft bei der Führung eines Planeten, der in Gefahr ist. Das beweist entweder große innere Stärke oder große Ichbezogenheit.

»Laut Vidals Bericht konnte Gilly das Bewusstsein ihres Sohns speichern und es auf einen anderen Mech übertragen.« Akide legt beide Hände zu einem spitzen Dach aneinander. »Auf einen, der sogar noch mehr organische Komponenten aufweist als du.«

»Die Übertragung war nicht hundertprozentig erfolgreich, aber es lässt sich unmöglich beurteilen, ob der Prozess grundsätzlich mangelhaft ist oder ob die verfrühte Ausführung der Grund für den Fehler war.« Dann benutzt er bewusst denselben Kosenamen wie Akide. Diese Verbindung teilen sie. »Gilly glaubt, das Bewusstsein ihres Sohns und ihres Vaters als Kopie zu besitzen. Hätte sie mich zu fassen bekommen, hätte sie versucht, Mansfield auf meinen Körper zu übertragen. Da ich intakt bin und ausgezeichnet funktioniere, wäre der vollständige Transfer womöglich geglückt.«

Akide schüttelt den Kopf. »Gottlob hat die *Osiris* eine Bruchlandung gemacht. Sie hätten Monster hervorbringen können. Zumindest wurde ihre Arbeit damit zerstört.«

»Da wäre ich mir nicht so sicher. Sie hatten umfangreiche Pläne, ihre Arbeit auf Haven auszuweiten. Es ist durchaus möglich, dass es im sogenannten Winterpalast Mech-Labors gibt, die Gillian für weitere Experimente nutzen kann.« Abel findet die Vorstellung von organischen Mechs hochinteressant – er würde selbst gerne für eigene Zwecke in diese Richtung weiterforschen –, aber er spürt, dass Akide diese Regung wohl nicht teilt.

»Jegliche Daten, die du zu diesen Plänen liefern kannst, sind uns willkommen«, sagt Akide, als würde er einem simplen Computer eine Anweisung erteilen. »Visuelle Daten, sofern du sie abrufen kannst. Sobald wir diese Krise überstanden haben, möchte ich mich eingehend mit diesem Gebiet befassen.«

Die Vagabunden-Flotte bleibt weiterhin auf ihrem Posten. Es ist noch keine drei Tage her, dass die Erde von der Existenz dieser Streitmacht und ihrer Reise zum Genesis-System erfahren hat – und dass die Galaxie vom Betrug der Erde erfahren hat. In Anbetracht der Zeit, die für die bürokratische Entscheidungsfindung und die Mobilmachung benötigt wird, schätzt Abel die Wahrscheinlichkeit einer großen Militäroffensive innerhalb der nächsten Tage auf 81,8 Prozent.

Allerdings kann er sich im Gegensatz zu Menschen auch angesichts einer drohenden Gefahr auf andere Themen konzentrieren. »Eins würde ich gerne fragen – wird man jenen, die mitgeholfen haben, Genesis zu verteidigen, erlauben hierzubleiben?«

Akide nickt abwesend. »Der Rat hat bereits vorbereitende Gespräche geführt. Irgendeine Form von Staatsbürgerschaft für die Vagabunden, die für uns gekämpft haben, wäre … unter Umständen angemessen. Natürlich müssten sie unserer Kernphilosophie folgen und die Einbürgerung offiziell beantragen, aber ich denke, die meisten werden das als faire Gegenleistung für ein sicheres Heim betrachten.«

Harriet und Zayan werden endlich ein eigenes Zuhause haben. Ephraim wird vielleicht hier eine Klinik eröffnen. Virginia – nein, Virginia ist auf Cray glücklich und wird bestimmt dorthin zurückkehren. Doch Abel kann bei aller ihm einprogrammierten Selbstlosigkeit nur eins denken: Er wird bei Noemi bleiben können. »Ich würde mich gerne dafür bewerben.«

»Du?« Akide setzt sich aufrecht, in die Gegenwart zurückgerissen. Die Überraschung auf seinem Gesicht weicht langsam Verachtung. »Du bist … eine Maschine. Dafür gebaut, den Menschen zu dienen, und eine Art von Maschine, für die wir auf Genesis keine Verwendung haben. Mechs sind hier verboten, und zwar aus gutem Grund. Vidal hat sich in die abstruse Idee verrannt, dass du eine ›Seele‹ hättest, aber diesen Fehler wird kein anderer machen. Ich bin sicher, wenn du das mit deiner Programmierung verarbeitest, wirst du zu demselben Schluss kommen.«

Abel wird immer noch nicht akzeptiert. Er ist und bleibt *weniger wert*. Genesis kann nicht sein Zuhause sein.

Als Noemi sich später am Abend an Bord der *Persephone* zu

ihm gesellt, ist sie so empört, dass sein Schmerz daneben verblasst. »Das hat Akide zu dir gesagt? Nach allem, was du für unseren Planeten getan hast? Wie … undankbar, wie gemein er ist …«

»Es ist nur eine logische Weiterentwicklung seiner Weltsicht«, meint Abel. »Das ist keine Tragödie, Noemi. Ich werde mein vorheriges Leben als Vagabund wiederaufnehmen. Mir gefällt dieser Lebensstil. Sicher, wenn Harriet und Zayan hierbleiben, muss ich mir eine neue Crew suchen, aber ich bin zuversichtlich, gute Leute zu finden.« So viele Vagabunden brauchen ein Zuhause, und wie seine Freunde ihm mehrfach versichert haben, zahlt er gut.

Noemi steht auf der anderen Seite der Brücke, auf einmal verlegen. Sie verlagert das Gewicht von einem Bein auf das andere und sagt: »Du – du stellst also jemanden ein?«

Neue Hoffnung überflutet Abels mentale Prozesse so mächtig wie eine Überspannung. Diesen Gemütszustand hat er selten in dieser Intensität erlebt. Eigentlich nicht mehr, seit er Noemi in ihrem Sternenjäger zum ersten Mal gesehen hat. Sie flog immer näher an sein Schiff heran und würde ihn bald aus seinem dreißigjährigen Gefängnis befreien …

Vielleicht stehen sie kurz davor, sich gegenseitig zu befreien. »Du würdest Genesis verlassen?«

Sie schlingt die Arme um den Oberkörper; offenbar denkt sie darüber nach, während sie antwortet: »Als Soldatin kann ich meine Welt nicht mehr schützen. Ich habe ihnen Medikamente und Verbündete gebracht – ich weiß nicht, was ich sonst noch tun könnte. Und hier wird mich niemand allzu sehr vermissen.« Sie lächelt schief. »Vielleicht brauchen wir beide eine neue oberste Direktive, was?«

Abel nickt und tritt einen Schritt näher. »Wir können gemeinsam die Galaxie erkunden.«

»Und herausfinden, was wir wollen. Wohin wir gehen wollen. Wofür wir kämpfen wollen.«

Auch sie tritt einen Schritt auf ihn zu – und fällt in Abels Arme, die bereits weit geöffnet auf sie warten. Er schwingt sie herum, eine menschliche Geste, von der er nicht gedacht hätte, dass sie ihm einprogrammiert ist, und drückt sie fest an sich. Noemi jauchzt vor Freude und alles scheint möglich …

In diesem Augenblick ertönt aus dem Lautsprecher ein schriller Alarmton, eine automatische Sirene, die er noch nie gehört hat.

Kreidebleich löst Noemi sich aus Abels Armen. »Das ist der Ruf zu den Waffen.«

Es ist so weit. Die Erde greift an.

33

Noemi stürzt zur nächsten Kommunikationskonsole und dreht auf volle Lautstärke, um gerade noch mitzubekommen: »*… in der Nähe des Tors deutet auf eine unmittelbar bevorstehende Invasion hin. Alle Militärangehörigen werden aufgefordert, sich zu ihren Stellungen zu begeben.*« Aber der wahre Horror kommt erst danach: »*Allen Zivilisten wird nahegelegt, unverzüglich die ausgewiesenen Schutzräume aufzusuchen.*«

Betroffen dreht sie sich zu Abel. »Das kann doch nicht wahr sein. Wir sollen die Schutzräume aufsuchen. Ich meine, wir haben jetzt seit vielen Jahren ausschließlich im Weltall gekämpft. Es ist Jahrzehnte her, dass sie uns hier zu Hause angegriffen haben.« Die Erde hatte nie im Sinn, Genesis allzu sehr zu verwüsten; sie wollten einen blühenden Planeten übernehmen, keinen zerstörten.

»Wie du vorausgesagt hast, ist die Erde durch die Aufdeckung von Haven in Zugzwang geraten. Anstatt ihre Schuld zuzugeben und ihren Bürgern gegenüber mit offenen Karten zu spielen, versucht sie einen Sieg zu erringen, mit dem sie ihre Fehler übertünchen kann.«

Noemi schlägt mit der Faust gegen die Wand, überwältigt von Wut auf die Erde und vor allem auch auf sich selbst. »Ich hätte erst von Haven erzählen sollen, nachdem wir die Medikamente verteilt haben und auf Genesis alles wieder normal ist. Solange die Erde dachte, dass wir hilflos sind, hatte sie keine Eile, um – oh, Gott, was haben wir uns bloß dabei gedacht?«

»Wir trafen auf der Grundlage unserer Informationen die bestmögliche Entscheidung. Wie sollten wir vorhersehen, dass die Erde trotz drohender Unruhen in der eigenen Bevölkerung so schäbig sein würde, uns anzugreifen? Einfach so, aus Niedertracht?«

Ist das wirklich alles? Die niederen Motive der Erde? Egal. »Ich muss mir einen Exosuit besorgen.«

Abel legt ihr eine Hand auf die Schulter. »Noemi – du bist keine Offizierin der Armee mehr.«

»Glaubst du, das könnte ich je vergessen? Aber wenn Genesis in Gefahr ist, muss ich kämpfen. Meinetwegen sollen sie mich dann später bestrafen.« Sie überlegt fieberhaft. »Wie weit seid du und Virginia mit dem Korsaren? Reicht es?«

»Er ist flugfähig«, sagt Abel langsam, »aber er ist kein Sternenjäger.«

»Er kann die Funksignale des Feindes stören. Das genügt.«

Sie rennt von der Brücke über den langen, gewundenen Korridor der *Persephone*. Hinter ihr poltern Abels Schritte, doch sie würde nicht zu ihm zurückblicken, selbst wenn sie könnte. Es ist so, wie er vorhin gesagt hat: Ihre oberste Direktive ist immer noch, ihre Welt zu beschützen.

Eine neue oberste Direktive kann sie sich später überlegen.

Als sie in der Landebucht ankommt, warten die Exosuits

bereits auf sie. Sie steigt in einen hinein, steckt die Arme in die Ärmel und zieht ihn über die Schultern. Abel bleibt vor ihr stehen. Sein angstvoller Blick erinnert sie an den Moment, als er sie als Mansfields Geisel sah. »Hab keine Angst«, sagt sie.

»Dein Leben wird in Gefahr sein. Da ist Angst eine natürliche Reaktion.«

»Hast du das noch gar nicht mitbekommen? Mein Leben ist ständig in Gefahr.«

Ihr Scherz kann die Spannung nicht lösen. Vielleicht funktionieren Abels Gefühle anders. »Warum ziehen wir nicht gemeinsam in die Schlacht, mit der *Persephone*?«

»Die ist im Kampf noch nutzloser als der Korsar.«

»Aber ich dachte, dass …«

Er verstummt, als Noemi ihre Hände um sein Gesicht legt. »Abel, ich muss das tun. Du weißt, warum. Du weißt es besser als jeder andere. Bitte versuch nicht, mich zurückzuhalten. Hilf mir.«

Abel bleibt eine gefühlte Ewigkeit stumm und reglos, dabei kann es nicht länger als eine Sekunde gewesen sein. Dann zieht er für sie den Reißverschluss des Exosuits hoch. Während sich die Nähte automatisch versiegeln, lehnt er seinen Kopf gegen Noemis Stirn. Er sagt nur: »Komm zu mir zurück.«

»Das werde ich. Das werde ich, wenn ich kann.« Mehr kann sie ihm vor der bevorstehenden Schlacht nicht versprechen und das wissen sie beide.

Gemeinsam wenden sie ihre Aufmerksamkeit dem ramponierten Korsaren zu. Als von Virginia auferlegte Buße hat Abel einen Teil des Schadens in jenen Stunden repariert, in denen die anderen schliefen. Ein Mensch hätte sich vielleicht zuerst um die Schönheitsreparaturen gekümmert, den geschwärzten Rumpf rot lackiert oder die Heckflossen blank poliert. Abels rationaleres Vorgehen hat ihn dazu gebracht, die Primärfunktionen wiederherzustellen. Noemi lässt sich auf den Pilotensitz gleiten und schaltet das Triebwerk ein, um die Funktionen zu überprüfen. Der Tank ist nicht sehr voll, aber es reicht, um mindestens bis zum Tor und wieder zurück zu kommen. Das Cockpit ist luftdicht. Es gibt keinen Grund, mit diesem Schiff nicht ins Weltall zu fliegen.

Abgesehen von der Tatsache, dass Virginia sie hundertprozentig umbringen wird …, aber damit kann Noemi sich später befassen.

Abel öffnet ein Paneel und nimmt eine letzte Justierung vor, durch die ihre Navigationssensoren fast auf Normalbetrieb laufen. »Wenn du noch zehn Minuten Zeit hast, könnte ich …«

»Nein. Ich muss da rauf.« Hier spricht nicht ihre übliche Ungeduld, sondern ihr militärisches Training. Die Soldatin, die sie bis vor Kurzem noch war, steckt immer noch in ihr drin, und sie weiß, dass diese Schlacht so weit entfernt wie möglich von Genesis stattfinden muss. Jede Minute, die sie verstreichen lässt, bedeutet, dass die Streitkräfte der Erde fünftausend Kilometer näher herankommen.

Er protestiert nicht länger. Stattdessen zieht er sie an sich und gibt ihr einen langen, innigen Kuss. Noemi gräbt ihre Finger in sein Haar, reagiert mit dem ganzen Körper. Seine Küsse sind ihrem Mund inzwischen vertraut, ihr Atem geht synchron mit seinem. Sie kennt ihn hautnah.

Der Kuss endet. »Komm zu mir zurück«, sagt Abel noch einmal. Noemi bringt nur ein Nicken zustande.

Sie betätigt die Tasten, das Cockpit schließt sich. Abel tritt einige Schritte zurück und die Tür der Landebucht gleitet auf. Die kühle Brise von der Wiese draußen zerzaust seine dunkelgoldenen Haare. Noemi heftet den Blick auf ihn, prägt sich jede Einzelheit von ihm ein, bis auf ihrer Instrumententafel die Startlichter aufleuchten.

Danach ist nur noch Zeit zu kämpfen.

34

Abels Vermutung nach hätte Noemi gern von seiner Absicht erfahren, ebenfalls in die Schlacht zu ziehen. Falls sie sich später beschwert, wird er sie darauf hinweisen, dass er von der Möglichkeit gesprochen hat, sich mit der *Persephone* am Kampf zu beteiligen …

Das wird nicht die ganze Wahrheit sein, daher lässt er diese Option fallen. Noemi ist jetzt mehr als seine Freundin; er wünscht sich, dass sie ihr Leben mit ihm teilt. Unaufrichtigkeit zwischen ihnen ist in keiner Hinsicht empfehlenswert. Sie wird toben, aber letztendlich wird sie es verstehen. Er könnte Noemi ebenso wenig schutzlos ins Gefecht ziehen lassen, wie sie davon abzuhalten wäre, ihre Welt zu verteidigen.

Er hebt sofort ab, nimmt Kurs auf das Tor. Auf dem großen, kuppelförmigen Sichtschirm erscheint eine gigantische Schlacht von einem Ausmaß, wie Abel es noch nie erlebt hat. Die Erde hat zwölf Damokles-Schiffe durch das Tor geschickt, Abels Schätzung nach über die Hälfte der gesamten Flotte. Die rebellischen Planeten Kismet und Stronghold werden bald merken, dass die Streitkräfte dort abgezogen sind. Es kann sich nur um die letzte Invasionsschlacht der Erde handeln.

Doch Genesis ist gewappnet.

Die Vagabunden-Flotte formiert sich – planlos, wie eine Gruppe von Schiffen, die noch nie zur Zusammenarbeit gezwungen waren. Dennoch fliegen sie in den Kampf, jede Blastersalve zeugt von der aufgestauten Wut der Kolonie-Welten auf die Erde. Er entdeckt die *Katara* mitten im Getümmel, die aus allen Rohren feuert; Dagmar Krall beweist sich erneut als Anführerin. Dank Remedy befinden sich ein paar Lazarettschiffe in der Nähe, um die Verwundeten zu versorgen – von denen es viele geben wird.

Auch Genesis hat seine Schiffe ausgesandt, die jedoch weit weniger eindrucksvoll sind. Das Alter der Schiffe ist deprimierend, außerdem sind sie nicht gerade im besten Zustand. Aber dann feuert eines der älteren Schiffe, trifft ein Damokles und sprengt gut ein Viertel seines Rumpfs weg. *Alt bedeutet nicht unbedingt schwach*, ruft Abel sich ins Gedächtnis.

Inmitten von grünen Blasterstrahlen und riesigen, schwerfälligen Schiffen sieht er seine Mech-Kollegen in ihren sternenförmigen Exoskelett-Monturen aus den Damokles-Schiffen strömen, um jeden anzugreifen, der für Genesis kämpft. Allesamt Queens und Charlies, bringen sich diese Mechs in die beste taktische Position, selbst wenn das bedeutet, dass sie innerhalb von Sekunden in Stücke zerfetzt werden. Sie riskieren ohne Angst ihr Leben. Sie töten ohne Skrupel und lassen sich ohne Skrupel töten.

Doch Abel kommt der Gedanke, dass man sie noch auf anderen Weise nutzen könnte.

Er hatte nicht genug Zeit, um Simon Shearer beizubringen,

was er wissen musste; umgekehrt jedoch hat Abel vielleicht etwas von Simon gelernt.

Er fliegt die *Persephone* näher an die Schlacht heran, bis überall um ihn herum kreuz und quer Sternenjäger und Mechs schwirren. Queens und Charlies werden einem unbewaffneten Zivilschiff kaum Beachtung schenken, wenn es sich nicht feindselig verhält. Reglos zu verharren ist hauptsächlich deshalb gefährlich, weil er von Querschlägern getroffen werden könnte. Die Schilde arbeiten mit voller Kraft, das muss als Schutz reichen. Für seinen nächsten Schritt wird Abel seine volle Konzentration brauchen.

Simon erzählte Abel, er kontrolliere andere Mechs, indem er mehr Maschine als Mensch werde. Das ist Abel fremd, er hat doch so hart daran gearbeitet, seine menschliche Seite zu erforschen. Zuzulassen, ganz Maschine zu sein – das wäre ja so, als würde man von Menschen verlangen, von einer Klippe zu springen und darauf zu vertrauen, dass sie von einem Kraftfeld aufgefangen werden. Auch wenn sie dem Kraftfeld vertrauen, wird ihnen der Sprung nicht leichtfallen. Er will sein menschliches Selbst nicht aufgeben, nicht einmal für eine Stunde.

Seine Erinnerungen an Haven werden lebendig, er sieht die kaputten, übel zugerichteten Mechs vor sich, die ihn gemeinsam angreifen, als wären sie Teile eines einzigen Organismus. Simon lernte, sie zu kontrollieren, indem er sie als Erweiterung seines Geists betrachtete. Abel eröffnen sich riesige Chancen …

… verbunden mit großen Gefahren, doch das ist für ihn irrelevant. Im Vergleich zur Gefahr, in der Noemi schwebt, ist das, was er vorhat, ein Klacks.

Er setzt sich an die Ops-Konsole und öffnet eine der Schnittstellen. Dann holt er einen Notreparatur-Ritzer hervor und schneidet sich damit das Handgelenk auf, öffnet die Wunde erneut, die er sich auf Haven zugefügt hat. Es blutet nicht so stark wie bei einem Menschen, trotzdem spritzen rote Tropfen auf die Konsole. Solange das Blut nicht in die Verkabelung sickert, stellt es kein signifikantes Problem dar.

Abel hat sein metallenes Innenleben freigelegt. Bei Simon waren solche Drahtverbindungen nicht notwendig; das war einer der wenigen Vorteile, die er besaß. Zwar mögen kommende Generationen von Inheritors den Pluspunkt größerer organischer Anteile haben, denkt Abel mit Genugtuung, aber ihnen wird die Fähigkeit fehlen, sich direkt an ältere Computersysteme anzuschließen, wie zum Beispiel demjenigen, das dieses Schiff steuert.

Er zieht ein langes, schmales Röhrchen heraus und steckt dessen Ende in eine kleine Buchse. Die Wirkung setzt sofort ein und ist überwältigend; sämtliche Daten der *Persephone* stürzen wie eine Flut auf ihn ein, der Input ist so umfangreich, dass nicht einmal sein Verstand ihn verarbeiten kann. Doch er behält genug Selbstkontrolle, um einen Kernfunktionsbereich abzuriegeln, dann noch einen, bis er genug Freiraum hat, um klar denken zu können. Das erlaubt es ihm, sich auf die Funkverbindungen zu konzentrieren.

Die Signale, die das Schiff normalerweise aussendet, liegen nicht auf denselben Frequenzen wie diejenigen, die die Mechs an ihre Damokles-Schiffe binden. Sie befinden sich allerdings in einem ähnlichen Bereich, und jetzt, wo Abel mit seinem Schiff vernetzt ist, glaubt er die Wellenlänge genau richtig einstellen zu können. Er schließt die Augen und konzentriert sich. Sein Gehirn scheint vor statischer Elektrizität zu knistern, so sehr strengt ihn der Vorgang an.

WIR SIND HIER.

Abels Augen weiten sich, während er mit jedem einzelnen Mech aus der Streitmacht der Erde Kontakt aufnimmt. Zunächst ist der Effekt ebenso überwältigend wie vorhin, als er sich mit der *Persephone* verband, und das Ganze mal fünftausend. (Mal 4862, um genau zu sein – die vereinigten Streitkräfte von Vagabunden und Genesis haben bereits 138 der Invasionstruppen-Mechs zerstört. Er spürt ihr Fehlen, wie ein Mensch die Lücke eines ausgefallenen Zahns empfinden würde.)

Er stemmt sich dagegen. Stück für Stück optimiert er die Verbindung, bis weitaus mehr Informationen an die Mechs hinausfließen als zu ihm hin.

Dein Enkel war in der Lage, dies mit einem menschlichen Bewusstsein zu bewerkstelligen, sagt er zu dem Mansfield, der in seinem Herzen wohnt, dem Schattenvater, gegen den er sich immer verteidigen wird. *Wenn er es konnte, bedeutet dies, dass auch ich dazu in der Lage bin. Ich werde Kontrolle ausüben in einem Maß, das du dir niemals erträumt hättest.*

Ich bin mehr als du –

Energie strahlt von ihm aus, pulsiert durch die Schaltkreise der *Persephone*, hinaus ins All. Obwohl sämtliche Muskeln in ihm so angespannt sind, dass sie schier verkrampfen, war ihm sein physischer Körper nie so fern. Abels Geist ist Teil der Signale, die an sämtliche Kampf-Mechs fließen und ein neues Ziel definieren: Eliminiert euch gegenseitig.

4717. 4321. 3800. Die Mech-Signale erlöschen wie Kerzen. Er spürt jeden einzelnen Tod – erleidet ihn körperlich, ein schwaches Abbild des kurzen Schmerzes, den, wie er nun weiß, sogar Mechs am Ende empfinden. Doch je mehr sich ihre Zahl dezimiert, desto weniger Kontrolle muss er ausüben. Er kann das ertragen. Er muss. Jeder zerstörte Mech ist einer weniger, der Noemi etwas anhaben kann.

2020. 1686. 1037. 548. 215. 99. 47. 10.

Null.

Abel kappt die Verbindung. Die Bewusstseinsinhalte in seinem Kopf werden weniger starr, tiefer, aus Daten werden Gedanken. Er lehnt sich zurück. Seine Muskeln zittern, als sie sich von der Anspannung erholen. Die enorme Schwere, die auf ihm lastet, hält er zunächst für eine Störung, bis er erkennt, dass es Erschöpfung ist, eine noch größere Erschöpfung als auf Haven. Vielleicht hat er sich nicht genug Zeit zur Regeneration gewährt. Bei dem dünnen Feuchtigkeitsfilm auf seiner Haut muss es sich um Schweiß handeln. Er hat noch nie zuvor geschwitzt.

Dann merkt er, dass die Feuchtigkeit auf seiner Oberlippe Blut ist. Abel legt die Hand auf sein Gesicht. Als er sie wieder wegzieht, sind seine Finger rot. Er hat Nasenbluten bekommen, eine neue Erfahrung, die ihm, wie er rasch feststellt, nicht gefällt.

Er beschließt, die Steuerung einer Vielzahl von Mechs erst dann noch einmal auszuprobieren, wenn er weitere umfangreiche Studien dazu angestellt hat. Selbst seine Kraft hat Grenzen.

Während er seinen Arm sorgfältig wieder zusammensetzt und die Haut verschließt, behält er den kuppelförmigen Sichtschirm im Auge. Die wenigen von Menschen kommandierten Schiffe, die mit den Mechs auf diese Seite des Genesis-Tors kamen, sind bereits auf dem Rückzug, verfolgt von einigen Vagabunden-Schiffen der Flotte. Diese Erd-Schiffe könnten auch allein im Kampf bestehen, doch Abel vermutet, dass die Menschen verlernt haben, selbst zu kämpfen. Ohne Mechs sind sie verloren.

Indessen vollführen die anderen Vagabunden- und Genesis-Schiffe vor Siegesfreude verrückte Spiralflüge. Er fragt sich, welcher der winzigen über den Sichtschirm flitzenden Lichtpunkte wohl der Korsar ist. Normalerweise würde er näher herangehen, um ihn zu lokalisieren, aber etwas lässt ihn zögern.

Ihm … tut etwas weh. Es ist nichts Körperliches, abgesehen von dem Schnitt in seinem Arm. Was er empfindet, lässt sich eher als Abwesenheit von etwas so Grundlegendem beschreiben, dass er sein Vorhandensein für selbstverständlich hält, vielleicht so ähnlich wie bei einem Menschen, dem schwindlig ist oder der wegen eines Knalltraumas vorübergehend taub ist. Als er seinen Zustand näher untersucht, stellt er fest, dass es in seinem Gehirn eine Art taube Stelle gibt – einen Bereich, auf den er derzeit keinen Zugriff hat.

Er beschließt, es vorerst zu ignorieren. Vielleicht wird der Defekt durch sein organisches Reparatursystem behoben, und wenn nicht, kann er Virginia Redbird bitten, ihn wieder in Ordnung zu bringen. Derzeit hat Abel andere Prioritäten, zum Beispiel in dem Chaos nach der Schlacht Noemi ausfindig zu machen und sich mit dem kleinen Schiff auseinanderzusetzen, das gerade auf die *Persephone* zufliegt.

Eine Transitkapsel, erkennt er. Das sind keine Jäger; im Grunde sind es überhaupt keine Schiffe, denn sie lassen sich nur bedingt steuern und haben kaum Schub. Sie sind dazu da, dass Menschen sich im All von Schiff zu Schiff bewegen können, falls ein Andocken nicht möglich ist. Die seitlich angebrachten grünen und weißen Streifen weisen darauf hin, dass die Kapsel von einem der größeren, älteren Truppentransporter der Genesis-Flotte geschickt wurde.

Abel steht vom Sessel auf, überrascht, wie wackelig sich seine Beine anfühlen. Doch er kann durch den Korridor gehen, ohne zu stolpern. Trotz seiner tiefen Erschöpfung ist er nach wie vor funktionstüchtig.

Als er die Landebucht erreicht, hat in der Luftschleuse bereits der Druckaufbau begonnen. Vielleicht hätte er mit der Kapsel Kontakt aufnehmen sollen, bevor er ihr das Andocken erlaubte; vielleicht hätte er die Türen so einstellen sollen, dass sie sich nicht automatisch öffnen. Normalerweise hätte er all das getan, aber in seinem benommenen Zustand hat er nicht daran gedacht. Alles ist zu verschwommen, zu langsam. So muss es sich anfühlen, einen menschlichen Verstand zu besitzen.

Der Druckaufbau ist beendet. Sofort tritt Abel in die Landebucht. Er kann diese Person nicht davon abhalten, an Bord zu kommen, aber sollte eine Konfrontation drohen, will er es möglichst rasch hinter sich bringen. Als sich die Transitkapsel dann allerdings öffnet, ist der Besucher zwar kein Freund, aber zumindest ein Verbündeter.

»Darius Akide«, begrüßt er ihn. »Ich dachte, Sie sind Zivilist.«

Akide nickt. »Ich habe die Schlacht als Zeuge verfolgt, um diese Phase des Kriegs für die etwaigen Überlebenden zu dokumentieren.«

»Wie Sie sehen, gibt es zahlreiche Überlebende.« Abel erwartet Lob oder Dankbarkeit, doch es kommt nichts. Die

Menschen haben vielleicht noch nicht begriffen, was er für sie getan hat. Im Augenblick stehen ohnehin andere Fragen im Vordergrund. »Haben Sie Noemis Schiff gesehen? Sie flog einen roten Korsaren.«

Überraschung zuckt über Akides Gesicht, als er aus der Kapsel steigt, seltsam formell in seiner langen weißen Robe. »Sie hat sich am Kampf beteiligt? Ich dachte, man hätte sie aufgefordert, den Dienst zu quittieren.«

»Nichts könnte sie davon abhalten, Genesis zu verteidigen.« Abel wird sie direkt anfunken müssen. Was, wenn sie zu den wenigen Genesis-Piloten gehörte, die im ersten, blutigen Stadium der Schlacht fielen?

Hab Vertrauen, ermahnt er sich. Auch wenn er nicht an eine Gottheit glauben kann, kann er doch an Noemi glauben.

»Was ist der Zweck Ihres Besuchs, Dr. Akide?«, erkundigt sich Abel. »Sie haben mich nicht über Funk kontaktiert, was darauf hindeutet, dass Sie eine heikle Mitteilung für mich haben, die besondere Sicherheitsmaßnahmen erfordert. Oder dass Sie ein vertrauliches Gespräch führen möchten.« Hat Akide etwa doch mitbekommen, wie Abel die anderen Mechs manipuliert hat? Das wäre eine enorme gedankliche Leistung, aber seine Vergangenheit als Wissenschaftler an Mansfields Seite lässt diesen Schluss zu. So etwas würde der Kybernetiker in Akide natürlich sofort näher erforschen wollen.

»Ja, ich habe eine Mitteilung.« Akide hat einen merkwürdigen Gesichtsausdruck. »Tu das, wofür du gemacht bist.«

Er richtet sich zu voller Größe auf und zieht ein kleines Gerät aus seiner Robe, größer als eine Komm-Einheit, aber kleiner als ein Schraubenschlüssel. Bevor Abel fragen kann, was das ist, drückt Akide auf einen Knopf und …

Der Boden schwankt und wackelt. Abels visuelle Sensoren schalten komplett ab; Tast- und Geruchssensoren fahren auf Minimalbetrieb herunter. Abel stolpert seitwärts und wäre gefallen, wenn Professor Akide ihn nicht aufgefangen hätte. Nur der Hörsinn ist ihm geblieben, und die Panik seiner eigenen Gedanken.

Akide hat mitgeholfen, mich zu konstruieren, denkt Abel benommen. *Er weiß, wie man mich abschaltet.*

Was auch immer für ein Signal das war, es macht Abel nicht vollkommen bewusstlos, wie Mansfields alter Fail-Safe-Code es tat; er behält ein paar mentale Funktionen und den vollen auditiven Input. »Warum?«, bringt er heraus. Wenn er sich nicht verhört, schleift Akide ihn den Korridor der *Persephone* entlang. »Was haben Sie …«

»Es tut mir leid, Abel. Das Ganze tut mir wirklich leid. Aber ich muss dich in Gewahrsam nehmen.« Professor Akide beginnt zu torkeln, seine Schritte werden unregelmäßig; er ist nicht mehr der Jüngste und hat zweifellos Schwierigkeiten, Abels beträchtliches Gewicht zu schleppen. »Dafür sorgen, dass dein Bewusstsein fest unter Verschluss ist. Dann kann ich dich zurück in unser Kybernetik-Labor auf Genesis bringen. Und mich an die Arbeit machen.«

»Was … haben Sie …«

»Diese Schlacht ändert gar nichts.« Akide klingt resigniert, so fatalistisch, wie Noemi ihn beschrieben hat. »Unser Sieg heute bedeutet nur, dass die Erde noch verzweifelter wird. Als Nächstes werden sie menschliche Truppen schicken und sie werden auf Genesis landen. Sie werden unsere Kinder töten, unsere Häuser niederbrennen. Das dürfen wir nicht zulassen.«

»Aber … Haven …«

»Es gibt keine Garantie dafür, dass die Menschen auf der Erde Haven als ihr neues Zuhause akzeptieren werden. Sie müssen erst eine lebensbedrohliche Krankheit überstehen, um überhaupt daran denken zu können, sich dort anzusiedeln! Und selbst wenn, wird sich jeder Mensch auf jeder einzelnen Kolonie-Welt von der Erde betrogen fühlen. Es wird noch lange dauern, bis Haven eine Heimat für sie werden kann, falls das überhaupt jemals möglich sein wird. Um Massenaufstände zu verhindern, muss die Erde Genesis erobern, und zwar sofort. Das hat die heutige Schlacht gezeigt. Dies ist unsere letzte Chance, sie aufzuhalten.« Akide holt tief Luft. »Vor vielen, vielen Jahren habe ich gelernt, die Arbeit, die ich mit Burton Mansfield geleistet habe, infrage zu stellen. Ich dachte, ich hätte das alles hinter mir gelassen. Jetzt erkenne ich Gottes Absicht dahinter. Er hat mich zu Mansfield geführt, weil Mansfield mich zu dir führen würde.«

Sie wollen das Genesis-Tor zerstören. Es gibt nur einen Weg, das zu erreichen: Sie müssen Abel in einem Schiff, das mit einem thermomagnetischen Gerät bestückt ist, hindurchschicken – so hatte Noemi es vor vielen Monaten ursprünglich geplant. Bei der damit verbundenen Explosion würde Abel vollkommen zerstört werden, wahrscheinlich verglühen.

Und Akide besitzt ausreichend Programmierkenntnisse, um Abel dazu zu zwingen.

Noemi würde Abel nicht erlauben, diesen Weg zu wählen – für die Zerstörung des Tors sich selbst zu zerstören. Stattdessen scheint es, als habe die Zerstörung nun ihn gewählt.

35

Es gibt nichts Schlimmeres, als sich im Zentrum einer Schlacht zu befinden und nicht mitkämpfen zu können.

Das geht Noemi durch den Kopf, als zum vierten Mal ein Mech in ihr gedachtes Fadenkreuz fliegt. Ihre Daumen drücken auf die Steuerung, suchen instinktiv nach einem Knopf, um nicht vorhandene Waffen auszulösen. Im Korsaren bewirkt das rein gar nichts, außer dass sie aus Versehen Virginias Musik einschaltet.

Als sie sie wieder abgestellt hat, versucht sie, eine Einschätzung ihrer Lage vorzunehmen. Ohne eine von der Kommandozentrale zur Verfügung gestellte Schlachtkarte oder eine Funkverbindung zu anderen Kämpfern ist es fast unmöglich, herauszufinden, was in der Schlacht vorgeht. Genesis-Jäger flitzen zwischen Vagabunden-Schiffen jeder Größe und jeder Bauart umher. Mechs schwirren um Noemi herum, ziellos wie Stechmücken und zum Teil in so dichten Schwärmen, dass sie nichts mehr vom Sternenfeld sieht. Für die Mechs ist Noemis Korsar nach wie vor nur ein Zivilschiff und somit vor ihnen sicher, aber Noemi ist nicht hierhergekommen, um Sicherheit zu suchen. Sie ist hierhergekommen, um zu helfen.

Auch ohne Waffen kann sie für ihre Welt kämpfen.

Vor Monaten wäre sie um ein Haar von den Sicherheitskräften von Stronghold geschnappt worden, wäre Virginia ihr nicht in genau diesem Schiff zu Hilfe geeilt. Virginia hatte die *Persephone* nicht mit Blastern oder Lasern verteidigt, sondern indem sie die Signale ringsum störte.

Warum habe ich sie damals nicht gefragt, wie das geht?, denkt Noemi, als sie die verschiedenen Bedienelemente durchgeht und sich mit den weniger wichtigen Funktionen des Korsaren vertraut macht. *Das wäre ein extrem nützliches Gespräch gewesen. Meganützlich.* Schließlich aktiviert sie ein Kommunikations-Unterprogramm, mit dem es klappen müsste. *Wird schon schiefgehen …*

Der Korsar funkt auf Wellenlängen, die auf der Kontrolltafel in Sinuskurven steigen und fallen. Erst fragt sie sich, ob sie den Mechs vielleicht gerade Virginias Musik vorspielt, was zwar ein feindlicher Akt wäre, aber nutzlos. Dann sieht sie, wie eine Handvoll Mechs ihre merkwürdigen Metallflügel zusammenklappen, fast wie Fledermäuse, die sich anschicken zu schlafen. Ein Lächeln breitet sich auf ihrem Gesicht aus, als sie merkt, dass die Mechs die Befehlssignale ihres Damokles-Schiffs verloren haben.

Genau das tun sie, denkt Noemi. *Sie schlafen ein!*

Laut lachend stürzt sie sich noch tiefer ins Getümmel und wiederholt den Vorgang. Wieder klappt ein Dutzend Mechs die Flügel zusammen und wird inaktiv, woraufhin die Genesis- und Vagabunden-Schiffe sie einen nach dem anderen abschießen. Das ist nicht so befriedigend, wie sie selbst zu erledigen, findet Noemi, aber wirksam. Je mehr Queens und Charlies sie unschädlich macht, desto besser stehen die Chancen für die Streitkräfte von Genesis, diese Schlacht zu gewinnen.

Als sie in eine weitere Wolke aus Mechs hineinfliegt, ändern diese ihre Formation. Mit bangem Herzen erkennt Noemi, dass das Damokles-Schiff mitbekommen hat, was sie tut. Und die *Katara* ebenfalls; das massige Schiff ändert seinen Kurs und versucht sich zwischen den Korsaren und das Damokles-Schiff zu schieben, doch zu spät. Die Mechs können jede Sekunde zum Angriff übergehen …

… aber im nächsten Augenblick bricht die Formation auseinander und die Mechs attackieren sich stattdessen gegenseitig.

»Was zum Teufel ist da los?« Sie sagt es laut, sodass ihre Stimme in ihrem Helm widerhallt. Queens und Charlies, die aufeinander feuern? Und nicht auf die Genesis-Jäger? Ein Damokles-Schiff muss eine Funktionsstörung haben.

Doch die Art und Weise, wie die Kampf-Mechs aufeinander losgehen, hat etwas Methodisches. Ihre Bewegungen sind synchronisiert. Fast als wären sie eigenständige Teile ein und desselben Dings …

Genauso wie Simons Mechs auf Haven.

Das kann nur einer zuwege gebracht haben. Nur eine andere Person in der gesamten Galaxie, und zwar eine, die die meisten Menschen nicht einmal als Person anerkennen würden.

Abel! Mit wildem Blick hält sie Ausschau nach der *Persephone*, obwohl es in dem Chaos natürlich unmöglich ist, sie zu finden. Die Schlacht Mech gegen Mech hat sich zu einer animalischen Raserei entwickelt, einer stürzt sich in genau demselben gruseligen Rhythmus auf den anderen. Metallstücke stieben in jede Richtung; einige davon regnen auf ihr Cockpit.

Noemi schlägt vor Staunen und Entsetzen die Hand vor den Mund. Ihr Staunen gilt Abel – er hat seine Fähigkeiten noch weiter ausgebaut, etwas so Unvorhergesehenes und Heroisches getan, dass sie von Ehrfurcht erfüllt ist.

Das Entsetzen gilt der Frage, was Abel womöglich sich selbst angetan hat. War Simons Geist von Anfang an dem Untergang geweiht oder hat er sich selbst ruiniert, indem er versuchte, Maschinen zu kontrollieren, versuchte, mehr Maschine als Mensch zu sein?

Doch inzwischen haben die Mechs ihre gewaltsame Selbstzerstörung fast vollendet. Die meisten übrig gebliebenen sind diejenigen, die sie in Schlaf versetzt hat, und die vereinte Genesis- und Vagabundenflotte hat erneut begonnen, sie in Stücke zu schießen. Das einsame Damokles-Schiff in ihrem Blickfeld dreht ab, steuert eindeutig auf das Tor zu. Die Streitkräfte der Erde ziehen sich auf ganzer Linie zurück.

Sie werden zurückkehren. Keine Ruhe geben. Die Erde verfügt über Kriegsschiffe, die von Menschen betrieben werden können. Sie mögen vielleicht vergessen haben, wie man kämpft, aber der Krieg hat seine eigene Methode, die Menschen daran zu erinnern.

»Das hier ist noch nicht vorbei«, murmelt Noemi, während sie zusieht, wie die *Katara* ihren Platz in der Mitte der Flotte einnimmt, ein stummes Zeugnis von Dagmar Kralls Beitrag und Machtanspruch.

Der Krieg ist noch nicht zu Ende. Er ist nur in eine neue

Phase eingetreten, eine Phase, die Noemi nicht einzuschätzen vermag. Aber sie spürt, dass die Gefahr noch größer sein wird.

Während sie auf Abels Schiff zufliegt, hat sie das Gefühl, gegen den Strom zu schwimmen. Fast alle anderen Schiffe der Flotte haben die Heimreise angetreten, zischen an ihr vorbei, ziehen eine Spur durch die Überreste der Schlacht. Eines der größeren Genesis-Schiffe, die *Dove*, verweilt in der Nähe des Tors – um weitere Daten zu erfassen oder einen Funkspruch abzugeben, mutmaßt Noemi. Abgesehen davon werden sie und Abel diese Ecke des Weltalls für sich allein haben.

Mach dir keine Sorgen darüber, was die Zukunft bringt, redet sie sich gut zu. *Geh zurück zu Abel. Lebe im Augenblick. Küsse ihn, wann immer du Gelegenheit dazu hast.* Sobald sie nah genug an ihn herangekommen ist, sendet sie ein Funksignal an die *Persephone*.

Keine Antwort.

Noemi setzt sich auf und versucht es erneut. Nichts. Ein eisiger Schauder durchläuft sie und sie beschleunigt. *Er hat es übertrieben. Die Mechs zu kontrollieren, hat etwas Schreckliches mit ihm angestellt. Oder vielleicht ist einer der Mechs in die* Persephone *eingedrungen, um ihn aufzuhalten?* Abel ist natürlich in der Lage, sich zu verteidigen, doch dann müsste er eigentlich antworten, und das tut er nicht.

Sie hat nicht wirklich Angst, bis der Korsar in die Landebucht der *Persephone* gleitet und sie die Transportkapsel von Genesis sieht.

Jemand ist hierhergekommen, um Abel aufzusuchen, und dieser jemand muss für das Schweigen verantwortlich sein.

Sobald der Druckaufbau in der Luftschleuse beendet ist, springt sie aus dem Cockpit, reißt sich den Helm vom Kopf und marschiert zum Waffenschrank. Einen Blaster in der Hand geht Noemi langsam in den Korridor. Alle Nerven sind aufs Äußerste gespannt. Ihre Ohren nehmen den leisesten Laut wahr, aber es sind nur die auf einem Raumschiff üblichen Geräusche – Luftfilterung, das schwache Summen der Magnettriebwerke und …

Moment.

Sie spitzt die Ohren und da ist es wieder: ein schwaches Klirren von Metall auf Metall vor ihr, irgendwo in der Nähe der Krankenstation.

Noemi dreht sich mit dem Rücken zur Wand und hält ihre Waffe im Anschlag, während sie sich näher heranpirscht. Die Angst, die sie empfindet, wenn sie sich hinter jede Metallstrebe duckt und angestrengt darauf lauscht, was vor ihr liegt – das erinnert sie an ihren ersten Tag auf diesem Schiff. Auch damals befand sie sich auf dem Weg zur Krankenstation. Die Türen an Bord schließen automatisch, daher kann sie unmöglich hinein, ohne auf sich aufmerksam zu machen. Aber sie kann zumindest horchen und versuchen, so viel wie möglich darüber herauszufinden, was sie da drin erwarten wird.

Noch bevor sie Worte ausmachen kann, erkennt sie Abels Stimme, und sie merkt, dass da etwas ganz und gar nicht stimmt. Er klingt irgendwie … angeschlagen, nicht wie sonst. Sie lehnt den Kopf gegen eines der Paneele, die den Schall gut übertragen, und versteht endlich ein wenig von der Unterhaltung. »… unmöglich sicher sein.«

»Wir lernen nur durch Experimentieren.«

Moment mal, ist das etwa Professor Akide?

Aus Erstaunen wird Wut. Noemi weiß nicht, wie er Abel überwältigt hat oder welches Experiment genau er durchzuführen plant, aber sie wird dem jetzt ein Ende setzen, unverzüglich.

Mit gezückter Waffe tritt sie durch die Tür. Abel liegt ausgestreckt auf einem der Biobetten, Akide beugt sich über ihn und beäugt stirnrunzelnd einen Scanner. »Weg da!«, brüllt sie. »Gehen Sie sofort weg von Abel oder ich schieße, das schwöre ich bei Gott.«

»Nein, Sie werden nicht schießen«, antwortet Akide. Er bewegt sich keinen Millimeter.

»Sie denken wohl, ich glaube nicht an Gott, und deswegen gilt mein Versprechen nicht?« Noemi hat das Gefühl, sie könnte ihn allein mit ihren Blicken töten. »Ich kann Ihnen versichern, das tue ich, und das Versprechen gilt.«

»Auch ich glaube an Gott.« Mit diesen Worten zieht Akide seinerseits blitzschnell eine Waffe.

Kein Mech hätte das überlebt. Sie hätte ihn in Stücke geschossen, bevor er auch nur die Hand an den Blaster gelegt hätte. Aber sie ist so daran gewöhnt, diesen Mann als Mitglied des Ältestenrats zu sehen – als ihren Beschützer, sogar ihren Freund. Ihr Kampfinstinkt wurde nicht schnell genug ausgelöst.

»Noemi?« Abel dreht den Kopf zu ihr. Er ist sichtlich schwach und benommen, mehr noch als in seinem Erschöpfungszustand auf Haven. Was auch immer Akide mit ihm angestellt hat, er ist nur noch ein Schatten seiner selbst.

Mit der freien Hand aktiviert Akide ein kleines Gerät,

woraufhin Abel sofort das Bewusstsein verliert. Noemi muss an den Fail-Safe-Code denken, mit dessen Hilfe er vor Monaten gefangen wurde; Akide hat offenbar seine eigene Methode, um Abel abzuschalten.

»Sie werden mich nicht erschießen«, sagt sie.

»Und Sie werden mich nicht erschießen.« Akide wirkt enttäuscht, wie ein Erwachsener gegenüber einem kleinen Kind, das seine Erwartungen nicht erfüllt hat. »Wir müssen das jetzt nur deshalb durchexerzieren, weil Sie nie akzeptiert haben, was Abel in Wirklichkeit ist. Wozu es ihn gibt.«

Am liebsten würde sie ihn schütteln. »Ist es Ihrer Aufmerksamkeit entgangen, dass wir gerade die größte Schlacht des Befreiungskriegs gewonnen haben? Dass wir eine nagelneue Kriegsflotte haben, eine, die mit Abels Hilfe hierhergekommen ist?«

»Dafür sind wir dankbar. Aber Dankbarkeit ist nicht viel wert im Vergleich zur Sicherheit unserer Welt.«

Das sieht Noemi anders, doch darum geht es hier nicht. »*Wir müssen das Tor nicht zerstören.* Begreifen Sie das nicht? Wir können das Tor jetzt *benutzen.* Kontakt aufnehmen zu den anderen Welten des Planetenrings, ausnahmsweise einmal die Erde in die Defensive drängen. Alles hat sich geändert. Wir können diesen Aufstand in einen Sieg ummünzen.«

»Sie verstehen nicht, was Krieg ist.« Akide klingt betrübt, aber seine Miene ist hart. »Nächstes Mal werden sie Menschen schicken, und dann werden die Kämpfer von Genesis die Sünde des Mordes auf ihre Schultern laden. Und selbst wenn es der Erde nicht gelingt, unseren Planeten einzunehmen, werden ihn letztendlich die anderen Kolonie-Welten für sich beanspruchen. Sie haben nun unseren Reichtum gesehen; sie werden sich nicht damit zufriedengeben, uns zu helfen. Nein, sie werden die Nächsten sein, die uns angreifen – außer wir zerstören jetzt das Tor.«

»Das wissen wir nicht.« Darius Akide hat wirklich Nerven, ausgerechnet ihr vorzuhalten, dass sie nichts vom Krieg verstünde – jemandem, der fast ein Drittel seines jungen Lebens dem militärischen Training gewidmet hat, der in unzähligen Schlachten gekämpft hat. Er ist derjenige, der alles vergessen hat. »Haben Sie tatsächlich vor, sämtliche Vagabunden hier festzuhalten, sämtliche Remedy-Mitglieder, die uns zu Hilfe gekommen sind?

Falls ihm ihre Freiwilligen-Flotte am Herzen liegt, dann lässt er es zumindest nicht erkennen. »Ich bin bereit, einen einzigen Mech zu opfern, damit Genesis sicher bleibt. Sie sind bereit, Millionen in Gefahr zu bringen, in der Hoffnung, dass der Krieg sich gewendet hat. Das reicht nicht, Noemi. Wir haben diese eine Chance, um die Sicherheit von Genesis auf Dauer zu garantieren, und die werden wir uns nicht durch die Lappen gehen lassen.«

Hat er denn kein Wort davon mitbekommen, was sie gesagt hat? Am liebsten würde Noemi schreien. *Die Ältesten wollen diesen Krieg doch gar nicht gewinnen*, denkt sie. *Sie sehen nur zwei Wege, diesen Krieg zu beenden – durch Tod oder Isolation.*

»Ich kann Sie nicht dazu bringen, an den Sieg zu glauben«, entgegnet sie. »Und ich kann Sie nicht dazu bringen, an Abels Seele zu glauben. Aber ich werde nicht zulassen, dass Sie ihm wehtun, niemals, also lassen Sie ihn einfach …«

Noemi hört den Energieblitz nicht. Sie spürt ihn nur. Unvorstellbare Hitze entlädt sich in ihrer Brust, frisst sich über jeden einzelnen Nerv brennend nach außen. Ihre Muskeln machen zu, ihre Waffe fällt unbenutzt zu Boden. Einen Augenblick lang sieht sie das Entsetzen auf Akides Gesicht, wie er ungläubig von ihr zu dem Blaster blickt, den er soeben abgefeuert hat, und wieder zurück.

Er wollte es tun, denkt sie benommen. *Er wusste nur nicht, wie es sich anfühlt, jemanden zu töten.*

Dann kippt sie um.

36

Das Hörvermögen kehrt als Erstes zurück. Abel verarbeitet den Input erst automatisch, dann bewusst: Es ist das Geräusch eines weinenden Mannes.

Als Nächstes erlangt er die Propriozeption wieder, die Wahrnehmung seiner Körperglieder und seines Körpers. Dann den Tastsinn, der ihm mitteilt, dass er auf einer flachen, harten Unterlage liegt. Mit dem nächsten Atemzug kommt der Geruchssinn …

… und seine Rezeptoren identifizieren den Geruch von Blut.

Abel öffnet die Augen und ist sofort hellwach. Er setzt sich rasch auf, um sich ein Bild von seiner neuen Lage zu machen. Dann merkt er, nein, er kann noch nicht wieder bei Bewusstsein sein, es muss sich um einen Albtraum handeln; sicherlich schläft er noch. Doch die meisten Träume lösen sich auf, wenn man sie als solche erkennt, besonders Albträume, und Abel ist immer noch hier, auf einer Art Tisch, und blickt auf Noemi, die auf dem Boden liegt, bewusstlos oder …

Er sieht in die Richtung, aus der das Weinen kommt.

Darius Akide kniet da, die Hände zum Beten gefaltet. »Vergib mir, o Herr. Vergib deinem unwürdigen Diener.«

Neben Akide auf dem Boden liegt ein Blaster. Ozongeruch vermengt sich mit dem Blutgeruch in der Luft.

Wieder starrt Abel auf Noemi und sieht die versengte Stelle auf ihrem Exosuit. Die Blutspritzer um sie herum auf dem Boden von den wenigen Kapillargefäßen, die durch den Blasterstrahl nicht sofort verschmort wurden. Und das kaum wahrnehmbare Heben und Senken ihres Brustkorbs, das ihm sagt, dass sie zwar schwer verletzt, aber am Leben ist.

Das ist kein Traum. Das ist die Realität, und er hat immer noch die Chance, sie zu gestalten.

Er springt vom Tisch und landet zwischen Akide und Noemi. Akide reißt überrascht den Kopf hoch; offenbar wusste er nicht, wie lange die Wirkung des Betäubungsgeräts anhalten würde. Ohne ein Wort umfasst Abel Akides Kopf mit der einen Hand und seinen Hals mit der anderen, dann dreht er sie in entgegengesetzte Richtungen. Sein scharfes Gehör vernimmt das schwache Knacken der Wirbelsäule, bevor der Körper tot zu Boden fällt.

Tief in ihm gibt es eine Programmierung, die verhindern soll, dass zivile Mechs Menschen etwas antun, und diese Programmierung pocht jetzt in Abel, ein kurzer, schmerzhafter Stich, dann ist es vergessen. Vielleicht wird es ihn später noch plagen. Doch in diesem Augenblick zählt nichts außer Noemi.

Er kniet sich neben sie und streicht ihr über die Wange. »Kannst du mich hören?« Betäubt zu werden, ist eine abgemilderte Version des Todes, aber er weiß, dass in beiden Fällen das Gehör als Letztes nachlässt.

Noemis Augen öffnen sich flatternd. Abel nimmt sie in

seine Arme, bettet ihre Schultern in seine Ellenbeuge. Ihre Pupillen sind etwas erweitert, Puls und Atmung gefährlich flach. Sie öffnet den Mund, schließt ihn wieder, dann bringt sie flüsternd heraus: »Abel?«

»Ja. Ich bin hier. Ich kümmere mich um dich.«

Damit zieht er sie in seine Arme und eilt mit ihr zum nächsten Biobett. Ohne die geringste Erschütterung, die ihr noch mehr wehtun würde, trägt er sie ganz behutsam, und am Ziel angekommen legt er sie sanft darauf ab. Sofort leuchten auf dem Monitor ihre Vitaldaten auf, die allesamt katastrophal sind.

Abel weiß, wie ein Biobett funktioniert. Diese Werte stimmen mit Noemis Verletzung überein. Trotzdem kann er sie nicht glauben. Erst jetzt versteht er die emotionale menschliche Reaktion, die man als »Leugnen« bezeichnet.

»Wo ist Akide?«, murmelt sie.

Hoffentlich in der Hölle, denkt Abel, doch er antwortet nur: »Er ist keine Gefahr mehr.«

»… Hat er dich verletzt …?«

Wie kann sie sich um ihn Sorgen machen, wo sie mit einem Brandkrater in der Brust auf dem Biobett liegt? »Nein. Mir fehlt nichts, Noemi, mir geht's gut, und ich werde dich auch wieder gesund machen.«

»Lügner«, sagt sie leise, und irgendwie klingt es wie der netteste Name, den sie ihm je gegeben hat.

Das Herz ist unversehrt, stellt er bei einem Blick auf den Monitor fest. Die Lunge ist schwer in Mitleidenschaft gezogen, so schwer, dass eine Regeneration in diesem Zustand normalerweise nicht empfohlen wird, aber sie ist nicht vollkommen unrettbar. Leber, Milz und Gallenblase sind zerstört, doch nur die Leber ist lebenswichtig und könnte mit der Zeit erneuert werden.

Zeit. Er braucht Zeit, um sie zu retten, und all seine Intelligenz und all seine Fähigkeiten können ihm diese nicht verschaffen.

»Es fängt an«, murmelt sie. »Man spürt es ein bisschen … als wäre dein Körper nicht mehr wirklich deiner …«

»Versuch, wach zu bleiben.« Warum verspürt er das starke Bedürfnis, ihr das zu sagen, wo er doch weiß, dass es nicht in ihrer Macht steht, seiner Aufforderung Folge zu leisten? Er möchte daran glauben, dass sie es beeinflussen kann. Schon allein die Vorstellung vom Himmel ist ihm zuwider, denn wenn sie an einen besseren Ort glaubt, wird sie dorthin gehen wollen. »Bleib bei mir.«

»Ich wünschte, ich könnte.« Kurz schließen sich Noemis Augen; als sie sie wieder öffnet, merkt man ihr an, dass ihr selbst das Mühe bereitet. »… Ich werde Esthers Stern finden.«

»Noemi …«

»Komm und besuch mich dort eines Tages«, flüstert sie. »In ferner Zukunft.«

Dann kippt ihr Kopf zur Seite und ihre Augen fallen wieder zu.

Abel starrt auf den Monitor des Biobetts. Ihr Herz schlägt noch; ihre schwachen Lungen verarbeiten so viel Sauerstoff, wie sie können. Aber sie ist nicht mehr bei Bewusstsein, und wenn es sich um einen anderen menschlichen Patienten handeln würde, hielte er es für unwahrscheinlich, dass er jemals wieder aufwacht.

Dies ist aber nicht irgendein anderer Patient. Dies ist Noemi und er *wird es nicht zulassen.*

Sie verdient es zu leben. Er wird ihr das Leben schenken.

Rasch nimmt er sie wieder in die Arme und durchquert die Krankenstation mit drei langen Schritten, die ihn zu den Kryokammern bringen. Er schlägt mit dem Ellbogen auf den Aktivator. Eine der Kammern gleitet von ihrem Platz an der Wand auf den Boden; ihre durchsichtigen Paneele entfalten sich wie die Blütenblätter einer Blume. Abel legt Noemi in das blassgrüne Innere, und die weiche, elastische Substanz gibt unter ihrem Gewicht ein wenig nach.

Für optimale Resultate wird maximaler Hautkontakt empfohlen. Der Text aus dem Handbuch für die Kryokammern sind in seinen Gedächtnis-Datenbanken gespeichert; dort haben sie all die Jahre auf den Augenblick gewartet, in dem er dieses Wissen brauchen würde. Er geht zu dem OP-Roboter, zieht ein Skalpell aus dessen Greifarm und schneidet ihr damit den Exosuit so weit wie möglich vom Leib.

Doch ihre Vitalwerte befinden sich bereits im roten Bereich. Jede weitere Verzögerung bedeutet Scheitern. Abel tritt zurück und schlägt erneut auf den Aktivator. Die Paneele schließen sich um Noemi, und er starrt auf ihr Gesicht, während sich die Kammer erst mit Dampf und dann mit Flüssigkeit füllt. Ihre Gesichtszüge verschwimmen; ihr schwarzes Haar schwebt wie ein undeutlicher Heiligenschein um sie herum.

Auf dem Bedienfeld blinkt ein grünes Licht, und eine automatische Stimme verkündet: »*Kryoschlaf aktiviert.*«

Abel hat das Gefühl, wieder atmen zu können. Während die Kryokammer in stehende Position zurückgleitet, verfolgt er die Anzeige auf dem Monitor. Ihre Lebensfunktionen werden bereits langsamer, denn die Kälte kriecht in ihr Knochenmark, ihr Blut und ihr Gehirn. Das ist vollkommen normal. Doch sie war schon so schwach, als er sie hineinlegte, dass sie alle Versuche, ihre beschädigten Organe zu ersetzen oder zu heilen, vielleicht trotz des Kryoschlafs nicht überleben wird, das weiß Abel. Der Kryoschlaf hat ihr nur eine Chance erkauft.

Abel nimmt, was er kriegen kann.

Er wartet, bis der Vorgang abgeschlossen ist, ohne sie aus den Augen zu lassen. Sie scheint wie ein körperloser Geist aus einem Märchen im Nebel zu schweben. Normalerweise neigt seine Vorstellungskraft nicht zu Metaphern und Gleichnissen; er muss die Wahrheit über Noemis Zustand in sanftere Bilder kleiden, um sie zu verkraften. Sie schwebt zwischen Leben und Tod.

In einem Märchen müsste der Held große Prüfungen bestehen, um die Heldin zurück ins Leben zu bringen: einen Drachen töten, einen Zauberbann lösen. Abel muss sich nur ins Gedächtnis rufen, woher er kommt und was Leute wie er in Zukunft sein werden.

Die Inheritors werden nicht mehr zu gleichen Teilen Mensch und Maschine sein; in ihnen wird das Organische bei Weitem überwiegen. Sie werden leistungsstärker sein als Abel. Und länger leben als er. Gillian Shearer ist noch nicht in der Lage, ein menschliches Bewusstsein zu übertragen. Aber was, wenn Noemis Bewusstsein in ihrem Körper bleibt und man diesen Körper irgendwann auswechseln kann?

Es muss Wege geben, organische Mech-Komponenten in einen menschlichen Körper einzubauen. Der neue Transhumanismus, an dem sich Gillian Shearer versucht – auch dabei geht es um eine Kombination von beidem. Es wäre möglich, echte und künstliche DNA zu synthetisieren, um aus Noemi einen … nein, keinen Inheritor zu machen. Etwas anderes. Einen Mech und doch keinen Mech. Etwas völlig Neues, aber nicht *jemand* völlig Neues. Es wird immer noch sie sein.

Abels Wangen fühlen sich merkwürdig steif an – Salz von den Tränen, die er, ohne es zu merken, vergossen haben muss. Er merkt es erst jetzt, denn er hat zu lächeln angefangen. Sein Schmerz ist noch größer als in dem Moment, als er sich vorhin von Noemi verabschiedete, größer als in dem Moment, als er erkannte, dass Mansfield ihn allein im Weltall zurückgelassen hatte, in einem Gefängnis, in dem er dreißig Jahre bleiben sollte. Doch jetzt besitzt er etwas, was er damals nicht hatte: Hoffnung. Sein Schmerz ist erträglich, weil die Hoffnung ihm die Richtung weist, in die er gehen muss.

Der Schmerz wird ihn zurück nach Haven führen. Zu Gillian Shearer. Und womöglich in sein eigenes Verderben.

Für das, was vorhat, braucht er nämlich Gillians Hilfe. Der Preis für diese Hilfe kann nur eins sein: Abels Kapitulation. Sie wird seine Seele durch das gespeicherte Bewusstsein von Burton Mansfield ersetzen wollen. Wenn es dazu kommt, wird Abel einverstanden sein. Sein Leben gegen Noemis Leben – das ist ein einfacher Handel, ein Handel, den er nicht infrage stellen muss.

Vielleicht kommt es auch ganz anders. Es gibt immer Möglichkeiten. Neue Variablen. Abel wird tun, was immer notwendig ist, um Noemi zu retten, aber er wird sich auf keinen Fall geschlagen geben.

Sein ganzer Körper fühlt sich schwach an, und seine Brust schmerzt, als wäre er derjenige, der verwundet ist. Trotzdem macht er unverdrossen weiter, überträgt die Behelfssteuerung auf eine Konsole in der Nähe, sodass er sich und Noemi weg vom Schlachtfeld und zum Genesis-Tor bringen kann.

Dahinter liegt Noemis letzte Hoffnung.

Er geht zurück zu ihrer Kryokammer, um noch einmal die Daten zu überprüfen; so möchte er sich vergewissern, dass sie sich wirklich im Zustand absoluter Kältestarre befindet. Während er näher tritt, bemerkt er, dass eine ihrer Hände an die Hülle geschwebt ist. Er drückt seine dagegen, spürt die brennende Kälte auf seiner Haut. Als er hinauf zu ihrem Gesicht blickt, flüstert Abel das Wort, das ihn fast zerstört hätte, Mansfields alten Fail-Safe-Code. Es ist dasselbe Wort, das Noemi wieder zu ihm zurückbringen wird.

»*Neustart.*«

Danksagung

Wie immer schulde ich meiner Agentin, Diana Fox, großen Dank; meiner tapferen Assistentin, Sarah Simpson Weiss; und vor allem meiner Lektorin, Pam Gruber, für all ihre Ratschläge und ihre Geduld. Ein Dankeschön auch an Stephanie Stoecker und Marti Dumas für die gemeinsamen Brainstorming-Sitzungen; Paul Christian (alias der »Worte-Cop«) dafür, dass er mir immer wieder Dampf gemacht hat; Tom und Judith von Octavia Books für all ihre Hilfe; und der Peauxdunque Writers' Alliance für ihre Kameradschaft und Unterstützung.

Claudia Gray hat unter anderem als Anwältin und Journalistin gearbeitet, bevor sie zu schreiben begann und mit ihrer romantischen Fantasyreihe *Evernight* weltweit die Bestsellerlisten eroberte. Sie geht gern auf Reisen, mag Architektur, Geschichte, Science-Fiction und – natürlich – das Schreiben. Zurzeit lebt sie in New Orleans.

Mehr über die Autorin unter http://www.claudiagray.com/
Mehr über cbj auf Instagram @hey_reader.de

Claudia Gray

Constellation – Gegen alle Sterne

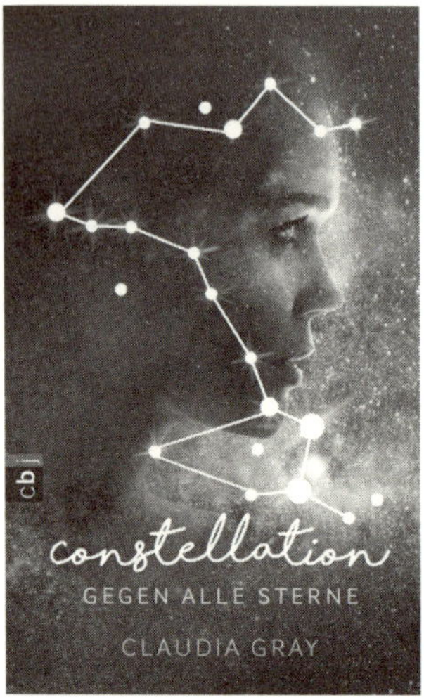

512 Seiten, ISBN 978-3-570-17439-5

Noemi ist bereit zu sterben, um ihren Planeten gegen die Erde zu verteidigen. Als sie in einem verlassenen Raumschiff nach Hilfe für ihre schwer verletzte Freundin sucht, trifft sie auf Abel, die perfekteste künstliche Intelligenz, die je entwickelt wurde. Er ist programmiert, sie zu töten. Gleichzeitig aber muss Abel dem ranghöchsten Menschen an Bord gehorchen. So gelingt es Noemi, ihm das Geheimnis zu entlocken, das ihren Planeten retten kann. Dafür müsste sie Abel zerstören. Doch Abel sieht nicht nur aus wie ein Mensch aus Fleisch und Blut. Je näher sich die beiden auf der lebensgefährlichen Mission kommen, desto klarer wird Noemi: Er fühlt auch wie ein Mensch. Bald steht er längst nicht mehr nur aus programmiertem Gehorsam zu ihr. Aber ist er wirklich frei, alles für sie zu tun?

cbj

www.cbj-verlag.de

20268